Mal

SA DERNIÈRE NUIT

Traduit du suédois par Élodie Coello

Hauteville

Hauteville est un label des éditions Bragelonne

Titre original : *Ett gott nytt år*

Directeur : Antoine Béon
Directrice de la publication : Claire Renault Deslandes
Directrice éditoriale : Julia Leloup
Directeur artistique : Fabrice Borio

ISBN : 978-2-38122-345-2

Bragelonne – Hauteville
60-62, rue d'Hauteville – 75010 Paris

E-mail : info@editions-hauteville.fr
Site Internet : www.editions-hauteville.fr

À mes parents.

Réveillon du nouvel an 2019

Lundi

I

Fredrik

Quand Nina entre dans la chambre, je suis planté devant ma penderie.

— Tu trouves que ça me grossit ? demande-t-elle.

Je lance à ma femme un bref coup d'œil.

— Tu es très belle.

Je reviens sur les trois cravates suspendues aux cintres face à moi. Déjà, on peut oublier la vert menthe que je portais à l'oral du bac. Et celle réservée aux enterrements – elle est assortie à mon humeur, mais pas à ma chemise. Soupir. Je m'empare de la cravate bleu ciel à rayures argentées, cadeau de ma belle-mère, que je trouvais déjà démodée quand elle me l'a offerte à Noël il y a cinq ou six ans.

— Tu m'as à peine regardée.

Nina est devant le grand miroir sur pied et se tortille devant son reflet en fronçant les sourcils, puis tire sur le bas de sa robe verte.

— Elle te va très bien, insisté-je.

Je la rejoins face à la glace pour respirer son odeur familière. Ça fait des années qu'elle porte le même parfum, j'ai même réussi à en retenir le nom : *Acqua di Giò*. Tandis qu'elle triture encore le tissu en marmonnant, j'essaie de nouer ma cravate, sans succès.

— Tu vas remettre la bleue, cette année ?

Elle regarde mon reflet et fixe son attention sur mon cou.

— Je n'en ai pas d'autre.

Elle se glisse devant ma penderie, mais abandonne en découvrant les autres options.

— Il faudra investir dans une nouvelle cravate pour l'an prochain.

J'acquiesce. On sonne à la porte.

— C'est sans doute Jennifer.

Elle se retourne et appelle :

— Smilla ! Tu vas ouvrir ?

Ça s'agite à l'étage, les pas lourds de Smilla martèlent l'escalier, et l'on entend bientôt deux voix en bas dans l'entrée.

Nina me lance un regard.

— Il est quelle heure ?

— Dix-sept heures vingt.

— *Vingt* ?

Elle se rue vers la commode et fourrage dans les chaussettes. Les paires pleuvent à ses pieds.

— Merde. J'ai encore oublié d'acheter des collants.

Puis elle quitte la pièce, un bas noir dans chaque main.

— Les garçons s'en sortent ? demande-t-elle depuis le couloir. Ils savent quoi mettre ?

— Je vais monter voir, réponds-je.

— J'ai sorti la chemise de Vilgot ! me crie-t-elle encore depuis la salle de bains. Elle est sur sa chaise.

Je boutonne mon pantalon, enfile ma veste de costume et observe le résultat dans le miroir. Avec cette cravate, j'ai l'air d'un clown. Ne manque plus que le nez rouge.

Vilgot et les tenues de soirée, ça fait deux. Notre bonhomme de six ans passerait volontiers sa vie en pyjama. Parfois, je me demande pourquoi on s'obstine à l'habiller. Sur ce point, Anton est devenu plus accommodant. Il aime porter de jolis vêtements et, ces temps-ci, passe des heures chaque matin à se coiffer devant le miroir. Ah, les années collège !

— Jolie chemise, dis-je en descendant l'escalier.

Anton hausse les épaules mais me décoche l'un de ses rares sourires.

Arrivé au niveau de la cuisine, je m'arrête net en voyant les deux jeunes filles près de l'évier et sens mon pouls s'emballer. On se calme, Jennifer n'est pas un monstre. C'est juste une copine de ma fille, une ado tout ce qu'il y a de plus normal. Je dois me racler plusieurs fois la gorge pour sortir un son, en l'occurrence :

— Passez une bonne soirée.

Jennifer ne réagit pas, bien décidée à m'ignorer. Elle continue de laver la salade en me tournant le dos. Sa petite robe moulante ne cache pas grand-chose de ses formes et je prends sur moi pour ne pas promener mon regard où il ne faut pas.

J'ai quand même le sentiment d'avoir été pris sur le fait quand Smilla se retourne. Tout sourires, elle baisse le volume de l'enceinte et s'approche.

— Toi aussi, répond-elle en me serrant contre elle. Merci de m'avoir aidée à convaincre maman.

Comme si j'avais eu le choix.

Avec ma fille de dix-sept ans dans les bras, voilà qu'une pensée folle mais récurrente me revient : si seulement les enfants pouvaient s'arrêter de grandir à neuf ans. C'est l'âge parfait, auquel ils sont intelligents et raisonnables, mais encore convaincus que leurs parents peuvent régler tous les problèmes du monde. Il suffit d'un après-midi dans un parc de jeux pour avoir sa dose d'euphorie pour la journée.

— N'oublie pas ce qu'on a dit, nuancé-je en m'écartant de ma fille pour la regarder dans les yeux. Ne laisse entrer que ceux qui ont été invités. Et pas de…

Smilla se bouche les oreilles.

— Je sais ! soupire-t-elle avant de baisser les bras. Ça fait deux semaines que tu me le rabâches.

Je la libère.

— On s'inquiète pour toi, c'est tout.

2

Nina

Notre voiture m'attend dans l'allée. Trois écrans bleutés brillent déjà à l'intérieur. J'ouvre la portière, m'installe du côté passager et pose le sac contenant le dessert de ce soir entre mes pieds pour ne pas le renverser.

Je me tourne vers mon mari.

— J'ai presque envie d'annuler.

Fredrik appuie sur le bouton de démarrage, le moteur ronronne.

— Annuler quoi ?

— Leur soirée, aux jeunes. On est fous de laisser vingt ados fêter le réveillon chez nous, non ?

Il soupire.

— Ça va bien se passer. Smilla et Jennifer ont la situation en main.

Nous nous engageons sur Agnesfridsvägen, passons devant l'école et la place Videdals. À la sortie du rond-point s'élève Vita Höjas, grand immeuble de neuf étages dont les fenêtres illuminées dessinent une mosaïque jaune derrière le panneau lumineux vert fluo de l'épicerie *Konsum*.

Ça me travaille. Je n'ai aucune envie de gâcher la soirée en me faisant du mauvais sang pour les filles, mais plus on s'éloigne de la maison et plus je m'inquiète.

Tout à l'heure, je suis restée bloquée une seconde sur notre perron. J'avais soudain un tas de choses à dire à ma fille. Que l'alcool est traître, qu'elle ne doit jamais accepter quelque chose qui ne lui semble pas bien, que je la trouve merveilleuse. Qu'on devrait tous – dans un monde parfait – pouvoir s'habiller comme on veut, mais qu'un haut transparent peut parfois être mal interprété. *Et cetera*.

Évidemment, c'était trop tard pour lui faire tout le topo. Et puis, les filles connaissent nos conditions : vingt personnes maximum, pas de drogue (aucune, c'est non négociable) et, pour les boissons, seulement du cidre ou de la bière. Notre meuble de bar est verrouillé et j'ai gardé la clé dans mon portefeuille.

Je réponds à Fredrik :

— Les filles ont peut-être la situation en main, mais on ne connaît pas la moitié de leurs copains. Smilla m'a juré qu'elles n'avaient invité que ceux de leur classe, mais ça peut être n'importe qui.

— On doit apprendre à lui faire confiance.

— J'ai confiance en ma fille, mais Jennifer… (Je cherche mes mots.) Cette gamine n'a aucune limite. Tu te rappelles comme elle était difficile, petite ? Toujours à chercher les problèmes. Et Smilla qui la copiait en tout.

— C'est différent maintenant. Elles ont dix-sept ans.

Je soupire. Cette discussion ne mène à rien et, de toute façon, les dés sont jetés.

Si l'on évite en général de laisser les ados faire la fête sans leurs parents avant leurs dix-huit ans, ce n'est pas pour rien. Mais mes doutes sur cette soirée reposent surtout sur un détail : je n'aime pas Jennifer. Cette fille ne me plaît pas du tout et je ne lui fais pas confiance.

Ça me coûte de l'admettre. Je travaille avec des enfants, j'ai l'habitude de trouver la clé qui ouvre leur petit cœur. Ou, du moins, j'arrive en général à me faire apprécier d'eux, petit à petit.

Mais le cœur de Jennifer m'a toujours été fermé. Plus jeune, elle était sauvage, turbulente, toujours à se mettre au centre de l'attention. Quand elle jouait avec Smilla, j'avais peur qu'il ne leur arrive quelque chose. Plus tard, au début de l'adolescence, j'étais terrifiée, imposais des règles strictes à ma fille et étais claire sur la punition qui tomberait si elle ne les respectait pas.

Leur amitié, à toutes les deux, a toujours connu des hauts et des bas. Je n'ai jamais voulu influencer Smilla avec mon ressenti personnel, Jennifer est comme une sœur pour elle. Fredrik trouve que je dramatise et prend toujours la défense de cette gamine.

Moi, j'étais rassurée que les filles se voient moins ces temps-ci. Leur idée d'organiser ensemble le nouvel an est sortie de nulle part, une surprise que j'ai moyennement appréciée.

— Il faut lâcher un peu la bride si on veut lui apprendre à être responsable, rappelle mon mari, comme s'il lisait dans mes pensées.

Lui lâcher la bride pour la responsabiliser. C'est la devise qu'il me ressert chaque fois qu'on aborde le sujet ces dernières semaines, et je me mords la langue pour ne pas lui répéter mes contre-arguments.

Cette histoire de fête ne l'emballait pas non plus, mais il a toujours affirmé préférer qu'elles restent chez nous, dans notre quartier pavillonnaire, que de les savoir « à traîner je ne sais où ».

Un argument qui se tient. Le problème, c'est que nous ne serons pas là pour les garder à l'œil. Nous sortons, nous aussi, et à l'autre bout de la ville. Maintenant qu'on est au pied du mur, j'ai en tête mille façons dont une soirée du réveillon organisée par Jennifer Wiksell pourrait mal tourner, si « sûr » soit notre quartier.

Je me retourne et jette un coup d'œil par-dessus mon épaule.

Deux paires d'yeux fixés sur des écrans lumineux, des bouts de plastique blanc fichés dans deux paires d'oreilles. J'abandonne l'idée d'établir le contact et me retourne vers la route.

Il y a beaucoup de circulation sur le périphérique intérieur, les gens sont certainement en chemin pour fêter la nouvelle année. Je m'efforce d'oublier la soirée des filles pour penser un peu à la nôtre. D'ailleurs, nous sommes bientôt arrivés.

J'espère avoir fait assez de mousse au chocolat. Elle sera accompagnée de fruits de la passion et de flocons d'avoine. Au départ, par un réflexe de rébellion puérile, je voulais acheter des flans en grande surface. Puis, au dernier moment, j'ai eu des scrupules et me suis mise aux fourneaux. Apporter un dessert industriel chez Lollo et Max pour le repas du nouvel an, ç'aurait été un suicide social.

Je regarde mon mari. Il n'y a pas si longtemps, je lui en aurais parlé, on en aurait ri. On se serait moqués de la maison de nos amis, qu'on croirait tout droit sortie d'un catalogue par rapport au chaos qui règne chez nous, et Fredrik m'aurait rassurée. Il m'aurait rappelé que, primo, ils n'ont à s'occuper que de Jennifer, et que, secundo, la décoration d'intérieur et la cuisine sont les deux passions de Lollo.

Avant, nous adorions parler des qualités et des défauts de nos amis, mais je m'aperçois que c'était surtout une façon de se faire mousser. On en arrivait toujours à la conclusion que notre mode de vie était le meilleur.

Ces derniers temps, la discussion se tarit. On ne parle plus de nos amis ni de nous-mêmes. Ni de quoi que ce soit d'autre, en fait. Nos échanges se limitent aux questions domestiques, à tout ce qui touche aux enfants. Nos discussions d'avant me manquent. Nous deux, ça me manque.

On pourrait mettre ça sur le compte des enfants, mais Vilgot est entré au CP à l'automne dernier et c'est un petit gars indépendant. Anton est en quatrième et Smilla va sur ses dix-huit ans. Les enfants ont grandi, ils ne sont plus une excuse.

— On est bientôt arrivés ?

Un petit doigt vient gratter mon manteau, je me retourne.

— Oui, bientôt. Tu ne reconnais pas ?

— Nan, dit Vilgot en secouant sa tignasse de boucles d'or. Il fait trop noir.

— Tu vois la lumière, là-bas ? C'est Klagshamn.

Ce qui semble satisfaire mon fils, qui s'en retourne à son iPad.

Je regarde le paysage plat défiler par ma vitre. Les champs sont bordés de rangées de saules nus qui se courbent vers la mer. Un voile de brume tombe sur le sol boueux et rend la distinction difficile entre le moment où le ciel commence et où il se termine. Bref, un hiver dans la région scanienne.

— Quel temps de chien. (Fredrik allume les antibrouillards, mais les éteint aussitôt en constatant qu'ils n'ont aucun effet.) À mon avis, on ne verra rien du feu d'artifice, ce soir.

— Tu es obligé d'être rabat-joie comme ça ?

— Rabat-joie ? Je constate un fait, c'est tout.

— Je croyais que les fusées étaient interdites ? dit une voix en mue sur la banquette arrière.

— On ne peut plus acheter de fusées à bâton, précise Fredrik en contemplant les villas. Mais les chandelles sont encore autorisées. (Il me lance un regard.) Je parie que Max a acheté la plus grosse caisse de chandelles du magasin.

Max adore se mettre en avant, et cette façon d'étaler sa fortune aux yeux du monde agace mon mari depuis toujours. Et je le comprends. Mais je crois surtout que Max adore faire le pitre. Il veut passer pour le mec cool sur qui tout le monde compte pour animer la soirée.

Il tient une agence immobilière prospère dont son père était le fondateur, au centre-ville de Malmö. Max Wiksell n'a pas dû lire un seul livre de sa vie, mais il a le flair pour les affaires et une détermination à toute épreuve. D'après Lollo, il travaille jour et nuit, et ça semble porter ses fruits.

Il conduit de belles voitures, déguste de vieux whiskys et porte des montres hors de prix. Fredrik a beau se la jouer impassible devant cet étalage de richesse, on sent clairement que ça provoque chez lui un besoin de s'affirmer. Généralement, il le fait en revendiquant tout l'inverse de ce qu'incarne Max, mais parfois aussi en déployant ses connaissances dans les domaines pour lesquels Max aimerait passer pour un expert (comme le whisky) alors qu'il n'y connaît rien.

Pour ma part, contrairement à mon mari, je me permets de me moquer ouvertement de Max quand ce dernier frise trop la vantardise ou quand il étale un peu trop son savoir. À l'inverse,

Fredrik se permet de se moquer des pains au levain maison de Lollo, et moi pas, alors on est quittes. Je ne peux pas m'empêcher de me comparer à mon amie, cette fée du logis mince et jolie, tant pis si ça me met de mauvais poil.

Nous nous garons dans la rue, puisque la flotte de voitures de la famille Wiksell occupe tout l'espace de leur allée pourtant déjà bien longue. Une mer de bougies brille devant leur imposante villa blanche et, par la fenêtre panoramique du salon, on aperçoit des gens avec une coupe de champagne à la main. Je vois Malena, riant à pleins poumons en basculant la tête en arrière comme elle le fait si souvent, et, pour la première fois depuis longtemps, je me sens d'humeur festive.

Cette soirée ne sera peut-être pas si horrible, finalement. Nous allons fêter la nouvelle année en bonne compagnie. Les garçons sont avec nous, et Smilla, eh bien, c'est bientôt une adulte. Je dois couper le cordon.

— Désolée.

Je pose une main sur la cuisse de mon mari, ce qui me vaut un regard surpris.

— Pourquoi tu t'excuses ?

— Je n'aurais pas dû te traiter de rabat-joie. Tu as raison. Il fait un temps de chien.

Sa bouche sourit, mais pas ses yeux.

— Bah, c'est déjà oublié.

3

Fredrik

Dans six heures, ce sera fini. Enfin non, plutôt sept, on ne rentrera pas à la maison directement après les douze coups de minuit. Mais dans sept heures maximum, je reprendrai cette route en sens inverse. En fait, ça peut passer assez vite. Ça ne représente même pas une journée de travail. Je devrais pouvoir survivre.

Dans sept heures, toutes ces bougies seront consumées. Je porterai un Vilgot endormi dans mes bras et le taxi attendra sur le trottoir d'en face.

Le taxi ? Je presse le pas.

— Nina, tu as commandé le taxi ?

Elle s'arrête et se tourne vers moi, avec ses cheveux élégamment coiffés et ses paupières pailletées.

— C'est toi qui devais appeler, me rappelle-t-elle.

Merde ! Comment ai-je pu zapper alors que je n'ai qu'une envie, filer d'ici en vitesse ?

Son regard devient inquisiteur.

— J'espère que tu n'as pas oublié !

— Ne t'inquiète pas, je vais arranger ça.

Haussement de sourcils.

— Et tu peux me dire comment ? Il faut réserver une semaine à l'avance. Minimum.

— Puisque je te dis que je vais trouver une solution.

Vraiment, il y a un truc qui ne tourne pas rond chez moi. J'oublie de plus en plus de choses. Des choses importantes. Ça ne me ressemble pas, c'est presque affolant. Seraient-ce les prémices d'Alzheimer ?

Nina fait la moue.

— Pour ta gouverne, sache que je ne traînerai pas deux enfants morts de fatigue dans un bus en pleine nuit.

Anton nous demande :

— On va rester dormir ici ?

— Non, on rentrera à la maison, reprend sa mère, sûre d'elle, en me lançant un regard acéré. Papa va trouver une solution.

La porte d'entrée s'ouvre à la volée sur une Lollo tout sourires. Elle porte Chanel, le caniche de la famille qui, en ce soir de fête, arbore un gros nœud brillant autour d'une touffe de poils sur le sommet du crâne.

— Bienvenue ! Entrez, entrez.

La robe de Lollo rappelle celle de Jennifer, noire et minimaliste. Comme elle fait demi-tour, nous lui emboîtons le pas.

— Vous avez grandi, les garçons ! Anton, tu fais presque la taille de ton père. Et toi, Vilgot ! Quelle bouille d'amour !

Elle repose Chanel par terre et nous prend tous dans ses bras un à un. Nina, après lui avoir remis un beau bouquet emballé dans de la cellophane, écope d'une étreinte puissance dix.

— C'est bon de se revoir, soupire notre hôtesse en relâchant mon épouse sans toutefois retirer la main de son épaule. C'est fou comme le temps passe vite. Quand est-ce qu'on s'est vus la dernière fois ? Ne me dites pas que c'était à la Midsommar !

Si, c'était bien l'été dernier, mais je préfère me taire. Nina objecte aussitôt, on s'est forcément revus entre-temps, et pendant leur débat je débarrasse Vilgot de son manteau. Près du meuble à chaussures, il a l'air soudain intimidé par tous ces visages, certains familiers et d'autres non.

J'essuie mes chaussures sur le paillasson.

— Est-ce qu'on garde nos chaussures ?

— Évidemment, répond Lollo en souriant. Pas de fête en chaussettes !

Je me demande si l'inspiration lui est venue d'un coup ou si le dicton existe vraiment. Dans les deux cas, je le trouve ridicule.

Nina troque ses bottes pour des talons hauts et pousse Vilgot et Anton vers le salon. Voyant le cadet hésiter, elle insiste :

— Allez, viens. Lollo a forcément prévu des chips et des sodas.

Ça fonctionne. Le radar gourmand de notre petit bonhomme s'est activé.

J'admire la capacité de ma femme à gérer les enfants. Avec eux, elle a une patience d'un autre monde. Elle a son métier d'institutrice dans le sang, c'est sa passion, et je sais qu'elle est appréciée aussi bien par les enfants que par leurs parents et ses collègues.

— Fred ! s'exclame Max en m'assenant une grande tape dans le dos. La forme ?

Il est bien le seul à m'appeler Fred.

— Ça va, et toi ?

— C'est carrément le pied, mon vieux ! Tu as trouvé à boire ? Tiens, y a du mousseux.

Il tend son bras et attrape une flûte de champagne. Du Dom Pérignon, évidemment. Ne jamais lésiner sur la qualité, les gens risqueraient de croire que les affaires vont mal.

— Merci, dis-je en levant mon verre. À un réveillon de plus, tchin !

— T'inquiète, on reste jeunes. (Max se penche vers moi et baisse d'un ton.) Tu as vu le nouveau copain de Malena ?

Je balaie la salle du regard mais n'aperçois ni Malena ni son éventuel cavalier. Nina aide Vilgot à se servir du Coca dans un petit verre et, non loin d'eux, je reconnais deux couples déjà présents la dernière fois que j'ai fêté le réveillon ici. Ce sont des voisins de Max et Lollo et je me souviens que l'une des deux femmes était assise à côté de moi à table, mais laquelle ? Allez savoir. Cette année encore, elles se ressemblent comme deux gouttes d'eau : une cascade de cheveux blonds, escarpins et robe noirs.

Les maris, en revanche, on les distingue facilement. Jens Stenman est presque aussi grand que large tandis que Magnus Göransson est maigre comme un clou. Ils me font penser à Laurel et Hardy.

— Malena sort avec un musulman, me chuchote mon hôte d'un air entendu.

Je connais assez Max Wiksell pour savoir précisément quelle réaction il attend de moi. Certes, le nouveau mec de Malena pique déjà ma curiosité, mais cautionner ce genre de raisonnement, ce serait donner du grain à moudre à sa vision étriquée du monde.

— Et alors ? lui réponds-je. La moitié de mes élèves sont musulmans.

— Peut-être, mais là c'est différent. Il est chez nous et c'est le mec de Malena. Je veux dire, qui aurait cru qu'on fêterait le nouvel an avec un…

— Il est pratiquant ? l'interromps-je.

Il fronce les sourcils.

— Puisque je te dis qu'il est musulman.

— J'ai compris, mais est-ce qu'il pratique l'islam pour autant ? Est-ce qu'il se rend à la mosquée ? Et prie tous les jours ? Et ne boit pas d'alcool ?

— Aucune idée, marmonne-t-il, haussant les épaules. Tu n'as qu'à lui demander.

En parlant du loup, Malena entre dans le salon accompagnée d'un homme aux cheveux bruns. Je ne sais pas à quoi je m'attendais, mais c'est juste un mec banal, sans âge, invité à un réveillon. Costume, chemise et cravate.

— Fredrik, c'est cool de te voir ! appelle notre amie en venant vers nous. (Elle me serre dans ses bras avant de se tourner vers son compagnon.) Je te présente Adem.

Nous échangeons une poignée de main, et Max en profite pour disparaître dans la foule.

— Malena persiste à me présenter sous le nom d'Adem, dit le brun avec un fort accent de Malmö. Mais tu peux m'appeler Adde. Comme tout le monde.

— Fredrik, réponds-je. Ravi de te rencontrer. Et ma femme, c'est Nina : la robe verte, là-bas.

Elle s'est éloignée du buffet pour rejoindre les deux couples de voisins. Ils rient et trinquent ensemble. Quand Adde se tourne vers eux, c'est comme si je voyais le monde au travers de son regard. J'ai l'impression de voir Nina pour la première fois et sa beauté me frappe. Ses yeux d'ambre, ses sourcils naturellement dessinés, ses boucles brunes. Je l'aime, et cette pensée me prend par surprise. J'aime son rire retentissant. Quand était-ce, la dernière fois que je l'ai entendue rire comme ça ?

— Nina et Lollo sont mes vieilles copines de lycée, explique Malena à Adde.

Il sourit.

— Celles avec qui tu faisais les quatre cents coups, si j'ai bien compris ?

— Exactement, répond-elle amoureusement. Et il paraît que Jennifer et Smilla prennent la relève. J'espère que vous avez cadenassé le bar !

— Quel âge ont-elles ? demande Adde.

— Dix-sept ans, réponds-je. Smilla en aura dix-huit au mois de février.

— La plus belle année, dit-il gaiement.

Malena fait mine de s'indigner.

— Pardon ? Je croyais que tu vivais ta plus belle année depuis que tu m'avais rencontrée.

Il dépose un baiser sur sa joue.

— Tu as raison. Depuis que je te connais, je vois la vie en rose.

4

Lollo

Nina est sur le seuil de la cuisine, une coupe de champagne dans une main et, dans l'autre, quelques cacahuètes graisseuses. Sa robe vert pois lui va bien, elle lui donne un air chic qu'elle n'a pas habituellement. Mais ça ne la mincit pas pour autant. C'est fou de manquer de volonté à ce point ! Elle serait tellement plus jolie sans ses dix kilos en trop.

— Je peux t'aider ?

— Non merci, ça va, réponds-je. Malena s'est occupée de l'apéritif et tout est sur la table. On gère.

Nina engloutit une cacahuète, s'approche de moi et me glisse tout bas :

— Est-ce que tu as parlé à notre nouvelle vedette ? Adde, c'est ça ?

— On s'est à peine dit bonjour, mais il a l'air gentil.

— Et canon, précise-t-elle en souriant.

J'ouvre le robinet et mouille un torchon avec de l'eau chaude.

— Oui, en général ils le sont. Charmants, je veux dire.

— Espérons que ça durera, cette fois, commente-t-elle avec un petit soupir. Ne serait-ce que pour Theo.

— Oui, c'est clair.

J'essore le chiffon et entreprends de frotter les taches brunes qui semblent déjà avoir imprégné le marbre blanc du plan de travail.

— Au fait, Theo et Anton sont montés ? Ils s'occupent de Vilgot ?

— J'en viens, justement, répond Nina en regardant vaguement vers l'étage. Les deux grands sont sur un jeu vidéo et Vilgot les regarde jouer. Pour l'instant, il a l'air content. (Elle sirote son champagne en embrassant la cuisine d'un regard.) C'est très joli avec la nouvelle faïence. Les motifs font plus gai.

— Je sais, j'adore ! C'est fait main, directement importé du Maroc.

Elle effleure la surface parcheminée avec son doigt.

— Vous avez dû la payer une fortune.

— On est passés par l'agence pour s'épargner la TVA, expliqué-je.

Aussitôt, je m'agace. Pourquoi vouloir me justifier comme ça ? Je n'ai aucune envie de parler d'argent. On revient toujours sur ce sujet et j'ignore si, venant de Nina, c'est par curiosité ou par jalousie. Les fins de mois doivent être difficiles pour elle et Fredrik avec leurs salaires d'enseignants et leurs trois enfants, mais c'est leur choix. Personne ne les a forcés à faire un métier qui paie mal. Fredrik a même quitté son poste d'ingénieur quand Smilla était petite. Il voulait faire un travail qui ait « plus de sens ». Franchement, moi ça me dépasse. Comment peut-on choisir de perdre la moitié de son salaire ? Nina aurait dû l'en dissuader.

Je la regarde et ajoute :

— Comme l'ancienne faïence n'avait que trois ans, Max ne voyait pas l'intérêt de la changer. Mais j'ai réussi à le convaincre.

Nina sourit.

— Pour ça, tu es une championne.

— Chacun ses talents.

Je rince une assiette et la pose sur l'égouttoir, sans préciser à Nina que j'ai dû pleurer pour avoir cette faïence. Pas à cause du prix, Max ne rechigne jamais à la dépense, mais parce qu'il refusait de comprendre. Je trouvais plus facile de verser ma larme que de lui expliquer que notre vieille faïence était désespérément démodée et que, moi qui travaille dans le milieu de la décoration d'intérieur, je me dois d'avoir une longueur d'avance.

— Des talents, tu en as à la pelle, affirme Nina en buvant une gorgée de champagne, appuyée contre l'évier. Et ton blog, ça se passe bien ?

Personne n'a l'air de comprendre la charge de travail que ça représente. Il me faut trouver un thème, prendre des photos, importer les images, écrire le texte et mettre en page. Je dois passer une bonne quinzaine d'heures par semaine sur ce fichu blog alors que personne ne le visite pour l'instant, mais, à terme, ce sera une superbe vitrine pour mon magasin et pour la boutique en ligne, je dois simplement faire plus de publicité.

Mon amie poursuit sans attendre de réponse :

— Tes photos ont l'air pro. Je suis allée le voir plusieurs fois.

— N'hésite pas à partager mes articles sur Facebook. Ma clientèle est surtout composée de femmes de notre âge ou plus âgées, et il n'y a plus que nous pour traîner là-dessus. C'est has been pour les jeunes.

— À propos de jeunes…, rebondit Nina d'un air grave. Tu as des nouvelles de Jennifer ?

— Du tout. Ça doit être bon signe.

Elle opine, mais n'a pas l'air convaincue et fait les cent pas devant la table.

— Fredrik et moi, on a eu du mal à accorder nos violons.

— À quel sujet ? demandé-je en m'essuyant les mains sur le torchon que je remets sur son crochet.

— À propos de la fête, si on laissait vingt ados se prendre une cuite chez nous ou non. Entre autres.

C'est un peu tard pour se poser la question. Nous avons passé des heures au téléphone ce mois-ci pour échanger sur la soirée des filles, en particulier pour discuter drogue et alcool. À aucun moment Nina n'a laissé entendre que le lieu de la fête pouvait poser un problème.

— Enfin bon…, marmonne-t-elle en souriant et en agitant la main. Maintenant que j'ai donné mon feu vert, ce qui est fait est fait. Mais, tu sais… je m'inquiète quand même un peu.

Je réprime un soupir. Nina est passée maître en matière d'inquiétude. Elle voit des problèmes partout, et bien souvent avant même qu'ils ne surviennent. C'est pour sa fille qu'elle se fait le plus de mouron. Smilla par-ci, Smilla par-là. Pauvre petite, ça ne doit pas être facile tous les jours d'être tenue en laisse comme ça.

Il faut savoir faire confiance à ses enfants, surtout quand ils atteignent cet âge-là. Ils ont besoin de commettre leurs propres erreurs. Ce n'est pas en leur mâchant le travail constamment qu'on les prépare à affronter la vie. Quels adultes ça donnerait ?

— Ah, c'est là que vous vous cachez pour papoter.

Malena apparaît sur un pas de danse au rythme de *Happy New Year*, de Abba, qui rugit dans les enceintes. Sa robe à paillettes pique un peu les yeux mais elle lui va bien.

— Vous me laissez jouer les commères avec vous ? demande-t-elle.

— Bien sûr, opiné-je en désignant Nina. Commence par dire à ta copine de lâcher du lest.

Se grattant le menton, Malena fait mine de l'inspecter de la tête aux pieds.

— Voyons voir… (Elle lève le doigt en l'air.) D'après ma minutieuse analyse, tu te ronges les sangs pour Smilla et Jennifer qui risquent de passer la soirée à s'éclater. J'ai raison, pas vrai ?

Je ne peux pas m'empêcher de rire. Malena et moi, on a toujours joué dans le même camp : à quoi bon s'inquiéter de ce qui n'est pas encore arrivé ? Ça ne sert à rien. Au contraire, c'est même pénible. Sans nous, à ce stade, Nina serait certainement déjà morte d'inquiétude au sens littéral du terme. Ou, du moins, sa vie serait bien plus déprimante.

— Ben quoi ? dit-elle en me lançant un regard penaud. C'est normal de s'inquiéter un peu, non ? Certes, Smilla est déjà sortie en soirée, mais c'est la première fois que ça se passe chez nous et…

— Arrête, grommelle Malena en lui caressant le bras. Tout va bien se passer. Elles sont quasiment adultes. D'ailleurs, rappelle-toi tout ce qu'on faisait au même âge.

Notre amie fait la grimace.

— C'est bien ça qui m'inquiète !

Malena éclate de rire et je la suis de près. Même Nina s'en amuse, mais le sérieux revient au galop.

— Et Theo, ça va mieux ?

Malena paraît soudain confuse.

— À quel sujet ?

— En fait... (Nina rougit.) Anton m'a dit que Theo traversait une période difficile. Je n'ai pas très bien compris de quoi il s'agissait, mais...

— Ah oui, je vois, dit Malena avec un geste évasif. L'automne a été un peu compliqué, avec le déménagement, tout ça. Changement de classe, changement de copains... Et vous connaissez Theo. (Elle nous décoche un grand sourire.) Mais bon, on n'est pas là pour déprimer. Venez, on va trinquer avec les autres.

Elle manque de renverser le champagne de Nina en nous saisissant chacune par le bras pour nous entraîner au salon.

— Arrête de t'inquiéter pour les filles, Nina ! crie-t-elle pour couvrir la musique et la rumeur croissante des convives. Fais-leur confiance. Pas de nouvelles, bonne nouvelle !

5

Fredrik

— Et tu sais ce que je lui ai dit ? bêle Stenman. Je lui ai dit : « Pour ce pognon-là, t'auras même pas une paire de rames ! »

Le mec est complètement bourré.

Il vire au rouge et rit si fort que sa chemise s'entrebâille sur son ventre rebondi. En moins de dix minutes, il a raconté tout le déroulé de la vente de son voilier il y a deux étés de cela, et j'ai des crampes à force de figer un sourire.

Je n'ai rien contre les bateaux, mon père avait un vieux yacht amarré à Gottskär avec lequel on partait souvent l'été en mer. Non, mon problème, c'est Jens Stenman. C'est un vantard imbu de lui-même, comme la plupart des copains de Max. Je sais pertinemment que la seule raison pour laquelle Jens est là à blablater sur son histoire de bateau, c'est qu'il veut en venir au prix auquel il l'a vendu. Or, je m'en fiche royalement.

— Putain, c'est dingue, ponctue Magnus Göransson. Les gens n'ont plus la notion de la valeur des choses. Ils négocient tout et n'importe quoi.

Stenman opine.

— Quand je vends un truc… (Il chancelle, se rattrape à la table.) Si l'acheteur n'aligne pas deux mots en suédois, je raccroche. C'est vrai, quoi. Ils viennent de cultures primitives. Là où tu peux faire le tour du marché en négociant tout à la baisse.

— C'est clair, s'excite Magnus en se penchant en avant. Eh, conseil d'ami : quand j'ai vendu mon Arcona 465, j'ai fait appel à un courtier. Je ne me suis occupé de rien, c'était le pied. Si tu tombes sur un bon, il fera marcher ses contacts aux quatre coins de l'Europe et saura faire monter les enchères ; l'un dans l'autre, t'y gagnes.

Je lève mon verre.

— Je reviens, je vais faire le plein.

Mes pieds foulent un parquet en chêne verni noir et des tapis duveteux tandis que je m'éloigne du club des nombrilistes. Quand je passe trop de temps dans un troupeau d'hommes, j'en ai de l'urticaire. Neuf fois sur dix, à peine se dit-on bonjour qu'ils sortent leur crête de coq et l'on se retrouve immanquablement à parler boulot, bagnoles, bateaux ou argent.

Dans un coin de la pièce, j'aperçois Nina, Malena et les blondes respectivement mariées à Jens et Magnus. Les éclats de rire se succèdent, je préfère contourner le groupe pour ne pas gâcher l'ambiance par ma présence morose.

Lollo court de la cuisine au salon.

— Tu as besoin d'aide ?

— Absolument pas, sourit-elle sans s'attarder. Ressers-toi du champagne et détends-toi, Fredrik.

Comment veut-elle que je me détende ? Le col de ma chemise me gratte, j'ai dû oublier de couper l'étiquette. Je sors dans le hall, ouvre la porte d'entrée et m'avance sur les marches. La brise fraîche de décembre me rappelle que c'est bientôt fini, plus que cinq heures à tenir.

Respire, Fredrik. Respire.

Je retourne à l'intérieur, pose mon verre sur le chiffonnier près du miroir et m'éclipse à l'étage.

Theo et Anton sont assis sur le canapé. Leurs doigts experts s'agitent sur les boutons de leurs manettes. Vilgot est planté à deux centimètres de l'écran et vit intensément chaque virage du circuit sinueux. Au milieu de la table basse en verre trône leur saladier de chips, intact.

— Salut les mecs, dis-je en m'installant à côté d'Anton. Tout se passe bien ?

— Ouais, c'est cool, lâche mon fils sans quitter son jeu une seconde. Je vais le défoncer.

— Dans tes rêves, marmonne Theo.

Tandis qu'en bas le volume sonore grimpe d'un cran, je me carre au fond du canapé et suis la course de voitures. Si seulement je pouvais rester là toute la soirée. Mince, mon regard tombe directement dans la chambre de Jennifer et je le regrette aussitôt.

Theo parvient à ne pas être vulgaire alors que sa voiture tombe dans le précipice. Des drapeaux à carreaux noirs et blancs s'agitent pour Anton.

— Tiens, bouffe ça ! crie ce dernier.

Je me tourne vers Theo.

— Essaie de le battre à la prochaine course. Sinon, il va prendre la grosse tête.

Il me décoche un sourire en coin tandis que Vilgot tente d'arracher la manette à son frère. Comme Anton résiste, Theo lui prête la sienne.

— Un tour, marmonne Anton à son cadet. Un seul, pigé ?

Theo a toujours été gentil avec Vilgot, l'a toujours laissé participer malgré les objections d'Anton. Sans doute parce que Theo n'a pas de frère et sœur avec lesquels se disputer. Mais c'est surtout un bon petit gars. Apparemment, il a du mal à se faire des copains, ce qui explique sans doute qu'il passe le réveillon avec deux plus jeunes que lui. Certes, Anton n'a que deux ans de moins, mais, entre treize et quinze ans, il y a un gouffre.

Theo montre à Vilgot comment jouer. Il parle avec tendresse, ses yeux en partie cachés sous sa frange brune.

Et soudain, ce n'est plus Theo qui est assis là. C'est Simon. Je dois cligner des yeux plusieurs fois pour ramener Theo. La réalité me frappe : Simon avait exactement le même âge quand il est mort.

Mon petit frère était pareil, c'était un gamin calme et timide.

— Et toi, ça se passe bien ? demandé-je en masquant les trémolos dans ma voix.

— Quoi ?

Theo tend le bras au-dessus de la table ovale pour attraper une chips.

— Tu as changé de lycée, pas vrai ? Tu te plais à Tygelsjö ?

Bref haussement d'épaules.

— Arrête, papa, s'indigne Anton en me donnant un petit coup de coude. C'est le nouvel an, on joue. T'es obligé de rester là ?

— Ça va, j'ai compris. (Je me relève.) Je m'en vais.

La porte ouverte m'attire comme un aimant, mon regard sonde l'obscurité en passant. C'est plus fort que moi.

Sur la tête de lit pendouille un soutien-gorge blanc en dentelle. On dirait que quelqu'un l'a jeté là à la va-vite, avant d'aller prendre une douche. Mais ce pourrait tout aussi bien être une mise en scène parfaitement calculée.

Je déglutis et me hâte dans l'escalier.

6

Nina

— Et si on portait un toast tous ensemble ?

Ivanka se lève de sa chaise et brandit son verre de vin.

J'ai un petit coup dans le nez, mais ce n'est rien comparé à l'état d'Ivanka Stenman. Ses paupières sont presque closes et son rouge à lèvres écarlate a taché ses dents blanches.

— Belle initiative, approuve Max, qui se lève également. D'ailleurs, on pourrait même chanter une chanson.

— Bonne idée ! rugit Magnus Göransson, si fort que ça m'agresse l'oreille droite. Allez, Ivanka. Chante-nous une chanson grivoise !

Elle glousse en lissant sa robe courte.

— Des grivoises, moi je n'en connais pas.

— Allez, Ivanka ! Allez, allez ! scande-t-il.

Jens Stenman se joint à lui en frappant en rythme sur la table.

— Du calme, perce une voix tendue au milieu du vacarme. Il y a des enfants.

Ce qui installe instantanément un silence de mort, et tous les regards se tournent vers la voix.

Celle de mon mari. J'essaie de croiser le regard de Fredrik mais le sien, assassin, est braqué sur Max et Ivanka. Qu'est-ce qui lui prend ?

— J'ai une petite suggestion, déclare mon voisin de table, rompant le silence. Si vous voulez, je peux vous chanter une chanson très sale. En arabe.

— Ah non, soufflé-je à Adde en lui donnant un petit coup de coude. C'est de la triche. Qu'est-ce qui nous dit qu'elle est vraiment grivoise ?

Tout sourires, il se lève de sa chaise.

— Vous devrez me faire confiance.

Un verre de vin dans une main, Adde se sert de l'autre comme d'une baguette et se met à chanter. Je tape dans mes mains, Lisen m'imite et Ivanka se lance dans une sorte de danse du ventre. Il n'en faut pas plus pour que tout le monde se lève et improvise la même danse lascive ou bien marque le rythme. Tous sauf Anton, Theo et Vilgot, qui se sont arrachés à leur jeu vidéo le temps du repas. Et Fredrik, évidemment, qui reste stoïque.

— Ces images vont entrer dans l'histoire ! s'écrie Lollo en levant son téléphone bien haut.

Ivanka, toujours emballée à l'idée de poser devant un appareil photo, danse si intensément qu'elle trébuche.

— À ta santé, bordel ! jure Max en l'aidant à se remettre sur pied.

Je me rassieds, sèche des larmes de rire avec le coin de ma serviette et bois une gorgée de vin blanc. Divinement bon. Ni trop sec ni trop doux, et par ailleurs bien frais.

— Maman, dit Vilgot en se glissant entre moi et Magnus. Je peux remonter jouer ?

Quand je hoche la tête pour donner mon accord, le monde se met à tourner. *Oups*. Combien de verres de champagne ai-je bus exactement avant le repas ? J'ai perdu le compte. Il faudra bien manger pour éponger.

— Bien sûr, vas-y.

Je m'apprête à tapoter la joue de mon fils, mais il se dérobe, alors je me tourne vers Adde.

— Le vin est excellent. L'entrée aussi, d'ailleurs. (J'engloutis une mini-tartelette et rapproche ma chaise de mon voisin de table.) De quoi parlait-elle, ta chanson ?

— Je ne peux pas te le dire, rétorque Adde, dont les yeux sombres pétillent. Ça ne convient pas à tes oreilles innocentes.

— Innocentes ? (Un hoquet m'échappe.) Pardon. J'ai toujours le hoquet quand je bois.

— C'était une berceuse.

— Quoi ? (J'ai profondément envie de rire.) Tu es sérieux ?

Adde opine et pioche quelques olives dans son assiette.

— En échange de cette confidence, j'en veux une sur Malena. (Il met une olive dans sa bouche et s'adosse à sa chaise.) Donne-moi du croustillant.

— J'en ai tellement, laquelle choisir ? (Je me tourne de l'autre côté.) Malena ! Ton homme veut que je lui raconte tous les péchés de ton passé !

Elle arrête de discuter avec Lisen pour rétorquer :

— Quels péchés ? Je suis une femme irréprochable !

Tandis que tout le monde s'esclaffe, la voix rugissante de Jens Stenman remplit la salle.

— Santé ! (Il s'est levé à son tour et tâtonne la table plusieurs fois avant d'attraper son verre.) Santé à notre magnifique hôtesse et à cette soirée du réveillon.

7

Fredrik

Les gens m'impressionnent : ils peuvent rester vissés sur leur chaise pendant des heures et parler pour ne rien dire, tout ça en donnant l'impression de passer un excellent moment. Je balaie du regard l'assemblée autour de la grande table de la salle à manger et n'arrive pas à trouver une seule personne, hormis moi-même, qui ait l'air de s'ennuyer.

L'arrivée d'un nouveau visage dans le groupe encourage Max à raconter toutes ses aventures de jeunesse. Chaque fois qu'il rapporte ces vieilles histoires, il en rajoute une couche, si bien que, pour moi qui connais Max Wiksell depuis plus de vingt ans, elles commencent à ressembler à de grandes épopées légendaires.

Personne autour de la table n'ose dire qu'on a déjà entendu ces vieilleries cent fois. Au contraire, tout le monde joue le jeu et rit aux moments clés. Adde pouffe lui aussi comme on l'attend de lui. À moins qu'il ne les trouve sincèrement drôles.

Nina s'est retrouvée assise à côté de lui et tous les deux semblent bien s'entendre. Entre deux histoires de Max, ils se penchent l'un vers l'autre comme pour échanger, des confidences, peut-être. Il est évident que Nina a trop bu, ses gestes sont plus amples et son rire plus sonore.

Je me sens exclu. Et je sais parfaitement à quoi c'est dû : ils boivent tous de l'alcool. Tous sauf moi.

Une décision que j'ai prise après l'apéritif. J'ai pris conscience que Nina avait raison : on ne pourra pas rentrer en taxi. Hors de question de dormir sur place, sept heures suffiront amplement. C'est moi qui ai oublié de réserver le taxi, alors j'assume. Au lieu de passer ma soirée à télécharger les applis de toutes les agences de taxi de la ville, j'ai décidé de lever le pied sur l'alcool. Un petit verre de champagne en apéritif, un verre de vin pendant le repas et une gorgée de mousseux à minuit. Après ça, je devrais pouvoir conduire sans problème.

— Tu es prof, c'est bien ça ?

Ma voisine de table s'est retournée vers moi. Nous avons échangé des politesses au cours de la soirée et je n'arrive toujours pas à me rappeler si c'était bien elle qui était assise à côté de moi il y a deux ans. À sa voix, il me semble que oui.

— Tout à fait. Sport et maths. Au collège.

— Et ça te plaît ? s'enquit-elle, la tête inclinée. On entend rarement du bien de l'Éducation nationale ces derniers temps. Des élèves ingérables, des profs dépassés… Notre plus jeune fils a passé son bac il y a cinq ans, alors j'ai un peu perdu le contact avec le milieu scolaire. La situation est aussi critique que ce qu'on en dit ?

— Personnellement, je trouve que ça va. Ça dépend bien sûr de l'établissement dans lequel on atterrit, mais le directeur de mon collège sait affronter les problèmes qui se présentent. Quand deux cents ados sont réunis sous le même toit, ça pose forcément des soucis, c'est normal. Et je m'entends bien avec mes collègues.

— Mais tu n'as observé aucun changement ? Tu ne trouves pas que les jeunes de nos jours manquent de respect à leurs aînés ?

Je hausse les épaules.

— Il faut savoir gagner le leur. Forcément, si on compare la situation avec celle d'il y a dix ans, ça a changé.

Je me creuse les méninges pour trouver une bonne transition. Je n'ai pas envie de parler de mon travail. Je suis un bon prof et aime toujours autant interagir avec les jeunes, je trouve ça stimulant.

Mais mon métier est plus compliqué que ça et ce n'est pas le moment d'y penser.

Et puis, cette conversation m'est pénible parce qu'elle me rappelle la fête qui bat son plein en ce moment même dans notre maison. Je jette un coup d'œil à Nina et constate que l'alcool a sur elle un effet apaisant. Moi, je n'ai qu'une envie : sauter dans la voiture, rentrer directement chez moi et renvoyer tous les fêtards chez eux. On a tous eu dix-sept ans, on sait que ces soirées-là étaient les pires. Ou les meilleures, selon le point de vue.

Ma voisine de table s'apprête à ajouter quelque chose, mais Lollo me sauve de l'interrogatoire.

— Votre attention, s'il vous plaît !

Elle se lève et fait bruyamment tinter sa petite cuillère sur son verre de vin.

— Tu veux faire un discours ? bredouille Max. Merde, quelle plaie. Essaie de faire vite, alors.

Tout le monde rit, peut-être pour empêcher son intervention de saper l'ambiance. Je regarde à nouveau autour de moi. Sommes-nous toujours aussi bourrés en soirée ? Est-ce parce que je suis sobre que les gens m'agacent autant ce soir, ou ont-ils eu la main particulièrement lourde ?

— Je me disais que, comme on va bientôt... (Lollo regarde sa montre et esquisse un grand sourire.) Dans une heure, une nouvelle année commence ! (De grandes acclamations soulèvent la tablée et notre hôtesse se tait en attendant le retour au calme.) On pourrait tous raconter quelque chose sur l'année qui s'achève. Notre plus beau souvenir, par exemple ? Ensuite, on pourrait enchaîner sur nos vœux pour l'année à venir. Ce serait chouette, non ? Mais il faut faire court. (Elle se tourne vers son mari.) Tu m'as entendue, Max ? Court et efficace, tu t'en sens capable ?

Nouveau rire général.

Intérieurement, tout mon être proteste contre cette idée. Mon pouls bat contre mes tempes, j'ai les mains moites et ma vision se trouble. Je veux fuir mais reste vissé au coussin moelleux de ma chaise.

— C'est une excellente idée ! s'exclame ma voisine de table. Je commence.

— Parfait, se réjouit Lollo. On t'écoute, Lisen.

Lisen. C'est bien elle.

Lisen se met donc à parler. Elle s'étale longuement sur ses espoirs, un nouveau travail et un ou plusieurs petits-enfants. S'ensuivent ses envies de voyages divers et ainsi de suite, ça n'en finit plus.

Je me ressers un verre d'eau de la carafe devant moi et prie les instances supérieures pour que l'on poursuive ensuite par sa droite et que l'on ne finisse jamais le tour de table.

Mais quand Lisen a terminé, c'est évidemment vers moi que Lollo se tourne.

— À toi, Fredrik.

C'est la panique, j'essaie de rire mais mes muscles se figent en une grimace crispée.

— Allez, le prof ! gronde Max depuis l'autre bout de table. Tu traînes des casseroles, c'est ça ?

— Excusez-moi, dis-je en me levant de ma chaise. Je vais monter voir les garçons. J'ai cru entendre Vilgot crier. Je passe mon tour.

— Tu ne t'en tireras pas comme ça ! hurle Max.

J'ai envie de l'étrangler, ce crétin, mais opte pour la fuite en leur promettant de revenir tout de suite.

8

Nina

— À ton tour, ma belle, me dit Lollo. On veut tout savoir. Qu'est-ce que tu as préféré cette année ? Et qu'est-ce que tu espères pour la suite ?

Je bois une gorgée du vin de dessert pour gagner du temps. Quand la tournée des anecdotes a commencé, je trouvais l'activité amusante, typique de Lollo, mais voilà que j'ai soudain peur de ne pas être à la hauteur de l'exercice.

Dans quelques minutes, nous entamerons une nouvelle année, c'est l'occasion parfaite de jeter le houx à la poubelle et d'attendre les perce-neige. Mais ma pensée ne va pas plus loin. Pourquoi je pense à des fleurs ? J'ai beaucoup trop bu, j'ai la tête qui tourne.

Adde me prend en aparté.

— Eh, copine de table, tu as le trac ?

C'est plus fort que moi, je lâche un gloussement de plus dans l'océan d'éclats de rire que constitue cette soirée ! Cela faisait longtemps que je ne m'étais pas autant amusée. Adde est vraiment drôle et sympa. J'espère que Malena pourra rester avec lui, il a l'air d'incarner tout ce dont elle a besoin. Un homme stable qui a su garder son âme d'enfant.

— En fait, je… (En souriant à Lollo, j'essaie de rassembler mes pensées.) J'ai passé une très belle année, mais je n'ai pas de détails particulièrement frappants.

Mon amie fait la moue.

— Tu dois bien avoir au moins un exemple, non ?

Plus je réfléchis et plus je m'embourbe. L'année qui vient de passer, quand j'y repense, n'a pas été brillante. Fredrik et moi nous sommes à peine croisés, soit en silence, soit pour se disputer. Vilgot a eu quatre otites, Smilla et moi nous sommes chamaillées sur à peu près tous les sujets imaginables, et nous avons dû annuler nos vacances en famille à cause d'une fuite d'eau dans la cuisine.

— Alors…, finis-je par dire. Ce que j'en tire de positif, c'est que toute la famille va bien et que nous avons des amis en or. (Quelqu'un siffle aussitôt, probablement Max.) Quant à ce que je souhaite pour l'année prochaine… (Mon regard se promène autour de la table avant de s'arrêter sur la chaise vide de Fredrik.) J'espère que nous continuerons sur cette lancée.

Quelle horreur. De un à dix, quelle serait ma note sur l'échelle du chiant à mourir ? Le bien-être de ma famille est-il vraiment ma seule préoccupation ? C'est pathétique. Tous les autres ont évoqué des défis professionnels, des voyages excitants et des marathons à remporter.

Suis-je déjà si vieille dans ma tête ? Il faut croire que oui. Est-ce la raison pour laquelle Fredrik ne veut plus discuter avec moi ? Parce qu'il me trouve vieille et barbante ? Et moche ?

En ce moment, on ne fait plus l'amour. Je n'avais encore jamais vraiment réfléchi à notre vie sexuelle, mais, à bien y penser, le constat est frappant : elle est parfaitement inexistante.

On a des enfants à la maison depuis si longtemps que notre libido a mis les voiles. Et pour être parfaitement honnête, le sexe ne me manque pas vraiment. J'ai tellement d'autres choses en tête : le travail, les tâches domestiques et tout ça. Dans ce contexte, me détendre et prendre du bon temps, ça me paraît tout bonnement impossible.

Il n'empêche, quand a-t-on couché ensemble pour la dernière fois ? Était-ce vraiment il y a six mois ? Auquel cas, c'est un record. Même après les naissances, on ne s'est pas abstenus aussi longtemps.

Mon mari est plutôt bel homme, ses mèches de cheveux gris lui donnent du charme et son style vestimentaire est assez frais. Tandis que moi, j'ai pris pas mal de kilos depuis notre rencontre et mes cheveux blancs ne sont pas aussi sexy que les siens.

Soudain, une pensée me traverse l'esprit : Et si Fredrik me trompait ? Aurait-il rencontré une autre femme ? Plus jeune, plus mince et plus drôle ?

Je porte l'un de mes verres entamés à mes lèvres et en bois une grande lampée. Le vin est toujours aussi bon. Le regard baissé, j'ajuste ma robe, qui me boudine la taille. En tout cas, je constate que je n'ai pas à me plaindre de ma poitrine. Et, tout compte fait, je ne suis pas si grosse que ça.

— OK ! crie Lollo. Comme Fredrik est parti se cacher, Max termine le tour de table. (Elle se tourne vers son mari.) Tu as trois minutes, pas une seconde de plus. Il faut qu'on soit dehors avant minuit.

Si les autres sont tous restés assis pour prendre la parole, Max se lève, bien sûr, et entame son discours par un raclement de gorge emphatique.

— Chers amis ! déclare-t-il en parcourant la tablée comme s'il était un pasteur et nous ses ouailles. Ce fut une année formidable ! Les affaires ont été au beau fixe, comme toujours, et pas mal de projets ont vu le jour. Il m'en faut, vous me connaissez. (Il trouve son verre de vin, boit une gorgée et le repose.) Une bonne année de golf, par ailleurs. Je caracole avec un handicap de 6,2 pour l'instant. (Quelqu'un applaudit et Max poursuit.) Pour l'année prochaine, j'espère que notre gouvernement affligeant fermera les frontières une bonne fois pour toutes. En ce moment, on peut à peine foutre le pied en ville sans que…

Lollo lui donne un petit coup de coude.

— Épargne-nous la politique, chéri.

Il ne se laisse pas intimider :

— Et pas besoin d'avoir décroché le prix Nobel pour voir que la Suède file du mauvais coton. Les rues sont bourrées de clodos et autres rebuts incapables d'aller bosser comme les autres.

— Ça suffit, maintenant.

Cette fois, Lollo a haussé le ton, et Max lève les bras au ciel, esquissant un vague regard noir à sa femme.

— Quoi, c'est pas vrai ?

Ça devient gênant.

— Ne fais pas attention à ce qu'il raconte, chuchoté-je à l'oreille de Adde. Max a trop bu. D'habitude, il ne…

— Mon père le voyait déjà venir il y a vingt ans. (Max monte dans les tours, agite les bras.) Il disait que la Suède devenait un enfer sur Terre. Et ça ne s'est pas arrangé. Putain, bientôt ce sera le nouvel an musulman qu'on fêtera à la place du nôtre !

Malena se lève.

— Excuse-moi, nous avons justement un musulman parmi nous ce soir, tu peux diriger ta haine directement sur lui, si tu veux. Je t'en prie !

L'espace d'une seconde, Max paraît décontenancé, mais il se reprend vite.

— T'inquiète pas, Malena. (Il adresse à Adde un grand sourire.) Je ne parlais pas de toi, évidemment. Tu parles suédois, tu travailles et paies tes impôts. C'est des *autres* que je parle, de ceux qui vivent des allocs et qui…

— Ça suffit ! gronde Fredrik depuis l'encadrement de la porte. Tu es bourré. Et ton ramassis de conneries ne nous intéresse pas.

— Mon petit Fred, ricane l'autre. Le grand sauveur de la bien-pensance. Ouvre les yeux, mon vieux, avoue que la Suède a un problème. Un très gros problème.

Fredrik fait un pas vers la table, le regard braqué sur lui.

— Non, le problème de notre pays vient des mecs comme toi qui…

— S'il vous plaît ! les interrompt Lollo en faisant désespérément tinter sa cuillère contre son verre. Il nous reste dix minutes, je propose que nous sortions tous sur la terrasse. On va bientôt servir le champagne.

Tout le monde s'active, pressé de quitter la table. Adde et Malena sont en pleine discussion, discrète mais visiblement animée.

Fredrik s'approche de moi à grands pas.

— Viens, souffle-t-il. On s'en va.

— Maintenant ?

Il bouillonne de rage.

— Ouais, maintenant. On ne peut pas rester une minute de plus.

Je pose doucement la main sur son bras, en partie parce que le sol chavire sous mes pieds.

— Calme-toi, chéri. On ne va pas partir comme des voleurs. Lollo a prévu un tas de choses pour minuit, elle n'y peut rien si Max devient con quand il boit trop.

— Pas seulement quand il boit, renchérit-il. Mais quand il est sobre, il arrive au moins à les garder pour lui, ses idées de facho.

— On trinque et on rentre, promis.

Je l'embrasse sur la joue et l'attire avec moi dans l'entrée. Sur le pas de la porte, Anton et Theo sont tout habillés, prêts pour sortir voir le feu d'artifice.

— Vilgot s'est couché ? demande Fredrik.

Anton fait signe que oui.

Quelques minutes plus tard, nous sommes sur le balcon, que Lollo a transformé en décor digne d'un conte de fées grâce à des guirlandes lumineuses et des lanternes sur les caillebotis en bois, arrangées avec goût parmi les plantes dont elle a enveloppé les pots de toile de jute. Elle-même emmitouflée dans des fourrures, elle est occupée à servir le mousseux dans de grandes flûtes. Je remarque un magnifique bougeoir en glace emprisonnant des roses gelées d'un blanc ivoire, posé sur la table à côté des flûtes, et déjà il fond. Lollo m'impressionnera toujours.

Les voisins se retrouvent par couples devant la fenêtre panoramique, Adde et Malena un peu à l'écart. Malena s'agite tandis qu'Adde semble chercher à la calmer, une main sur son bras.

Max est au milieu de la pelouse avec sa caisse de chandelles, je devine sa silhouette penchée derrière le toit de la piscine.

— Ne vous approchez pas trop ! lance Fredrik aux garçons avant de se tourner vers moi. Il ne devrait pas jouer avec le feu dans cet état.

J'observe Max. Quelques mèches plaquées sur son crâne lui tombent sur les oreilles. Il tripote une boîte d'allumettes et jure comme un charretier. Visiblement, l'humidité a gagné les allumettes.

— Ça devrait bien se passer, dis-je en tendant une flûte à mon mari. Heureusement que les fusées les plus dangereuses sont interdites.

Le froid m'a un peu dégrisée. À partir de maintenant, je boirai de l'eau un verre sur deux.

Lollo lance à cet instant :

— Bonne année !

Tout le monde s'exclame dans un tumulte modéré. Fredrik et moi rejoignons les autres convives. Nous trinquons, échangeons des étreintes et nos meilleurs vœux.

Max finit par embraser une allumette, et des gerbes d'étoiles colorées fusent aussitôt vers le ciel de plomb. Nous applaudissons et poussons des cris un brin exagérés à chaque nouvelle cascade de points étincelants qui jaillit au-dessus de nos têtes.

Avec la superbe flûte signée *Lollos Design* entre mes doigts gelés, je me penche en arrière et me love dans l'étreinte chaude de mon mari. En silence, nous contemplons le feu d'artifice des voisins, bien moins spectaculaire, par-dessus la haie.

Je tourne à peine la tête pour croiser le regard de Fredrik et lui souhaite :

— Bonne année.

Il sourit.

— Bonne année, Nina.

Nous faisons tinter nos verres. Je suis sur le point de lui dire pourquoi celle qui vient de s'achever était vraiment pourrie, mais me ravise. Je ne veux pas passer ces premières minutes à me plaindre et à râler, de crainte d'imprégner la nouvelle année de cette amertume. Ne serait-ce pas, d'ailleurs, l'occasion parfaite de laisser le passé derrière nous et de repartir de zéro ? Le calendrier est une invention humaine, j'en ai bien conscience, demain ne sera pas différent d'hier. Mais le symbole du nouvel an et de ses bonnes résolutions pourrait nous être utile, pour une fois. Fredrik et moi pourrions nous en servir pour trouver le chemin qui nous rapprochera.

Dressée sur la pointe des pieds, je dépose un baiser sur ses lèvres. Nous trinquons à nouveau et une petite voix au fond de moi me souffle que tout ira bien. Ça ne peut aller qu'en s'améliorant.

9

Fredrik

Je quitte le balcon en prétextant le besoin d'aller au petit coin. La vérité, c'est que je ne supporte pas les regards amoureux de Nina. Je ne les mérite pas.

Derrière la porte verrouillée, je m'assieds sur le rabat des toilettes et prends ma tête à deux mains. Comment me suis-je fourré dans ce pétrin ? Si seulement je n'avais pas… Je pousse un profond soupir. Cette pensée débile et inutile me hante : *si seulement je n'avais pas…*

Mon téléphone interrompt le fil de mes pensées en jouant ma chanson préférée dans la poche de ma veste. Aussitôt, je me crispe. Il est arrivé quelque chose à la maison ?

Je sors le portable, numéro inconnu. *Ouf.* Ben non, pas ouf : un numéro inconnu, ça peut être un ami de Smilla, si elle-même a tellement bu qu'elle est en coma éthylique. Ou bien, un voisin qui m'informe qu'il a appelé la police à cause de la musique trop forte ou de coups de feu.

Def Leppard continue de jouer. Je contemple la longue série de chiffres comme s'il s'agissait d'un code. Un message secret que moi, prof de maths, suis censé pouvoir déchiffrer. Mais les chiffres ne me parlent pas et je finis par porter le téléphone à mon oreille.

J'entends d'abord un grattement régulier. Comme des pas. Puis un souffle puissant, une rafale dans le micro.

—Allô ?

Ma voix est couverte par un crépitement à l'autre bout du fil.

— Bonsoir, Fredrik.

Je me raidis.

— Jennifer ?

Gloussement.

— En personne.

— Il y a un problème ? Où es-tu ?

— Bientôt à la maison.

— Quelle maison ? (J'essaie de comprendre.) Tu veux dire chez toi, *ici* ?

On dirait qu'elle trébuche, la ligne semble coupée une seconde. Puis son souffle revient contre mon oreille.

— Ouais.

— Pourquoi tu n'es pas restée à la fête ? (Je déglutis.) Avec Smilla ?

— Pff, cette fête était naze… Et puis, je voulais qu'on discute, tous les deux.

— Euh… Qu'on discute ? bredouillé-je de mes lèvres engourdies.

— Ouais. Qu'on parle, quoi.

Quelle poisse ! Je jette un regard circulaire à cette grande salle de bains. Comme pour chercher un passage secret menant à la cachette parfaite où me terrer à tout jamais. Évidemment, il n'y en a pas. Je dois prendre le taureau par les cornes.

— Jennifer, où es-tu exactement ?

— Près de l'arrêt de bus.

— Lequel ?

Elle soupire.

— Je te dis que…

— Tu es à Klagshamn ? (Je fais les cent pas entre la porte et le jacuzzi.) Au terminus ?

— Oui, mais pourquoi…

Et merde !

— Jennifer, écoute-moi bien. (Je prends un ton ferme.) Reste où tu es, j'arrive.

— Quoi ? Mais…

— Ne bouge pas, sifflé-je entre mes dents. Tu m'entends ? Reste au terminus. J'arrive dans deux minutes.

Les autres sont toujours sur le balcon, je peux donc discrètement enfiler ma veste et me faufiler dehors par la porte d'entrée. La seule à me remarquer, c'est Chanel, allongée dans son panier, toute tremblante et les yeux écarquillés. Quelqu'un aurait dû rester dans la maison avec la pauvre chienne, pendant que les feux éclataient dehors.

La rue est complètement déserte. On aperçoit parfois des gerbes d'étincelles çà et là au loin, mais le brouillard est à couper au couteau. Les plus proches voisins sont rentrés au chaud après les douze coups de minuit. Tandis que je me mets presque à courir sur le trottoir, les voix de notre fête s'amenuisent pour finalement se fondre dans le silence.

Au fond, je savais que ce jour finirait par arriver. J'ai passé l'automne à attendre que la bombe explose. Quel idiot, j'aurais dû la désamorcer tout de suite.

J'aurais dû en parler, mettre les choses au clair. Au lieu de ça, j'ai fait l'autruche en me disant que le temps guérirait tous mes maux. Ou, du moins, qu'il les ferait disparaître.

De toute évidence, ça n'a pas marché.

Il ne me faut pas longtemps avant de l'apercevoir. Elle sort du bosquet en titubant sur ses talons hauts. Évidemment, elle n'est pas restée à l'arrêt de bus.

— Je t'ai dit de rester où tu étais.

Elle sourit. Ses pupilles sont totalement dilatées sous ses paupières lourdes. Elle est défoncée ?!

— Tu as l'air nerveux, Fred… rik.

Elle a la voix rauque.

— Nerveux ? Pas du tout. Je crois juste que tu as choisi le pire moment pour papoter. Et je ne vois pas l'intérêt de rentrer chez toi pour faire une scène devant tous vos invités. Enfin, si c'est ce que tu as en tête.

— Je n'ai rien du tout en tête, ricane-t-elle comme si elle venait de raconter une bonne blague. Je veux discuter, c'est tout. Dis-cu-ter.

— Si c'est au sujet de ce qu'il s'est passé l'été dernier…

— Dans le mille. (Elle ne rit plus et fait un pas vers moi.) Tu m'as traitée comme un vulgaire jouet, Fredrik. Tu m'as piétinée.

— Jennifer, s'il te plaît…

Bordel, elle est soûle et sans doute droguée. Que suis-je censé lui dire ? Comment lui faire entendre quoi que ce soit ?

— Jennifer, je comprends que tu sois déçue. Et je t'ai déjà expliqué ce qu'il en était : je t'aime bien. Je t'ai toujours appréciée. Mais il ne faut pas tout mélanger.

Elle me regarde fixement.

— Hein ?

— Rien, oublie. Ce que j'essaie de te dire, c'est qu'on a le droit d'être gentil avec quelqu'un sans que ce soit forcément une invitation au plaisir charnel. Écoute, j'ai merdé, j'aurais dû mettre les choses au clair dès le début.

— Le plaisir charnel ? répète-t-elle en affichant un sourire crispé. Tu parles vraiment comme un prof, parfois. Mais tu ne t'en tireras pas comme ça. Parce que, si je me souviens bien, t'as été carrément *charnel* avec moi.

— C'est *toi* qui… On avait bu, fumé de l'herbe. C'était une erreur et je n'ai jamais autant regretté un truc de toute ma vie.

Elle passe devant moi et marche en direction de sa maison. Je tends la main, refusant qu'elle s'approche davantage de la villa des Wiksell, mais parviens seulement à l'attraper par sa veste déboutonnée.

— Lâche-moi.

Elle se dégage et tente de s'éloigner.

— Reste là !

Cette fois, je la prends par le bras. Jennifer résiste, mais je parviens à l'attirer dans le bosquet.

Nous nous retrouvons face à face sur l'un des nombreux chemins tracés au milieu des arbres. Un réverbère tout proche jette sa faible lumière sur son visage. Son mascara a coulé, elle tangue et semble prête à trébucher.

Je m'efforce de prendre un ton calme, plus grave.

—Jennifer. Je veux bien discuter, si c'est ce que tu veux. Et tu as besoin de décuver. Viens, on fait un petit tour. Ensuite, je te ramène en voiture rejoindre Smilla. Elle sait que tu es partie ?

Elle n'a pas l'air de m'écouter et, en essayant de dégager son bras, me griffe les paumes avec ses ongles.

—Lâche-moi ! se met-elle à crier, à hurler même. Espèce de vieux dégueulasse ! Ne me touche pas ! Tu m'entends ?

—Arrête, Jennifer. (J'essaie de bloquer ses bras mais c'est impossible, elle les fait tourner comme un moulin à vent.) Tu veux que tous les voisins te voient dans cet état ? C'est ça que tu veux ?

—Je les emmerde, ricane-t-elle avant de se dégager si brutalement que je perds ma prise.

Comme je ne la retiens plus, elle tombe à la renverse dans le fossé. Tout se passe en un éclair, mais j'ai l'impression de vivre la scène au ralenti. La surprise dans ses yeux bleus, la veste noire battant l'air comme une voile autour de son corps.

Puis le silence. Comme si le monde entier retenait son souffle. En fait, je suis le seul à retenir ma respiration, et quand la voix de Jennifer brise le silence, un immense soulagement m'envahit.

—Aïe, putain !

Elle se redresse en se massant le crâne. Je m'accroupis auprès d'elle.

—Tu t'es fait mal ? Montre-moi.

Mais elle chasse ma main.

—Ne me touche pas, je te dis !

J'insiste pour l'aider à se relever.

—Calme-toi. Ne fais pas ta gamine. Tu ne vas pas rester là toute la nuit.

Lentement, elle lève la tête. Le regard meurtrier.

Et chargé de dégoût.

— Va-t'en, Fredrik. Fous-moi la paix.

— Mais, bon sang. (Je tente de me relever, mais ma veste s'accroche quelque part et me fait perdre l'équilibre, je manque de m'étaler sur elle de tout mon long.) Merde, pardon.

— Espèce de pervers ! Je vais appeler la police !

Sa voix résonne dans tout le quartier résidentiel désert.

Je tire sur ma veste pour l'arracher à la branche et me remets debout, le cœur battant. Pendant un bref instant, j'ai la sensation qu'on nous observe, je crois voir des ombres se dérober parmi les arbres.

— Calme-toi, dis-je. Je ne voulais pas…

Par je ne sais quel miracle, elle parvient à se relever rapidement et fait un pas vers moi. Elle se penche si près de mon visage que je sens les vapeurs d'alcool dans sa bouche.

— Tu ne t'en tireras pas comme ça, Fredrik. Tu le sais, pas vrai ?

10

Lollo

— Je suis à sec, tu peux ?

Lisen me tend son verre comme à une domestique.

— Avec plaisir, dis-je en nous resservant toutes les deux.

Puis j'ajoute tout bas :

— Je m'excuse pour Max, il…

Elle sourit d'un air entendu.

— Bah, n'y pense plus. Au fond, on est tous un peu d'accord avec lui, on n'ose pas le dire tout haut, c'est tout. À peine évoque-t-on le problème de l'intégration dans cette ville qu'on se fait traiter de raciste.

Sur ce, Lisen s'éloigne et j'en profite pour regarder autour de moi. Où sont passés Malena et son copain ? Ils ne sont quand même pas rentrés chez eux, si ?

Max est toujours dans le jardin et nettoie les restes du feu d'artifice. Quelle mouche l'a piqué pour qu'il étale ses opinions ce soir, juste devant le nouveau copain de Malena ? Ça l'a mise en furie. Et Fredrik qui volait à sa rescousse. Il ne peut pas s'empêcher de défendre la veuve et l'orphelin, c'est pénible. Dès que quelqu'un fait une blague sur les Norvégiens, monsieur s'empresse de préciser qu'ils « ne sont pas tous comme ça ». Un peu d'humour, que diable !

Certes, je reconnais que Max est allé trop loin dans son discours, comme souvent d'ailleurs, surtout quand il a bu. Et puis, le copain de Malena a l'air parfaitement normal – il a bu du vin pendant le repas, et il est gentil comme tout. Vraiment, il n'y a rien à redire.

— Merci pour cette fabuleuse soirée, ma douce Lollo.

Nina est plantée devant moi, les joues roses. La bruine fait rebiquer la pointe de ses cheveux et ses yeux trahissent ses quelques verres de trop.

— Merci à toi, ma belle. Le dessert était très bon.

C'est faux, mais à quoi bon le dire ? À être trop honnête tout le temps, on fait du mal aux gens, et ce n'est pas mon truc.

Nina balaie le balcon du regard.

— Où sont passés Adde et Malena ?

Je hausse les épaules. Elle se remet à glousser.

— Max n'a pas été très malin de…

— Je sais. Il ne faut jamais parler politique quand on a bu, c'est idiot.

— Pour moi, parler politique, c'est idiot tout court, déclare-t-elle avant de venir chuchoter tout contre mon oreille. Je t'ai déjà dit que je trouvais ça méga chiant, la politique ?

Nina est marrante quand elle est pompette.

— Non, pas vraiment. Je pensais que Fredrik et toi débattiez de géopolitique à longueur de journée.

Voilà qu'elle prend soudain un air sérieux.

— En ce moment, on ne se parle plus tellement.

— Pourquoi ? Il y a un problème ? Vous vous êtes disputés ?

— Non, pas vraiment. C'est juste que… On est mariés depuis tellement longtemps, et avec trois enfants… Bref, toujours le même refrain. (Elle me décoche un sourire rayonnant.) Enfin bon, on n'est pas là pour se morfondre. Qui dit nouvelle année dit nouvelles opportunités !

Je remplis un verre et prends un selfie pendant que nous trinquons, en prenant soin d'avoir mon bougeoir en glace dans le cadre, derrière nous. L'icône de ma messagerie indique en rouge deux nouveaux SMS. Agneta et Jennifer m'ont écrit toutes les deux juste avant minuit.

J'espère que vous vous amusez bien! m'a souhaité ma belle-mère, en me transmettant également le bonjour de mon père. Jennifer m'a envoyé un cœur rouge accompagné d'un:

Bonne année maman, gros bisous!

Pour ma part, je ponctue ma réponse d'autres cœurs.

— Regarde, tu n'as aucune raison de t'inquiéter, dis-je à Nina en brandissant mon téléphone. Jennifer vient de m'écrire, elles passent une super soirée chez vous.

Elle a l'air tellement soulagée que j'ai mauvaise conscience: ma fille n'a rien dit concernant leur soirée. Mais je n'ai pas menti non plus: elle n'aurait pas écrit ce message sans aucune faute si elle avait été complètement bourrée.

Nous rentrons au chaud. Max s'improvise à présent DJ, Lisen et Ivanka se mettent à onduler sur la musique et Jens est affalé sur le canapé, le teint livide.

Je poste rapidement notre selfie sur Instagram et Facebook avec la brève mention: Bonne année à tous, vous êtes géniaux!

Je prends soin d'ajouter #lollosdesign et #designenligne, mais aussi #bonneannee, #amis et #amour. Plus les posts sont personnels, plus ils attirent de likes. Les gens aiment bien voir mon visage, celui de la personne cachée derrière la marque, et pas seulement les jolis cadres et les housses de coussin.

— On est canon, constate Nina derrière mon épaule. On ne dirait pas qu'on approche de la cinquantaine.

— N'est-ce pas? m'amusé-je en la poussant du coude. Mais évite de me le rappeler, merci.

— Bah, sourit-elle. Ce n'est qu'un chiffre. Ce qui compte, c'est l'âge qu'on a là-dedans…

Elle tapote sa tête.

Je ne peux qu'être d'accord avec ma copine. Son sourire est contagieux, et je ressens un élan de gratitude pour tout ce que j'ai : ma famille, mes amis, ma superbe maison.

— Allez, viens. On va chercher Malena.

11

Fredrik

Il pleut. Une fine bruine que l'on sent à peine, mais qui luit sous les réverbères. On dirait que les copains sont rentrés à l'intérieur, toutefois on entend de loin la musique qui rugit dans les enceintes de Max. Rien qu'à l'idée de rejoindre la bande et de les voir torchés, ça m'épuise.

La porte d'entrée se referme sur un clic. Chanel me suit du regard, depuis les patères sous l'étagère à chapeaux jusqu'à la salle de bains. Une fois derrière la porte close, mes jambes se dérobent. Je me laisse tomber sur le sol et ferme les yeux, la tête en arrière, sur le carrelage que je sens froid au travers de ma chemise. Des voix contradictoires se prennent le bec dans ma tête. Je respire profondément, désirant qu'elles se taisent.

Mais non.

Retournes-y, chuchote l'une. *Montre que tu es un homme, que tu as la situation en main.*

Rentre chez toi, rugit l'autre. *Rentre chez toi et croise les doigts.*

Je n'ai aucune idée du temps passé par terre, mais je finis par me relever.

Mes jambes en coton me portent avec peine jusqu'au lavabo, j'ouvre le robinet et laisse l'eau chaude couler jusqu'à ce que de la vapeur s'en élève. Le savon liquide violet sent bon la lavande, les poils rugueux de la brosse à ongles ramènent mes doigts gelés à la vie. Je regarde la saleté disparaître lentement par l'évacuation, et tressaille en voyant une traînée d'un rouge rosé s'écouler sur la porcelaine blanche.

Le cœur battant, je regarde le lavabo de plus près. L'eau est redevenue claire mais je n'ai pas rêvé, j'en suis sûr. Un frisson glacé me remonte l'échine.

J'avais du sang sur les mains.

Plus de savon. Je presse le pousse-mousse ridicule de Lollo pour faire sortir une grosse noisette de savon dont j'imbibe la brosse à ongles et me remets à frotter jusqu'à m'en brûler la peau. C'est à peu près à cet instant que je comprends ce qu'il me reste à faire.

La musique tonne depuis le salon, je parviens à nouveau à m'éclipser en toute discrétion. Chanel ne lève même plus la tête quand je reprends ma veste accrochée à la patère et disparais dehors.

12

Nina

— Eh, Nina ! Madame se laisserait-elle tenter ?

Max me tend un verre à pied dont le bord est orné d'une tranche de citron.

— Qu'est-ce que c'est ? (J'accepte le verre et goûte.) Waouh, délicieux ! Il n'y a pas à dire, tu es le roi des cocktails.

— Je sais, sourit-il. C'est l'expérience.

Je reprends une gorgée.

— Mmmh. Fantastique. Comment ça s'appelle ?

— C'est un Gin Sour.

Dans les enceintes, Whitney Houston chante *I Wanna Dance With Somebody*. J'entame un pas de danse au milieu du salon, paupières closes, et laisse la musique me porter. La voix de Whitney emplit ma tête, les basses vibrent dans mon ventre. Les vieux réflexes reviennent vite. J'ai toujours été bonne danseuse.

On devrait sortir plus souvent. À trop rester affalés sur notre canapé tous les soirs, on oublie vite que la vie peut être aussi belle.

Je rouvre les yeux et aperçois Lollo et Ivanka près de la fenêtre. Je vais les rejoindre.

— Tu n'aurais pas vu mon mari, par hasard ? crié-je dans l'oreille de Lollo.

Elle fait signe que non.

— Ça fait un moment que je ne l'ai pas vu.

— Pas grave, réponds-je. Fredrik est encore plus amer que ce cocktail. Mais il me soûle tout autant.

Sur un rire, Lollo s'approche de moi.

— Il ne peut pas être bien loin. En revanche, Malena et Adde sont partis depuis longtemps, ils ont pris Theo avec eux. J'imagine qu'ils avaient réservé un taxi.

— Ils avaient l'air de se disputer, dis-je.

Lollo hausse les sourcils.

— Adde et Malena ? Mais quand ?

Je réfléchis une seconde.

— Quand on était sur le balcon. Ça ne devait pas être trop grave, mais il faut qu'elle le chouchoute, ce Adde, parce qu'il est vraiment sympa.

— Je suis d'accord, sourit-elle. Pour l'instant, c'est l'un de ses plus canon.

Je bois une gorgée de gin, repose mon verre sur la table et foule la piste au rythme de *Moonlight Shadow*.

Comment se fait-il que toutes les meilleures chansons soient sorties à notre époque ?

13

Fredrik

À mon retour, Max a lancé une playlist de tubes des années 1980 et tout le monde se lâche. Tout le monde, c'est-à-dire Lollo, une partie des deux couples de voisins et Nina. On dirait qu'Adde et Malena ont quitté le navire juste avant le naufrage.

Je tapote l'épaule de ma femme.

— Il faut qu'on rentre.

— Ah, te voilà, toi ! (Son sourire est rayonnant.) Viens danser.

Elle se jette à mon cou et dépose un baiser mouillé sur ma joue. Je me libère.

— Il est presque 1 h 30. Il est temps de mettre les garçons au lit.

Elle fait la moue comme un enfant de trois ans grincheux.

— Allez, quoi ! Tu n'es pas drôle. Encore une chanson. S'il te plaît.

Je dois prendre sur moi pour ne pas hurler ni l'arracher de force à la piste de danse. Au lieu de ça, je reste calme et l'informe que je vais chercher les garçons, qu'elle soit prête quand on redescend.

À cet instant résonnent les premières notes de *La Isla Bonita*, de Madonna. Nina sursaute. Sur un cri de joie, elle bondit vers Lollo et lui donne un coup de hanche. Elles s'étreignent, hurlent comme des hystériques et se remettent à danser.

Je quitte la boîte et monte les marches vers l'étage.

La salle télé est plongée dans le noir, la télévision paraît bloquée sur un générique qui défile en boucle. Je trouve l'interrupteur et allume le plafonnier au-dessus de la table basse.

Theo n'est plus là, mais mes fils sont couchés sur le canapé, côte à côte. La petite main douce de Vilgot est posée sur celle d'Anton, à peine plus grande mais plus musclée. Ils ont l'air parfaitement détendus. Soudain ma poitrine se serre, comme si mon cœur se nouait.

Je réveille Anton. Il opine dans un demi-sommeil quand je lui demande de rassembler son téléphone, l'iPad de Vilgot et les éventuels chargeurs.

Forcer Nina à sortir du salon n'est pas une mince affaire, elle prend chacun deux fois dans ses bras pour lui dire au revoir. Quant à moi, je suis toujours sur le seuil de la pièce, le cœur plus lourd que jamais. Lisen manque de me bousculer en dansant. Le sourire railleur, Max lève son verre et désigne Jens Stenman, vautré sur le canapé, la bouche entrouverte.

Quand j'arrive enfin à accompagner Nina jusqu'à la voiture, la bruine s'est changée en pluie. Ma femme ne cesse de s'esclaffer et se laisse choir mollement sur le siège passager. L'averse glacée fouette mes joues.

Cinq minutes plus tard, Vilgot est attaché. Nina dort profondément, un filet de bave au coin des lèvres. Anton repose sa tête contre la vitre et émet un ronflement régulier. Nous redescendons la rue et, au virage, je prends la direction de l'est. Quel bonheur de ne pas avoir à faire la conversation.

Notre voiture se faufile comme un navire fantôme dans les rues des quartiers tranquilles. La plupart des riverains sont au chaud sous leur couette depuis bien longtemps. Par quelques fenêtres isolées, on voit briller de rares lumières festives.

Au carrefour, je jette un coup d'œil à gauche et tressaille en croyant voir une silhouette familière dans la rue étroite. L'instant d'après, il n'y a plus un chat, seulement la brume qui danse à fleur de sol.

Nous ne croisons aucune autre voiture et rejoignons vite l'autoroute. Sur le périphérique intérieur, quelques taxis affrontent la pluie. Mes doigts serrent convulsivement le volant, comme une bouée de sauvetage à laquelle je dois m'agripper pour ne pas sombrer.

Je regarde au travers du pare-brise, essaie de ne penser qu'à ce que je vois. L'asphalte noir, les lignes blanches, les réverbères, les phares des taxis.

Tu n'as rien fait, Fredrik.

Tu as seulement discuté avec Jennifer.

Et tu es rentré chez toi en voiture.

Premier de l'an 2019

Mardi

14

Nina

À genoux par terre, penchée sur les toilettes, je me maudis. Plus jamais ça ! L'alcool, c'est terminé, je n'en boirai plus une goutte. Ça n'en vaut pas la peine. Il me suffit de repenser à tout le champagne ingurgité hier soir pour que je me remette à vomir.

Après être restée longtemps couchée sur le carrelage, je prends la décision de me lever, m'asperge le visage d'eau glacée, me brosse les dents, avale un Doliprane et sors, les jambes tremblotantes.

Arrivée à l'entrée de la chambre, je prends seulement conscience que je me suis réveillée seule. Je balaie du regard la moitié de notre lit double où devrait se trouver Fredrik, cligne des yeux plusieurs fois pour m'assurer que je ne rêve pas. Non, il n'est pas là. Quelle heure est-il ? Ai-je passé la moitié de la journée à dormir ?

Je n'ai pas la force de pousser l'enquête. En attendant que mon cachet fasse effet, je m'allonge, immobile, et tends l'oreille, des fois qu'un bruit me donnerait un indice sur l'heure qu'il est et sur ce que font les autres membres de cette famille. On dirait que j'ai perdu mon téléphone. En tout cas, il n'est pas à sa place sur la table de chevet. Celui de Fredrik n'est pas dans la chambre non plus. On devrait acheter un bon vieux réveil à l'ancienne.

J'écoute, mais n'entends rien que le doux ronronnement des radiateurs. Ce silence ne peut avoir que deux explications. Soit Vilgot dort encore, soit son père l'a emmené prendre l'air. Je préférerais la seconde option. Et s'ils pouvaient faire durer leur balade, ça m'arrangerait d'autant plus.

Dans la foulée, je pense à Smilla. Leur ai-je parlé, à elle ou à Jennifer, en rentrant hier soir ? Aucun souvenir. Ce qui m'amène à d'autres questions : comment sommes-nous rentrés ? Et à quelle heure ? En fait, à partir de minuit, ma mémoire se fond dans le brouillard. Il ne me reste que des images nébuleuses d'une danse au milieu du salon et d'une tablée jonchée de verres de gin.

Oh, non. Mes joues me brûlent. Pourvu que je n'aie rien dit ni fait de stupide.

L'idée de monter jeter un coup d'œil dans la chambre de Smilla en reste au stade d'un vague projet. J'irai voir tout à l'heure, mais pour l'instant j'ai besoin de me reposer.

Quand je me réveille, cette fois c'est au bruit d'une sonnerie familière. Le téléphone. Je retourne mon corps alourdi par le sommeil, me penche dans le vide et trouve mon sac à main par terre, sous le lit.

C'était le tintement de ces satanées notifications que je n'arrive pas à désactiver. Au passage, le téléphone m'indique qu'il est seulement 10 heures passées. Ce qui veut dire que, quand j'étais aux toilettes, il n'était pas plus de 8 h 30. Pas étonnant que la maisonnée ait été plongée dans le silence. Ce qui est plus surprenant, c'est que Fredrik était déjà debout. Peut-être qu'il vomissait dans la salle de bains du premier étage.

Lentement, je me redresse dans le lit, glisse mes pieds dans mes pantoufles usées en peau de mouton et sors dans le couloir. Mon mal de tête s'est calmé, juste assez présent pour me rappeler d'éviter tout mouvement brusque.

Je passe devant la cuisine et aperçois la montagne de bouteilles et de verres entassés dans l'évier. Ils ont tout rassemblé au même endroit, c'est déjà ça. Des relents de vin aigre agressent mes narines et je dois déglutir pour chasser le goût similaire qui remonte dans ma gorge.

Alors comme ça, les filles ont quand même bu du vin. J'examine le salon. Ça a l'air relativement propre et, *a priori*, il n'y a rien de cassé. Bon, on va peut-être leur pardonner l'alcool.

Quand j'arrive enfin en haut, devant la porte de la salle de bains du premier étage, mon cœur bat la chamade. Est-ce à cause de l'escalier que je viens de monter ajouté à ma gueule de bois ou parce que j'ai peur de ce que je vais y trouver ? Allez savoir. Un peu des deux, peut-être.

Je pousse la porte, qui s'ouvre sans bruit. Aucun Fredrik en vue. Mais, s'il a bien la nausée, pourquoi irait-il ailleurs ?

Je suis prise d'une bouffée de chaleur. Sommes-nous rentrés ensemble ? Suis-je revenue à la maison sans Fredrik et les enfants ? Sont-ils restés chez Max et Lollo ? Des fragments d'images défilent dans ma tête. Je revois Anton endormi sur la banquette arrière et Fredrik portant Vilgot dans l'escalier, mais ces images datent-elles seulement de cette nuit ?

La porte de la chambre de Vilgot est entrouverte et je m'enfonce dans l'obscurité. Dieu merci, j'aperçois son auréole de cheveux tout autour de sa tête et la couverture se soulève au rythme de sa respiration. On a dû rentrer très tard, Vilgot ne fait jamais la grasse matinée. Je ressors et savoure chaque minute de calme et de silence.

Mes pensées coulent laborieusement, lourdes et épaisses comme du sirop. Si Vilgot est à la maison, pourquoi pas Fredrik ? Il n'est pas allé acheter des viennoiseries pour le petit déjeuner, si ? Il ne l'a pas fait depuis dix ans. Peut-être qu'il me prépare cette surprise. Ce serait sa façon à lui de me dire qu'il est prêt à repartir sur de nouvelles bases.

Avant de retourner au rez-de-chaussée, je vérifie qu'Anton et Smilla sont eux aussi dans leurs lits. Mon fils tressaille quand j'ouvre la porte, mais ne se réveille pas. Smilla dort comme un bébé.

Au moment de refermer, je pense à Jennifer. Ne devait-elle pas rester dormir à la maison ? Je repousse la porte et sonde le sol jonché de vêtements, mais n'aperçois aucune jeune fille. Elle n'est pas non plus couchée dans le lit, j'en conclus qu'elle a préféré rentrer chez elle. Si ça se trouve, je l'ai croisée avant de quitter la maison des Wiksell. Un trou de mémoire pareil, c'est tout de même affolant.

Après avoir inspecté la chambre d'amis et le garage sans trouver la moindre trace de Fredrik, je commence sérieusement à m'inquiéter. Et s'il lui était arrivé quelque chose ? S'il était vraiment parti acheter des croissants et avait fait une crise cardiaque en chemin, s'il était quelque part allongé sur le trottoir, inconscient ? La boulangerie n'est pas si loin que ça. Il devrait être rentré, depuis le temps.

Je retourne dans ma chambre pour vérifier mon téléphone, aucun nouveau message. Mon inquiétude commence à se teinter de colère. D'habitude, on se prévient toujours lorsqu'on quitte la maison. Qu'est-ce qu'il fout, bon sang ? Il joue à cache-cache ? Il m'en veut d'avoir abusé de toutes les bonnes choses qu'on nous a servies hier ? Quoi d'autre ?

Après une douche rapide, je jette ma chemise de nuit dans la panière à linge et enfile un survêtement. Mon portable reste silencieux sur le comptoir de la cuisine pendant que je me prépare un café et nettoie les derniers vestiges de la soirée de Smilla : je vide le lave-vaisselle, le remplis des verres poisseux et referme la porte pour m'épargner l'odeur. Les bouteilles de vin finissent dans un sac en papier que j'arrive tout juste à traîner jusqu'à la porte d'entrée.

De là, je m'apprête à repartir dans la cuisine, mais quelque chose m'arrête dans mon élan. Les chaussures de Fredrik. Ses chaussures de soirée et ses petites baskets en toile sont soigneusement rangées sur l'étagère. Je lève les yeux vers les crochets et constate que sa veste est là, elle aussi à sa place. Un long fil dépasse du tissu, on dirait qu'une couture s'est défaite.

Le doute qui m'a assaillie hier soir, celui que j'ai à peine effleuré avant de le mettre de côté, revient à la charge. Mais il revient en force et agite mon cœur affolé. Fredrik aurait-il une maîtresse ?

Pieds nus. Et sans veste.

Ça n'a aucun sens. J'ai honte de mes propres soupçons. Il y a forcément une explication rationnelle. *Calme-toi, Nina*, m'ordonné-je. *Bois ton café, mange quelque chose, respire.*

Je m'installe à la table de la cuisine avec mon café et une tartine de confiture, pianotant sans but sur mon téléphone. Mes doigts se promènent d'eux-mêmes sur Facebook et la première chose qui m'apparaît, c'est la photo d'hier soir. Lollo et moi sur le balcon, qui trinquons en souriant à l'objectif. Lollo a du mérite, elle est parvenue à rendre Nina Andersson relativement jolie. Grâce à un filtre, sans doute.

Je sursaute quand le téléphone m'annonce un nouveau message.

Bonne année ! On se voit samedi ! Bisous, C.

Ma sœur joint une photo d'elle, de son épouse belge et de leur fille de quatre ans. Toutes les trois portent des robes magnifiques. Pas besoin de filtre pour Claudia, elle a naturellement l'air de sortir d'un magazine de mode. Ma petite sœur, de trois ans ma cadette, a hérité des cheveux bruns de papa et des yeux bleus de notre mère. Elle est mince comme une allumette et donne l'impression de ne jamais transpirer. Pauline, sa fille, est son portrait craché. Du moins, physiquement.

Monique, que Claudia a rencontrée quand elle travaillait à Bruxelles pour l'Union européenne, a l'air d'une femme barbante, mais, d'après ma sœur, c'est une épouse et une mère hors pair. Je ne peux pas le confirmer, ne l'ayant croisée que très rarement. Et puis, difficile d'apprendre à se connaître quand on ne parle pas la même langue. C'est en tout cas ce que je réponds aux gens qui me questionnent sur ma belle-sœur. Peut-être que je manque de bonne volonté, que je n'ai jamais fait l'effort de la connaître.

Merci, bonne année à toi. Fais bon voyage et passe le bonjour à ta famille. Vivement samedi ! Bisous

Je referme l'application des messages pour retourner sur Facebook et revoir la photo de Lollo et moi.

Quand je pense qu'on se connaît depuis presque trente ans. Et pourtant, on s'est éloignées au point de devenir quasiment deux inconnues. Ce n'est pas si rare, de s'apercevoir avec les années qu'on s'éloigne de nos amis de lycée, c'est même plutôt courant. Mais, pour une raison qui m'échappe – la gueule de bois, peut-être –, ça me donne envie de pleurer.

La première fois que j'ai vu Lollo, c'était par une chaude journée du mois d'août, à la fin des années 1980. Nous étions à la Borgarskolan pour notre journée de rentrée, ne connaissions personne dans la classe, et le hasard nous a assises l'une à côté de l'autre. Malena s'est retrouvée elle aussi assise à côté de Lollo, aussi perdue que nous dans ce grand lycée, et, à la pause-déjeuner, elle s'est jointe à nous à la cantine.

Deux repas plus tard, nous nous découvrions toutes les trois une passion commune pour Madonna, ce qui a suffi à nous rendre inséparables pour le restant de nos années lycée.

À l'époque, on se disait tout. Lollo et Malena me connaissaient mieux que mes propres parents.

Je contemple longuement la photo, les cheveux décolorés de Lollo, sa couche de maquillage. Continue-t-on de se voir parce qu'on s'apprécie vraiment ? Pour pouvoir se taguer sur Facebook ? Ou seulement par habitude ?

Après le lycée, on a continué de se fréquenter, mais moins souvent. Nos soirées entre filles à se raconter nos états d'âme ont été remplacées par des dîners de couples et des fêtes avec nos moitiés. C'est sans doute là que nos liens ont commencé à s'étioler.

Et puis, nos maris sont tellement différents, ça a dû jouer. Du côté de Malena, les petits amis se sont succédé. Au fil des années, Max et Fredrik ont appris à se supporter bon gré mal gré, à leur façon. Peut-être leur arrive-t-il même de s'apprécier.

Certes, pas plus tard qu'hier soir, Fredrik avait l'air prêt à mettre un terme à cette entente fragile, mais il glissera tout ça sous le tapis, comme d'habitude. Les opinions politiques de Max, nous les connaissons depuis toujours et faisons l'impasse chaque fois. Il est de ces gens qui peuvent dire des énormités sans que ça leur retombe jamais dessus. Il faut dire qu'il est généreux en soirée, il maîtrise l'art de divertir ses invités. Personne n'a envie d'être le rabat-joie de service et de gâcher la fête.

Si j'ai toléré Max pendant tout ce temps, c'est certainement au nom de mon amitié pour Lollo. Son mari est une pièce rapportée que j'essaie de garder raisonnablement à distance. Chose que, visiblement, Fredrik a plus de mal à faire.

Lollo, Malena et moi ne nous voyons plus très souvent ces temps-ci. Quand Smilla, Jennifer et Theo étaient petits, on se voyait régulièrement, surtout pour les enfants, pour qu'ils tissent des liens.

Maintenant, ça se limite à la Midsommar et au nouvel an, par tradition. Le vieux gang, c'est le nom qu'on se donne.

J'ai du mal à distinguer l'habitude de l'envie véritable de les voir. Ai-je vraiment besoin de fréquenter ces gens-là ? Me rendent-ils heureuse ? Me font-ils du bien ?

J'entends un cliquetis de l'autre côté de la porte d'entrée.

15

Lollo

Chanel s'approche au pied du lit et grogne. J'attrape mon téléphone. Dix heures trente. Bon, ça va.

— C'est bien, ma fille.

Je me lève et ouvre la porte-fenêtre. Chanel se précipite dehors dans l'herbe touffue de janvier, visiblement pressée. Elle fait ce qu'elle a à faire, puis renifle le sol et disparaît dans les buissons près du cabanon.

C'est agréable, un jardin clôturé. D'autant plus agréable avec un chien qui n'a pas besoin de parcourir des centaines de kilomètres tous les jours. Je laisse Chanel se dégourdir encore quelques minutes avant de servir son petit déjeuner de croquettes dans la cuisine.

En retournant me coucher, je fais un crochet par la salle de bains. Une fois n'est pas coutume, je suis contente de ce que j'aperçois dans le miroir. Mon visage ne laisse voir aucune trace nette de la fête d'hier soir. J'ai l'œil clair et alerte, la peau lisse. On mésestime cette vieille technique qui consiste à arrêter l'alcool après minuit. Je n'ai pas de temps à perdre avec une gueule de bois. Aujourd'hui, toutefois, je m'octroie quelques minutes de plus sous ma couette chaude.

Je rampe auprès de Max. Il ronfle doucement, allongé sur le dos, les bras écartés. Même là, dans cette posture peu flatteuse, on ne peut nier qu'il est beau : le nez droit, les cheveux épais et les épaules carrées. J'ai fait le bon choix en l'épousant. Il m'a offert la vie dont j'ai toujours rêvé.

D'une tape vigoureuse, je regonfle l'oreiller et m'y adosse confortablement avant de reprendre mon téléphone. J'ouvre d'abord Instagram, puis Facebook. Mon post d'hier soir a plein de likes et plusieurs personnes complimentent mon bougeoir de glace. Bien. Je prends soin de remercier tout le monde par un cœur ou un message personnel.

Merci, vous êtes mignonne ! Passez un magnifique premier de l'an ! Vous êtes la bienvenue dans ma boutique, ouverte demain aux horaires habituels !

Lisen a posté une photo floue de la danse, et en commentaire :

C'était la fête chez nos super voisins ! Merci Lollo et Max pour cette excellente soirée !

Je réponds :

Il n'y a pas d'excellente soirée sans excellents convives ! en ajoutant quelques cœurs.

Un pouce accompagné de la photo de profil de Nina apparaît à l'écran. Apparemment, elle aussi est réveillée et déjà connectée. Je me demande comment elle va. Ma petite Nina. Quel dommage qu'elle soit obligée de boire comme un trou pour pouvoir oublier cette anxiété qui a l'air d'empirer avec l'âge.

Nina a toujours été la plus raisonnable de notre vieux gang. Notre maman à nous. Au lycée, si Malena et moi étions la pédale d'accélérateur, Nina était le frein. Et heureusement pour nous car, sans elle, allez savoir comment on aurait fini.

Un matin, au petit jour, sur le pont Amiralsbron, en rentrant d'une soirée à Lund, nous avions sauté du bus sur Drottninggatan pour marcher pieds nus, nos escarpins à la main. Le soleil pointait à peine à l'horizon, nous étions pompettes Je me rappelle encore ce sentiment de liberté folle. Bientôt le bac en poche, nous avions la vie devant nous. Sur ce pont, Malena et moi avons eu l'idée de nous baigner dans le canal. Nous passions la jambe par-dessus la balustrade quand Nina a commencé à s'affoler jusqu'aux larmes.

— Vous allez vous tuer ! Ou finir handicapées à vie ! Vous voulez danser au bal, oui ou non ?

Ce dernier argument a fini de nous convaincre, nous avons reposé les deux pieds sur le pont et poursuivi la promenade l'air de rien. Je repense souvent à ce matin-là, et chaque fois je remercie intérieurement le pragmatisme de ma copine. Elle avait parfaitement raison. Sauter du pont, c'était une mauvaise idée. Ça l'était à l'époque et ça le serait encore aujourd'hui.

Je coupe Facebook et m'étire dans mon lit. Mes os craquent en plusieurs endroits. J'ai trop dansé. On perd vite l'habitude.

Les ronflements de Max prennent de l'ampleur, mais cessent dès qu'il se retourne. Un souvenir diffus me revient en tête. Celui de m'être réveillée en pleine nuit et d'avoir cherché sa main sous les draps, sans la trouver. J'ai dû rêver.

Bon, il est temps de se lever. En chemin vers la cuisine, je regarde sur mon téléphone si Jennifer a donné de ses nouvelles. Mais non. Je suppose qu'elle et Smilla dorment comme des loirs à l'heure qu'il est. Inutile de chercher à contacter ma fille avant 15 heures. Les ados pourraient passer leurs journées à dormir, c'est dingue.

Le week-end, quand Jennifer fait la grasse matinée jusqu'à midi, voire plus, j'ai souvent envie de la secouer, de la prendre par les épaules et de lui expliquer, à cette gamine, que la vie est trop courte pour la passer à dormir. Mais à son âge, je suppose que je roupillais comme une souche, moi aussi. Et puis, je sais déjà quelle serait sa réaction : elle me regarderait comme si j'étais idiote, se retournerait vers le mur et retomberait dans les bras de Morphée.

Ce regard-là me fait dégoupiller, celui qu'elle me lance quand elle me prend pour une conne qui ne comprend rien à rien. J'ai plus de deux fois son âge, j'aurais deux ou trois trucs à lui dire sur la vie, si seulement elle m'écoutait. Mais quand je m'adresse à ma fille, la plupart du temps, c'est dans le vide.

Quand j'y pense, on ne se parle jamais. Je me contente de crier derrière sa porte fermée que le repas est prêt. Elle hurle qu'elle arrive, puis vient s'asseoir à table en silence, mâchouille en regardant son assiette et répond à nos questions par monosyllabes. Parfois, j'en viens à me demander si ça en vaut vraiment la peine.

Si ma mère était encore en vie, je lui poserais la question. Je suppose qu'elle m'aurait supportée tout au long de l'adolescence, si elle avait vécu assez longtemps.

Après sa mort, je passais de longues nuits blanches à m'imaginer discuter avec elle. Je lui posais des questions et inventais les réponses que j'avais envie d'entendre. Là, dans le noir, sous ma couverture moelleuse, elle était toujours à mes côtés.

J'enclenche la machine à café avec une capsule de cappuccino, sors quelques croissants du congélateur et les mets au four. Tant que j'y suis, je sors le presse-agrumes. Max adore le jus d'orange frais.

Par la fenêtre de la cuisine, le ciel est d'un gris lugubre. L'air est encore humide et le vent agite la cime des arbres nus. Sur le trottoir, je vois passer trois petites filles coiffées de bonnets à la mode. Elles marchent côte à côte, leurs pompons se balancent au rythme cadencé de leurs pas. Celle du milieu tient un téléphone et les deux autres se penchent pour regarder l'écran.

L'une des filles me rappelle Jennifer au même âge. Plus grande que les deux autres, elle a sous son bonnet de longs cheveux couleur miel.

Le temps passe vite. Je sais que l'adolescence n'est pas une période facile. Mais, bon sang, être la mère d'une ado, c'est compliqué aussi ! On ne vaut rien et, quoi qu'on dise, on a forcément tort.

J'ai la chance de recevoir des cœurs par SMS de temps en temps. Ça veut bien dire quelque chose, non ?

16

Fredrik

Je referme doucement la porte et, dans l'entrée, repose mes mains sur mes cuisses. De petites gouttes de sueur tombent sur le sol.

— T'étais où ?

Nina est sur la petite marche du couloir et je me retiens de lâcher un juron. J'espérais qu'elle serait encore au lit.

— D'après toi ?

Ma femme m'examine de la tête aux pieds et son expression passe du reproche à la surprise.

— Tu es parti courir ?

Je me penche à nouveau, cette fois pour délacer mes chaussures.

— Oui.

— Un 1er janvier ?

— C'est ça.

— T'es dingue ? s'exclame-t-elle en grimpant dans les tours. Ça aurait pu être dangereux !

— Dangereux ? (Je m'étire le dos et commence à retirer mon jogging.) Pourquoi ?

— Ne fais pas l'innocent. C'est toi le prof de sport, tu sais pertinemment qu'il ne faut pas mettre son cœur à l'épreuve juste après avoir pris une cuite.

— Je n'ai pas pris de cuite, loin de là.

Je ramasse mon tas de vêtements, passe à côté d'elle dans le couloir et me dirige vers la salle de bains.

— Tu n'as pas bu ? (Nina m'emboîte le pas.) Eh, je te parle.

Je me retourne.

— Non, je n'ai quasiment rien bu hier soir. C'est moi qui t'ai ramenée à la maison. Mais tu ne dois pas te rappeler grand-chose. Je me trompe ?

Ma question la désarçonne, elle baisse d'un ton.

— Tu as conduit pour rentrer ?

— C'est ma faute si on n'a pas pu avoir de taxi, expliqué-je en réprimant mon agacement. Et j'ai vite compris que trouver un chauffeur à la dernière minute serait mission impossible, j'ai donc décidé de conduire moi-même.

— Ah bon…

Je pose la main sur la poignée de la porte.

— C'est bon, je peux prendre une douche ? Je suis frigorifié.

La porte se referme en claquant et le silence qui suit m'est insupportable. Quand je courais, l'adrénaline et la musique réussissaient à me faire penser à autre chose, mais mon souci me revient comme une gifle.

Du sang dans le lavabo.

Je soulève le couvercle de la panière à linge, aperçois mon reflet dans le miroir. Je grimace. Je ressemble à une épave.

J'ai passé une nuit épouvantable, je me retournais sans arrêt dans le lit, j'avais froid et je transpirais tout à la fois. Impossible de trouver le sommeil. J'ai failli réveiller Nina des dizaines de fois pour tout lui raconter. Enfin, pas tout, juste une partie.

Mais comment aurais-je pu dire quoi que ce soit sans m'embourber encore davantage ?

17

Nina

À la télé, *Ivanhoe* a commencé depuis un bon moment quand Smilla descend l'escalier. Elle est pâle comme un cachet d'aspirine.

— Ah, ça y est ? Bonjour, ma puce.

Je suis installée sur le canapé avec un plaid sur les jambes.

— Bonjour, bâille-t-elle. Enfin, « bon », c'est vite dit.

— Tu t'es bien amusée, hier soir ?

Je tapote la place libre à côté de moi pour qu'elle s'asseye, mais elle secoue la tête et marmonne :

— Je vais prendre une douche.

Puis elle traîne les pieds jusqu'à la salle de bains. Pourquoi suis-je déçue chaque fois que ça arrive ? Ça ne sert à rien de l'interroger, Smilla ne raconte rien sous la contrainte. C'est elle qui choisit l'endroit et l'heure des rares occasions où elle accepte de partager des bribes de sa vie avec ses vieux parents. Il n'empêche que je suis curieuse de savoir comment s'est passée la soirée d'hier. Elle doit bien ça aux proprios du lieu de la fête.

Je me laisse retomber sur les coussins et regarde le gros plan sur le visage juvénile d'Anthony Andrews à la télé. C'est bizarre, non, de regarder ce film barbant tous les ans sans jamais s'en lasser ? Il faut dire qu'il est parfait pour les lendemains de cuite. Sa moindre réplique étant stockée dans un coin de mon cortex cérébral, je peux ainsi décrocher quand je veux et reprendre le fil plus tard.

Vilgot est assis dans un coin du canapé et joue à *Bamse l'Ourson* sur son iPad. Anton est réveillé aussi, il est à l'étage et porte certainement son gros casque sur les oreilles, plongé dans un tout autre type de jeu vidéo. Aujourd'hui est un jour spécial, ils ont le droit de passer autant de temps qu'ils veulent sur leurs écrans.

Quant à ce que fabrique Fredrik, je n'en ai pas la moindre idée. On dirait qu'il s'est levé du pied gauche, il prétend avoir mal dormi et, quand je lui parle, me répond par grognements presque méprisants. Je reste sur l'idée qu'il boude parce que je me suis bien amusée hier pendant qu'il devait s'en tenir au Coca et à l'eau. Ce n'est pas ma faute s'il a oublié de commander le taxi.

J'ai eu beau essayer d'aborder l'un des sujets préférés de Fredrik, à savoir les prédictions de Max sur l'effondrement imminent de la société suédoise, ça n'a pas pris. D'habitude, c'est une valeur sûre pour lancer mon mari dans une diatribe. Et sur ce sujet, la soirée d'hier a encore jeté de l'huile sur le feu.

Le film me paraît plus nul que jamais, cette année. Je dégaine donc mon téléphone et me promène sur Facebook. Rapidement, un schéma récurrent se profile. On dirait que tout le monde a passé une « excellente soirée » avec les « meilleurs amis du monde » et qu'ils se sont « régalés au dîner ». À l'heure qu'il est, ils cuvent tous leur gueule de bois devant *Ivanhoe* avant de se commander une pizza.

J'aurais pu poster le même genre de publication, mais n'ai aucune envie d'étaler ma vie sur les réseaux sociaux. Contrairement à Lollo. Elle stylise son existence entière pour la rendre Instagramable et semble croire sincèrement que les statuts que postent les gens sont le reflet de leur réalité. Lollo n'a pas l'air de saisir que les gens évitent généralement de parler de leurs disputes de famille, de leurs problèmes d'alcool, de leurs maladies et de leur train-train quotidien.

Pendant un temps, je voulais créer un compte factice où je n'aurais publié que des trucs barbants, mais le projet est tombé à l'eau de crainte que les gens ne saisissent pas le second degré.

Ding. Un message apparaît à l'écran. Quand on parle du loup.

Salut, Nina! Merci pour hier! Comment tu te sens? J'espère que tu n'as pas trop mal aux cheveux ;) Les filles sont réveillées? J'ai écrit à Jennifer, mais elle ne répond pas. Tu peux lui demander de m'appeler? Bisous, Lollo

Mon estomac se noue. J'ai un mauvais pressentiment. Je me lève du canapé pour gagner la cuisine où Smilla prend son petit déjeuner.

— Ma puce… Lollo demande des nouvelles de Jennifer. Elle ne devait pas rester dormir à la maison?

Ma fille ne lève pas les yeux de son téléphone.

— Non, elle est rentrée.

Mon malaise grandit. Je relis le message.

— Hum… Elle n'est pas chez elle. Lollo croit qu'elle est toujours ici.

Smilla hausse les épaules d'un air parfaitement indifférent.

— Je ne sais pas où elle est. Elle a dit qu'elle rentrait.

Sa nonchalance me tape sur les nerfs.

— Smilla, regarde-moi quand je te parle. (Je croise un regard noir mais ne me laisse pas intimider.) À quelle heure elle est partie d'ici?

Elle soupire et brasse l'air de ses mains.

— Mais j'en sais rien, je te dis!

J'hallucine. Surtout, ne pas lever les yeux au ciel.

— Tu dois bien avoir une petite idée, à peu près.

— Je sais pas, peut-être 23 h 30.

— Si tôt? Tu es sûre qu'elle rentrait chez elle?

Nouveau soupir.

— C'est ce qu'elle a dit, en tout cas. Si ça se trouve, elle est partie chez Ali, pour ce que j'en sais.

Je n'ai aucune envie de faire subir un interrogatoire à ma fille, mais, comme elle reste muette comme une carpe, je suis bien obligée d'insister.

— C'est qui, Ali?

— Un mec de sa classe.

Elle se repenche sur son téléphone et ses cheveux mouillés tombent devant ses yeux.

— C'est son petit copain ?

— Peut-être. Je sais pas.

— Fais un effort, Smilla, m'impatienté-je en m'approchant de la table. Qu'est-ce que tu sais, au juste ? Est-ce que vous étiez à la même soirée, au moins ? Vous êtes copines, que je sache, non ?

D'un geste dramatique, elle éteint son téléphone et l'éloigne en le faisant glisser sur la table, puis me regarde enfin.

— À ta question A, je réponds : « pas grand-chose ». À la B, c'est « oui ». À la C, c'est « j'en sais rien ».

Cette fois, je lève les yeux au ciel.

— Tu ne sais pas si vous êtes copines ?

— Pas envie d'en parler. (Elle s'empare de son portable et se lève brusquement de sa chaise.) Jennifer a dit qu'elle rentrait chez elle, c'est tout ce que je sais.

Le verre de jus vide atterrit dans l'évier et, dans le même élan, Smilla monte à l'étage.

Je me retrouve seule dans la cuisine, mon regard tombe sur une amaryllis fanée. Les clochettes jadis superbes respirent à présent le chagrin, en berne sur le rebord de la fenêtre qu'elles farinent de leur pollen jaune vif. Il est grand temps de ranger les décorations de Noël. Une fois le réveillon passé, quoi de plus démodé que des guirlandes rouges et vertes ?

— Fredrik ?

Pour seule réponse, des cornes trompettent d'un match à la télé. Je vais voir dans notre chambre. Pas de Fredrik. Il n'est ni dans la chambre d'amis ni aux toilettes. Serait-il ressorti ? À mon inquiétude pour Jennifer vient se mêler l'agacement de constater le comportement étrange de mon mari.

— Fredrik !

Je perçois une voix faible malgré le bruit de la télé. Je traverse le cellier et ouvre la porte du garage.

Il est assis sur le vieux fauteuil de bureau devant l'établi mais n'a pas l'air de faire quoi que ce soit. Devant sa mine dévastée, je m'arrête net sur le seuil.

— Qu'est-ce qu'il y a ? Un problème ?

Il se passe la main dans les cheveux, geste qui ébouriffe sa tignasse. Il a les yeux injectés de sang.

— Non. Non, ça va. Je suis juste… épuisé.

— Pourquoi tu restes assis là ?

Dans son regard, quelque chose m'effraie, mon malaise ne fait que croître. Est-il sur le point de rompre avec moi ? Est-il assis là pour réfléchir au meilleur moyen de me plaquer ? Je n'ose pas poser la question, j'ai trop peur de la réponse.

— J'arrive, dit-il sans me regarder. Je te rejoins tout de suite.

Je fais demi-tour pour rentrer, puis me ravise.

— Au fait. Lollo vient de m'écrire, elle voulait des nouvelles de Jennifer. Apparemment, elle était censée dormir ici. Mais, d'après Smilla, elle est rentrée chez elle vers 23 h 30. Je trouve ça louche. Imagine qu'il lui soit arrivé quelque chose.

Fredrik me lance un bref coup d'œil.

— Bah, tu connais les ados. Elle a dû dormir chez un garçon.

— Elle a dit qu'elle rentrait. Chez elle.

— Peut-être qu'elle n'a pas voulu dire à Smilla avec qui elle partait.

Mon regard effleure le panneau d'outils accrochés au mur au-dessus de l'établi et parcourt les caisses sur l'étagère, remplies de vieux pots de fleurs, de patins à glace et de casques de toutes les tailles. Une étrange pensée me frappe : toute ma vie est rangée là. Comme une exposition, classée par ordre chronologique. Enfance, adolescence, études, maternité…

Fredrik fait du bruit et m'arrache à ma rêverie.

— Smilla a eu l'air de dire qu'elles s'étaient disputées, toutes les deux, reprends-je.

Il se lève.

— Ah, tu vois ? Ça expliquerait pourquoi Jennifer n'a pas voulu lui dire où elle allait. Elle sera sûrement rentrée chez elle avant ce soir.

Son raisonnement paraît sensé. Et puis, c'est tout moi, de toujours imaginer le pire. Inutile d'inquiéter Lollo pour rien.

Je retourne dans le salon et m'installe sur le canapé.

Salut Lollo ! C'est à nous de te remercier, quelle superbe soirée ! J'avais la gueule de bois ce matin, mais là ça va mieux. Jennifer n'a pas dormi ici – elle avait peut-être mieux à faire ;) Elle donnera sûrement des nouvelles bientôt. Passe une belle journée ! Bisous, Nina (Fredrik te passe le bonjour, ça va sans dire)

18

Lollo

Mes yeux parcourent le message sans parvenir à en décrypter le sens. C'est comme si les mots de Nina dansaient et se brouillaient, et que mon cerveau refusait l'information pour m'en préserver. Bon, je relis depuis le début. Quand la phrase me paraît enfin cohérente, le sens est limpide.

Jennifer n'a pas dormi ici.

Je reste immobile au-dessus de l'écran. Qu'est-ce que ça veut dire ? Si elle n'était pas chez eux… Je me lève du tabouret de la cuisine et grimpe les marches trois par trois pour monter dans la salle télé.

— Jennifer n'a pas dormi chez Smilla cette nuit !

Max est affalé dans le canapé et regarde la fin d'*Ivanhoe*, son verre de Coca sur la table basse. Il a de petits yeux.

— Quoi ? Qui n'a pas dormi où ?

J'agite mon téléphone.

— Jennifer a disparu ! Elle n'a pas dormi chez Smilla, comme convenu !

Il se redresse.

— Calme-toi, Lollo. Aïe, mal au crâne, grommelle-t-il en se frottant les tempes avant de lever les yeux vers moi. Comment ça, disparu ? Tu as essayé de l'appeler ?

Je fronce les sourcils.

— Évidemment, plusieurs fois ! Et je lui ai envoyé des messages.

Max prend son téléphone posé sur la table.

— Peut-être qu'elle m'a écrit, à moi.

Je suis certaine que Jennifer n'a pas écrit à son père. C'est moi qui centralise toutes les communications dans cette famille, et ma fille s'est toujours tournée vers moi en priorité, sans doute parce que Max ne répond jamais au téléphone. Je ne vois pas ce qu'il y a de compliqué à renvoyer un texto quand on vous pose une simple question. Il prétexte souvent une visite immobilière ou le réseau qui capte mal sur les terrains de golf.

Il secoue la tête.

— Pas de nouvelles non plus.

Ne surtout pas paniquer.

— Qu'est-ce qu'on va faire ?

Max boit une gorgée de soda et repose le verre sur la table.

— Attendre, je suppose.

Il plaisante ?

— Attendre ? Il lui est peut-être arrivé quelque chose. Elle ignore mes messages, ça ne lui ressemble pas.

— N'exagère pas, Lollo. Tu te plains tout le temps qu'elle ne te répond jamais.

Je brandis à nouveau mon portable.

— Oui, mais là, ce n'est pas comme quand elle part en vadrouille après les cours. On ne sait même pas où elle a passé la nuit ! En plus, je finis toujours par l'avoir au téléphone, tandis que là, c'est silence radio depuis hier soir.

— Appelle Smilla. Jennifer lui a forcément parlé de l'endroit où elle voulait aller.

Je redescends à la cuisine et fouille parmi mes contacts. Smilla n'est pas enregistrée dans mon répertoire, je suis donc forcée d'appeler Nina. En attendant qu'elle réponde, je pianote nerveusement de ma main gauche sur le comptoir.

— Salut, Lollo. Tu as des nouvelles de Jennifer ?

— Non, c'est la raison de mon appel, je… Elle est là ? Smilla ?

J'ai la voix aiguë, mes mots sortent dans le désordre et je me sens soudain bête. Je m'emporte rarement pour si peu, ça ne me ressemble pas. C'est plutôt le genre de Nina, de s'inquiéter pour un rien. Et moi qui, pas plus tard qu'hier, la rassurais justement sur le fait que les filles étaient assez grandes pour se débrouiller toutes seules.

Je prends une profonde inspiration et recommence depuis le début.

— J'aimerais parler juste une minute à Smilla. Après tout, elle sait peut-être ce qu'avait prévu de faire Jennifer.

Nina ne répond pas tout de suite. Quand elle se décide, sa voix est un peu forcée, ses mots hachés.

— Bien sûr, je te la passe. Attends juste une seconde.

Un bruissement dans le haut-parleur, le temps que mon amie traverse la maison. J'entends ensuite la voix de sa fille. Impossible de comprendre ce qu'elles se disent, mais il y a de l'eau dans le gaz.

Après une discussion qui semble ne plus en finir, le téléphone grésille.

— Salut, Smilla. Comment ça va ?

— Bien.

J'attends la suite, mais visiblement, elle est aussi loquace que ma fille quand on a besoin d'informations.

— Dis-moi, je voulais savoir… Jennifer devait dormir chez toi, mais, si j'ai bien compris, elle est partie hier soir. Est-ce qu'elle t'a dit où elle allait ?

Un bref silence.

— Elle a dit qu'elle rentrait chez elle.

C'en est trop, c'est la panique. Une panique foudroyante qui me renverse tout entière.

— « Chez elle » ? Elle t'a dit qu'elle rentrait *à la maison* ?

— Ouais. Mais elle a peut-être changé d'avis. J'ai déjà expliqué tout ça à ma mère.

Paupières closes, je respire par le nez et m'efforce de ne pas crier sur la gamine. Cette conversation est une mauvaise blague.

— Bon, elle est partie à quelle heure ?

À l'autre bout du fil, ça soupire.

— Vers 23 h 30. Ou peut-être 23 h 45.

— Elle voulait prendre le bus ?

— Je suppose.

Ma patience s'élime. Comment Smilla peut-elle être aussi détendue alors que sa meilleure amie a disparu ?

— Merci, Smilla. Passe une bonne journée.

— Toi aussi…

Je sens l'hésitation dans sa voix et attends donc une seconde, à raison puisqu'elle ajoute :

— Moi aussi, j'ai essayé de l'appeler, mais… elle ne me répond pas non plus.

Je m'assieds, essaie de rester calme. Pour la énième fois, je déverrouille l'écran et espère y trouver un signe de vie de ma fille. Son dernier message date de 23 h 56, quand elle me souhaitait une bonne année. Aucun SMS depuis, rien sur WhatsApp ni sur Instagram.

Pourquoi a-t-elle quitté la soirée et tous ses copains avant minuit ? Avant de fêter le nouvel an !

Il s'est forcément passé quelque chose. Et Smilla en sait plus, j'en suis sûre. Elle était là. N'avait-elle pas l'air hésitante au téléphone ?

Jennifer serait-elle partie en ville pour sortir en boîte en demandant à Smilla de ne rien dire ? Si Smilla ment pour couvrir Jennifer… Si elles ont monté un plan pour dissimuler la vérité, elles vont le payer cher ! Ça ne se fait pas ! Non mais franchement.

Depuis 23 h 56. Ça commence à faire long. Plusieurs heures. Et si Jennifer avait croisé un violeur ? Ou *plusieurs* violeurs ? Et si elle s'était fait kidnapper, enfermer, droguer…

Mon cœur bat la chamade. Des images horribles défilent dans ma tête. Je ne sais pas d'où elles viennent, mais ça ne veut pas s'arrêter, elles s'enchaînent comme si elles avaient toujours été là et attendaient seulement qu'on les libère. Des parties de corps mutilées, du sang, des larmes. Une petite voix qui appelle sa maman.

Je déglutis avec peine et dois me retenir au comptoir pour ne pas flancher. Et, pour la première fois, je comprends pourquoi Nina s'obstine à tenir Smilla en laisse.

19

Fredrik

— On vous appelle dès que les pizzas sont prêtes.

J'opine d'un signe de tête et m'assieds sur une chaise contre le mur en tripotant la petite carte jaune entre mes doigts moites de sueur. La tourne d'un côté, de l'autre. D'un côté, de l'autre.

Depuis quelques années, notre pizzeria de quartier a mis en place un dispositif pragmatique pour gérer l'afflux du 1er janvier : les clients ont le choix entre trois pizzas et doivent se déplacer, aucune commande n'est prise par téléphone.

Cette année, ça m'arrange. J'avais besoin de sortir de la maison, je commençais à étouffer. Et, comme il est impossible de savoir à l'avance combien de temps ils mettront à préparer les pizzas, j'en ai profité pour faire un long détour, flânant d'abord dans le quartier.

Depuis que Lollo a appelé Nina en début d'après-midi, je suis en panique et m'attends à recevoir un coup de fil de la police à tout moment. Ou à voir passer un bulletin d'information spécial sur la disparition d'une jeune fille de dix-sept ans. Je prends un magazine people et m'enfonce dans mon siège en faisant mine d'être intéressé par deux stars de télé-réalité, qui me sont parfaitement inconnues, dont le mariage se prépare. Ce torchon m'épargnera la conversation avec des voisins trop bavards.

Les résidents du quartier de Husie, avec leurs yeux vides, leurs survêts et doudounes, font la queue en caisse. Ils commandent des pizzas et des bouteilles de deux litres de Coca qu'ils emportent dans la soirée glaciale. Je les suis du regard, caché derrière mon magazine, et prends goût à mon poste de guet.

J'ai presque envie de rester là à tout jamais, sur ma chaise en bois dans cette pizzeria qui a tout d'un refuge rassurant. Je pourrais lire les actus des stars et éviter tout contact avec le monde extérieur. Ne plus rentrer chez moi, ne pas me confronter à l'inquiétude ou à l'agacement de Nina. Ne pas être forcé d'incarner un papa souriant et plein de ressources. Je ne suis pas un papa souriant et plein de ressources. Je suis un sale type.

— Cinquante-trois !

Je me lève de ma chaise, récupère mes pizzas et paie en caisse. En chemin vers la sortie, je tombe sur Jonas, la pire commère de notre voisinage. Je parviens à esquiver la discussion par un sourire en montrant les cartons et en marmonnant que ma petite famille m'attend la faim au ventre.

— Bon appétit ! me souhaite-t-il gaiement. Et bonne année !

J'aperçois d'abord la voiture. Le SUV noir de Max est garé dans l'allée. À côté de ça, notre grand break a l'air d'une petite voiture pour gosse.

Mon cœur se met à battre si fort qu'il fait trembler ma cage thoracique. J'ai envie de poser les pizzas sur le trottoir et de fuir en courant, mais ce serait mal vu. Je dois continuer de faire comme si tout allait bien, je n'ai pas le choix. Sinon, autant me rendre moi-même au commissariat le plus proche.

Je prends une profonde inspiration, me compose un visage détendu et ouvre la porte d'entrée.

— Tu en as mis du temps, me lance Nina derrière le treillis qui sépare le couloir de la cuisine.

Je retire mes chaussures, monte les petites marches en gardant ma veste et pose les cartons de pizza sur la table. Mon regard balaie les trois visages.

— Si j'avais su que vous étiez là, j'en aurais acheté plus.

— Pas la peine, on ne reste pas, répond Max en brassant vaguement l'air.

— Merci pour hier soir, au fait, ajouté-je à destination de Lollo.

Elle a l'air lessivée sous sa couche de maquillage, ses yeux sont mouillés.

De la voir ainsi redouter le pire, ça me donne la nausée. Je m'extirpe de ma veste et me hâte de retourner dans le couloir. Le nez dans les vêtements accrochés aux patères, je dis ce que l'on attend de moi :

— J'ai appris pour Jennifer. Vous n'avez toujours pas de nouvelles ?

— Non, répond Max derrière le treillis. Lollo s'inquiète, elle veut parler à Smilla de vive voix. Moi, je préfère ne pas imaginer le pire. C'est une ado, on sait ce que c'est. Son portable n'a peut-être plus de batterie. Elle est peut-être allée chez une copine et… (soupir) j'en sais rien.

Je reviens dans la cuisine et fuis le regard brillant de Lollo pour m'adresser à son mec :

— T'as raison. Inutile de paniquer, Jennifer a peut-être fait la grasse matinée, puis a oublié de donner des nouvelles.

Le sourire reconnaissant, il tapote le bras de sa femme.

— Tu entends, chérie ?

Lollo, elle, ne sourit pas.

— J'aimerais quand même parler à Smilla.

— Bien sûr, opine Nina en me lançant un regard que je n'arrive pas à décrypter. Je vais la chercher.

Pendant qu'elle s'éclipse à l'étage, je passe un temps fou à sortir des verres et des assiettes pour m'occuper les mains tandis que mon cerveau s'active à la recherche de ce que je pourrais bien leur dire. Un sujet de conversation banal qui n'aurait aucun rapport avec leur fille.

— Vous êtes sûrs de ne pas vouloir rester manger un morceau ?

Je montre les cartons de pizza.

— Non, c'est cool, répond Max en se triturant les cheveux, ce qui ne lui donne pas un air si cool que ça, loin de là. On mangera en rentrant.

Nina revient, Smilla sur ses talons. Cette dernière reste prudemment à l'entrée de la cuisine.

— Tu l'auras compris, Smilla, je m'inquiète pour ma fille, se lance Lollo sans s'encombrer de politesses. Je voulais savoir… Comment tu l'as trouvée, au moment où elle est partie ?

L'adolescente hausse les sourcils.

— C'est-à-dire ?

Elle agace Lollo, qui semble peiner à contenir son irritation.

— C'est pourtant clair, non ? Elle avait l'air comment ? Contente ? Triste ? En colère ?

Smilla baisse les yeux et répond :

— Hum… Elle était comme d'hab.

— Comme d'hab ? (Ma fille opine.) Écoute-moi bien, reprend Lollo, tranchante. Ce qui se passe est très grave. Nina m'a parlé d'une dispute entre vous deux. Qu'est-ce qui s'est passé ?

Prise d'un hoquet, la jeune fille enfouit soudain son visage dans ses mains. Elle sanglote, puis pleure à chaudes larmes.

Mes pieds restent vissés au sol tandis que Nina se précipite vers elle.

— Qu'est-ce qu'il y a, ma puce ? Il s'est passé quelque chose, hier soir ? Si c'est le cas, il faut nous le dire, tu comprends ? On s'inquiète tous pour Jennifer.

Elle finit par retirer ses mains, lève les yeux vers Lollo, puis se jette dans les bras de sa mère.

— Pardon ! C'est ma faute, tout est ma faute !

Les sanglots secouent ses petites épaules.

— Qu'est-ce qui est ta faute, ma chérie ? susurre Nina en lui caressant les cheveux.

Lollo est pâle comme un linge mais ne dit rien et se contente de fixer Smilla.

— En quoi c'est ta faute ? insiste ma femme en me lançant un regard signifiant clairement que je dois venir à sa rescousse, prendre mes responsabilités et nous faire sortir de cette impasse.

Je fais un pas vers ma fille sans toutefois la toucher ; si c'est pour porter malheur à tout ce que j'approche, je préfère éviter.

— Smilla, tu sais que tu peux tout nous dire, dit ma voix que je ne reconnais pas. On ne te reprochera pas ce qui s'est passé. L'essentiel est que tu nous dises la vérité. De toute façon, elle éclatera tôt ou tard.

Le monde semble vaciller autour de moi. Tout ce que j'entends, c'est le battement sourd de mon cœur qui pulse dans mes oreilles. Je me tourne vers Nina.

— Tu veux que j'aille chercher les garçons avant que les pizzas ne refroidissent ?

Elle est glaciale.

— Ça peut attendre une minute, non ?

Je me force à rester immobile, frotte mes paumes moites sur mon jean.

Lollo tape du poing sur la table, se lève et s'approche de Smilla.

— Tu vas nous dire ce qui s'est passé, oui ? Jennifer a disparu, on veut savoir tout ce que tu sais. Tout ! T'as compris ?

Max la prend doucement par le bras.

— Calme-toi.

Elle chasse sa main.

— Me calmer ? Comment veux-tu que je me calme alors que ma fille a disparu ? Explique-moi comment je peux rester calme !

Sa voix se brise. Il passe les bras autour de ses épaules. Pour moi, ça ressemble plus à une camisole de force qu'à un câlin, mais ça a l'air de marcher.

— Désolée, susurre-t-elle contre la poitrine de son mari. Pardon, mais je suis tellement…

— Ne t'inquiète pas, on comprend, lui assure Nina en accompagnant notre fille vers une chaise, puis en se penchant devant elle pour lui caresser à nouveau les cheveux. Ma puce, raconte-nous. Tu verras, tu te sentiras mieux.

Smilla essuie ses larmes avec sa manche et nous regarde avec un désespoir qui me noue l'estomac. Que sait-elle exactement ?

Smilla ne sait rien, tenté-je de me persuader. *Rien du tout.*

— Je lui ai crié dessus, finit-elle par dire. Je lui en voulais d'avoir trop bu et de ne pas m'aider à faire le ménage.

Je sens mes épaules se détendre. Smilla commence à nous décrire le chaos qui régnait pendant la soirée, les intrus que personne n'avait invités et tous ceux qui buvaient comme des trous.

— Je suis désolée, papa, pleurniche-t-elle en capturant d'un coup de langue le fil de morve qui coule de son nez. Ils ont forcé l'ouverture du bar et ont presque tout bu. Je vous rembourserai, c'est promis.

— Pas grave, dis-je. (J'essaie de sourire, mais mes lèvres engourdies refusent de m'obéir.) On se débrouillera.

Nina s'est redressée, la main sur l'épaule de Smilla, mais c'est moi qu'elle regarde en disant :

— Je vous l'avais bien dit ! Je savais que ça se passerait comme ça.

— Tu as donné ton accord, lui rappelé-je.

— Oui, sous la contrainte ! crache-t-elle. Smilla ne me lâchait plus avec cette histoire, et toi, tu la soutenais depuis le début. Je n'avais aucune chance contre vous deux. « Lui lâcher la bride pour la responsabiliser. » Alors, tu es content du résultat ?

— Excusez-moi, s'interpose Lollo, à nouveau tranchante. Vous pouvez régler vos comptes plus tard ?

Nina rougit.

— Désolée, Lollo. Bien sûr…

Max relâche sa femme pour intervenir.

— Non, réglons cette histoire une fois pour toutes. (Il regarde autour de lui, puis se focalise sur Smilla.) Vous vous êtes disputées, c'est ça ? Tu voulais de l'aide pour nettoyer ?

Smilla confirme.

—Mais il n'était même pas minuit, intervient Lollo. Pourquoi vouloir nettoyer si tôt ?

—C'est moi qui… (Elle marque une pause, puis reprend.) C'était un vrai champ de bataille, tout le monde vomissait partout, je voulais juste qu'ils foutent le camp. Jennifer s'en fichait, elle voulait que la fête continue.

Max passe la main dans ses cheveux, qui retombent aussitôt devant ses yeux. Il a dû oublier d'appliquer sa crème visqueuse qui plaque ses boucles en arrière et les rend si brillantes.

—Jennifer est partie juste après votre dispute ? demande-t-il.

Elle répond à nouveau par l'affirmative.

—Elle est partie d'un coup en disant qu'elle rentrait chez elle.

—Tu n'as pas essayé de la retenir ?

Le ton de Lollo devient accusateur.

—Si, je lui ai demandé pardon. Je l'ai suppliée de rester. Mais je ne lui ai pas couru après. J'avais trop de choses à gérer ici. (Elle sanglote et se tourne vers sa mère.) Je… j'avais peur de ne pas avoir le temps de tout ranger, comme j'avais promis…

Nina serre doucement son épaule.

—Tu as dû te donner beaucoup de mal, ma chérie. Tout était impeccable, ce matin.

À la moue de Lollo, je comprends qu'elle perd patience.

Avec un raclement de gorge, Max se tourne vers ma fille.

—Tu disais que Jennifer avait trop bu. Elle était encore soûle quand elle est partie d'ici ?

Smilla regarde la table, hésite, puis relève la tête.

—Elle a picolé, mais je ne sais plus trop comment elle était au moment de partir.

—Elle a pris son téléphone avec elle ? demande Lollo.

—Je suppose.

—Mais si elle avait bu…, reprend-elle en se tournant vers son époux. Oh, mon Dieu ! Et si elle avait trébuché ? Elle est peut-être au fond d'un fossé à l'heure qu'il est. Et si un vieux pervers l'avait… (Elle prend Max par le bras.) Il faut appeler la police ! Tout de suite.

Nina fronce les sourcils.

— Une minute. Smilla, tu as parlé d'un garçon… Tu crois qu'elle a pu aller chez lui ?

Lollo la regarde un moment, puis se tourne vers l'adolescente.

— Quel garçon ?

Smilla semble perdue.

— Hum… C'est juste un mec de sa classe. Je ne sais pas s'ils sortent ensemble, mais… J'ai vu que… Je les ai vus s'embrasser, en tout cas.

— C'est pas vrai ! s'exclame Lollo. Et tu dis ça maintenant ?

— Je croyais que…

Nina voit rouge :

— Comment veux-tu que ma fille sache dans quel ordre tout raconter alors qu'on la bombarde de quest…

— Comment s'appelle-t-il ? l'interrompt Max en ressortant aussitôt son téléphone de sa poche.

— Ali, marmonne ma fille.

Le regard de Max change, il serre les dents.

— Ali ? Ali comment ?

— Aucune idée. Mais il est dans la classe de Jennifer. Si elle a une photo de classe avec tous les noms…

— Bon, on va chercher ça à la maison. Viens, Lollo. On rentre.

Sur le front de Max, les veines semblent prêtes à exploser et son cou rougit au-dessus du col de sa chemise. Il quitte la cuisine en traînant presque sa femme qui, dans l'élan, lance à Smilla :

— Désolée. Je ne savais pas que Jennifer avait un petit copain et…

— C'est OK.

— Merci de nous avoir tout raconté, poursuit-elle. C'est triste que vous vous soyez disputées. Vous allez vous réconcilier, pas vrai ?

Ma fille n'en a pas l'air convaincue.

20

Nina

— Pourquoi Lollo veut-elle appeler la police ? me demande Anton avant de plier en deux une part de pizza qu'il enfourne dans sa bouche.

— Qui t'a raconté ça ?

Il mastique, puis avale.

— C'est Vilgot. Alors, c'est vrai ou pas ?

Je hoche la tête sans trop savoir quoi lui répondre. À quel point peut-on raconter ce qu'il se passe aux enfants ? Jennifer va sûrement finir par rentrer chez elle, inutile de les affoler pour rien.

— Alors, elle va le faire ?

Face à l'insistance de mon aîné, je me tourne vers Fredrik dans l'espoir qu'il fournira une réponse suffisamment évasive, mais il n'a même pas l'air d'avoir écouté. Assis à sa place, il a le regard dans le vide et semble parti complètement ailleurs.

Qu'est-ce qui lui arrive, au juste ? Il a été de mauvais poil toute la soirée du réveillon, et, bon sang, ça ne s'est pas arrangé aujourd'hui. Est-ce qu'il cogite sur nous, sur notre couple ?

J'ai passé la moitié de ma vie avec lui, je peux lire en lui comme dans un livre ouvert. S'il croit que je ne remarque rien, il se met le doigt dans l'œil. On ne peut rien cacher à la personne avec laquelle on partage sa vie depuis plus de vingt ans. Je dois lui poser directement la question. Mais pas devant les enfants.

— Allô, tu m'entends ? Elle va les appeler ?

— Peut-être, réponds-je à mon fils, diplomate. Lollo commence à s'inquiéter de ne pas avoir de nouvelles de Jennifer. Mais tout va s'arranger. Et vous alors, vous vous êtes bien amusés ? Avec Theo ? Ça se passe mieux pour lui, en ce moment ?

Anton hausse les épaules.

Oui, je l'avoue, je vais à la pêche aux informations sensibles. Qui plus est en utilisant mes enfants, ce qui est déplorable. J'essaie de me convaincre que c'est par pure considération pour Theo, parce que je tiens à lui.

Malena ne parle jamais des états d'âme de son fils, je la soupçonne de voir les problèmes auxquels il est confronté comme un échec personnel. Pourtant, ce n'est un secret pour personne que ce garçon est souvent exclu, voire harcelé par ses camarades.

Jusqu'à présent, la solution de Malena a toujours été la même : le faire changer de classe ou d'établissement. Ça pouvait marcher quand il était petit, mais, en plein milieu de la seconde, ce n'est l'idéal pour personne, et certainement pas pour un gamin comme Theo. Espérons au moins qu'il a eu son mot à dire et de solides motivations.

Si je devais m'amuser à psychanalyser leur situation, je dirais que Malena change si souvent de petit copain que ça impacte l'assurance de Theo. Comment ne pas manquer de confiance en soi quand on voit la personne à laquelle on commence à s'attacher disparaître brutalement de notre vie ? Surtout quand ça se reproduit plusieurs fois. J'ai remarqué que Theo était parfois négligé. Malena se laisse plus souvent accaparer par sa vie amoureuse que par son rôle de mère.

— Si quoi se passe mieux ? demande Anton.

— Tu disais qu'il traversait une mauvaise passe au lycée, à moins que… (Je m'interromps en prenant une croûte de pizza échouée sur la table pour la remettre dans l'assiette de Vilgot.) Ça commence à dater, peut-être que le problème est réglé, depuis le temps.

— Aucune idée. On n'a pas parlé, on a joué.

Smilla se lève.

— Merci pour les pizzas.

— Tu as déjà terminé ? lui demandé-je. Tu n'en veux pas une part de plus ?

Elle pousse sa chaise et s'approche de l'évier pour ouvrir le lave-vaisselle.

— Non. Sinon, je ne me serais pas levée de table.

— Tu ne veux pas rester discuter un peu avec nous ? Tu pourrais nous raconter ta soirée d'hier.

Elle referme la porte de la machine et s'en va sans un mot.

Vilgot la regarde partir.

— Pourquoi Smilla est énervée ?

— Smilla est toujours énervée, répond son frère aîné en se penchant pour attraper un autre carton de pizza.

Je jette un regard par la fenêtre, observant les réverbères le long du trottoir qui percent l'épaisseur de l'obscurité en formant un collier de points jaunes diffus. Un profond soupir m'échappe. Visiblement, Fredrik n'est pas le seul à s'être levé du pied gauche. Dans le cas de Smilla, cette humeur massacrante a forcément un rapport avec sa copine.

J'espère vraiment qu'elle est sincère quand elle dit ne pas savoir où peut se trouver Jennifer. Les adolescents cachent tous leurs secrets à leurs parents, ça fait partie du jeu. Mais mentir au nez et à la barbe de Lollo et Max, ce serait un peu fort. Elle a bien vu qu'ils étaient rongés d'inquiétude.

Tout ça, c'est à cause de cette foutue soirée. Plus j'y pense, plus ça me met hors de moi. Que je sache, cette fête ne nous aura apporté que des emmerdes.

Smilla a réussi à nous cacher le pillage du bar en refermant correctement le meuble. Cette petite serrure ne faisait pas le poids face à une troupe d'ados assoiffés.

Une fois Anton et Vilgot sortis de table, je me retrouve seule avec Fredrik. Il reste deux grosses parts de pizza dans son assiette. Quasiment intactes.

— Tu n'as rien mangé.

— Je n'avais pas très faim.

Fredrik a toujours faim. Je contemple sa mine pâlotte.

— Ce n'est pas la gueule de bois, tu es sûr ?

— Certain. (Il se lève.) C'est bon, tu as fini de manger ?

Sans attendre ma réponse, il débarrasse les deux assiettes pour les mettre dans l'évier. Je le suis du regard. Ses gestes hâtifs et déterminés et ses épaules dessinées me rappellent Leif, son papa. La ressemblance me met mal à l'aise. Va-t-on finir comme Leif et Pirjo ?

Mes beaux-parents n'ont jamais été de grands boute-en-train, mais, depuis ce qui est arrivé à Simon, ils errent dans leur grande maison comme des zombies. Le chagrin et l'amertume ont vite marqué leurs traits, creusant de profonds sillons aux pires endroits. Ils auraient sans doute mieux fait de se séparer.

— Tu as rencontré quelqu'un ?

Comme j'ai lancé ma question dans son dos, il se retourne lentement.

— Quoi ?

Je me sens rougir. J'ai le sentiment que je viens de lâcher une bombe, un sujet énorme qui pourrait se solder par une catastrophe. Suis-je vraiment prête à l'affronter ?

Peut-être pas. Mais Fredrik m'a entendue, il cherche seulement à gagner du temps. Il est trop tard pour faire machine arrière. Il n'y a jamais de bon moment pour risquer une catastrophe.

— Je t'ai demandé si tu avais rencontré quelqu'un.

— Voyons, Nina, soupire-t-il en s'approchant de moi. Pourquoi… D'où tu sors une idée pareille ?

— Tu vois quelqu'un, oui ou non ?

Je ne lâcherai pas le morceau.

— Mais bien sûr que non, c'est absurde. (Il approche une chaise de la mienne et prend mes mains.) Comment tu peux croire ça ? C'est toi que j'aime.

Quand nos regards se croisent, je perçois dans le sien de la sincérité pure comme je n'en avais pas vu depuis très longtemps. Une fois encore, j'ai honte de mes soupçons.

Les sanglots me prennent par surprise, je me mets à pleurer à chaudes larmes.

— Pardonne-moi. Oh, mon Dieu, je suis désolée. Je ne sais pas ce qui m'a pris… Ces derniers temps, je t'ai trouvé… un peu absent et… aujourd'hui, tu as un comportement tellement étrange que…

— Ch-chut, susurre-t-il tendrement en chassant par un baiser les larmes qui mouillent mes joues. C'est à moi de te demander pardon. En ce moment, je suis stressé par le boulot… Entre ça et hier soir, c'était trop… (Sa voix se fêle.) Hier, j'ai pris conscience d'à quel point je vous aimais, toi et les enfants, et combien j'étais dur avec vous ces derniers temps. Pardon.

Son regard brille. Mon homme d'habitude inébranlable a l'air si fragile. Mon doux Fredrik.

Nous fondons alors en larmes tous les deux et nous prenons dans les bras. L'étreinte est gauche, sa joue râpeuse frotte contre la mienne et ses hoquets me chatouillent l'oreille.

— Tu crois que tu pourras me pardonner ?

— Évidemment, réponds-je en me redressant pour le regarder à nouveau dans les yeux. Mais pourquoi tu n'as rien dit alors que ça se passe mal au travail ? On peut toujours trouver une solution, non ?

Il opine, renifle, et nous nous remettons à pleurer ensemble. Drôle de situation, et pourtant, ça fait du bien. Fredrik m'aime encore. Il ne me ment pas, je le connais assez pour le savoir.

Une fois calmés, nous séchons nos larmes et prenons une minute pour nous ressaisir. Malgré notre silence en débarrassant la table, je nous sens connectés, proches comme nous ne l'avons pas été depuis trop longtemps.

Je regarde Fredrik plier les cartons vides et ressens soudain comme une sorte de désir. Sensation peu courante.

— Je t'aime, chuchoté-je en me faufilant derrière lui pour me presser contre son dos.

Midsommar 2007

Fredrik

Je sors sur la terrasse avec une corbeille de pain, mais m'arrête en entendant la voix agacée de Max.

— Lâche-moi, Jennifer.

Il porte un grand plateau de verres de liqueur et doit faire un pas de côté pour esquiver les assauts de sa fille.

— Mais je veux que tu viennes tout de suite !

Jennifer tire sur la manche de Max, il pousse un juron mais parvient à reposer le plateau sur la table sans renverser les verres. Puis il fait volte-face.

— Je suis occupé, pour l'instant. Apprends à être *patiente*.

— TOUT DE SUITE ! hurle la petite en tapant du poing sur la table, ce qui fait trembler les verres. Tout de suite, tout de suite, tout de suite !

— Tu es en plein milieu du chemin, chéri.

Nina apparaît derrière moi, un plat de harengs dans chaque main. Elle ajoute tout bas à mon oreille :

— Pourquoi on ne sert pas le hareng directement des bocaux ? C'est du Lollo tout craché. Tout le monde est affamé et au bord de la crise de nerfs, mais la table doit quand même être dressée comme si elle sortait d'un catalogue.

— TOUT DE SUITE !

Le petit visage constellé de taches de rousseur de Jennifer vire au rouge carmin.

— C'est les vacances, me glisse encore Nina en aparté. Je n'ai aucune envie d'enfiler ma casquette de maîtresse aujourd'hui.

Soudain, Lollo nous passe devant à toute berzingue. Ses sandales à talon claquent sur les planches en bois et sa moue paraît crispée. Elle prend Jennifer par le bras et l'attire devant elle.

— Tu arrêtes, ça suffit, siffle-t-elle. Si tu ne peux pas te tenir, on ne te laissera pas danser ce soir dans la ronde de la Midsommar et tu n'auras aucune sucrerie. C'est compris ?

— Aïe ! Ça fait mal.

Les larmes montent. Lollo la relâche et se tourne vers nous, un sourire forcé sur les lèvres.

— Il faut toujours qu'elle joue la comédie. Elle n'a pas eu mal du tout.

Jennifer se met à pleurer en tapant du pied sur la terrasse.

— Si, ça m'a fait mal !

Elle donne un coup de pied dans la table.

— Jennifer ! crie Lollo d'une voix aiguë. Qu'est-ce que je viens de te dire ?

Je m'approche de la table, pose la corbeille à pain et m'accroupis devant la petite fille.

— Tu as besoin d'aide ?

Son attention est aussitôt détournée et elle me prend par la main.

— On veut jouer au croquet mais on ne sait pas comment planter les piquets blancs. (Elle m'attire vers les marches.) Smilla dit qu'il faut les mettre en croix, mais moi je crois pas ! Il n'y en a pas assez.

— Il n'y a que les arceaux du centre qui sont disposés en croix, expliqué-je. Viens, je vais te montrer.

Jennifer a l'air contente. Elle lâche ma main, sèche ses larmes et court devant. Je la suis et tourne à l'angle de la maison.

Dans le jardin, je trouve Smilla et Theo. Le garçon s'est emparé d'un maillet de croquet et semble très occupé à s'entraîner à taper.

Il pousse un cri de joie chaque fois qu'une boule vient percuter l'un des pins agités par le vent au bout du terrain.

Malena et son nouveau copain, dont j'ai oublié le prénom, sont lovés et enlacés dans le fauteuil de jardin sur la terrasse. Ils n'ont d'yeux que l'un pour l'autre et semblent être passés complètement à côté de tout le drame du croquet.

Jennifer court tout droit vers Smilla qui attend au milieu de la pelouse, l'air inquiète.

— Tu t'es trompée ! s'exclame Jennifer, jambes écartées et poings sur les hanches. Je le savais, tu t'es trompée.

Smilla dévisage sa copine, puis rétorque :

— Moi, je suis sûre qu'il faut faire une croix !

— Oui, mais ton papa a dit que…

— J'ai vu comment on faisait, l'interrompt ma petite. On a fait une croix la dernière fois.

— Ça suffit, les filles, interviens-je en me plaçant entre elles pour éviter qu'elles n'en viennent aux mains. Pas la peine de se disputer. Vous avez toutes les deux raison.

Je ramasse les arceaux et les divise pour qu'elles en aient chacune un nombre égal. Ensuite, nous installons ensemble un parcours adapté aux enfants.

— Parfait, dis-je. Vous vous êtes débrouillées comme des cheffes.

Jennifer rayonne de bonheur.

21

Lollo

— *Ali*, grogne Max en donnant une claque sur le volant. Il a fallu que ça tombe sur nous.

— Moi, je serais rassurée de savoir qu'elle a passé la nuit chez un garçon, nuancé-je. Je préfère ça plutôt qu'il lui soit arrivé quelque chose.

Cette histoire de petit copain m'a rendu une lueur d'espoir. Si Jennifer a un amoureux qu'elle veut garder secret, ça expliquerait parfaitement son silence. Elle connaît son père et se doute bien qu'il n'approuverait pas sa relation avec Ali.

Max renâcle.

— Alors pour toi, notre fille ne risque rien chez cet Ali ?

— Si… Bien sûr que si, mais si c'est son amoureux…

Il me lance un regard.

— Tout ce que je dis, c'est que si ce bâtard s'en prend à Jennifer, s'il touche ne serait-ce qu'à un seul de ses cheveux… je vais lui faire regretter d'être venu au monde.

Il est en boucle là-dessus depuis que nous sommes partis de chez les Andersson. Je ne l'écoute plus et regarde défiler les champs boueux des deux côtés de la route. Ma poitrine se serre à l'idée que Jennifer pourrait être quelque part dehors, dans le noir. Seule, dans le froid, peut-être blessée…

Bon, espérons qu'elle n'est pas en danger, seulement insouciante à cause d'un nouvel amoureux.

Oui, ce doit être ça.

Je m'accroche de toutes mes forces à cet espoir. Au fond de moi je crains le pire, mais je dois continuer à y croire, garder la tête hors de l'eau.

On va appeler la police. Juste pour être sûrs. Ils pourraient nous aider à traquer son téléphone ou… je ne sais pas. Ils pourront bien faire quelque chose, non ?

Si ça se trouve, ils estimeront que nous n'avons aucune raison de nous inquiéter. La police de Malmö a d'autres chats à fouetter, et c'est peu dire. On ne veut pas non plus passer pour des hystériques. En même temps, ce serait terrible d'attendre trop longtemps alors qu'il aurait fallu appeler les secours tout de suite.

D'abord, cherchons ce fameux Ali dans la liste de ses camarades de classe. Si la police me posait la question, je serais gênée de ne pas pouvoir leur donner le nom de famille de l'éventuel petit copain de ma fille.

Quand on était sur le départ, Nina m'a demandé si j'avais appelé d'autres amis de Jennifer. C'est là que j'ai pris conscience que je n'en connaissais aucun. Ces temps-ci, elle ne ramène jamais personne à la maison, sous prétexte que personne n'a envie de faire la route jusqu'à chez nous. Elle-même retourne rarement en ville dans la journée une fois qu'elle est rentrée.

Je pensais que c'était à cause du lycée, qu'elle n'avait pas le temps de se faire de nouveaux copains à cause de ses devoirs. Mais, quand j'y pense, elle passe tout son temps libre dans sa chambre à ne rien faire – y compris le week-end. N'a-t-elle donc aucun ami ? Est-elle harcelée ? Pourquoi ne lui ai-je jamais posé la question ?

Quand Max s'engage dans notre allée et éteint le moteur, je lui demande :

— Est-ce que tu connais le nom des amis de Jennifer, toi ?

Il a l'air confus avec ses yeux de merlan frit.

— Euh, non… Qu'est-ce que tu veux dire par là ?

J'ai presque envie de lui répondre ce que j'ai dit à Smilla tout à l'heure – *« C'est pourtant clair, non ? »* – mais préfère éviter le conflit. Il faut se serrer les coudes.

— Je me disais juste que… on ne connaît pas ses copains. C'est nul, non ?

Il hausse les épaules.

— Je sais pas. C'est sûrement… (Il marque un silence.) Il n'y a pas une Emma ?

— Jennifer en a une dans sa classe, me rappelé-je en ouvrant la portière et en m'apprêtant à poser le pied par terre. Mais je ne sais pas si elles se voient en dehors des cours.

— Si on la trouve dans la liste des élèves, on pourrait l'appeler, suggère-t-il avant de sortir de la voiture.

J'opine pensivement et serre mon téléphone.

En s'approchant de la porte d'entrée, Max sort son portable de sa poche, puis le range aussitôt avec une expression que je décrypte sans peine : de la déception.

M'introduire dans la chambre de ma fille en son absence me met mal à l'aise. Max, lui, n'affiche aucun état d'âme. Il inspecte toute la pièce, une vraie tornade. Fouille les tiroirs du bureau, inspecte la penderie et retourne tous les sacs. Ses cheveux sont hirsutes et ses yeux brillent. Brillent-ils de colère, de peur ou de détermination ? Difficile à dire.

— Où est-ce qu'elle a foutu sa photo de classe ?

Mon regard se pose sur l'étagère et sur les rares livres rangés là. Sur l'une des tranches, je lis « LYCÉE DE MALMÖ » en majuscules blanches. Ce n'est pas une photo de classe, c'est un bouquin gros comme une bible à couverture rigide.

— Là, lui montré-je. Sur l'étagère.

Max prend le pavé et, quelques minutes plus tard, trente visages juvéniles nous observent sur le bureau. Je n'ai d'yeux que pour Jennifer. Elle est presque vivante, comme prête à surgir de la page. Avec ses longs cheveux, pareils à ceux de toutes les filles de son âge. Son nez droit, ses taches de rousseur encore présentes grâce au soleil de la fin du mois d'août. Et son sourire. Je crois sentir son parfum et me mords la lèvre pour ne pas me mettre à pleurer.

Je dois me ressaisir. Jennifer a disparu depuis moins d'une journée. Tous les jeunes traversent ce genre d'épisode. À quoi bon dramatiser ?

L'index de Max glisse sur le papier glacé, passe de nom en nom avant de s'arrêter sur « Ali Hassan ». C'est le seul Ali de la classe, le téléphone est aussitôt dégainé. Il fait quelques recherches sur Internet et pousse un grognement.

— C'est complètement dingue, ça ! Il y a cent quarante-cinq Ali Hassan dans cette ville.

— Vérifie l'âge, lui suggéré-je.

Max pianote un instant sur son écran avant de marmonner qu'il faut être majeur pour figurer dans l'annuaire de hitta.se. Il me demande le numéro de Smilla.

— Je ne l'ai pas, réponds-je. Et je n'ai pas envie de parler à Nina. La police pourrait trouver le numéro d'Ali si on lui donnait une bonne raison de le chercher.

Nous échangeons sèchement pendant une minute, puis je retourne par hasard un bout de papier posé sur le bureau de Jennifer. On dirait qu'elle a griffonné une liste d'invités portant le titre « Nouvel an 2019 ». Une dizaine de noms sont répartis en deux catégories : « Copains de classe » et « Les autres ». Le premier nom de la liste de la classe est Emma Lundberg, et, deux lignes plus bas, nous retrouvons Ali Hassan. Il compte parmi les trois invités dont le numéro de téléphone est inscrit dans la marge.

Max colle son portable à son oreille.

— Tu l'appelles ? Il ne vaut pas mieux laisser faire la police ?

Il me fait signe de me taire et, quand quelqu'un décroche au bout du fil, sort dans la salle télé. Je n'ai pas envie de le suivre jusque dans l'autre pièce mais reste sur le seuil pour entendre ce qu'il dit.

Au début, la discussion paraît très confuse. Le garçon, qui semble effectivement être le Ali qu'on cherche, met un moment à faire le rapprochement entre Max et Jennifer. Puis il semble nier tout ce que mon mari cherche à lui faire admettre.

— On va appeler la police, menace Max. Donc, si tu sais quoi que ce soit, mieux vaut le dire tout de suite.

Au bout du fil, le ton monte, mais je suis trop loin pour comprendre.

— Je sais où tu habites, conclut mon mari avant de raccrocher et de donner un coup de pied dans le canapé. Petit enfoiré.

Il se tourne vers moi et dit dans un suédois approximatif :

— « Je te jure, mec. Je te jure sur ma mère. » Comment peut-on parler comme ça, franchement ? Jurer sur sa mère ? Quelle connerie. On est en Suède, putain !

— D'accord, mais qu'est-ce qu'il a dit ? Il sait quelque chose sur Jennifer ?

— Rien, soupire-t-il. Le petit Ali Baba est venu à la soirée, mais il dit qu'elle est partie avant lui. Et qu'elle est partie seule. En tout cas, je n'ai aucune confiance en ce gosse. J'ai bien l'intention de lui envoyer une descente de flics, chez lui à Lindängen, histoire de lui foutre les jetons.

— Je peux m'occuper d'appeler Emma, suggéré-je pour éviter un autre coup de fil du même genre.

Max se met à faire les cent pas pendant que j'envoie un message à Nina lui demandant l'aide de sa fille.

Peu de temps après, le numéro de téléphone d'Emma Lundberg apparaît sur mon écran. Je le compose et, à chaque tonalité, mon cœur bat un peu plus fort.

Faites que Jennifer soit chez sa copine. S'il vous plaît, faites qu'elle soit là-bas.

Mais, à l'instar d'Ali et Smilla, Emma affirme que ma fille a quitté la fête un peu avant minuit et qu'elle ne l'a pas revue depuis.

— Elle ne t'a pas envoyé de message ? demandé-je. Ou de snap ?

Je ne comprends rien à Snapchat. Je l'ai installé mais ne l'utilise jamais. À l'inverse, ma fille l'utilise tout le temps. Pendant quelques années, elle a été accro à ses filtres photo. C'est peut-être toujours le cas.

— Nan, dit Emma. Vous croyez qu'il lui est arrivé quelque chose ?

Quand Max, quelques minutes plus tard, compose le numéro de la police, je crois vivre un cauchemar. Ce n'est pas réel, mon mari ne peut pas contacter les autorités pour leur signaler que notre fille a disparu, je refuse de le croire.

22

Fredrik

La respiration de Vilgot se fait plus lourde, et je ferais mieux de sortir avant de le réveiller. Mais je ne veux pas, je ne supporte plus de me trouver dans la même pièce que Nina et Smilla. Elles me rappellent trop ce que j'aimerais oublier.

J'ai l'impression de me dissoudre de l'intérieur, comme si mon corps se mettait à pourrir. Ce n'est probablement qu'une question de temps avant que je tombe en poussière. Quel organe lâchera en premier ? Le cœur ? Le cerveau ? Les poumons ?

Vilgot s'agite dans son sommeil. Je caresse ses cheveux emmêlés, sens son souffle chaud dans mon cou. Le corps alourdi, je replonge dans les ténèbres. Je sens l'air humide et entends le choc sourd sur le sol froid. Mon pouls s'emballe.

Bon Dieu, par pitié, aide-moi.

Prier, c'est débile. Avant 2001, je croyais en Dieu. Ou plutôt, je croyais en une entité supérieure, un truc sur lequel nous, pauvres humains, pouvions compter dans les moments difficiles. Mais ces espoirs se sont volatilisés le jour où Simon s'est suicidé. Et aujourd'hui, je chercherais à retrouver le chemin vers la foi ? C'est pitoyable. C'est même pathétique.

Personne ne peut plus m'aider. Encore moins un dieu.

J'ai encore envie de pleurer. Je pourrais pleurer des heures. Ça m'a fait du bien, cette parenthèse avec Nina dans la cuisine.

On a pleuré chacun pour des raisons différentes, mais ça m'a un peu aidé à relâcher la pression. Après coup, Nina avait l'air soulagée et j'ai été content de pouvoir répondre honnêtement à sa question, pour une fois : non, il n'y a personne d'autre qu'elle.

Des voix au rez-de-chaussée me font tressaillir. Mon cœur rate un nouveau battement. Serait-ce encore Max et Lollo ? Des amis de Smilla ? Ou bien la police ?

Je retiens mon souffle et écoute. C'est un homme et une femme, ils n'ont pas la voix d'adolescents de l'âge de Smilla. Ce doit être la police.

Merde.

Une part de moi a envie de dévaler l'escalier et de tout leur dire, de leur raconter toute l'histoire du début à la fin et de me délester de mon fardeau. Une autre part de moi veut se cacher dans le placard de Vilgot, rester là dans le noir et se faire oublier du monde entier.

Mais non, je reste allongé sur le lit. Ce n'est pas une décision active, plutôt le résultat de ma paralysie. Ne plus bouger, c'est le mieux que je puisse faire. Personne ne peut me reprocher de rester auprès de mon fils.

Mon pouls chante dans mes oreilles, mais je crois entendre des pas dans l'escalier, ça approche, puis la porte s'ouvre.

— Fredrik ? chuchote Nina. Tu dors ?

Je ferme les yeux.

— Fredrik. (Elle me secoue doucement.) La police est en bas.

Je prends un air étourdi.

— Deux agents sont là, dans le couloir, insiste-t-elle. Ils ont des questions à poser à Smilla. J'aimerais que tu sois là.

Je regarde notre fils.

— Mais Vilgot…

Elle commence à s'agacer.

— Il dort. Allez, viens. Ils attendent.

Je ne peux pas affronter deux policiers. C'est impossible.

Mais je n'ai pas le choix, évidemment.

À mesure que je descends les marches, ma peur se change en colère. Maudite Jennifer ! Je serre le poing droit et réprime l'envie de l'enfoncer dans le mur. Merde, foutue gamine ! C'est *ta* faute, tout ça !

Une voix dans ma tête me rappelle :

Tu n'as rien fait, Fredrik.

Tu as seulement parlé à Jennifer.

Puis tu es rentré chez toi en voiture.

Ces mots deviennent un bouclier derrière lequel me cacher.

Arrivé en bas, je trouve ma femme, ma fille et deux policiers en civil assis autour de la table de la cuisine. L'air est lourd, chargé, comme si l'angoisse et la gravité de la situation freinaient le déplacement des molécules dans la pièce.

Smilla, affalée dans sa chaise, est au bout de sa vie. Nina porte un pantalon de jogging et un chignon lâche, le bras autour des épaules de notre fille.

Je m'arrête devant l'agent le plus proche et me force à lui serrer la main fermement.

— Fredrik. Enfin… le père de Smilla. Excusez-moi, je me suis assoupi en couchant le petit.

— Marko Stojkovic, se présente le policier.

Son regard marron se plante dans le mien comme s'il transperçait jusqu'à mon âme. Mon diaphragme se crispe et mes vertiges reviennent en force. J'arrive malgré tout à contourner la table pour saluer sa collègue.

— Helena Svärdh.

Ses cheveux blonds sont attachés en queue-de-cheval, dégageant ses yeux bleu clair. Elle montre la chaise vide à côté de Nina et m'invite :

— Asseyez-vous.

Je m'effondre sur la chaise, heureux de ne pas avoir à tenir sur mes jambes tremblantes.

— Comme je le disais, nous venons vous voir concernant Jennifer Wiksell, poursuit Helena Svärdh. Nous avons d'abord interrogé ses parents et, d'après ce que nous avons compris, c'est ici, chez vous, que Jennifer a été aperçue pour la dernière fois.

Je hoche la tête, incapable d'émettre le moindre son.

Marko Stojkovic reporte son attention sur Smilla.

— Tu es toujours d'accord pour qu'on te pose quelques questions ?

Smilla répond « oui » d'une voix si frêle qu'on l'entend à peine.

— Excusez-moi, intervient Nina. C'est un interrogatoire ?

Helena Svärdh sourit en prenant son calepin.

— Oui, dit-elle. Mais ça veut simplement dire que nous prenons la conversation en note. Et Smilla n'est soupçonnée de rien. Nous voulons seulement entendre sa version des faits.

La réponse semble satisfaire ma femme.

— Donc, Smilla, recommence Marko Stojkovic. Jennifer Wiksell et toi avez fait la fête ici hier soir. Peux-tu nous raconter la soirée ?

Smilla s'agite sur sa chaise.

— Qu'est-ce que je dois raconter ?

— Qui était là, par exemple. S'il s'est passé quelque chose dans la soirée. À quelle heure Jennifer est partie et pourquoi, ce genre de choses.

Ma fille se met à parler. Cette fois, elle décrit les faits plus en détail que lorsqu'elle s'adressait à Lollo, assise sur la même chaise.

J'aimerais écouter, mais ai du mal à me concentrer. Toute mon énergie est dépensée à rester immobile, à afficher un air inquiet mais nullement paniqué. Je ne vois pas l'expression de Nina mais je sens qu'elle est de plus en plus tendue, c'est dans l'air.

Toute cette affaire la conforte dans l'idée qu'autoriser le réveillon des filles était une mauvaise idée, et je sais que je vais payer cher pour les avoir soutenues. Et pas qu'un peu.

Nina a toujours eu des idées très arrêtées. C'est l'une des premières choses qui m'ont plu chez elle. Au début, on pouvait passer des heures à refaire le monde. Mais maintenant, on débat surtout de l'éducation des enfants. Sur le fond, on est d'accord, mais on se chamaille pour des détails comme le temps qu'on leur laisse passer sur les écrans et à quel degré on veut les impliquer dans les tâches domestiques. Des discussions banales qui se soldent bien souvent par des prises de bec. Mais, à la lumière de ce qui se passe aujourd'hui, ces disputes me paraissent parfaitement futiles. Comme quoi, tout est relatif.

On me donne un petit coup de coude. Je prends conscience que tous les regards sont braqués sur moi.

— Fredrik, tu écoutes ?

Nina paraît nerveuse.

— Désolé, dis-je en rougissant. J'étais ailleurs… Vous disiez ?

— Je voulais savoir à quelle heure vous étiez rentrés chez vous hier soir, répète Marko Stojkovic avec un regard inquisiteur. Votre épouse n'a pas su me dire exactement…

J'essaie de sourire, mais ça ressemble plutôt à un tic crispé.

— Ah, oui. Alors, j'ai commencé à rassembler les troupes autour de 2 heures, mais on n'est pas partis avant 2 h 30. Ce qui veut dire qu'on était à la maison juste avant 3 heures. (Je me tourne vers Nina.) C'est à peu près ça, non ?

Elle fuit mon regard mais répond :

— Exactement. Trois heures, ça me parle.

— Vous avez pris le volant ?

L'agent Stojkovic a du mal à croire que j'ai conduit toute la famille en voiture, parfaitement sobre, le soir même du nouvel an.

— Oui, c'est moi qui ai oublié de commander un taxi, alors j'ai fait le Sam de la soirée.

— Je vois.

— On rentre rarement aussi tard, mais on passait vraiment une bonne soirée et… après tout, le réveillon, c'est une seule fois dans l'année. (Qu'est-ce qui me prend de bavasser comme ça ? Le stress l'emporte, impossible de me taire.) Évidemment, les garçons s'étaient endormis. Il n'était pas minuit que Vilgot roupillait déjà. Il y a une ligne de bus qui aurait pu nous ramener chez nous, mais on ne voulait pas réveiller les enfants et les asseoir dans un bus pour les trimballer…

— Il y a autre chose que vous vouliez savoir ? m'interrompt Nina en se tournant vers les policiers.

— Juste un détail, opine Marko Stojkovic en s'adressant à Smilla. Comment allait Jennifer ?

— Je vous ai déjà dit qu'elle avait bu, répond ma fille, visiblement irritée. Je ne sais pas comment elle se sentait exactement au moment de partir, mais elle devait être soûle.

— Pardon, je n'ai pas été assez clair. Je voulais parler de sa santé mentale. Savoir si elle était comme d'habitude. Vous vous connaissez bien, non ?

Elle baisse le menton, le regard dans le vide.

— Ben oui, depuis toujours. Mais, depuis le lycée, on ne se voit plus tellement.

— Vous n'allez pas au même lycée ?

Sans lever la tête, elle fait signe que non.

— Elle est à Petri. Moi, je suis au lycée latin.

— Est-ce qu'elle avait le même comportement que d'habitude ?

— Je ne l'avais jamais vue boire autant… (Smilla lève enfin les yeux.) Mais, je vous l'ai dit, on ne se voit plus très souvent.

Stojkovic se penche légèrement en avant.

— Il y a une raison particulière à ça ? Au fait que vous vous voyiez moins ?

Smilla se tortille sur son siège.

— Nan, je sais pas… J'ai essayé mais Jennifer était très occupée par le lycée, et tout ça.

Le policier opine, se lève et range sa chaise.

— Merci, Smilla. Tu nous as bien aidés. Nous reviendrons te voir si nécessaire.

Helena Svärdh referme son calepin et imite son collègue.

En les regardant se préparer, ma fille se met soudain à sangloter.

— Vous croyez que… (Elle renifle.) On va la retrouver ?

Marko Stojkovic a l'air déterminé.

— On va faire tout ce qui est en notre pouvoir.

2 janvier 2019

Mercredi

23

Nina

L'aube tente une percée par la fenêtre de la chambre, les grains de poussière tourbillonnent dans la lumière filtrée par les stores. Fredrik dort comme un loir. Comme il est tourné vers la fenêtre, je ne vois que sa tignasse brune ébouriffée sur l'oreiller et les contours de son corps sous la couette.

Je n'ai pas fermé l'œil. Au milieu de la nuit, j'ai même hésité à me lever pour prendre un somnifère que m'a prescrit un médecin au début de l'automne dernier. Mais j'ai eu peur qu'il m'assomme et me rende incapable de réagir si mes enfants avaient eu besoin de moi.

Ce qui se passe avec Jennifer, ça bouleverse tout. Heureusement que Vilgot s'est endormi avant l'arrivée des policiers, mais il a été inquiet toute la journée, posait des questions et craignait que Smilla ne disparaisse, elle aussi.

Anton n'en parle pas du tout, mais je vois que ça le touche aussi. Jennifer n'a jamais été particulièrement proche de mes fils, mais elle a toujours fait partie de leur vie, les Wiksell sont des amis de longue date.

Smilla a fini par s'endormir en larmes pendant que je lui caressais les cheveux en lui jurant qu'elle n'y était pour rien. Qu'elle avait eu raison de gronder sa copine, que n'importe qui aurait fait la même chose à sa place. Elle avait l'impression que Lollo, Max et la police la soupçonnaient d'avoir un rapport avec la disparition de Jennifer.

— Lollo me déteste, maman, sanglotait-elle.

C'est vrai que mon amie a mal parlé à Smilla, mais il faut la comprendre, elle est morte d'inquiétude. Qui arriverait à contrôler ses émotions alors que sa fille s'est volatilisée ? C'est ce que j'ai expliqué à Smilla, en ajoutant que la police faisait seulement son travail, qu'elle devait interroger tous les gens qui ont vu Jennifer le soir du réveillon.

Fredrik n'a pas l'air d'avoir envie de parler de tout ça. Je ne le forcerai pas tant qu'il n'ira pas mieux. Il doit d'abord régler ses problèmes au travail.

C'était bizarre de pleurer avec lui, hier, mais je suis contente qu'il ait pu vider son sac. Je comprends enfin pourquoi certaines choses m'ont interpellée ces derniers temps : pourquoi il avait l'air distant, pourquoi il paraissait toujours agacé et me répondait sèchement.

Dommage qu'il ne se soit pas confié avant la disparition de Jennifer. Nous aurions eu le temps de régler ses problèmes avant le début du prochain semestre ; un petit stress professionnel, ça peut arriver à tout le monde.

Mais le cas de Jennifer est grave, c'est prioritaire.

J'ai du mal à me défaire du sentiment que tout est notre faute, que notre famille a une grande part de responsabilité dans cette disparition. C'est ça qui m'a empêchée de fermer l'œil cette nuit. Évidemment, je n'en ai pas parlé à Smilla, mais, j'ai beau retourner la situation dans tous les sens, j'en arrive toujours à la conclusion qu'on est coupables. Ou, du moins, qu'on a notre part de torts.

Si l'on n'avait pas autorisé les filles à faire leur soirée chez nous, ça ne serait jamais arrivé. Il y aurait peut-être eu autre chose, mais pas ça. Et puis, Smilla s'est disputée avec elle. Que notre fille ait eu raison ou non de crier sur sa copine, il n'empêche qu'elle se retrouve impliquée dans cette affaire. Et nous aussi.

Je ne suis pas superstitieuse, mais cette idée m'a tracassée cette nuit : j'ai quelque chose à voir avec cette disparition. *Moi*. C'est ma punition pour avoir exprimé, l'autre jour, le malaise que m'a toujours inspiré cette gamine. C'est ma mise à l'épreuve à moi, pour que je me remette en question.

Le fait qu'elle ait disparu n'y change rien, je ne l'aime pas plus qu'avant, mais j'espère sincèrement qu'on la retrouvera saine et sauve. Oui, j'espère qu'on l'a déjà retrouvée et qu'elle est en sécurité. Je ne lui veux aucun mal.

Avant l'aube, quand l'heure était entre chien et loup, j'ai repensé à la question de Vilgot.

« Est-ce que Smilla va disparaître, elle aussi ? »

J'ai essayé d'imaginer que c'était ma fille qui avait franchi la porte à 23 h 30 le soir du réveillon, puis que personne ne l'avait plus revue depuis. Je n'y suis pas arrivée. C'était trop douloureux.

Il faut que j'appelle Lollo. C'est vrai qu'elle m'agace à bien des égards, mais ça reste l'une de mes plus vieilles copines. Si elle a besoin de mon soutien, je dois être là pour elle.

Mon téléphone clignote sur la table de chevet. Je l'attrape en espérant trouver un message disant que tout va bien, que Jennifer est rentrée à la maison et que ce n'était qu'un caprice d'adolescente qui a duré un peu trop longtemps. Mais non, c'est un flash info du quotidien *Sydsvenskan.*

Une jeune fille de dix-sept ans a disparu le soir du réveillon.

24

Lollo

Ce n'est qu'en prenant mes clés de voiture, mon sac à main pendu au creux de mon bras et Chanel dans l'autre, que je m'aperçois que ça ne va pas le faire. Je n'arriverai pas à ouvrir la boutique aujourd'hui. Je n'arriverai pas à me tenir derrière ma caisse et à sourire aux clientes, à discuter du choix des couleurs pour un plaid ou à négocier le prix des vases. C'est impossible.

Je pensais pouvoir reprendre le cours de ma vie comme si de rien n'était. J'imaginais que la routine m'aiderait à penser à autre chose. À ne pas devenir complètement folle. Avec cette idée en tête, après une nuit blanche, je me suis levée, douchée et habillée, j'ai bu un café et sorti Chanel, et je me suis brossé les dents. Un matin de semaine classique, en somme.

Mais ça ne marche plus. Ma tête palpite et une coulée de sueur froide me glisse dans le dos.

Je me laisse tomber sur la chaise installée dans l'entrée. Chanel s'extirpe de mes bras et gambade vers le salon. À mi-chemin, elle se retourne vers moi en continuant d'avancer. *Allez, viens !* semble-t-elle me dire. *Essaie de m'attraper.*

La main appuyée sur le mur, je lutte contre une remontée acide sur fond de café et regarde ma chienne sans la voir. Le sac glisse de mon bras et se renverse par terre. J'entends la monnaie et le rouge à lèvres rouler sur le carrelage, mais quelle importance ?

Plus rien n'a de sens sans Jennifer à la maison.

Ça fait des années qu'on ne se parle plus. Je ne connais plus ma fille, je ne sais plus qui elle est. Celle de onze ou douze ans, je la connaissais par cœur. Mais sa version de dix-sept ans est une parfaite inconnue. Je n'ai aucune idée des gens qu'elle fréquente ni de ses projets pour l'avenir. Je ne sais même pas si elle va bien.

Quelle honte j'ai ressentie devant les deux policiers quand ils m'ont posé toutes ces questions auxquelles j'étais incapable de répondre. « Comment ça se passe au lycée ? Qui voit-elle en dehors des cours ? Paraissait-elle triste ou déprimée ces derniers temps ? »

Ils ont dû se demander pourquoi on avait fait un enfant.

Ces derniers temps, il était difficile de communiquer avec Jennifer. Ça se limitait généralement à la faire bouder ou claquer des portes. On l'a laissée tranquille, pensant que ça finirait par passer. Et on n'est certainement pas les seuls à réagir comme ça. Franchement, combien de parents ont l'énergie, en rentrant d'une journée de travail, de remonter le moral de leur ado grincheux ?

J'étais convaincue que tout finirait par s'arranger, qu'il suffirait d'attendre que ça passe en serrant les dents. J'ai parfois fantasmé une relation mère-fille idéale comme on en voit dans les films. On nous montre souvent des adolescentes et leurs mères partant en week-end, au spa ou en voyage à l'étranger. Elles boivent du champagne, gloussent et partagent tout comme deux amies.

Moi-même, je n'étais pas particulièrement loquace quand j'étais ado. Pauvre Agneta. J'avais douze ans quand elle a emménagé à la maison et j'ai aussitôt eu l'impression qu'elle me volait mon papa. Ce qu'elle a fait, en quelque sorte. Mais Agneta a toujours été respectueuse envers moi. Elle ne forçait pas l'entente, me laissait l'espace dont j'avais besoin, comprenait qu'à mon âge on avait besoin de temps pour soi, pour s'écouter penser.

Mais l'agressivité de Jennifer n'est pas forcément due à l'adolescence ou aux hormones. Il lui est peut-être arrivé quelque chose.

Peut-être qu'elle va mal. Ils sont nombreux, les jeunes, à vivre un certain mal-être de nos jours, qui nous dit que Jennifer n'en fait pas partie ?

J'enroule mes bras autour de mon ventre et sens les larmes mouiller mes joues.

— Où es-tu, Jennifer ? soufflé-je en serrant mes mains très fort.

Si tu rentres à la maison, je te montrerai à quel point tu comptes pour moi.

Max a passé une grosse partie de la nuit dehors. Je voulais le suivre, mais il m'a forcée à rester à la maison.

— Il faut que l'un de nous soit là quand Jennifer reviendra, a-t-il dit avant de disparaître dans le noir.

Il est rentré à l'aube et m'a raconté qu'il avait inspecté toutes les lignes de bus entre Husie et Klagshamn – plusieurs fois. Il a fait le tour du centre-ville et de toutes les places publiques, a passé Klagshamn au peigne fin. Sans résultat.

Du reste, il est obsédé par Ali et n'a que des insultes à la bouche. Ali par-ci, Ali par-là. Je ne veux plus rien entendre sur les musulmans ni sur la confiance qu'ils méritent ou non. Je ne suis même pas convaincue que ce garçon ait le moindre lien avec cette histoire. C'est à la police d'en décider.

Chanel revient se coucher à mes pieds. Elle doit être surprise que sa maîtresse reste coincée dans l'entrée. Je lui caresse la tête et me demande si je pourrai un jour me relever.

Jennifer est *déclarée disparue.*

Et ce n'est pas un cauchemar.

Je suis bien réveillée.

Jennifer n'est plus là.

Les policiers venus hier soir m'ont paru compétents, mais je les trouve affreusement lents. Je crois qu'ils soupçonnent Jennifer de se cacher volontairement, pour l'instant. On n'aurait peut-être pas dû leur parler de sa dispute avec Smilla, ça n'a fait qu'appuyer la théorie de la fugue.

Moi, je n'y crois pas une seconde. Jennifer s'est brouillée avec Smilla, pas avec nous. Je comprends que ma fille ait quitté la soirée très tôt mais ça n'explique pas pourquoi elle n'est pas rentrée à la maison.

Juste avant de nous coucher, nous avons reçu un coup de fil d'une inspectrice de police, Lina Torres, ou quelque chose comme ça. Elle voulait nous informer qu'ils tentaient de tracer le téléphone de notre fille mais qu'il semblait éteint ou n'avait plus de batterie, il était donc impossible de le pister. C'est grotesque, non ? On sait greffer un cœur humain et des reins mais on ne sait pas localiser un putain de téléphone éteint ?

À part ça, il semblerait qu'ils aient interrogé Smilla, Ali Hassan et Emma Lundberg. D'après ce qu'expliquait l'inspectrice à Max, aucun des jeunes n'a modifié sa version des faits : Jennifer a quitté le domicile des Andersson autour de 23 h 30 et aucun ne l'a revue ni n'a reçu de nouvelles depuis. Ali est resté catégorique, il n'est pas en couple avec Jennifer et, si Smilla les a vus s'embrasser, ça n'est arrivé qu'une seule fois. Mais ça n'a pas eu l'air de calmer Max, qui réclamait à la police qu'elle fasse subir à Ali un interrogatoire plus musclé.

Les deux agents qui se sont présentés chez nous ont demandé une photo récente de notre fille. Prise au dépourvu, je n'ai rien trouvé d'autre que son portrait pris le jour de la photo de classe de l'année dernière, que je garde dans mon portefeuille.

Depuis un an et demi, je regarde toujours ce joli sourire. Chaque fois que j'ouvre mon portefeuille, il est là : le sourire d'une jeune fille en classe de première, encore pleine d'espoir en l'avenir.

Maintenant, la petite poche en plastique est vide.

Chanel frotte son museau contre ma jambe, gémit et me regarde de ses grands yeux noirs. On sonne à la porte.

Jennifer ?

Jennifer.

— Mon Dieu, murmuré-je. Faites que ce soit ma fille.

Je trébuche sur mon sac à main et bascule vers la porte, mais parviens de justesse à me rattraper.

À l'instant où je m'apprête à ouvrir, une pensée me frappe : généralement, la police se déplace en personne pour annoncer un décès. Ils ne le font pas par téléphone. Mon sang se glace et je lâche la poignée comme si elle me brûlait.

La sonnette retentit à nouveau dans l'entrée. Il paraît évident que la personne derrière la porte n'a pas l'intention de lâcher l'affaire. J'envisage d'aller m'enfermer dans la salle de bains et de me boucher les oreilles jusqu'à ce que le silence revienne. Mais ça pourrait aussi être une bonne nouvelle.

Jennifer.

Je prends une profonde inspiration. Et ouvre. Mon soulagement en ne tombant pas nez à nez avec un policier est aussi puissant que ma déception en ne découvrant pas ma fille sur le seuil.

C'est Nina.

Oh non, je n'ai vraiment pas la force de l'affronter aujourd'hui. Ma brave Nina, toujours complaisante, dont la brave fille ne boit jamais le verre de trop et ne se comporte jamais de façon irresponsable.

La dernière fois, il était clair que Nina trouvait que c'était un juste retour des choses : quand on boit comme un trou et qu'on laisse sa copine tout nettoyer après la fête, il faut s'attendre à un revers de bâton. Elle avait l'air de s'inquiéter plus pour Smilla, qui a dû tout ranger toute seule, que pour Jennifer qui… qui n'est plus là.

Mon amie se jette dans mes bras. Me serre si fort qu'elle m'empêche de respirer.

— Oh, Lollo. J'ai vu l'avis sur Internet. (Elle s'écarte pour me regarder dans les yeux.) Elle n'est toujours pas rentrée ?

Je n'ai pas le temps de répondre, elle embraye d'une voix fêlée, comme au bord des larmes :

— C'est… C'est terrible… Je ne peux pas comprendre ce que tu ressens en ce moment, je le sais bien, mais j'ai pensé que… Tu aurais peut-être besoin d'aide… Un peu de compagnie…

J'interromps sa diatribe, car il me paraît évident que Nina ne sait pas de quoi elle parle, qu'elle n'est venue ici que pour soulager sa conscience.

— Merci mais ça va. Mon père m'a appelée et m'a envoyé des messages toute la matinée, il m'a promis de venir bientôt. Mais, pour l'instant, j'aimerais être un peu seule. Et puis, j'ai Max.

Elle promène son regard dans l'entrée.

— Et lui, comment il va ? Je veux dire… Comment il le prend ? ajoute-t-elle plus bas.

— Je dormais encore quand il est parti au travail, donc…

— Au travail ? s'indigne-t-elle. Aujourd'hui ?

Je sais que ça paraît fou, mais j'avais moi-même l'intention d'ouvrir la boutique il y a moins de dix minutes.

— C'est une façon de s'occuper. On ne va pas rester là, à se regarder dans le blanc des yeux. Ça ne fera pas revenir Jennifer plus vite.

— Non, je comprends… (Nina ajuste son écharpe et se racle la gorge.) Tu es sûre que tu ne veux pas que je reste un peu ? Je n'ai rien de prévu.

J'acquiesce en essayant d'afficher un sourire.

— Je suis triste, c'est vrai, mais je n'ai vraiment pas la force de voir du monde aujourd'hui. Je suis épuisée.

Voilà qu'elle a les larmes aux yeux.

— Bien sûr, je comprends. J'aurais dû appeler avant de venir, mais… Vous n'avez pas de nouvelles de la police ? En fait, ils sont venus chez nous hier soir, mais ils n'étaient pas très avancés. Et j'ai croisé un maître-chien un peu plus bas dans la rue.

Pourquoi ai-je le sentiment qu'elle me questionne plus par curiosité malsaine que par compassion ?

— Non, rien de neuf. Malheureusement.

Je refuse de laisser paraître mon angoisse, en particulier devant Nina. Ce serait pour moi un échec personnel. Au lieu de ça, je lui ressers le discours de la police : des adolescents qui fuguent, ils en ont à la pelle, or la plupart finissent par rentrer à la maison.

— Oui, il paraît, opine-t-elle avec plus d'entrain. On a tendance à l'oublier. Jennifer aura sûrement une bonne explication à vous donner. Les ados n'ont pas conscience qu'on se ronge les sangs pour eux. Ce doit être une question de maturité, ils ne peuvent pas se mettre à notre place.

Ne sachant quoi répondre, je me contente d'un hochement de tête.

— Bon, ben… À plus tard, Lollo. Prends soin de toi. Et promets-moi de m'appeler si tu as besoin de quoi que ce soit.

Nina hésite une seconde, puis me prend à nouveau dans ses bras.

Deux marches plus bas, elle se retourne.

— J'espère vraiment que Jennifer rentrera bientôt. On pense à vous très fort.

Je m'empresse de refermer la porte et m'effondre sur le tapis de l'entrée.

25

Fredrik

Assise à la table de la cuisine, elle touille son café dans l'une de nos grandes tasses en céramique bleue. Ses cheveux cascadent sur ses épaules et scintillent dans la lumière pâle de l'aube. À chaque tour, sa petite cuillère heurte la paroi intérieure de la tasse.

« Cling, cling, cling, cling. »

Un frisson me secoue. Qu'est-ce que Jennifer fout là ?

L'instant d'après, Smilla lève les yeux et croise mon regard.

— Ça va, papa ? Tu es malade ? T'as une sale tête.

Je pousse un soupir.

— J'ai un peu mal au crâne, c'est tout.

Mensonge. En réalité, j'ai tellement mal que ça frise la migraine. Et il semblerait que j'aie des visions.

Smilla revient sur son téléphone posé devant elle sur la table. Je me retourne vers les placards, le temps de me ressaisir. Puis, feignant la nonchalance, je m'approche de la cafetière et furète dans les filtres et doseurs avant de me tourner vers ma fille.

— Et toi, ça va ? Tu as réussi à dormir un peu ?

Ma voix reprend ce ton étrange. Sonne-t-elle faux seulement dans mon crâne ?

Elle soupire et repousse son portable devant elle. Son regard brille. Elle renifle.

— Pas trop, non. J'ai jamais vécu un truc aussi horrible. Je te jure, c'est un cauchemar. Je ne sais plus où aller. Dès que je ferme les yeux, elle apparaît devant moi. Et quand je vais sur le Net, je suis bombardée de photos et de conneries dans le genre. Il y a déjà un fil de discussion sur Flashback[1] et…

Je démarre la cafetière, m'installe à table et prends une tranche de pain dans le panier.

— Sur Flashback ? Et qu'est-ce qu'ils disent ?

Comme si je n'avais pas déjà ratissé tout Internet à la recherche de la moindre mention de la disparition de Jennifer Wiksell.

— Tout et n'importe quoi. Que c'était une pute, qu'elle était moche et qu'ils espèrent qu'elle s'est fait violer… (Les larmes coulent sur ses joues.) Comment les gens peuvent être aussi cons ? Ils ne savaient rien de Jennifer. Rien du tout !

— Ne lis pas ce torchon, Smilla. Tu l'as dit toi-même, c'est un ramassis de conneries.

Elle relève la tête.

— Mais je veux savoir. Si ça se trouve, quelqu'un sait où elle est et…

J'arrache une feuille d'essuie-tout du distributeur posé sur la table et la lui tends d'une main si tremblante que tout mon bras flageole. Dès qu'elle a pris la feuille, je retire ma main et m'assieds dessus.

— Évite d'aller sur Internet aujourd'hui, lui suggéré-je. Regarde plutôt un bon film. Appelle une copine. Occupe-toi l'esprit. Jennifer va finir par revenir. Elle a peut-être fait une bêtise et a peur de rentrer et de se faire gronder.

Ma fille sèche ses larmes et tente un sourire timide.

— Ouais. Putain, dès qu'elle rentre, je lui passe le savon de sa vie.

---

1. Flashback est un forum suédois très populaire, balayant tous les sujets de société et réputé pour prôner la liberté d'expression.

Du mouvement dans l'entrée. Nina suspend sa veste, monte les marches en deux foulées et apparaît dans la cuisine.

— T'étais où ? lui demande Smilla.

— Chez Lollo.

Ma femme fait le tour de la table.

— Et ? réclame notre fille, une lueur d'espoir dans ses yeux rougis.

— Rien, malheureusement, soupire-t-elle en sortant une tasse du placard. (Elle se sert un café et s'appuie contre le bord du comptoir.) Ils n'ont toujours aucune nouvelle de Jennifer.

— Qu'est-ce que tu es allée faire là-bas ?

Mon regard rebondit de l'une à l'autre, Smilla, Nina, Smilla, et ce ping-pong ne fait qu'aggraver ma migraine.

Ma femme s'approche de la table pour ajouter une larme de lait à son café avant de revenir à sa place contre le comptoir.

— Je suis juste allée voir si elle avait besoin d'aide. Ou pour lui tenir compagnie. Mais elle n'avait pas l'air intéressée…

— L'aider ? Jennifer a disparu, qu'est-ce que tu peux y faire ? rétorque Smilla, sceptique.

Nina hausse les épaules, boit une gorgée de son café, puis l'engloutit finalement.

— Je ne sais pas. Je me suis dit que… Lollo devait avoir besoin de soutien. D'un peu de compagnie, pour lui préparer le petit déjeuner, faire à manger. Ce doit être tellement difficile. Je me souviens que c'était dur pour papi et mamie quand…

Smilla se lève d'un bond.

— Sauf que Jennifer n'est pas morte !

Sur ce, elle sort en trombe de la cuisine en laissant sa tasse bleue sur la table. Ma femme la regarde sortir avant de se tourner vers moi, les bras croisés.

— Bon. Apparemment, j'ai encore fait une bourde.

— Ce n'était pas très fin de faire référence à Simon, dois-je reconnaître.

Nina se renfrogne.

— Tu ne vas pas t'y mettre, toi aussi ! Je voulais juste expliquer que… (Soupir.) Bref, mieux vaut que je me taise.

— Smilla se ronge les sangs, dis-je en remarquant que je n'ai pas touché à ma tartine.

Nina s'assied sur un tabouret.

— Comme nous tous. Mais je ne comprends pas…

Sa phrase reste en suspens. Je libère ma main droite, tout engourdie sous mes fesses, et parviens à couper du fromage et à le poser sur mon pain. Nina regarde ma tartine, puis relève les yeux.

— Tu ne mets pas de beurre ? s'étonne-t-elle. Tu n'es pas au régime, que je sache.

— Non, pas du tout.

Nous restons assis en silence. Ma tartine est tristement fade.

— Je ne comprends pas qu'on ne puisse pas localiser le téléphone de Jennifer, finit-elle par dire.

La mie gonfle dans ma bouche, je la fais descendre avec une gorgée de café avant de pouvoir répondre.

— Lollo t'a dit qu'ils ne pouvaient pas le tracer ?

Elle repose sa tasse sur la table.

— Non, elle n'en a pas parlé, mais, s'ils pouvaient le faire, ils auraient déjà retrouvé Jennifer à l'heure qu'il est.

— Peut-être qu'elle n'a plus de batterie. Ou alors, elle l'a éteint. Dans les deux cas, je ne crois pas qu'on puisse le tracer. Il faut qu'il émette un signal.

J'essaie de ne pas montrer que j'y ai déjà réfléchi. En réalité, je *sais* qu'on ne peut pas localiser un téléphone éteint.

— Admettons, opine Nina. Mais la police doit pouvoir trouver où était le téléphone avant de tomber en rade, non ?

Je m'éclaircis la voix avant de répondre :

— Si, sûrement.

Ainsi, ils découvriraient que Jennifer était à Klagshamn après minuit. Et que l'un de ses derniers appels m'était adressé. Ça ne les avancerait pas beaucoup, si ce n'est pour confirmer la version de Smilla : Jennifer a pris le bus pour rentrer chez elle. Je peux toujours trouver une bonne raison pour expliquer qu'elle ait essayé de m'appeler. Si tant est qu'on me pose la question.

— Jennifer a forcément une copie de son téléphone quelque part, réfléchit ma femme. Sur iCloud. La police pourrait explorer cette piste et lire ses derniers messages, par exemple. (Elle s'excite, parle plus vite.) Si Jennifer a un Mac et un iPhone, les deux peuvent communiquer entre eux. Moi, je peux lire mes messages depuis l'ordinateur. Ne me demande pas comment ça marche, je sais juste que c'est possible. Lollo pourrait fouiller l'ordinateur de Jennifer. Elle a dû le laisser chez elle. Je vais l'appeler, au cas où elle n'y aurait pas pensé.

Ma femme n'est pas bête, que les choses soient claires, mais en matière de technologie, je dois reconnaître qu'elle frise l'incompétence. Je ne possède aucun gadget Apple, mais la théorie de Nina me paraît peu crédible. Un ordinateur dans la chambre de Jennifer qui permettrait de retrouver tous ses derniers messages ?

On ne s'est échangé aucun texto. Elle m'a appelé. Mais allez savoir ce que Jennifer avait en tête quand elle a pris le bus jusqu'à Klagshamn. Elle était remontée comme une pendule et a dû ruminer pendant une heure. Qui sait, peut-être qu'elle a écrit à d'autres gens pour leur dire qu'elle venait me voir. Elle a pu inventer n'importe quelle histoire sur n'importe quel forum.

— Lollo y a forcément déjà pensé, dis-je.

— Tu crois que… (Un voile d'inquiétude assombrit ses yeux noisette.) Tu crois qu'elle a fugué ? Volontairement ?

Je hausse les épaules.

— Elle n'est pas partie depuis très longtemps. Les ados font ça tout le temps. Et, en général, ils finissent toujours par revenir.

— C'est ce que disait Lollo.

J'ai mal à la tête, c'est un calvaire. En me levant de mon siège, je m'attire son regard interrogateur.

— Tu n'as pas fini de manger. Tu es sûr que ça va, Fredrik ? Tu stresses à cause du tr…

— Mais bon sang, lâche-moi, réponds-je rudement avant de baisser d'un ton. Je dois juste vérifier un truc, je reviens.

Île Maurice, hiver 2013

Lollo

— Je peux avoir de la glace ?

Putain, ce n'est pas croyable. Je lève les yeux de mon journal pour regarder Jennifer au travers de mes lunettes de soleil teintées.

— Tu en as mangé une au dessert. Une glace par jour, ça suffit.

Jennifer se redresse sur sa chaise longue et me lance un regard meurtrier.

— Une par jour ? Mais c'est les *vacances* ! Vous, vous avez bu au moins trois fois aujourd'hui. J'ai le droit de manger une glace par verre d'alcool.

— Trop de sucre, c'est mauvais pour la santé. Prends plutôt une tranche de melon.

Je relis le début de mon article.

Max, allongé à ma droite, lève les yeux de son téléphone.

— Obéis à ta mère. Tu vas grossir si tu manges de la glace tout le temps.

Elle fait la moue.

— L'alcool aussi, c'est mauvais pour la santé, riposte-t-elle.

— Ça suffit, Jennifer, soufflé-je en levant à nouveau les yeux. On est tes parents, et toi, tu es notre enfant. C'est à nous de décider de ce qui est bon pour nous et pour toi. Le débat est clos.

Jennifer se laisse choir théâtralement sur son transat.

— Je m'ennuie.

Bras croisés et moue boudeuse, elle me donne envie de serrer les poings. On a la gamine la plus ingrate du monde. On se rend en vacances deux semaines entières dans un hôtel de luxe avec une superbe piscine et elle ne trouve rien de mieux à faire que de râler depuis qu'on est arrivés.

Ça fait seulement quatre jours. Comment va-t-on la supporter ? Je prends une profonde inspiration et, de ma voix la plus douce, lui propose de piquer une tête dans la piscine.

Jennifer se lève, les poings sur les hanches.

— Ça grouille de bébés, hors de question de me baigner avec eux !

Il faut reconnaître que l'hôtel est bondé de familles dont les enfants sont presque tous plus jeunes que notre fille, mais ça n'empêche pas de passer du bon temps, que je sache. Max s'est bien baigné avec elle.

Je repose mon journal sur mes cuisses.

— Assieds-toi, Jennifer.

— Je reste debout si je veux !

— Assieds-toi, sifflé-je. Et arrête tes caprices. Si tu ne baisses pas d'un ton, tout l'hôtel va t'entendre.

Elle hausse les épaules.

— M'en fous.

Je me tourne vers mon mari.

— Fais quelque chose. Aide-moi un peu. (Comme Max lève un regard hébété du cours de la Bourse, je perds patience.) Dis à ta fille de mieux se tenir. Moi, je n'en peux plus.

Il sort un billet de son portefeuille et le brandit en l'air.

— Tiens, tu peux t'acheter une glace. Mais, en échange, arrête de nous soûler.

Jennifer contourne mon transat et s'empare du billet puis, sans un mot, pivote sur ses tongs et s'en va vers le bar-glacier en paillote.

Je glisse à Max :

— Comment on va faire ? Et en Thaïlande, comment on a fait pour la supporter ?

Il hausse les épaules.

— Les animateurs faisaient le boulot à notre place.

Et il laisse son regard se perdre vers la mer turquoise qui s'étend derrière la piscine à débordement.

26

Nina

Il ne fait pas froid, les températures avoisinent les 2° C, mais le vent humide perce mes vêtements. Je rabats mon bonnet sur mes oreilles et louvoie entre les crottes de chien dans les allées de graviers. Les pieds des buissons bordant les trottoirs sont maculés de papiers et de mégots écrasés. Des sacs plastique prisonniers des branches basses flottent dans la brise.

Ce n'est pas en janvier que Malmö est le plus belle à visiter, et toutes ces saletés n'arrangent pas le décor. Comment les gens peuvent-ils traiter leur propre environnement comme un dépotoir ? Ça me donne envie d'aller vider mes poubelles au milieu de leur salon.

Au début de notre relation, Fredrik disait que ce qui lui plaisait chez moi, c'était la force de mes convictions. Je pouvais débattre de tous les sujets avec véhémence, de la propreté des lieux publics aux fraudes fiscales.

Ça paraît si loin aujourd'hui. Mes convictions se sont taries et on ne s'adresse plus la parole que pour parler des enfants. On se dispute sur leur éducation, sur les règles à leur inculquer et l'argent de poche à leur donner. Pourtant, pas plus tard qu'hier, Fredrik m'a dit qu'il m'aimait encore.

Et moi, est-ce que je l'aime ? Certainement. En tout cas, je l'aimais quand il était vraiment lui-même, avant de se mettre à me snober.

Il a passé l'automne à bouder, à ne me répondre que par des soupirs agacés ou des froncements de sourcils. Parfois, c'était à croire qu'il se faisait l'avocat du diable par pur esprit de contradiction.

En ce moment, je ne le reconnais plus et ses sautes d'humeur me rendent chèvre. Un instant on est proches, presque fusionnels, et l'instant d'après on dérive vers deux horizons opposés, chacun sur son radeau isolé.

Et, au lieu de compatir en le voyant errer telle une âme en peine, je m'agace. Depuis hier, il a l'air de vouloir sombrer définitivement dans son malheur.

En fait, je ne saurais pas dire depuis combien de temps Fredrik est dans cet état. Si c'est un burn-out ça peut être grave, je connais plusieurs personnes qui en ont souffert. Ma collègue Cecilia est restée en congé maladie pendant plusieurs années et, encore aujourd'hui, elle serait incapable de reprendre le travail à temps plein, même si elle le voulait. Si Fredrik va mal, je dois garder en tête que ça n'est pas contre moi.

On s'est rencontrés dans un club privé de Lund. Fredrik était affublé d'une perruque longue et noire façon glam-rock, d'un pantalon doré moulant et d'une chemise à fleurs brillante déboutonnée. Moi, j'étais accoutrée comme une hippie : pantalon pattes d'éléphant et tunique aux motifs batik, dégottés dans une friperie. J'aimais bien cette tenue, je la trouvais plutôt cool.

Ce soir-là, c'est Malena qui m'a convaincue de sortir le nez de mes bouquins.

— Tu ne vas passer ta vie à réviser, m'a-t-elle dit. Conseil de future infirmière : il faut reposer ton cerveau de temps en temps.

La soirée était organisée par Vicky, une camarade de promo de Malena qui avait choisi de fêter son anniversaire sur le thème des années 1970. Comme toute la promo d'infirmières était présente, Vicky avait compensé l'absence d'hommes en invitant également un groupe de LTH, l'école d'ingénieurs de Lund. Fredrik était de ceux-là.

Quand on s'est retrouvés côte à côte, le courant est passé tout de suite. Nos déguisements nous amusaient beaucoup, nous avons passé les premières heures de la soirée à nous prendre pour une star du rock et une hippie, à filer la métaphore de nos personnages en imaginant le détail de leur vie.

Ce n'est qu'en fin de soirée que les perruques sont tombées. Et je n'ai pas été déçue. Non content d'être mignon, Fredrik Andersson était carrément charmant, sportif et avait cent fois plus de conversation que tous les autres mecs que j'avais pu rencontrer. Lui, au moins, il voyait plus loin que le bout de son nez.

Le jour de notre mariage, j'avais l'impression d'avoir gagné au Loto. Comment la chance pouvait-elle me sourire autant ? Mais dans son discours, juste avant d'attaquer la pièce montée, Malena nous a rappelé que la chance n'avait rien à voir là-dedans.

— N'oubliez jamais que c'est grâce à moi, a-t-elle conclu ironiquement, suscitant une vague d'applaudissements.

J'espère sincèrement que les six derniers mois n'étaient qu'une mauvaise passe. Bientôt, on y repensera le sourire aux lèvres en disant : « C'était vraiment nul, hein ? » Et puis, on se félicitera d'avoir pris le problème de Fredrik à bras-le-corps et de l'avoir brillamment réglé.

En passant devant l'école Videdal, je sors mon téléphone sur un coup de tête, coince mon gant entre mes dents pour chercher le bon numéro, puis range le gant dans ma poche. Ça sonne dans le vide. Je m'apprête à raccrocher quand j'entends un grognement.

— Malena, c'est toi ? Je te réveille ?

Elle se racle la gorge.

— Non, tu ne me réveilles pas, je suis juste un peu enrouée.

Est-elle au courant de la disparition de Jennifer ? Oui, me répond-elle, et nous sommes d'accord pour dire que c'est affreux. Je lui raconte la visite des policiers, la soirée des filles et leur dispute. Malena m'inonde de questions et je réponds comme je peux. Ça fait du bien de parler à quelqu'un qui réagit normalement, sans colère ni apathie.

— C'est vraiment tragique, m'interrompt-elle au milieu d'une phrase. J'hésite à appeler Lollo, mais je ne sais pas quoi lui dire. Rien ne pourra la consoler.

Je lui relate mon échec.

— Ne le prends pas personnellement, Nina, reprend-elle. Lollo doit être au bout du rouleau. Ce n'est pas facile d'être sociable quand on touche le fond.

Arrivée sur Amiralsgatan, je traverse pour changer de trottoir.

— Justement. Quand on touche le fond, on ne sait pas forcément ce qui nous ferait du bien. Elle a peut-être besoin de parler.

— Oui, il faudrait que je l'appelle, soupire Malena. Ne serait-ce que pour lui apporter mon soutien, je ne peux pas y couper. Mais, après ce qu'il s'est passé avec Max, c'est délicat. (Soupir.) Tu as entendu son discours sur les musulmans ? Et sur la Suède qui devient, prétendument, un enfer sur Terre ou je ne sais quoi ?

— Difficile de passer à côté. Vous êtes partis à quelle heure ?

Je dois m'arrêter au milieu de la route pour ne pas me faire renverser.

— Vers 2 heures du matin. Adde ne l'a pas aussi mal pris que moi, il a l'air d'avoir l'habitude de ce genre de jugement dégueulasse. Mais moi, j'avais honte de l'avoir traîné là-bas. Que l'un de mes amis les plus proches puisse dire des choses pareilles…

Je m'engage dans la rue menant à la clinique.

— Tu m'étonnes. Fredrik voulait rentrer juste après le dessert, mais Lollo me faisait de la peine. Je ne voulais pas la laisser seule pour les douze coups de minuit.

— Moi aussi, je serais bien partie tout de suite, reconnaît-elle entre deux quintes de toux. Adde a réussi à me convaincre de rester pour trinquer. Après, oui, le temps a filé. On connaît les opinions de Max, ce n'est pas nouveau. Jusque-là, il a réussi à colmater la fuite, mais l'autre soir, le joint a lâché et la merde s'est répandue partout.

— Il était bourré. Non pas que ce soit une excuse, loin de là… Moi aussi, j'avais un coup dans le nez. Si j'avais été sobre, ça m'aurait mise en pétard. On n'aurait pas dû le laisser parler sans réagir.

— Oui, mais… (Malena soupire.) Tout ça paraît futile, maintenant. Vu ce qu'il se passe avec Jennifer.

Je continue d'avancer pendant qu'elle boit et déglutit plusieurs fois. Du café, sans doute. Malena en a toujours été une grande fan.

— D'après toi, qu'est-ce qui lui est arrivé ? demande-t-elle.

— Je n'en ai aucune idée. Je ne veux pas imaginer le pire, mais…

J'hésite, ne sachant pas jusqu'où pousser mon honnêteté.

— Mais quoi ? essaie-t-elle de m'encourager.

— Eh bien, tu connais Jennifer.

Malena boit une nouvelle gorgée de café.

— Ouais, je vois où tu veux en venir. Ce n'est pas la reine de la sagesse, cette gosse. Pour être franche, je la trouve plutôt pénible.

Quel soulagement.

— Ah, ça fait plaisir à entendre. Je croyais être la seule à le penser. Je m'en voulais de ne pas pouvoir la supporter, je me trouvais cruelle. C'est quand même la fille de Lollo.

Malena tousse, posant sans doute la main sur le micro, puis reprend la ligne.

— Satanée toux.

Elle se racle encore la gorge.

— Tu sais, reprends-je, emportée dans mon élan. Parfois, je me demande si Jennifer n'aurait pas un souci, une petite déficience quelque part. Mais il ne faut pas juger les enfants des autres. Ça ne se fait pas.

Je passe devant le terrain de sport de Husiegård. Deux petits garçons, sans veste ni manteau, jouent au foot sur les graviers près du parking. L'église en pierres blanchies à la chaux me toise du haut de sa colline.

— Un peu comme de blasphémer dans une église, ajouté-je.

Je me rappelle soudain le jour où Jennifer a forcé Anton à manger des baies alors qu'il savait pertinemment qu'elles étaient toxiques. Anton était désemparé et je me souviens que, à chaud, j'ai suggéré à Lollo de faire soigner sa fille. Je pense qu'elle ne me l'a jamais pardonné.

— Quelle galère, grommelé-je en essayant de remettre ma main glacée dans mon gant, sans succès. On n'a jamais été d'accord sur la façon dont il fallait élever nos enfants. D'après Lollo, Jennifer ne fait jamais rien de mal. Sa fille est juste très inventive, spontanée ou étourdie…

— Inventive, mon cul ! s'emporte mon amie.

— Lollo me critique toujours… (Je dois marquer une pause pour recracher la mèche de cheveux venue se coincer dans ma bouche.) À me répéter qu'elle me trouve trop dure envers Smilla. Après ça, j'espère qu'elle va me lâcher.

— Ça m'étonnerait, marmonne Malena dans un bruit de vaisselle.

— Je me mords la langue pour ne pas lui dire que je l'avais bien prévenue, gloussé-je. J'espère que Jennifer va bien, en tout cas. Sincèrement. Mais Lollo et Max ne sont pas assez constants dans leur éducation. Ils vont crier après Jennifer pour une broutille et, l'instant d'après, la défendront bec et ongles alors qu'elle mériterait un savon.

Que c'est bon de pouvoir dire ce qu'on pense. Même si ça me laisse un petit goût amer. Tous les enfants difficiles n'ont pas forcément des troubles comportementaux. Pour ceux qui en ont, ce n'est pas toujours les aider que d'être trop sévère avec eux, il faut déployer un autre arsenal. Et puis, n'oublions pas qu'on parle d'une jeune fille disparue. Et s'il ne s'agissait pas simplement de l'insouciance d'une ado en crise ? Et s'il lui était vraiment arrivé quelque chose ?

— En tout cas, dit Malena, Jennifer finira par revenir. Elle est futée, c'est une débrouillarde.

Quand nous raccrochons, les lampadaires s'allument sur Ellenborgsvägen. Je range mon téléphone et trouve un Mentos collé au fond de la poche de ma veste. Une seconde d'hésitation, puis je le prends finalement dans ma bouche avant d'enfiler mon gant.

La rue est déserte. Sur tout le trajet, hormis les garçons qui jouaient au foot, j'ai dû croiser trois passants. Ce qui fait cinq personnes et deux chiens en tout. Les gens se gardent bien de sortir par ce vent, ils restent plutôt chez eux pour se prélasser devant la télé.

Mais moi, je n'ai aucune envie de rentrer. Smilla et Fredrik ruminent à la maison comme deux bombes prêtes à exploser. Bonjour l'ambiance.

Ce soir, j'en parlerai sérieusement à Fredrik. Il faut que l'on réussisse à discuter sans que l'un ou l'autre fuie dans la pièce voisine. Je ne veux pas finir comme Leif et Pirjo.

Et je suis convaincue que s'il arrivait à relâcher la pression, à poser des mots sur le mal qui le ronge, on trouverait une solution. Je pourrais l'aider à préparer un plan d'action, une proposition concrète à soumettre au proviseur dès la rentrée prochaine.

Il ne reste plus qu'à tenter de mettre la disparition de Jennifer de côté quelques heures, le temps de nous concentrer sur nos propres soucis.

La famille d'abord.

27

Lollo

Je jette un coup d'œil à l'horloge accrochée au mur. Quinze heures quarante-cinq. Encore deux heures avant que Max ne rentre à la maison. Deux longues heures. Que faire ?

Jusqu'à présent, j'ai fait les cent pas dans toutes les pièces. Le temps d'arriver dans la cuisine, j'ai oublié ce que je voulais y faire, et quand je m'assieds dans le canapé je me relève aussitôt. J'ai essayé de déjeuner, mais le simple fait d'ouvrir le frigo me donne la nausée. Les restes du réveillon sont toujours là, dans leurs grands saladiers, et dégagent une odeur de vieil ail gâté.

La boutique est fermée. Les horaires d'ouverture pour les fêtes sont inscrits sur la porte mais je doute que ça se bouscule au portillon de *Lollos Design* aujourd'hui. Un client a peut-être voulu échanger son cadeau de Noël. Un autre voulait offrir quelque chose à une amie pour fêter l'Épiphanie mais a dû rebrousser chemin. Pas grave.

Ça me démange de partout. Le manque de sommeil, sans doute. Après une nuit blanche, j'ai toujours des fourmis dans les jambes. Mais aujourd'hui, ça me gratte partout. Ça me donne envie de retirer ma peau, de la retourner et de la frotter à coups de griffes.

Le visage de Jennifer me hante. Comme si elle avait gravé son portrait sur ma rétine pour m'interdire d'oublier son absence.

Je dois faire quelque chose. Je ne vais pas tourner en rond comme un zombie pendant cent ans. Mais qu'est-ce qu'on fait quand son enfant a disparu ? Qu'est-ce qu'on *peut* faire ?

Je pourrais partir à sa recherche. Par où commencer ? D'après ses copains, elle était en route pour la maison, mais Max a déjà ratissé le quartier. C'est comme si la nuit l'avait engloutie dès qu'elle a franchi la porte des Andersson.

Et s'il s'était passé autre chose, à cette fête ? Une chose que Smilla n'aurait pas racontée. Et leur dispute, peut-être qu'elles en sont venues aux mains. Et si quelqu'un… Et si *Smilla* avait frappé Jennifer avec une bouteille en verre ? Elle a peut-être trop bien visé et convaincu quelqu'un de l'aider à dissimuler le corps.

L'air me manque, je porte ma main à ma bouche. Qu'est-ce qui me prend ? Comment puis-je imaginer des horreurs pareilles ? Les filles se connaissent depuis la naissance. Smilla n'aurait jamais fait de mal à sa copine. Jamais.

Les autres ont sans doute raison, Jennifer a dû partir avant minuit. Ce qui veut dire qu'elle peut être n'importe où. Elle a pu prendre le train pour Copenhague. Elle est peut-être chez quelqu'un à Lindängen, en bus pour Stockholm, voire pour Haparanda. Si je partais à sa recherche, ce serait comme chercher une aiguille dans une botte de foin.

Que fait la police ? Est-ce qu'elle cherche, au moins ? Ou pense-t-elle que ma fille se cache de son plein gré ? La police croit-elle encore que Jennifer ne veut pas rentrer à la maison à cause de sa dispute avec Smilla ? L'angoisse me ronge de l'intérieur. Ça rogne les bords et mâchouille mes entrailles. Je prends mon téléphone, cherche le numéro de la police de Malmö et tombe sur un standard. J'appuie sur un chiffre, sur un autre, et on finit par me mettre en attente. Je me remets à arpenter la maison en écoutant la voix monocorde annoncer le décompte des personnes en attente avant moi. Le chiffre baisse, mais c'est affreusement long.

— Police de Malmö, bonjour ?

— Ma fille. Elle a disparu. Vous devez faire quelque chose !

— Excusez-moi, mais…

Au bout du fil, la personne essaie de m'interrompre mais le flot de ma panique se déverse comme un torrent.

— Vous devez interroger tous les chauffeurs de bus en service le soir du 31 décembre ! Vous devez interroger tous les ados présents à la fête. Tous ! On ne peut plus attendre. Vous m'entendez ? Elle a le temps de mourir avant que vous ne leviez le cul de votre fauteuil. Jennifer risque de mourir !

Je m'effondre sur le sol de la cuisine, en larmes, épuisée de m'être ainsi déchargée.

— Pardonnez-moi, murmuré-je. Mais vous devez la retrouver.

— Comment vous appelez-vous ? demande calmement le policier. Je n'ai pas entendu votre nom.

— Lollo, réponds-je avant de me corriger. Louise. Louise Wiksell.

— Vous dites que votre fille a disparu. L'avez-vous signalé au commissariat ?

Je ferme les yeux, m'efforce de me calmer, de baisser d'un ton.

— Oui. Nous avons déposé une requête hier. J'aimerais parler à Lina Torres.

Je l'entends taper sur le clavier, puis il me corrige :

— Lina Torrero. J'essaie de vous la passer.

Trois tonalités, puis une boîte vocale prend le relais.

— La ligne 754 n'est pas disponible. Veuillez laisser un message après le bip sonore, ou restez en lig…

Je coupe la voix préenregistrée et m'appuie contre la porte du frigo. Mon cœur bat la chamade. J'aimerais fermer les yeux mais ils se rouvrent tout seuls, se refusent à l'obscurité.

Je ne peux pas perdre espoir.

Je ne *dois* pas perdre espoir.

Les doigts tremblants, j'explore l'historique de mes derniers appels et appuie sur le nom de Max. Là encore, une voix mécanique me répond que mon correspondant n'est pas joignable pour le moment.

Putain! Comment peut-il être injoignable dans un moment pareil ? Comment peut-il aller au travail ?

Je jette un regard à mon téléphone et tressaille. Les notifications Facebook s'emballent. Il fallait s'en douter. Le journal a diffusé une photo de Jennifer ce matin, les chiens sont lâchés. J'imagine que mon mur Facebook est inondé de cœurs et d'émojis en pleurs.

Mais je ne veux pas me farcir le soutien forcé de vagues connaissances. *Ce que je veux, c'est retrouver Jennifer.*

J'ai une idée : et si je publiais moi-même une photo d'elle sur les réseaux ? Une photo de meilleure qualité que celle parue dans le journal. Mes clientes et mes vieux camarades de classe pourraient m'être utiles, je pourrais leur demander d'ouvrir l'œil et de partager à tous leurs contacts. Dès que ça touche aux enfants ou aux animaux, les gens sont toujours prêts à mettre la main à la pâte.

Seulement, je ne suis pas sûre d'avoir la force d'affronter ces émojis en pleurs. Et les commentaires des gens. Je ne veux pas être la maman qu'on prend pour une idiote pour n'avoir pas su garder sa fille à l'œil.

Peut-être qu'ils ont raison, je suis peut-être une idiote et une mauvaise mère. Il n'empêche que je veux que Jennifer rentre à la maison. C'est tout ce que je veux. Un contact Facebook pourrait détenir de précieuses informations. Pour ça, je dois ouvrir ma page, je ne peux pas y couper.

Du bout du doigt, je tapote l'icône bleu et blanc, puis le temps semble se figer tandis que la page se charge. Mon regard vagabonde et s'empresse. Comme si les commentaires étaient moins douloureux s'ils étaient lus plus vite.

Sans surprise, mon fil d'actualité est submergé de messages d'amis, de vagues connaissances et de connaissances de mes amis. Mais je ne vois aucune accusation. Personne ne me crache que je ne peux m'en prendre qu'à moi-même. Au contraire, les gens ont l'air sincèrement inquiets, ça rend soudain cette situation improbable plus réelle que jamais. Et ça me liquéfie.

Mes sanglots deviennent difficiles à réprimer tandis que je parcours l'océan de cœurs et de doux messages. Même refrain sur WhatsApp, Instagram, qui regorgent de mots de soutien et de condoléances. Mais je ne trouve pas le moindre signe de vie de ma fille. Et personne n'a de piste sur l'endroit où elle pourrait se trouver.

Un petit sept blanc s'affiche dans le cercle rouge de mes nouveaux messages. Papa cherche encore à me joindre. Il a essayé de m'appeler, quatre fois. Mais je n'ai pas la force de lui parler, de devoir gérer son inquiétude en plus de la mienne.

Retour sur Facebook. Quelqu'un me suggère le site Internet « Personnes disparues ». Faut-il les contacter ? Je vais chercher mon ordinateur portable dans l'entrée, m'installe dans le canapé du salon et entame des recherches sur ce site. Leur présentation est trop longue, je la lis en diagonale.

Pour qu'ils puissent nous aider, ils ont besoin d'un rapport de police. Et j'en ai un. Je passe rapidement les premières étapes, clique sur « Faire un signalement » et commence à remplir tous les champs. À la moitié du formulaire, je me rends compte que je n'en ai pas parlé à Max. Et peut-être qu'il faut également prévenir la police. Pour la mettre au courant.

Je reviens donc à mon idée première et parcours les photos de mon téléphone. Si je dois en poster une sur Facebook, il faut qu'elle soit récente. Et de préférence, une photo où Jennifer ne fait pas de l'œil à l'objectif.

Ça ne va pas être facile. Ces derniers temps, elle refusait systématiquement d'apparaître sur les photos. Les rares fois où j'ai réussi à la photographier, elle gonflait la poitrine et faisait la moue en mode duckface, comme le font toutes les filles de son âge.

Pour être parfaitement honnête, j'ai moi-même tenté cette grimace plusieurs fois. Quand on a les lèvres pulpeuses, c'est sympa. Mais, à la différence des adolescentes, j'ai juste l'air ridicule. Parfaitement ridicule.

Une fois toutes les photos parcourues, j'en retiens deux. La première date de la Midsommar de l'année dernière, au repas de Falsterbo. Jennifer est prise à l'improviste. Elle paraît à la fois surprise et naturelle, le regard droit vers l'objectif. Elle est bronzée, maquillée juste comme il faut, avec une fleur dans les cheveux.

Ma jolie Jennifer. C'est le portrait craché de ma mère. Pendant plusieurs années après sa mort, mon père a gardé une photo de sa première femme encadrée sur sa table de chevet. Un portrait d'elle avec le vent dans les cheveux et le regard joyeux. Je crois que c'est lui qui a pris cette photo lors de leur premier ou deuxième rendez-vous.

Quand j'étais seule à la maison, je me faufilais parfois dans sa chambre et m'asseyais sur le bord du lit. Je prenais alors le cadre sur mes genoux et observais le jeune visage de ma mère dans les moindres détails en cherchant des ressemblances avec le mien. Mais, j'avais beau tourner le cadre dans tous les sens, je ressemblais toujours plus à mon père. Et puis, la photo a dû finir au grenier quand Agneta s'est invitée sous la couette du lit parental.

Je prends plusieurs inspirations profondes et chasse ma peine. Ma poitrine se serre, j'ai le cœur au bord de l'implosion. Mais je dois garder la tête haute. Si je craque, je n'arriverai à rien. Désespérer maintenant, ce serait trahir Jennifer.

Les larmes me piquent les yeux, que je dois cligner plusieurs fois pour rester concentrée. Essuyant d'une main la traînée mouillée et salée sur ma joue, j'étudie ma seconde option.

Cette photo-là date de cet automne, peut-être à mon anniversaire. Jennifer y paraît plus sérieuse, ses yeux sont bleu sombre, presque noirs. Elle y est plus pâle. Mais toujours aussi jolie.

Où es-tu, Jennifer ? Ma chérie, pourquoi tu ne rentres pas à la maison ?

28

Fredrik

J'ai presque envie de tout raconter à Nina. Du début à la fin. Je me sentirais sûrement mieux après. Tous les psychologues disent qu'il faut vider son sac.

Mais ma femme a un sens aigu de la justice. C'est quelqu'un de droit, à cheval sur la loi. Une citoyenne exemplaire. Certains n'hésitent pas à doubler dans les files d'attente ou à envoyer leurs enfants prendre plusieurs exemplaires d'un échantillon gratuit. Pas Nina. Elle est capable de retourner à l'épicerie à vélo pour payer un poivron que la caissière a oublié de compter sur la note.

La porte d'entrée claque. Nina s'affaire. J'entends le bruit familier de ses pas qui se dirigent vers la cuisine, où elle se mouche, jette le mouchoir dans la poubelle, referme la porte du placard. D'autres pas. Ils s'approchent de la chambre. Je me redresse dans mon fauteuil de bureau, l'oreille tendue.

Après vingt ans de vie commune, je devine l'humeur de Nina rien qu'à la force avec laquelle ses talons heurtent le sol. Aujourd'hui, ses talons indiquent qu'elle est déterminée. Pas fâchée, mais déterminée.

— Qu'est-ce que tu fais ?

Elle apparaît sur le seuil. Les cheveux écrasés par son bonnet et les joues roses.

— Rien de spécial. Je me perds sur Internet.

Elle entre dans la pièce et pose les mains sur mes épaules, qu'elle masse doucement.

— Tu veux acheter un ordinateur ?

Elle se penche pour regarder l'écran de plus près. Son haleine est un mélange de menthe et de café.

— Euh, je me renseigne simplement… sur les Mac.

Cessant de me masser, elle attrape le dossier de mon fauteuil pour le retourner et pose la main sur mon front.

— Tu dois vraiment avoir un problème, Fredrik.

Tandis qu'elle retire sa main, un sourire s'invite au coin de ses lèvres.

— Tu as de la fièvre ? ajoute-t-elle.

J'ai les yeux à hauteur de sa poitrine. Nina est trop près, j'ai la sensation d'étouffer, mais j'arrive à faire de l'humour en disant que seuls les cons ne changent pas d'avis.

Elle glousse.

— Oublie ça, soupiré-je en refermant la fenêtre de mon navigateur. Je ne vais rien acheter du tout. Je me renseigne, c'est tout.

Nina s'assied sur le bord du lit double et m'encourage du regard.

— Écoute… Il faut qu'on parle.

Je fais pivoter le fauteuil, tantôt vers elle, tantôt vers le bureau. Gauche, droite. Gauche, droite.

— Tu veux parler de quoi ?

— De nous. Enfin, surtout de toi. Tu veux bien arrêter de bouger ?

J'immobilise le fauteuil.

— Comment ça, de moi ? dis-je.

Je le regrette aussitôt.

Nina soupire.

— Hier, tu m'as dit que tu n'allais pas bien à cause du travail.

— Rien de grave. J'essaierai d'arranger les choses à la rentrée. J'en discuterai avec Inga-Lill.

— Tu ne veux pas me le dire ?

Elle replie les jambes en tailleur et se penche vers moi.

— Te dire quoi ?

— Eh bien, ce qui te stresse, s'impatiente-t-elle en agitant les bras. C'est la préparation des cours ? Les élèves ? Un projet sur lequel tu travailles ? Tu fais toujours partie de ce groupe de lutte contre le harcèlement. Si ça fait trop, tu peux quitter le projet.

Qu'est-ce qui lui prend d'insister comme ça ? Je n'ai rien à lui dire. Pas sur ma situation professionnelle, en tout cas. Tout va bien au travail. Ce n'est pas la panacée, mais ça va.

Je me lève de mon fauteuil.

— Je t'assure, je n'ai rien de plus à dire. C'est vrai que j'ai beaucoup de choses sur le feu en ce moment, mais ça va se tasser.

Nina me regarde sans bouger du lit.

— Tu t'en vas déjà ? On n'a même pas commencé à parler.

— Je ne m'en vais pas, regarde. Je reste là.

Elle se lève, s'approche de moi.

— On aurait dit que tu allais partir.

À mon tour de soupirer.

— Pourtant, je suis toujours là.

— C'est dingue, grommelle Nina, les poings sur les hanches. Quand tu te braques comme ça, on ne peut plus discuter. Comment veux-tu qu'on règle tes problèmes si tu refuses d'en parler ?

Je passe les bras autour d'elle. Non par envie de lui faire un câlin mais pour la faire taire, pour qu'elle arrête de me psychanalyser.

— Nina, ce n'est pas à toi de régler mes problèmes. Je peux le faire tout seul.

À cet instant, son téléphone se met à sonner. Elle s'éclipse de la chambre, mais à peine ai-je le temps de reprendre mon souffle qu'elle est de retour.

— Il faut faire le ménage.

— Quoi ?

Nina approche du lit et s'empare de la housse de couette qu'elle lisse proprement.

— Tu m'as très bien entendue. Claudia et Monique arrivent.

Et merde, pas elles. Pas aujourd'hui. Ni jamais, d'ailleurs.

— Elles viennent ici ? Pour quoi faire ?

Nina ramasse un journal par terre et le pose sur l'étagère d'une table de chevet.

— Elles se rendent à l'aéroport et voulaient nous dire bonjour en passant.

— Tu aurais pu leur dire qu'on n'était pas là… Ou trouver une excuse.

Son regard est acéré.

— C'est ma sœur.

— Tu ne l'aimes pas.

— Bien sûr que si ! De toute façon, elles ne resteront pas longtemps. Allez, action. Il faut qu'on s'y mette ensemble. (Elle est déjà en route vers la cuisine.) Plutôt vin chaud ou café ?

29

Nina

— Salut la compagnie !

Ma sœur rayonne sous le halo de la guirlande lumineuse suspendue au buisson derrière elle. Elle porte un manteau cintré ivoire et ses longs cheveux noirs sont en partie cachés sous un bonnet de chez Gant. La marque est bien visible, bien que discrètement cousue dans la couture.

À côté de Claudia se tient Monique, le sourire jusqu'aux oreilles. Son écharpe rayée pend avec une nonchalance calculée sur son manteau de laine sombre. La petite Pauline tient fermement ma sœur par la main et me scrute de ses grands yeux marron du haut de ses quatre ans.

— *Bonjour** Nina.

Monique approche pour m'embrasser tout contre l'oreille. Je réprime un mouvement de recul. La bise continentale, ce n'est pas mon truc. Je n'ai jamais compris combien de fois il fallait s'embrasser ni par quelle joue commencer.

Quand Claudia me serre fort dans ses bras, elle plaque mon chemisier contre mon dos mouillé. Je suis encore en nage après avoir passé l'aspirateur, j'ai tout juste eu le temps de troquer mon pantalon de pyjama pour un jean avant qu'elles ne sonnent à la porte.

---

* Les mots en italique et suivis d'un astérisque sont en français dans le texte original.

— C'est chouette que vous ayez voulu passer. Venez, entrez. (Je m'accroupis.) Bonjour, Pauline. Tu te souviens de moi ? Tatie Nina.

La petite fille se retourne pour enfouir le visage dans le manteau de Monique.

— À peine, ricane Claudia. Elle avait deux ans et demi la dernière fois qu'on s'est vues.

Monique pousse Pauline devant elle et, bien vite, tout le monde rentre au chaud. Notre hall d'entrée ne m'avait jamais paru si exigu, c'est étouffant. Je remarque alors l'état d'usure de notre porte d'entrée. Toute la partie basse s'effrite et le vernis marron n'est plus du tout assorti aux murs que j'ai passé les vacances de Pâques à repeindre en gris clair.

— Ne faites pas attention au désordre, dis-je avec un geste vague.

Dans le mouvement, je surprends mon reflet dans le miroir. Mes cheveux rebiquent dans tous les sens. Ce doit être à cause de mon bonnet, pure matière synthétique.

— On ne s'attendait pas à recevoir du si beau monde aujourd'hui.

Claudia a l'air de chercher un cintre pour son manteau mais ne dit rien et se résout à l'accrocher à une patère à côté de la salopette sale de Vilgot. C'est plus fort que moi, j'espère qu'une petite tache viendra souiller le tissu ivoire.

Nous quittons le hall. Pauline a besoin d'aller au petit coin, Monique l'accompagne à la salle de bains. Quant à moi, je prends le chemin de la cuisine.

Claudia me suit et s'arrête devant la porte du frigo recouverte aux trois quarts par des plannings, Post-it et vieilles photos maintenus par des aimants bariolés. Il faudrait faire le tri dans ce fourbi.

— Alors, comment ça se passe pour vous ? me demande Claudia en s'approchant de la table et pour feuilleter distraitement le journal.

Je lance douze petites brioches au safran surgelées au micro-ondes avant de me tourner vers ma sœur.

— Très bien. Et vous ? La vie à Bruxelles vous plaît toujours ?

Elle referme le journal.

— Oui, c'est génial. Mon boulot est très prenant. Comme d'habitude.

Le sourire aux lèvres, elle tripote le diamant de son alliance.

— On vient d'embaucher une fille au pair, une Espagnole. Ana est super, elle étudie le français à Bruxelles et on est très contentes d'elle.

Je tourne sept fois ma langue dans ma bouche.

— Vous ne voulez pas demander à passer à mi-temps ?

— Ça ne marcherait pas, répond Claudia. Aucun de mes collègues n'est à temps partiel. Même chose du côté de Monique.

Elle aperçoit Fredrik et son visage s'illumine.

— Mon beau-frère préféré ! s'exclame-t-elle en se jetant dans ses bras. Ça fait un bail.

Mon mari a meilleure mine. L'étreinte terminée, il rejoint les deux autres dans le salon pour leur dire bonjour.

Le micro-ondes sonne. J'en sors les brioches, que je dispose sur une assiette.

Claudia s'approche et me glisse tout bas :

— Et lui, ça va ?

— Qui ?

— Fredrik. Il est pâle comme la mort.

Je me dresse sur la pointe des pieds pour tenter d'atteindre les serviettes en haut du placard. Claudia lève le bras et les récupère sans effort. C'est elle qui a hérité des longues jambes de maman. Pour ma part, j'ai dû me contenter de la stature plus trapue de notre père.

— Il est un peu stressé à cause du boulot, rien de grave.

— Je peux monter dans ma chambre ?

Anton a pris sur lui jusque-là, mais je sais qu'il déteste rester assis avec des adultes qu'il ne connaît pas, à être forcé de répondre à des questions sur l'école ou sur le foot. Qui plus est en anglais.

Comme Fredrik ne répond pas, je donne mon accord et notre ado s'extirpe de son siège. Smilla en profite pour s'éclipser, elle aussi.

Quant à Vilgot, il a disparu sitôt la dernière brioche engloutie, tandis que Pauline est toujours assise dans le canapé entre ses parents. Et, à voir l'expression de Claudia, elle doit trouver nos enfants mal élevés.

— À quelle heure pensez-vous arriver samedi ? me demande-t-elle.

Ayant renoncé à tenter de faire la conversation à Fredrik, elle se rabat sur moi.

— Aucune idée. Vers midi ? À moins qu'on ne mange à la maison avant de partir. J'en parlerai à maman pour voir ce qu'elle préfère.

Je n'envie pas mes parents, qui accueilleront la famille de Claudia pendant cinq jours. Ma mère prétend être ravie de leur visite, mais je me permets d'en douter. D'après mon père, c'est le branle-bas de combat depuis des semaines pour préparer leur arrivée.

« On croirait qu'on attend la famille royale. Inger se met la rate au court-bouillon. »

Monique regarde enfin sa montre et murmure quelque chose à ma sœur, qui se lève et commence à rassembler les tasses.

— L'heure tourne, il faut qu'on décolle, dit-elle. On a dit qu'on arriverait à 18 heures.

— Déjà ? Dommage. Mais on se revoit bientôt.

Claudia sourit.

— C'est chouette que les enfants puissent passer du temps ensemble. On aimerait que Pauline apprenne à connaître ses cousins et cousine.

Comme si Anton et Smilla avaient la moindre envie de fréquenter une fillette de dix ans leur cadette qui préfère parler français.

— Fredrik ? lancé-je, plus acerbe que je ne l'aurais voulu. Tu débarrasses ?

Il tressaille comme si je l'avais réveillé d'un profond sommeil et se lève d'un bond. Le geste las, il range pêle-mêle les assiettes et les tasses sur le plateau dans un vacarme qui me tape aussitôt sur les nerfs, alors j'emporte la cafetière et m'éclipse en cuisine.

— Merci pour le café, frangine.

Claudia pose deux tasses dans l'évier et s'apprête à retourner dans le salon, quand quelque chose l'attire près de la table.

— Quelle horreur, soupire-t-elle en désignant le journal. Tu as vu ça ?

— Quoi ?

Je range le bocal à gâteaux dans le placard, que je referme.

— Ça. Cet article. Je l'ai aperçu tout à l'heure, avant qu'on aille au salon. Sur la fille qui a disparu.

Elle se penche sur le journal. Je retiens mon souffle.

— Wiksell ?! (Elle lève vers moi des yeux écarquillés.) *Jennifer* Wiksell ? La fille de Lollo ?

Je pousse un soupir.

— Oui.

— Mon Dieu, Nina ! Pourquoi tu ne m'as rien dit ? C'est affreux ! Vous savez ce qui lui est arrivé ?

Fredrik entre à cet instant dans la pièce et pose le plateau sur le comptoir avant de se retourner.

— À qui ?

Ma sœur lui montre le journal.

— À elle.

Il s'approche pour jeter un regard par-dessus l'épaule de ma sœur. Soudain pris d'un vertige, il se rattrape au dossier d'une chaise. Son visage a perdu toutes ses couleurs et son souffle se saccade.

Je me précipite vers lui et pose une main sur son bras.

— Fredrik ? Ça ne va pas ?

Il ne répond pas et reste silencieux, les yeux fermés et les lèvres plissées. Il déglutit plusieurs fois avant de lâcher brusquement la chaise et de se ruer dans la salle de bains.

30

Lollo

Je regarde autour de moi, perdue, comme si j'entrais ici pour la première fois. Des murs blancs, des meubles blancs, des draps blancs. Des coussins blanc et lilas. Une demande expresse de Jennifer.

Hier soir déjà, je n'étais pas à l'aise de venir fouiner dans sa chambre. J'avais peur de la voir débarquer d'une seconde à l'autre en trombe, réclamant de savoir ce que l'on fichait là.

J'en ai le ventre noué quand je vois le drap-housse froissé et le soutien-gorge jeté sur la tête de lit. Les pantoufles moelleuses au pied de la commode me donnent envie de pleurer. Voilà pourquoi je ne voulais pas mettre les pieds dans sa chambre aujourd'hui.

Pourtant, je suis venue. Car, plus j'y pensais, plus ça me paraissait évident : s'il devait y avoir des réponses à nos questions, elles seraient ici, là où Jennifer passe le plus clair de son temps.

La police a l'air de prendre la chose à la légère, mais pas moi. Chaque seconde m'étouffe et me rappelle que le temps passe, il ne nous attend pas.

Il faut agir, et vite.

Je m'approche du bureau, ouvre le premier tiroir et inspecte son contenu. Des stylos sont jetés en vrac au milieu des gommes, des trombones et des élastiques. Le tiroir suivant contient quelques cahiers et un tas de feuilles A4. Ses affaires scolaires, semble-t-il.

Je sors un papier sur lequel Jennifer a imprimé les réponses à des questions sur la Seconde Guerre mondiale.

L'histoire n'a jamais été ma matière préférée à l'école. Ni au collège ni au lycée, d'ailleurs. Sauf les cours sur la période des Vikings, quand on a fabriqué tout un village en papier mâché. Ça, c'était plutôt cool. Mais l'engouement s'est vite dissipé. Pourquoi s'enterrer dans des faits passés quand on peut se tourner vers l'avenir ?

Je range la feuille et parcours rapidement les derniers tiroirs sans rien y trouver de plus. Des cours de suédois, de maths et d'anglais sont mélangés à un fascicule d'orientation, une invitation à la fête du conseil des élèves et une publicité pour des casquettes blanches personnalisées à porter à l'occasion de la remise des diplômes. Déjà ? Ils ne perdent pas de temps. Je referme le tiroir et me lève. Qu'est-ce que je cherche, au juste ?

Des indices sur la vie de Jennifer, je suppose. Mais où les trouver ? Et qu'est-ce que j'entends par « indices » ?

Nina et Malena tenaient toutes les deux un journal quand on était au lycée. Moi, je trouvais ça un peu ridicule. Et, en même temps, j'aurais vendu un rein pour savoir ce qu'elles y écrivaient.

Nina rangeait systématiquement le sien dès que quelqu'un entrait dans sa chambre, c'était sacré. Il lui est arrivé une seule fois d'oublier son journal ouvert sur son bureau, comme s'il ne demandait qu'à être lu. Je me souviens de m'être demandé si elle ne l'avait pas laissé là exprès. Pour que je le lise.

J'étais excitée comme une puce en voyant toutes ces pages griffonnées, mais, comme toujours, Nina a coupé court à mon euphorie. J'ai entendu ses pas dans le couloir et eu à peine le temps de lire trois mots avant de retourner d'un bond sur le lit. Et j'ai culpabilisé pendant des semaines.

Est-ce que Jennifer tient un journal intime ? Je n'en ai aucune idée, quelle honte. En tout cas, je ne l'ai jamais vue écrire dans un carnet. Elle passe ses journées le nez sur son écran de téléphone ou d'ordinateur ; et parfois les deux en même temps. Peut-être qu'elle écrit sur son ordinateur ?

Je sursaute. *L'ordinateur !* Comment ai-je pu l'oublier ? Décidément, le manque de sommeil fait des ravages dans mon cerveau.

Je me mets à ratisser toute la chambre. Ma fille garde toujours son ordinateur sur son bureau, mais ce dernier est parfaitement rangé, rien ne traîne. A-t-elle pris son ordinateur avec elle à la soirée du réveillon ? Ça étayerait la thèse du départ planifié. On n'emporte pas son ordi à une fête quand on sait qu'on rentre chez soi le lendemain. Un nouvel espoir s'installe.

Seulement voilà, j'aperçois un coin argenté qui dépasse de sous un magazine sur la table de chevet. Aussi vite arrivé, l'espoir repart.

J'attrape l'ordinateur, m'assieds sur le lit, ouvre l'écran et attends qu'il se réveille. Sous un smiley pirate, on me demande un mot de passe. Je suis soufflée par ma propre bêtise. Évidemment qu'il faut un mot de passe.

Je ferme les yeux et réfléchis très fort. Si j'étais Jennifer, quel serait mon code secret ?

Chanel

Ça ne marche pas.

Jennifer

Non plus.

Jenni

Non.

123456

Non.

Je réessaie les variantes de son prénom, mais tout en minuscules, puis avec un point à la fin, ensuite j'essaie sa date de naissance. Rien à faire, l'ordinateur me refuse l'accès.

Soudain, frappée d'une idée, je tente un autre nom.

Jussi

Et ça marche.

31

Nina

— Ce n'est pas la gastro, il est seulement un peu stressé. Je te l'ai dit tout à l'heure, son travail le fatigue en ce moment. S'il te plaît, ne dis rien à maman, imploré-je Claudia. Elle risque de s'inquiéter pour rien. Et ne leur parle pas de Jennifer...

— Je crois qu'ils sont toujours abonnés au *Sydsvenskan*, me rappelle ma sœur.

Elle est dans l'entrée, son manteau sur le dos, et a réussi à mettre toute la petite famille sur le départ en deux minutes.

— C'est vrai. Mais je doute que maman ait eu le temps de lire le journal aujourd'hui. Elle doit préparer votre arrivée.

Claudia hausse les épaules.

— Comme tu voudras. Tu souhaiteras un bon rétablissement à Fredrik pour moi.

Ma sœur a presque l'air de croire que nous avons délibérément provoqué des maux de ventre à mon mari pour écourter l'une de ses rares visites dans son pays natal.

— À samedi, lancé-je à Monique, qui se dirige déjà vers leur voiture de location blanche.

Ma sœur tourne les talons. Je ferme la porte et m'empresse de retourner dans la chambre.

Fredrik est allongé sur le couvre-lit, les yeux fermés, parfaitement immobile. Pendant un bref instant, j'imagine qu'il est mort et cette perspective suffit à me paniquer. Mais quand je m'assieds au bord du lit, il tique, ouvre les yeux et esquisse un faible sourire. Je lui prends la main. Elle grelotte.

— Fredrik, tu trembles…

— Je sais, marmonne-t-il. Ce n'est rien, ça va passer.

En caressant le dos de sa main, je découvre trois lignes rouges parallèles, comme des entailles. Elles ont l'air presque infectées.

— Qu'est-ce que c'est ?

— Rien, grimace-t-il. Je me suis égratigné contre une branche l'autre jour.

— Tu as jardiné ? Tu t'es fait ça quand ?

Je retourne sa main.

— Je ne sais pas exactement, soupire Fredrik d'un air las. Et je n'ai pas jardiné, j'ai dû me frotter à un buisson en allant à la voiture, c'est tout.

— C'est peut-être à cause de ça que ta veste est déchirée.

Il se raidit, me lance un regard inquisiteur.

— Elle est déchirée ? Où ça ?

— Sur le côté. Une couture a lâché, les fils pendent.

— Ah, oui… Ça fait longtemps.

Le voyant refermer les yeux, je soupire.

— Fredrik, tu commences à m'inquiéter sérieusement. Et si tu souffrais d'une maladie grave ? On dirait que toute ton énergie est pompée. Ce n'est peut-être pas le stress, tu devrais voir un médecin.

Il rouvre les yeux et commence à s'agacer.

— Tu vas me lâcher, oui ? Je ne suis pas malade, tout va bien. J'ai eu mal au ventre, c'est tout.

Je repose sa main et me relève.

— OK, je te lâche. Comment peux-tu être aussi désagréable alors que je me fais juste du souci pour toi ? Tu ne comprends pas que j'essaie seulement de savoir ce qui t'arrive ? Je ne te reconnais plus !

Je sens les larmes monter.

— Il ne m'arrive rien, murmure-t-il, presque atone. J'ai juste besoin d'être un peu seul.

Et ainsi, nos radeaux s'éloignent de plus en plus sur l'écume d'une mer agitée.

Smilla feuillette le journal debout. Elle est en legging, grosses chaussettes, et porte un vieux sweat à capuche de Fredrik. Elle a rabattu la capuche sur son visage, mais, en me voyant entrer dans la cuisine, elle la rejette et lève les yeux.

— Ils parlent de Jennifer, dit-elle en montrant le journal.

J'essaie de chasser ma frustration, de me rappeler que Fredrik ne se sent pas bien, ce n'est pas sa faute s'il est distant. Passant un bras autour des épaules de ma fille, je me penche sur l'info et la parcours rapidement.

C'est le même texte que celui paru ce matin sur Internet. La photo commence à dater, Jennifer a l'air jeune. La dernière phrase de l'article nous informe que la police demande l'aide de toute la population.

Smilla se retourne et, sans un mot, se blottit dans mes bras. Je la serre fort contre moi et ressens toute la chaleur de son corps. Dieu merci, ma fille est juste là, avec moi.

— Je t'aime, Smilla, chuchoté-je en respirant profondément le mélange merveilleusement parfumé de shampoing, de soin et de spray dans ses cheveux ébouriffés.

— Je sais, dit-elle. Moi aussi.

Une porte s'ouvre à l'étage et la voix d'Anton résonne jusque dans l'escalier :

— Quand est-ce qu'on mange ?

— Dans pas longtemps, réponds-je assez fort. Ce n'est pas la peine de lancer une nouvelle partie !

On entend la porte se refermer. Smilla s'écarte de moi.

— Qu'est-ce qu'on mange ? demande-t-elle.

— Aucune idée. Mais on va trouver.

Elle musarde dans la cuisine et se plante un instant devant l'image du calendrier. Décembre. C'est une photo de famille datant de l'avant-dernier Noël, une exception au milieu de toutes les photos de Vilgot qui décorent désormais nos calendriers. Celle-ci, je l'aime beaucoup. On a tous l'air heureux. Il faut dire qu'on passait un bon moment. C'est Anton qui, après plusieurs tentatives ratées, est finalement parvenu à prendre un joli selfie.

On devrait passer plus de temps ensemble. En famille. C'était quand, notre dernière sortie tous les cinq? J'ai beau réfléchir, je ne crois pas qu'on ait fait quoi que ce soit depuis notre séjour à Gotland l'été dernier, quand – au grand bonheur de certains – on a été contraints de rentrer plus tôt que prévu. Les repas à la maison, ça ne compte pas. Et Noël est un passage obligé.

On devrait peut-être forcer Smilla et Anton à venir avec nous en virée, en profiter tant qu'ils sont encore mineurs. Parce que, en général, quand on fait une activité tous ensemble, on passe de très bons moments.

Il suffit de supporter les premières heures de soupirs excédés et d'écouteurs dans les oreilles. Enfin, d'abord, il faut surtout avoir la force d'organiser quelque chose. Or, ces temps-ci, ce n'est pas notre fort. Bon, on va chez mes parents ce week-end, c'est déjà ça.

Smilla laisse le calendrier pour aller vers la fenêtre, le dos tourné, et demande:

— D'après toi, la police se bouge?

Je fais couler de l'eau et remplis une grande casserole. Ce soir, ce sera pâtes à la sauce tomate.

— Tu veux dire, est-ce qu'ils cherchent Jennifer?

Smilla marmonne quelque chose. Je me retourne vers cette silhouette frêle qui nage dans son sweat trop grand.

— Aucune idée, ma puce. Je ne sais pas combien de temps ils attendent avant de s'inquiéter d'une disparition.

— Hier, en tout cas, ils n'avaient pas l'air pressés.

— Peut-être qu'ils attendent de voir ce qui se passe, supposé-je en jetant une pincée de sel dans l'eau. Quand vous, les ados, commencez à faire votre vie, on a vite fait de s'inquiéter pour rien : vous oubliez de dire où vous allez, vous fuguez après vous être embrouillés avec vos parents…

Smilla se retourne pour me regarder de ses yeux mouillés.

— Mais Jennifer ne serait jamais partie sans rien dire à personne.

— Tu en es vraiment sûre ? Tu la voyais moins, ces derniers temps.

J'ouvre le frigo et inspecte le bac à légumes. Au fond, deux oignons jaunes côtoient une salade flétrie. J'attrape un oignon, mais il m'échappe et roule sur le sol. Smilla le ramasse pour le poser sèchement sur la planche à découper.

— Je connais Jennifer depuis que je suis née.

— Je sais. Mais les gens changent et ça ne saute pas toujours aux yeux quand on les voit moins souvent.

Sans le vouloir, ça me fait penser à Lollo et Malena, à notre amitié et à la façon dont elle a évolué avec les années. Depuis l'époque où nous formions un bloc soudé contre le reste du monde jusqu'à aujourd'hui, à ces deux fêtes par an que l'on passe ensemble avec nos familles et entre lesquelles nos rapports sont quasi inexistants.

— Et moi qui…, sanglote-t-elle. Je pensais que ce nouvel an allait tout arranger.

Je repose le couteau sur la planche pour aller vers ma fille.

— Arranger quoi ? Ça ne va pas, entre vous ?

Elle se frotte les yeux.

— Si, mais… on ne s'était pas vues depuis l'été dernier, on s'est à peine écrit. Je pensais que c'était à cause du lycée, qu'elle n'avait pas le temps. Mais maintenant… c'est le bordel.

Je la prends dans mes bras.

— Oh, ma chérie. C'était adorable de ta part, d'essayer de vous rapprocher. Tout ça, ce n'est pas ta faute, tu n'y peux rien.

— Où est papa ?

Elle s'échappe de mon étreinte et regarde autour d'elle, loin de se douter de la scène qui s'est déroulée ici il y a moins d'une heure.

— Il se repose.

— Il est malade ?

Je coupe méticuleusement l'oignon en réfléchissant à ma réponse. Smilla sera bientôt majeure. Je pourrais lui confier mes soucis, elle pourrait comprendre. Mais elle n'a pas à s'inquiéter pour son père, en plus du reste. Elle a assez de problèmes comme ça.

— Non, finis-je par dire. Il travaille beaucoup en ce moment, il a besoin de repos.

Elle me regarde sans rien dire.

— Ça arrive, parfois, reprends-je. La fatigue nous surprend pile au moment où on se permet de souffler.

— Ah bon, fait-elle en haussant les épaules. Mais il va venir manger ? Je lui sors une assiette ?

Les larmes me piquent les yeux. Sûrement à cause des oignons.

32

Lollo

Jussi, c'était le premier ours en peluche de Jennifer. Enfin, *c'est*, puisqu'on l'a toujours. Un ours brun tout ce qu'il y a de plus classique, que mon père et Agneta ont offert à leur petite-fille quand ils sont venus la voir à la maternité. Jussi a été baptisé ainsi dès que Jennifer a commencé à parler et, depuis, a survécu à tous les déménagements, depuis l'appartement de Slottstaden jusqu'à notre adresse actuelle, en passant par la petite maison mitoyenne de Bunkeflostrand. De jour comme de nuit, depuis le berceau jusqu'à son lit d'adolescente, il ne quittait pas la couche de Jennifer, d'où il nous regardait avec sa petite mine triste.

Mais quand on a refait la décoration de la chambre, l'hiver dernier, il a été banni.

« Il n'est plus assorti, a décrété Jennifer en le rangeant dans un carton relégué au grenier. Il est trop foncé. »

Ma fille n'a jamais été très nostalgique, d'où ma surprise qu'elle ait choisi ce mot de passe. L'ourson devait être sur le lit, devant elle, le jour où elle a reçu son ordinateur en arrivant au lycée. Quand il faisait encore partie du décor. Plusieurs onglets sont ouverts. On dirait que Jennifer s'est arrêtée au milieu d'une vidéo YouTube. Je reviens en arrière pour remonter son historique. Une autre vidéo YouTube. Les deux expliquent comment appliquer du fond de teint.

Pendant une seconde, je me demande si c'est mal de fouiller l'ordinateur de ma fille avant que la police n'y ait eu accès. Et si je brouillais des pistes importantes ? En même temps, quelles pistes ? Ça les mènerait à quoi ? De toute façon, personne n'a réclamé l'ordi.

Mon cou me démange, je me gratte jusqu'à me faire rougir la peau. Pourquoi personne n'a réclamé l'ordinateur, d'ailleurs ? N'est-ce pas l'une des premières pistes à explorer dans le cas d'une disparition ?

J'ouvre l'application des mails et parcours rapidement la longue liste des récents expéditeurs. La plupart des échanges ont un rapport avec le lycée. Les professeurs envoient les devoirs, Emma Lundberg écrit au sujet d'un travail de groupe. Le prénom Samira m'interpelle, j'ouvre le message. Qui est-elle ? Il semblerait que, comme Emma, elle soit dans la classe de Jennifer et qu'elles aient préparé une présentation ensemble pour le cours d'anglais.

Tous ces oraux et ces travaux de groupe, pourquoi ne nous en a-t-elle jamais parlé ? Je sais pourquoi, et j'en ai mal au cœur tellement ça me donne mauvaise conscience. Parce que ça ne nous intéressait pas. Parce qu'on n'a pas cherché à savoir. Parce qu'on n'avait pas besoin de s'y intéresser.

Jennifer a toujours été très assidue à l'école, ça a toujours roulé dans toutes les matières sauf en maths. C'est une fille intelligente, elle a une mémoire photographique et se plaint de la lenteur de ses camarades depuis son premier jour de classe. Le plus grand défi des professeurs de Jennifer, c'est de trouver comment l'occuper. L'école ne pose de problème que quand elle s'ennuie ferme.

En primaire, plusieurs instituteurs nous ont avertis que Jennifer ne se comportait pas toujours très bien et entraînait ses copains dans ses bêtises. Mais ils n'ont plus rien dit quand on a découvert que le problème était avant tout pédagogique, et qu'ils ne savaient pas lui confier des tâches suffisamment stimulantes.

J'ai été convoquée plusieurs fois et ai dû expliquer la situation à des enseignants geignards qui laissaient entendre que Jennifer était une élève difficile. C'est typique de l'éducation nationale, aujourd'hui, on n'en a que pour la mauvaise graine et on laisse les enfants brillants sur le carreau.

Depuis que Jennifer est au lycée, on ne reçoit plus de mauvais échos. Il semblerait que les cours soient enfin à sa hauteur, voire qu'ils la mettent au défi. En plus des mails concernant le lycée, Jennifer a reçu des publicités pour des boutiques en ligne. Quand elle a eu seize ans, on a décidé qu'elle pouvait gérer ses achats sur Internet sans nous. Il faut dire que, chaque fois que Max ou moi nous en mêlions, ça finissait systématiquement en dispute. Notamment parce que Max remettait le moindre achat de notre fille en question. Certes, il adore le luxe et les gadgets, mais il n'en est pas moins très regardant sur les prix.

Un gène dont Jennifer n'a pas hérité. La première année, elle dépensait tout son argent de poche en une semaine. Mais les leçons de son père ont dû porter leurs fruits, ça fait quelque temps qu'elle ne nous a plus demandé de la dépanner.

Je me raidis quand Chanel apparaît dans la chambre. Bon sang, je suis à cran. J'ai l'impression de faire une bêtise. Je sais que Jennifer piquerait une crise si elle me surprenait à lire ses mails.

— Pardon, ma chérie, chuchoté-je.

Je découvre alors un document Word tout seul dans le coin à droite de sa page de bureau.

Le document s'appelle « Divers ». Mon petit doigt me dit que le titre n'a aucun rapport avec le contenu. Je double-clique, et bingo, mon instinct a vu juste. Les deux mots en en-tête me donnent la chair de poule : « Pour toi. »

Ce n'est pas n'importe quel genre de journal, ou, en tout cas, pas celui que j'imaginais. Chaque paragraphe est daté, mais aucun ne rapporte le contenu d'une journée. Ce sont plutôt des sortes de poèmes. Très déconcertants.

5 juillet 2018
L'air était chargé d'électricité.
Tu as remarqué, au moins ?

Oui, ça n'a pas pu t'échapper.
Tes mains
Je veux les sentir sur mon corps
Une fois encore.

Les mots à l'écran me font rougir. Et me font honte. Je ne suis pas censée les lire. Pourtant je me force à continuer, déroule la page jusqu'au dernier paragraphe.

28 décembre 2018
Je t'aime.
Je te déteste.
Mais surtout, c'est moi que je hais le plus.

Cette dernière phrase me noue l'estomac. Écrit-elle à propos d'Ali, finalement ? Est-ce un amour à sens unique ? Peut-être que, tout ça, c'est juste une histoire d'ados, une amourette impossible.

Peu importe. Ces poèmes ne m'apportent rien de plus, je ne suis pas plus avancée. Je ferme le document et reviens sur les onglets ouverts sur Internet.

Jennifer était au milieu d'un épisode d'une série Netflix. Et elle a regardé d'autres vidéos YouTube. Des vidéos de chats.

Le dernier onglet, c'est Facebook. Jennifer utilise Facebook ? Je me rappelle l'avoir aidée à créer un compte il y a quelques années. C'était avant ses treize ans, mais j'ai triché sur son âge et choisi une photo de profil à condition qu'elle m'accepte comme amie pour que je puisse garder un œil sur son activité en ligne.

Par chance, Jennifer ne publiait jamais rien. Elle avait l'air plus intéressée par ce que postaient les autres. Plus tard, Instagram a gagné en popularité et elle a complètement abandonné Facebook, qu'elle jugeait réservé aux vieux.

Mais, visiblement, elle y est revenue. Je clique sur la fenêtre et tressaille.

La photo de profil montre un portrait aux trois quarts d'une jeune fille dont les seins sont serrés l'un contre l'autre dans un petit haut minuscule, comme prêts à en jaillir. Ses lèvres sont rouge sang et entrouvertes, ses paupières couvertes de noir et à demi closes. Cette fille ressemble à une actrice porno. Une actrice porno de série B, même.

Mais il n'y a aucun doute sur son identité. C'est ma fille. C'est Jennifer. En bannière, un montage de dentelle noire et de roses rouges.

« Jenny Belle. »

Qu'est-ce que c'est que ça ? murmure une voix dans ma tête tandis que j'explore les posts. Il n'y en a pas beaucoup. La photo de profil a été publiée en septembre. L'image de bannière a été modifiée par Jenny Belle début octobre ; le même jour que la publication d'une liste de tarifs.

En lisant les prix, je déglutis péniblement.

C'est quoi ces conneries ?

Mon pouls s'emballe tandis que mon regard passe frénétiquement de la photo de profil aux tarifs. Je ne suis pas débile. Je comprends très bien ce que j'ai sous les yeux, mais je n'arrive pas à l'intégrer. Mon cerveau refuse l'information, il cherche une explication. Ou, du moins, une bonne excuse.

Quelqu'un a dû manipuler Jennifer. Elle n'a pas pu poster ça de son plein gré. Je relis le texte.

Seins : 250 kr
Corps entier : 500 kr
Film : 1 000 kr

J'ai brutalement la nausée. Je balaie la chambre du regard avec le réflexe étrange de vouloir cacher ce qui est affiché à l'écran. Qui a vu cette page ? Est-ce qu'elle est publique ?

En vérifiant les paramètres, je constate rapidement que non, heureusement, la page est privée. Jenny Belle a seulement une quarantaine d'amis. Je clique dessus et parcours rapidement toute la liste. Ce ne sont que des hommes et je n'en reconnais aucun. S'ils sont là, c'est que Jennifer a approuvé leur demande d'amitié, pourtant on dirait qu'il n'y a jamais eu d'activité sur la page. Aucun like, ni sous la photo de profil ni sous celle de couverture. Et personne n'a écrit de commentaire.

Bizarre.

Mes méninges s'activent, j'essaie de comprendre. Est-ce un canular ? Une blague entre copains ?

Bon, calmons-nous. C'est forcément ça. Une grosse blague. Ça n'est pas pour de vrai. À bien y penser, ce serait du Jennifer tout craché de lancer l'idée de se prendre en photo toute nue et de pousser la blague en ligne jusqu'au bout. Elle est capable de créer un faux compte et d'afficher ses prix par pure provocation.

Notre fille est curieuse et butée, ça nous a toujours donné du fil à retordre, et elle adore tester les limites – les siennes autant que celles des autres. À mes yeux, ce sont des qualités. Quand on est curieux, têtu et qu'on aime bousculer les conventions, on peut aller loin dans la vie.

Moi, je suis plus agacée par les gens qui n'osent pas. Ils sont tellement nombreux à tourner en rond, à regretter de vivre une vie triste à mourir alors qu'ils n'ont pas le cran de foncer vers l'inconnu. Tant qu'on n'essaie pas de changer de vie, on n'a pas le droit de se plaindre.

Au fil des ans, certains ont trouvé que Jennifer allait trop loin. On nous a souvent dit qu'elle était insouciante. La mère d'une camarade de l'équipe de foot a même prétendu que Jennifer était impitoyable, qu'elle manquait d'empathie. Autant Nina que Malena ont, à différentes occasions, laissé entendre que ma fille pouvait avoir des soucis comportementaux, nous suggérant de la faire examiner.

Quand on pense que des personnes adultes sont capables de juger ainsi gratuitement une enfant, quelle cruauté ! Jennifer prend les choses en main et ose suivre sa propre voie. Et ce depuis toujours. N'est-ce pas comme ça qu'on devrait tous élever nos filles ? À l'école, ne nous apprend-on pas à être ambitieux, à jouer des coudes et à avoir confiance en nous ?

On parle du pouvoir des femmes, mais clairement, la société suédoise joue un double jeu – prenez cette satanée loi de Jante, par exemple. Tu dois être fonceur, mais pas trop, sinon tu passes pour une brute. Tu peux jouer des coudes mais pas trop, ce serait malpoli. Et quand tu as confiance en toi, on te reproche d'être vantard.

Jennifer n'a jamais fait les choses à moitié et, à mon sens, les critiques de Nina et Malena sont surtout la preuve qu'elles sont jalouses. Ma fille sait ce qu'elle veut et peut se débrouiller toute seule, alors que leurs gamins sont tellement dépendants qu'ils ne peuvent pas se torcher sans l'aide de leur maman. Theo, le pauvre, est d'une timidité pathologique. Parfois, je me demande s'il n'est pas un peu autiste sur les bords, c'est plutôt lui qu'il faudrait faire examiner. Quant à la gosse de l'équipe de foot, c'était une peste, elle hurlait dès qu'on la faisait tomber sur le terrain. Dans le foot, il faut aller au contact, on se bouscule, c'est normal.

Je reporte mon attention sur la page Facebook et, quand mon regard croise celui de Jenny Belle, aguicheur, je me détourne. Voir ma fille comme ça, c'est insupportable. La curiosité est une qualité, mais, sur ce coup-là, elle est allée trop loin.

— Pourquoi tu nous fais ça ? marmonné-je. Pourquoi tu te fais ça, à toi-même ?

Une fois de plus, j'en reviens à la conclusion que c'est une blague. L'absence de commentaires confirme cette théorie. Mais la plaisanterie n'a rien de drôle. Et si la police réclame l'ordinateur, ils verront cette page d'un mauvais œil. Ils risquent d'imaginer que c'est sérieux, qu'elle ne plaisante pas. J'aurais beau leur expliquer que c'est typique de ma fille, qu'elle a simplement un sens de l'humour décapant, ils ne comprendraient pas.

Nouvelle montée d'adrénaline, la nausée revient. Je ferme les yeux, reste immobile et essaie de réfléchir calmement. OK, je sais ce qu'il me reste à faire : la page doit être supprimée.

Je reviens rapidement dans les paramètres. Comme je suis connectée en tant que Jenny Belle, fermer le compte ne devrait pas être sorcier. La petite flèche se promène sur l'écran. Sous « Gérer mon compte », je trouve l'encart « Demander la suppression d'un compte ». Parmi les options, ils proposent la marche à suivre dans le cas où l'on souhaiterait fermer le compte d'une personne morte. Mes doigts se figent sur le clavier.

Morte.

Je ferme à nouveau les yeux, comme si relire cet encart allait réaliser mes pires craintes.

Personne n'est mort. Personne n'est mort.

Je me répète cette phrase comme un mantra.

Profonde inspiration, puis je me force à rouvrir les yeux, lis le texte en petits caractères et trouve la case où le titulaire du compte peut désactiver sa page lui-même. On m'informe que certaines informations pourraient toujours apparaître ailleurs, notamment les amis et les messages.

Mais quelles conneries ! Il est donc impossible de disparaître totalement de Facebook ? C'est un contrat à vie qu'on signe dès l'instant où on crée son compte ?

Après une minute de réflexion, je décide de désactiver le compte quand même. C'est la moins pire des solutions. Avec un peu de chance, ça limitera les risques que la police découvre cette page si elle venait à examiner l'ordinateur. En désactivant le compte, puis en supprimant l'historique, ça leur compliquera au moins la tâche. Personne n'aura l'idée de chercher une Jenny Belle sur Facebook. Ils chercheront Jennifer Wiksell. Et sur son ancien compte, ils n'auront pas grand-chose à se mettre sous la dent.

Je promène le curseur sur l'écran et m'apprête à cliquer quand mon téléphone se met à sonner. Il est posé à côté de moi sur le lit. Je décroche, dans un état second, sans même chercher à savoir qui appelle.

— Bonjour. Ici Lina Torrero, inspectrice de la police de Malmö.

Le sang n'irrigue plus mon cerveau, j'ai l'impression que le lit bascule. Je brûle de lui poser une question, mais les mots restent coincés dans ma gorge. L'inspectrice semble lire dans mes pensées :

— Hélas, nous n'avons toujours pas retrouvé Jennifer, comme nous le disions à votre mari plus tôt dans la journée. Je viens d'essayer de le rappeler mais il ne répondait pas. Je voulais savoir si vous étiez chez vous, l'un ou l'autre. Nous aurions besoin d'emprunter l'ordinateur de votre fille.

— L'ordinateur ?

Ma voix chevrote.

— Elle possède bien un ordinateur ?

Je déglutis.

— Oui. Oui, absolument. Elle en a un.

— Bien. Dans ce cas, l'un de mes collègues va passer le chercher dans la soirée.

Et elle raccroche.

Je repose mon téléphone et regarde longuement l'écran. Il est 18 h 28. Cette dernière heure est passée comme une flèche. Mais où est Max ? Il devrait déjà être rentré. Pourquoi n'a-t-il pas décroché quand la police a appelé ?

Peut-être qu'il conduisait. Non, ça ne l'a jamais dérangé de téléphoner au volant. En revanche, c'est vrai qu'il a aussi cette manie de ne pas être joignable.

Je vérifie l'heure, cette fois sur l'ordinateur. Un petit symbole rouge en haut à droite de la fenêtre Facebook attire alors mon attention. Jenny Belle a trois messages non lus.

33

Fredrik

Deux coups légers, puis la porte s'ouvre. Des pas de souris se rapprochent.

Le matelas grince quand Smilla s'assied sur le bord du lit. J'ouvre les yeux et vois ma fille. Derrière elle, la lumière vive du couloir éclaire son profil. Son petit nez – en soi plus gros qu'à sa naissance, mais qui a toujours été minuscule – et ses joues replètes. Ça m'arrive parfois de voir clairement chez cette jeune femme le bébé qu'elle était. Et aujourd'hui, ça me donne envie de chialer.

— On va manger, dit-elle. Tu nous rejoins ?

— Pas tout de suite. Dans un petit moment.

En fait, je commence à avoir faim, mais je stresse rien qu'à l'idée de m'asseoir à table avec le reste de la famille pendant tout un repas.

— Comment tu te sens ?

Smilla a l'air sincèrement inquiète.

— Je suis un peu fatigué, c'est tout. Ça va passer.

— Tu viens avec nous chez papi et mamie ?

— Papi et mamie ?

Elle lève les yeux au ciel.

— Oui, tu sais, les parents de maman.

Je fouille dans ma mémoire.

— Euh… Quand ça ?

Regard perplexe.

— Papa, tu le fais exprès ? On y va samedi.

— Ah oui, l'Épiphanie.

Notre tradition, c'est de manger chez les parents de Nina pour l'Épiphanie. Ils n'habitent pas loin de Malmö, à Höör, mais on reste généralement dormir chez eux pour faire un tour au zoo de Skåne le lendemain avant de rentrer à la maison. Une habitude qui date de l'époque où Smilla était petite et que l'on a reprise à l'arrivée de Vilgot. Cette année, Pauline sera la benjamine du repas.

De me dire que l'on passera une journée entière avec la belle-famille, notamment Claudia et compagnie, j'ai envie de vomir.

Je n'ai rien contre mes beaux-parents. Ce sont des personnes simples et gentilles. Rodrigo est arrivé du Chili dans les années 1970, a trouvé du travail dans un garage automobile de Höör et y est resté jusqu'à sa retraite. Je l'aime beaucoup. Il a la conversation facile et beaucoup d'humour. Inger est plus anxieuse, elle se met en quatre pour tout le monde. Mais ce stress part d'un bon fond. Elle est toujours active, se plaint rarement, et c'est une super grand-mère.

Mais je n'arriverai plus à les regarder en face.

La petite sœur de Nina non plus n'est pas méchante, mais elle joue clairement dans une autre catégorie. C'est une femme intelligente et d'une beauté presque surnaturelle. Certes, elle est pourrie gâtée par la vie, superficielle et obsédée par l'argent et tout ce qu'il permet acheter, mais Claudia est quelqu'un de très drôle. Seulement, Nina a le don de se mettre en pétard dès que sa sœur bouge le petit doigt. Quand on est sous le même toit que les deux sœurs Gonzales, on se promène sur un terrain miné.

Cette année, la tradition de l'Épiphanie sera rompue. En ce qui me concerne, en tout cas.

— On verra si ça va mieux samedi, réponds-je.

Smilla opine et s'apprête à se lever, mais une pensée la retient.

— Au fait, maman a parlé à la police, tout à l'heure. Ils veulent m'interroger au poste demain.

Ça me fait l'effet d'un électrochoc.

— T'interroger ? répété-je en masquant le trémolo de ma voix. (Je me redresse pour reprendre mon souffle.) Mais pourquoi ?

Elle hausse les épaules.

— Je ne sais pas. Ils ont juste dit que je devais me rendre au poste.

Ça y est, on y est. La police veut Smilla pour chercher à m'atteindre. Ils veulent me rendre nerveux, que je perde mon sang-froid.

— On... on t'accompagnera. Au moins l'un de nous, en tout cas.

— Pas la peine, je gère.

— Bon, vous venez ?

La voix de Nina nous parvient de la cuisine où elle commence à perdre patience. Ma fille se lève d'un bond.

— Je lui dis que tu mangeras plus tard, me glisse-t-elle avant de filer.

Je me laisse retomber sur les oreillers. Un long moment passe, pendant lequel je reste allongé dans la pénombre sans parvenir à formuler une seule pensée claire. Dans ma tête, ça grouille de mots et d'images. Je vois Jennifer devant moi, j'entends sa voix. Pour la faire taire, je me bouche les oreilles. Mais maintenant, c'est mon pouls qui s'emballe. De plus en plus fort, de plus en plus vite.

Finalement, ce sont mes paupières que je presse du bout des doigts jusqu'à en avoir mal.

Mais le visage de Jennifer refuse de disparaître.

Je la vois tomber, je la vois allongée sur le sol froid et humide.

Aurais-je oublié un truc par terre ? Un indice caché dans les feuilles, un ticket de caisse, une liste de courses, ou je ne sais quoi ?

Il faut que j'y retourne.

34

Lollo

Je promène mon doigt sur le pavé tactile. Ma main tremble si fort que j'ai du mal à diriger la petite flèche noire qui saute sur l'écran comme une mouche étourdie.

— Reprends-toi, Lollo.

Je réessaie, cette fois plus lentement. Ça marche. Mais, quand la flèche atteint enfin les notifications, je suis saisie d'un doute. Ai-je vraiment envie de savoir ? De voir le genre de conversation qu'elle échange ?

Non, je ne veux pas savoir. Je veux continuer de croire que Jenny Belle n'est qu'une mauvaise blague. Je veux pouvoir désactiver ce compte et faire comme s'il n'avait jamais existé.

Mais pour retrouver Jennifer, il faut retourner chaque pierre. Les propres comme les plus sales. Et si c'était justement cette page Facebook qui lui avait attiré des ennuis ? Et si elle avait accepté de rencontrer l'un de ces hommes dans sa liste d'amis et qu'elle s'était fait kidnapper, violer ou…

Je fais taire ce flot de pensées affreuses en cliquant sur l'icône de la messagerie et me concentre plutôt sur le texte qui apparaît à l'écran. Le premier des trois messages non lus est de la part d'un certain Tom Souilleur.

Virement OK.

Je suis déjà dur.

Le message suivant montre une photo floue de sexe en érection. Je manque de vomir sur les touches du clavier mais parviens à me contrôler pour lire le troisième message.

Qu'est-ce qui se passe ??
On avait un marché.
Si tu crois que tu peux te défiler, sale petite pute !!

J'ai envie de fuir. De partir en courant pour aller balancer l'ordinateur dans la mer, le jeter loin dans les vagues pour qu'il coule au fond de l'eau. Manifestement, Jenny Belle n'est pas une blague. Cette page est active et, quand je relis le dernier message, je comprends une chose inéluctable : je ne peux pas supprimer ce compte. Je dois laisser l'ordinateur à la police tel quel et lui raconter tout ce que j'ai trouvé pour lui faire gagner du temps.

Mais je comprends aussi que ces informations vont détruire la vie de ma fille. Annihiler notre noyau familial. Dès que la police mettra la main sur le profil de Jenny Belle, la nouvelle arrivera aux oreilles d'un journaliste véreux en quête d'un scoop. Et il ne faudra pas longtemps avant que le public s'empare du « passe-temps » de la jeune fille disparue.

Les gens seront sans merci. Jennifer ne sera plus une adolescente innocente, mais une perverse dépravée qui vend des photos de son corps sur le Net. Max et moi ne serons plus les malheureux parents à qui leur fille manque terriblement, mais deux monstres qui n'ont pas su garder leur enfant à l'œil. Certains croiront même que c'est nous qui avons tout orchestré.

Ma chérie, qu'est-ce que tu as fait ?

Les pensées se bousculent dans ma tête, ça défile devant mes yeux.

— Louise Wiksell, dit une voix étrange qui sort de ma bouche. Tu es une femme intelligente. Tu as toujours été vive et efficace, putain, alors du nerf ! C'est le moment ou jamais d'utiliser ton cerveau.

Je regarde à nouveau l'écran. Remonte la conversation.

OK. J'envoie le film dès que je reçois l'argent.
Mon compte Swish : 07023838762

Le dernier message de Jennifer à Tom Souilleur a été envoyé lundi à 16 h 03. C'est-à-dire juste avant que Max ne la conduise chez Smilla. Elle a très bien pu l'envoyer dans la voiture, depuis son téléphone, mais ça ne change rien. Ce qui importe, c'est que Jenny Belle n'a eu aucune nouvelle activité en ligne depuis le 31 décembre après-midi. Et je suppose que la police n'aura aucun mal à retrouver ce Tom Souilleur.

Putain, quel cauchemar. Et comment ce mec ose-t-il jouer avec le nom du personnage d'une histoire pour enfants ? Quand j'étais petite, j'adorais le dessin animé de ce gamin bouclé avec son chapeau mité.

Mes doigts se déplacent soudain sur le clavier. Ils s'activent et forment des mots. Une alarme sonne dans ma tête mais tant pis, je la laisse sonner et clique sur « Entrée ».

Désolée. Il s'est passé quelque chose.
On peut se voir ?

Je scrute l'écran, attends de voir onduler les trois petits points indiquant que la personne tape sa réponse.

Je me ressaisis. Respire. Quelles sont les chances que Tom Souilleur soit en ligne en ce moment même ? Pourquoi accepterait-il de rencontrer une nana qui l'a énervé ? Et moi, qu'est-ce que j'ai fait ?

La police va récupérer l'ordinateur ce soir. Et s'ils interprétaient ce message comme la preuve que Jennifer va très bien, et qu'ils abandonnaient l'enquête ?

Je me précipite sur le clavier, place la flèche à côté de mon message et m'apprête à cliquer sur « supprimer » quand trois petits points se mettent à onduler à l'écran.

Réveillon du nouvel an 2015

Fredrik

— Entrez, entrez.

Je repose Vilgot par terre et fais signe à la famille Wiksell d'entrer dans le couloir.

— Nina est sous la douche et la cuisine est en bordel. Bref, on est fidèles à nous-mêmes.

Lollo jette un coup d'œil dans le miroir pour s'assurer que sa coiffure n'a pas bougé entre la voiture et la porte d'entrée.

— Ne t'inquiète pas, pépie-t-elle. On va vous aider.

À peine la porte est-elle refermée qu'on entend d'autres voix dehors. Max ouvre à Malena et Theo qui frissonnent dans la nuit.

Apparemment, Malena est à nouveau célibataire. Le mec qui l'accompagnait l'an dernier n'aura pas tenu longtemps.

— Bon sang, ça caille. (Malena tape des pieds sur le paillasson pour se débarrasser de la neige puis passe les bras autour du cou de Max.) Alors, quoi de neuf ?

Elle se faufile plus loin dans le couloir pour serrer Lollo contre elle. Nina descend l'escalier à la hâte, cheveux humides et parfum *Acqua di Giò* dans l'air. Elle se joint à l'effusion de câlins et tend un cintre à chaque invité. Malena et Lollo changent de chaussures, Theo s'éclipse à l'étage pour rejoindre Anton, et Vilgot chouine en tirant sur la robe de sa maman.

— Où est Smilla, elle se cache ? demande Malena en balayant le couloir du regard.

— Aux dernières nouvelles, elle changeait de tenue pour la dixième fois, répond Nina en soulevant Vilgot dans ses bras.

Je conduis nos amis vers l'apéritif qui les attend au salon et me tourne vers Jennifer.

— Monte voir Smilla, elle…

Ma phrase s'évanouit quand je vois la jeune fille toujours sur le paillasson, son manteau sur les épaules. Je m'approche d'elle.

— Ben alors, tu n'entres pas ?

Elle baisse les yeux sur ses baskets noires.

— Ça ne va pas ? lui demandé-je prudemment. Il y a un problème ?

Elle relève la tête, les yeux remplis de larmes.

— Je déteste papa.

— Ah bon ? C'est si grave que ça ? Qu'est-ce qu'il a encore fait ?

J'espère qu'elle ne prendra pas mon commentaire pour du sarcasme. Que Jennifer ait une dent contre Max, je peux le comprendre. Ce mec trouve toujours une bonne raison de se faire détester.

— Il a dit que ma bonne résolution pour l'année prochaine, ça devait être d'avoir de meilleures notes en maths. Il faut toujours qu'il trouve un truc à redire ! Et puis, pourquoi il me parle de maths le soir du réveillon ?

J'opine.

— Il a mal choisi son moment. Même moi, je trouve ça moyen.

— Pourquoi « même » toi ? s'étonne-t-elle.

— Parce que je suis prof de maths.

Laissant échapper un petit rire, elle chasse une larme au coin de son œil.

Je reprends mon sérieux.

— C'est si compliqué que ça pour toi, les maths ?

Elle hausse les épaules.

— J'ai eu un cinq sur vingt. Et encore, c'est parce que la prof ne voulait pas mettre zéro.

— Ah, dans ce cas tu peux t'estimer heureuse.

Jennifer hoche la tête et pousse un soupir.

— Mais papa dit que je dois faire des efforts.

La colère bouillonne en moi. Comment Max peut-il se focaliser sur ça alors que Jennifer est brillante dans toutes les autres matières ? Comment un parent peut-il manquer autant de bon sens vis-à-vis de son enfant ?

— Tu ne peux pas être la meilleure en tout. Et ton père ne pensait sûrement pas à mal quand il t'a parlé de bonnes résolutions. Il a dû se dire que tu avais besoin de motivation, que vous pourriez prendre ce problème de maths à bras-le-corps tous les deux, ensemble.

Jennifer ne répond rien.

— Si tu veux, je peux t'aider, poursuis-je. Pas aujourd'hui, hein. Mais un autre jour.

Ma proposition semble l'emballer.

— Tu ferais ça ? Chaque fois que papa essaie de m'aider, on a envie de s'entre-tuer. Ses calculs datent de l'âge de pierre et il refuse d'apprendre les nouvelles méthodes. Maman y arriverait mieux, mais elle est nulle pour expliquer les choses.

— Bien sûr que je vais t'aider. Allez, monte rejoindre Smilla. Elle t'attend.

Je l'aide à retirer son manteau. Elle essuie d'autres larmes en prenant soin de ne pas faire couler son mascara, puis retire ses chaussures et quitte l'entrée en montant les marches vers le premier étage. À mi-chemin, elle se retourne dans l'escalier :

— Fredrik…

— Quoi ?

Elle me sourit.

— Merci.

— Avec plaisir. Moi, j'adore les maths.

35

Lollo

Je regarde fixement les deux mots dans la case grise. Les lis et les relis plusieurs fois. Je ne comprends pas, mon cerveau s'y refuse.

Trop tard

Comment ça ? Que veut dire Tom Souilleur par « trop tard » ? Il ne sous-entend quand même pas que…

La panique me saisit. J'ai des vertiges. Que faire ? Est-ce que je peux seulement faire quelque chose ? Rappeler la police ?

Respire, Lollo. Réfléchis. La police est en route. Lina Torrero a dit que ses collègues venaient chercher l'ordi. C'est leur boulot, pas le mien.

Je m'empare du téléphone posé sur le lit, prends une capture d'écran de mon message et de la réponse juste dessous. Je supprime ensuite l'échange d'aujourd'hui, referme la conversation avec Tom Souilleur et clique sur la bulle dans la barre d'outils.

Les dernières conversations de la page de Jenny Belle apparaissent à nouveau à l'écran. Elles ne sont pas nombreuses, j'en prends une au hasard. Un certain Bon Sens parle de « tram », je ne comprends pas. Un autre y va franco sur le sexisme et un troisième, sous le pseudo Fils à Maman, parle d'une photo qu'il aurait reçue sur son téléphone.

Tout ça ne m'avance pas beaucoup. Il reste une dernière conversation, juste après celle de Tom Souilleur. L'homme s'appelle Petter Silvén et doit être stupide pour venir échanger sur une page comme celle-là sans dissimuler son vrai nom.

Je m'approche de l'écran pour détailler le visage de ce Petter, clique sur la photo et visite sa page d'accueil. Son image de bannière montre une moto garée devant une façade de briques, une photo floue, pâlotte et de mauvaise résolution. Une chose est claire, Petter Silvén n'a aucun sens de l'esthétique.

Quel âge fait-il ? Vingt-cinq ? Trente-cinq ans ? Il a les yeux bleus et une coupe brune tristement banale. Sa barbe clairsemée a peut-être l'ambition de cacher son double menton, mais c'est raté. Ces touffes disparates lui donnent seulement l'air sale et négligé.

J'ouvre sa conversation avec Jenny Belle. Cinq messages, tous envoyés le même soir, quelques jours avant Noël.

Petter Silvén : T'es sexy. On peut se rencontrer irl ?

Jenny Belle : C'est pas donné.

Petter Silvén : Combien ?

Jenny Belle : 3 000.

Petter Silvén : 1 500 ?

La négociation est rude, la somme est tellement dérisoire que Jennifer n'a même pas daigné répondre. Je suis rassurée de voir que ma fille ne se vend pas à n'importe quel prix, qu'elle donne de la valeur à ce qu'elle peut offrir. Je sais, c'est tordu.

Une portière de voiture claque. La police, déjà ? Je prends en photo tous les noms des conversations dans Messenger, en fais autant pour la liste d'amis et m'envoie le document des poèmes par mail. Chanel, qui dort à côté de moi, sursaute quand je referme l'écran de l'ordinateur en le claquant.

Max entre en trombe dans la maison à l'instant où je descends l'escalier, on manque de se rentrer dedans.

— T'étais où ? Pourquoi tu ne décroches pas quand je t'appelle ? Tu ne t'es pas dit que je pouvais m'inquiéter ?

Trois questions d'un coup, c'est deux de trop pour mon mari. Fuyant mon regard, il avance vers les patères sous l'étagère à chapeaux.

— J'ai dû faire des heures sup.

— Aujourd'hui ?

Je serre les dents, respire par le nez.

Max suspend son manteau, puis se tourne vers moi en me regardant comme si j'étais débile.

— Oui, aujourd'hui. Je suis en plein appel d'offres et ni les vendeurs ni les acheteurs ne se soucient de mes problèmes personnels. Ils veulent que ça avance, et vite.

En regardant Max, j'ai l'impression de le voir tel qu'il est pour la première fois. C'est comme s'il était nu devant moi, sans ses vêtements de marque et sa Rolex rutilante autour du poignet.

Et je n'aime pas ce que je vois. Comment peut-il parler d'appel d'offres alors que notre fille a disparu ? Comment peut-il se soucier de ses foutus clients alors que Jennifer a plus besoin de nous que jamais ?

— T'es complètement malade ? Notre fille a disparu et tu dois faire des *heures sup* ?

Je titube jusqu'à la cuisine, effrayée par ce qui va sortir ensuite de ma bouche. Mon cœur bat la chamade, ma tête bouillonne. Je me prépare au sermon de Max sur la façon dont fonctionne le monde, sur la priorité à donner au business quand on veut survivre en tant qu'entrepreneur dans « ce putain d'État communiste ».

Mais Max ne me suit pas dans la cuisine. Il va dans la salle de bains et fait couler l'eau pendant une éternité. Qu'est-ce qu'il fabrique ?

Je pose l'ordinateur de Jennifer sur la table et jette un coup d'œil à l'horloge. Bientôt 19 h 45. Lina Torrero a dit que la police viendrait chercher l'ordinateur dans la soirée, mais je voulais parler de Jenny Belle à Max avant qu'elle n'arrive. Or, là, je n'en ai plus envie.

À sa place, n'importe quel papa aurait quitté le travail plus tôt aujourd'hui. Il n'aurait pas traîné au bureau jusqu'à pas d'heure. Il ne serait même pas allé travailler du tout. Il aurait appelé la police de Malmö pour exiger que tous les moyens soient mis en œuvre pour retrouver sa fille. Il ne serait pas resté vissé derrière son bureau à passer des coups de fil à des gens dont on se fout pour leur vendre des baraques.

— Je suis désolé, Lollo.

Il se tient à l'entrée de la cuisine. Et il a l'air sincèrement navré. Ses boucles grisonnantes rebiquent dans tous les sens et il a le regard fatigué.

Je ne dis rien, attends la suite.

Il hésite, puis fait un pas vers moi.

— C'est… Je suis désolé d'être rentré tard. Mais j'avais un truc important à faire, je n'avais pas le choix.

Il n'en faut pas plus pour raviver ma colère.

— Quel truc est plus important que Jennifer, hein ? Quel truc ? Ça ne tourne pas rond chez toi, ma parole !

Max est interrompu dans sa réponse quand on sonne à la porte.

— C'est sûrement la police, dis-je en prenant l'ordinateur.

— La police ? s'étonne-t-il sans bouger.

Je me mords la joue pour ne pas me remettre à lui hurler dessus.

— Oui, la police. Celle qui cherche notre fille. Tu te rappelles ?

Comme il ne dit rien, je poursuis :

— Ils veulent prendre l'ordinateur de Jennifer. Contrairement à toi, j'ai essayé de faire quelque chose, d'agir. Et quand la police m'a appelée, j'ai décroché.

J'ouvre la porte et laisse entrer une brise glaciale. Un jeune homme se trouve sur le seuil, l'air tout juste sorti de l'école. En fait, je suis déçue. J'aurais préféré revoir l'un des agents venus hier.

— Markus Svensson, police de Malmö, se présente-t-il en montrant son badge. Je viens chercher un ordinateur.

Que je lui tends.

— Oui, le voilà. Vous voulez le chargeur aussi ?

— Non, ça ira.

Markus Svensson a l'air d'un bleu, il n'est certainement pas plus avancé que nous sur la progression de l'enquête. Il serait donc parfaitement inutile de lui parler de ce que je viens de découvrir dans l'ordinateur de ma fille.

— Auriez-vous le numéro de la ligne directe de Lina Torrero ? demandé-je.

Dans mon souvenir, aucun numéro ne s'est affiché quand elle m'a appelée tout à l'heure.

— Appelez le standard, ils vous la passeront. Est-ce que je peux faire autre chose pour vous ?

Je fais signe que non.

Markus Svensson tourne les talons et repart vers sa voiture garée dans la rue.

Je me demande ce que pensent les voisins. Ils savent ce qui nous arrive, c'est certain, ils ont Internet et lisent le journal, mais là, on se croirait dans une télé-réalité. Une voiture de police garée devant chez eux, des protagonistes qu'ils connaissent personnellement. On ne peut pas faire plus excitant.

À l'instant où je m'apprête à fermer la porte, je surprends comme un flash dans le buisson près de la route. *Qu'est-ce que… ?* Je plisse les yeux et, oui, c'est bien ça. Dans les fourrés, une silhouette noire braque un gros objectif sur notre porte d'entrée.

Les salauds.

Je me retourne pour en parler à Max mais ne le vois pas dans le couloir.

— Max ?

Je reste dans l'embrasure de la porte de crainte de perdre la silhouette de vue.

— Max !

En criant une seconde fois, j'ai fait réagir la personne dehors. Elle se lève et je vois que c'est un homme entièrement vêtu de noir.

Son énorme appareil photo est suspendu à une sangle autour de son cou. Je m'attends à ce qu'il s'enfuie, mais, au lieu de ça, il fait un pas dans l'allée, sous un réverbère.

— Vous êtes bien Louise ?

Je plisse les lèvres. Il avance encore un peu et je distingue un visage rond sous sa capuche noire.

— Nisse Nylén, je travaille pour le *Kvällsposten*. Auriez-vous une déclaration à faire sur la disparition de Jennifer ? Vous en savez plus ?

Comment ose-t-il ? Je claque la porte si fort que je fais trembler le chambranle. Quand je me retourne, Max est derrière moi.

— Qu'est-ce qui se passe ?

— Je viens de voir un journaliste du *Kvällsposten* embusqué dans les fourrés. Foutus parasites.

Max hausse les épaules.

— Il fallait s'y attendre, non ? Les ados disparues, ça fait toujours couler de l'encre. Les gens raffolent des faits divers croustillants.

Je lui lance un regard assassin.

— Oui, mais là, il s'agit de nous ! De *notre* fille !

Max s'approche et pose une main sur mon épaule.

— Tu lui as parlé ?

— Bien sûr que non.

Ça le fait sourire.

Et je ne comprends plus rien. Une saleté de journaliste se tient en embuscade dans nos fourrés et mon mari a l'air soulagé. Et même satisfait.

C'en est trop, je craque. Je vois rouge, j'ai la tête qui tourne et je fonds sur lui, tambourinant sur sa poitrine avec mes poings.

— Mais comment tu peux sourire, putain ! Ça te plaît, que Jennifer ait disparu ? Tu n'en as rien à foutre, c'est ça ?

— Lollo, ça suffit. Je m'inquiète pour Jennifer, évidemment…

Max essaie de se défendre mais je me découvre des ressources insoupçonnées et le martèle sans relâche. Mes larmes roulent sur mes joues, j'ai le nez qui coule.

— Toute la journée, j'ai tourné en rond ici toute seule ! Tu n'as même pas appelé pour savoir comment j'allais ! Quel genre de mec fait ça ? Quel genre de père s'en fout ? Comment ton boulot peut passer avant ta propre gamine ? Tu n'as pas de cœur en fait, c'est ça ?

— Lollo ! se met-il à gronder. Calme-toi.

J'arrête de le frapper, mais, à la place, je m'empare de la lampe posée sur le chiffonnier dans l'entrée et la jette de toutes mes forces sur le carrelage. Le pied de lampe en verre se fracasse dans un délicieux vacarme de tous les diables.

Il s'approche avec méfiance.

— Lollo, reprends-toi ! T'es complètement hystérique !

Le calme s'abat brutalement sur moi. Je ne bouge plus et regarde mon mari droit dans ses yeux écarquillés.

— Notre fille s'est volatilisée sans laisser aucune trace depuis bientôt deux jours. D'après toi, quelle est la réaction normale : l'hystérie ? Ou l'indifférence ?

36

Nina

Je redescends à peine de l'étage, où j'ai mis plus longtemps que d'habitude pour coucher Vilgot, quand Fredrik me rejoint dans la cuisine. Il porte le même jean mais a changé de tee-shirt, et ses cheveux sont mouillés, il a dû prendre une douche.

D'un geste brusque, je fais couler l'eau dans l'évier et attrape l'éponge.

— Les restes sont au frigo.

Je parle sèchement sans vraiment le vouloir, mais j'ai du mal à me remettre de notre dernière conversation. Comment oublier la façon dont il m'a rejetée, dont il a ignoré mon angoisse ?

Et puis, j'ai retrouvé la cuisine dans le même état que quand je suis montée coucher Vilgot.

— Merci, dit Fredrik en venant vers moi. Mais je vais juste boire une tisane.

Je coupe l'eau et me mets à frotter la sauce tomate séchée sur le plan de travail avec l'éponge. Fredrik ferait mieux d'avaler quelque chose. Malgré sa douche, il a l'air épuisé.

Je lui lance un regard par-dessus mon épaule.

— Tu ne veux rien manger ?

Il secoue la tête.

— Mon estomac a besoin d'une pause.

Je reporte mon attention sur l'évier et constate que le plan de travail est aussi propre que peut l'être une vieille planche en bois usée. Je rince l'éponge, la repose sur le bord de l'évier et me retourne.

— Une tartine, ça ne te ferait pas de mal.

Rien à faire. Il remplit la bouilloire, la met en marche et pose une main au creux de mes reins.

— Tu me tiens compagnie ?

— Quoi ?

— Ne prends pas cet air choqué. Je te demande seulement si tu veux une tisane.

Tout sourires, il glisse la main sur mes fesses. Par réflexe, je m'écarte sur le côté et prends conscience trop tard que je viens de me dérober à mon propre mari. Je me sens bête.

— Je ne sais pas. La journée a été longue...

Le four indique 21 h 25.

Fredrik ouvre le placard central et en sort deux tasses, les bleues que nous avons achetées au gentil potier rencontré à Gotland cet été. Puis il ouvre le garde-manger, parcourt notre stock de thés, choisit deux variétés et pose les boîtes sur le comptoir.

— Tu disais que tu voulais discuter ? Eh bien, discutons.

Je me dirige vers le couloir.

— Oui, mais c'était cet après-midi. On ne peut pas remettre ça à demain ?

Décidément, je suis une véritable girouette. Au fond de moi, j'ai vraiment envie de parler à Fredrik. Je veux qu'il m'en dise plus sur ses problèmes de boulot pour pouvoir l'aider.

Et en même temps, j'ai envie de me venger.

— Attends.

Fredrik me rattrape par le bras. Ce n'est pas un geste tendre, sa prise m'impose de rester là. Je me retourne et quelque chose dans son expression me fait frémir. Un voile étrange assombrit ses yeux bleus.

Il me lâche et retourne vers le comptoir.

— Bon, voilà ce qu'on va faire, propose-t-il. Tu montes te préparer, te mettre en pyjama, tout ça. Pendant ce temps, je nous prépare des tisanes. Camomille, une larme de lait et du miel, c'est bien ça ?

Il sort deux cuillères à café du tiroir, se retourne et les agite vers moi avec un grand sourire. Aussitôt, mon malaise disparaît.

Je dois reconnaître que c'est adorable, d'insister ainsi pour qu'on passe un moment tous les deux. Apparemment, ma persévérance a fini par payer. Fredrik a compris qu'il fallait qu'on parle.

— Parfait, faisons comme ça, réponds-je en feignant la nonchalance.

37

Fredrik

Il est tout juste 1 heure du matin quand j'ose imaginer que toute la famille dort à poings fermés, ou, du moins, que chacun se trouve dans sa chambre, occupé à regarder un film ou à jouer à la console – pendant les vacances d'hiver, Smilla et Anton sont en roue libre.

Je rejette ma couette et me glisse hors du lit. Nina se retourne, pousse un soupir, et pendant une seconde je crois l'avoir réveillée.

Ce serait peu probable. J'ai dissous un somnifère dans la tisane qu'elle a bue tout à l'heure quand on était sur le canapé. Ce genre de cachet fait surtout effet les premières heures après la prise, mais peut-être qu'ensuite ça s'estompe.

Immobile dans le noir, j'écoute le souffle doux et régulier de ma femme et en profite pour essayer de calmer ma propre respiration. Quand la sienne devient plus lourde, je prends mon téléphone d'une main, mes vêtements de l'autre, et m'éclipse de la chambre.

Quelques minutes plus tard, je quitte la maison et m'enfonce dans la nuit étoilée.

Notre voiture est un modèle japonais moderne. Le genre de moteur silencieux qui rappelle plutôt le ronronnement d'un batteur électrique. Mais quand je la démarre, j'ai l'impression de faire rugir un V8. Je m'attends à réveiller tout le quartier et à voir la tête de Nina apparaître à la fenêtre de notre chambre.

Non, rien de tout ça. Aucune fenêtre ne s'éclaire dans le voisinage, aucune porte ne s'ouvre.

Les phares éteints, je recule dans l'allée puis traverse lentement notre quartier pavillonnaire. Arrivé sur Agnesfridsvägen, j'allume les phares, appuie sur l'accélérateur et prends la direction du périphérique intérieur.

Il n'y a pas un chat. Normal. Qui se balade sur la route à cette heure-ci, à part les poids lourds, les services d'urgences et les types louches ?

Toute cette situation est absurde. Il y a encore deux jours, j'étais un mec normal, père de famille entre deux âges, prof de collège plutôt populaire, aux références solides et à la vie sociale bien remplie. J'étais loin d'être parfait, comme tout le monde. Mais aujourd'hui, je ne sais plus qui je suis. Je suis un autre Fredrik, un parfait inconnu.

Sur Badvägen, mon cœur s'affole et j'hésite à faire demi-tour. S'il y a bien un endroit où je ne dois pas me faire remarquer, c'est ici. Encore moins au milieu de la nuit. J'ai soudain la nausée, mes mains moites glissent sur le volant. Il est toujours temps de rentrer, mais non, je me force à avancer.

Le parking de l'école est quasiment vide, il n'y a qu'une voiture. Il serait idiot de m'arrêter trop près du bosquet, je me gare plutôt à la sortie de l'établissement.

Ma capuche rabattue sur mon bonnet et le regard braqué sur l'asphalte, je presse le pas sur le trottoir désertique. À l'abri des arbres et des bâtiments, j'arrive à reprendre une respiration normale.

Quelques minutes plus tard, je suis devant le bosquet. La lumière de la lune et des lampadaires m'aide à inspecter le sol. Je procède avec minutie, ne laisse rien au hasard. Le silence n'est troublé que par mon souffle et le craquement des feuilles gelées sous mes chaussures.

La police a peut-être ratissé cet endroit. Si j'ai laissé le moindre indice derrière moi, il est peut-être déjà dans l'un de ces sacs en plastique dans lesquels ils rangent les preuves, du moins dans les films.

Mais s'ils ne sont pas passés par là, ou s'ils ont seulement survolé la zone, il y a des chances pour qu'une piste remontant jusqu'à moi pollue le sol. Nina a parlé d'un fil qui pendait à ma veste. Un fil peut-il être incriminant ?

J'élargis ma zone de recherche, approche de la route et du chemin principal qui traverse le bosquet. Mes pas fouillent les touffes d'herbe, mes mains sondent les broussailles. Quelque chose luit dans les feuilles, je m'accroupis. C'est une flaque d'eau gelée.

Je n'ai laissé aucun indice. La pluie du premier de l'an a rincé toute trace éventuelle de sang.

Soudain, j'ai l'impression d'être observé et rejoins Badvägen à la hâte. À l'instant où je tourne à droite pour regagner ma voiture, j'aperçois les lumières de deux vélos. Ils arrivent à hauteur du collège et se rapprochent vite. Deux voix résonnent dans le silence.

Sans réfléchir, par pur instinct, je pivote et traverse la rue. Au lieu de suivre la courbure du trottoir, je m'enfonce tout droit entre les arbres, trébuche sur des pierres, des souches et des branches mortes. Une épine, sans doute d'un roncier, m'érafle la joue et je bute sur un terrier de lapin.

Les broussailles sont trop denses pour une balade nocturne, mais ce terrain accidenté joue en ma faveur, aucun regard curieux ni phare de vélo ne pourra me débusquer ici.

Un instant plus tard, je suis à l'orée de la carrière de calcaire et observe l'eau noire. La cime des arbres se reflète dans la surface brillante qui miroite sous le clair de lune. C'est un spectacle à la fois beau et effrayant, il me rappelle les histoires de fantômes que je lisais quand j'étais jeune. Des histoires de gens morts dans des conditions atroces et injustes, qui reviennent ensuite se venger de leurs bourreaux.

Les cyclistes passent. Je ne les vois pas mais j'entends leur conversation animée. Un vent glacial traverse la carrière et emporte leurs voix. Un frisson. Je m'apprête à partir quand quelque chose attire à nouveau mon regard dans l'eau.

Un objet là, en contrebas. Comme un paquet.

La panique me prend à la gorge. Je me penche dans le vide pour mieux voir. D'abord, je ne distingue que le nuage de vapeur de mon souffle et me demande si je n'ai pas rêvé, puis, finalement, je revois le paquet.

On dirait un morceau de tissu dont une partie est prise dans une branche et l'autre coule sous la surface.

Je me tiens à un tronc d'arbre noueux, me penche un peu plus. Je tressaille.

Un détail – une petite ceinture – sort du tissu et ondule sur les vagues comme des algues dans l'écume.

Il ne m'en faut pas plus. Je sais ce que c'est.

Ce tissu trempé, c'est une veste noire.

3 janvier 2019

JEUDI

38

Lollo

Qui peut trouver le sommeil quand son enfant ne rentre pas à la maison ? Quand ses chaussures ne sont pas dans l'entrée et que son lit est vide ? Comment se détendre quand on gamberge ?

Il est bientôt 4 h 30 et je n'ai toujours pas fermé l'œil. J'ai des palpitations et suis transie de froid malgré la couverture qui recouvre ma couette. Mes paupières se refusent au sommeil. Je regarde dans l'obscurité toutes ces choses familières sans vraiment les voir.

Tout ce que j'attends, c'est le bruit d'une clé dans la serrure, le froissement d'une veste et des chaussettes qui foulent le sol. Je veux que la porte du micro-ondes soit claquée – « vlan ! » – trop fort. Je veux qu'une petite cuillère grince au fond d'une tasse de chocolat chaud. Je veux qu'on ait oublié d'éteindre la lumière de la cuisine quand je descends le matin pour préparer le petit déjeuner. Et je veux trouver la brique de lait entamée oubliée à côté de l'évier.

Mais la maison est silencieuse. Murée dans un calme si profond que j'ai entendu dans la nuit les petits gémissements, presque imperceptibles, de Chanel, qui ronflait dans son panier dans le couloir. À l'étage, aucun bruit. Max a l'air de bien dormir.

C'est la première fois en vingt ans de mariage que je choisis de faire chambre à part. Bien sûr, il nous est arrivé de devoir dormir séparément, mais, même lorsque Jennifer était petite, on ne le faisait jamais de notre plein gré. Si elle se réveillait dans la nuit, je m'asseyais à côté de son berceau dans sa chambre jusqu'à ce qu'elle se rendorme. Puis je revenais à pas de loup me glisser sous la couette auprès de Max.

Je ne voulais pas qu'elle dorme avec nous. J'avais peur qu'elle pompe toute notre énergie et détruise notre relation, principalement basée sur le sexe. Pour moi, il valait mieux que Jennifer épuise mes ressources plutôt que celles de Max, pour qu'il soit reposé en allant travailler. Moi, j'étais mère au foyer.

Aujourd'hui, près de dix-sept ans plus tard, je me rends compte que c'était une erreur. On s'épuise autant en restant à la maison pour s'occuper d'un bébé qu'en louant des villas et des appartements. Surtout quand c'est un bébé difficile. Si j'avais pris Jennifer dans notre lit, Max aurait moins bien dormi. Mais moi, j'aurais été deux fois plus reposée. J'aurais été une meilleure mère, patiente et énergique.

Quand je repense à l'enfance de Jennifer, c'est le flou artistique. Mais je ne me plaignais jamais. Je ne me le permettais pas, c'est moi qui ai forcé Max à me faire un enfant. Honnêtement, j'ai dû verser une ou deux larmes pour qu'il me cède son sperme. Construire une famille, ça ne l'intéressait pas du tout. À l'époque comme aujourd'hui, il faisait passer le travail avant tout le reste. Mais je sais qu'il aime Jennifer, à sa façon.

En tout cas, c'était ce que je croyais jusqu'à hier.

Quand on s'est couchés, on était encore en froid. Très mauvaise idée, paraît-il. Seulement, je ne pouvais pas lui demander pardon. Je pensais sincèrement ce que je lui ai dit, et je le pense toujours. Max a un sérieux problème.

Après avoir nettoyé le verre brisé dans le couloir, j'ai appelé la police et suis parvenue – malgré l'heure tardive – à avoir Lina Torrero au bout du fil. À ma grande surprise, elle a décroché.

— Je m'attendais à tomber sur votre messagerie, ai-je dit. Vous travaillez jour et nuit ?

Elle m'a répondu :

— Au plein cœur d'une enquête, on fait forcément des heures sup.

Au plein cœur d'une enquête ? À l'entendre, on aurait cru qu'elle croulait sous le travail. Or, Lina Torrero n'avait rien de plus à m'apprendre.

— On y travaille.

Sans évoquer mon petit coup de sang, je lui ai parlé de ce que j'ai découvert dans l'ordinateur de Jennifer. C'était agréable de parler de ma trouvaille à quelqu'un, même à un flic. Lina Torrero n'a porté aucun jugement, en tout cas elle n'en a pas donné l'impression. Elle m'a écoutée sans m'interrompre, puis m'a posé des questions.

Max aurait eu la réaction inverse. C'est l'une des raisons pour lesquelles je repousse le moment de lui en parler.

— Mon collègue vient d'arriver avec l'ordinateur, m'a informée l'inspectrice au milieu de notre conversation. Nos équipes techniques l'analyseront dans la soirée.

Je lui ai demandé si, d'après elle, ce Tom Souilleur pouvait tremper dans cette affaire.

— Bien sûr, tout est possible, m'a-t-elle répondu. Mais nous suivons plusieurs pistes en parallèle.

Des pistes dont elle ne pouvait rien me dire pour des « raisons techniques relatives à l'enquête ». Toutefois, j'ai appris que la police prévoyait de faire venir des chiens de pistage ici, à Klagshamn. Elle n'a pas pu me dire si ces fouilles auraient lieu cette nuit ou dans la matinée.

Par ailleurs, j'ai eu des nouvelles de l'organisation Personnes disparues. Ils m'ont écrit qu'une battue était prévue demain après-midi, à l'initiative de certains camarades de classe de Jennifer. D'après le message, la battue devrait attirer du monde.

Au début, j'ai paniqué. Ensuite, j'ai culpabilisé. C'est nous qui aurions dû contacter Personnes disparues, nous sommes les parents, après tout. Je n'aurais pas dû hésiter, j'aurais dû notifier sa disparition tout de suite sur leur site Internet. Que penseront les gens quand ils verront que les camarades de Jennifer s'impliquent plus que sa propre famille ?

Lina Torrero m'a rassurée, elle m'a remerciée de lui avoir donné accès au disque dur de Jennifer et m'a certifié que personne ne se soucierait de savoir qui était à l'initiative de la battue. Elle a ajouté que tout le monde comprendrait que les proches n'aient pas la force d'y participer.

Mais nous y participerons, évidemment. Enfin, je parle pour moi. Allez savoir ce que fera Max.

J'entends une voiture passer dans la rue. Je prends mon téléphone, il est 4 h 35. Apparemment, un voisin part déjà au travail. Pauvre gars.

Au lieu de reposer le téléphone, j'en profite pour vérifier si j'ai reçu de nouveaux messages. Non, rien de plus depuis que j'ai regardé à 2 heures du matin. Les gens dorment. Les gens normaux, ceux dont les enfants sont en sécurité dans leur chambre.

En allant voir ma boîte de réception, je découvre cinq nouveaux mails. L'un d'eux est celui que je me suis envoyé avec les poèmes de Jennifer. Mon index s'attarde au-dessus de l'icône du document. Quelque chose me retient. Sans doute la peur d'effleurer de trop près une vérité désagréable.

En même temps, vu ce que je sais déjà, est-ce que ça pourrait être pire ? Pas vraiment.

J'ouvre le document et épluche chacun des poèmes.

23 juin 2018
Il n'y a que toi.
Personne d'autre ne me comprend.
Tu lis dans mon âme.

17 juillet 2018
C'est dingue, j'en ai conscience.
Mais je te veux.

Et je sais que tu me veux aussi.
Au fond de toi, tu n'attends que ça.
Alors pourquoi tu ne le dis pas ?

Je referme le document. Me voilà bien avancée. Aucun nom, aucun lieu. Rien.

L'envie me prend soudain de consulter l'annuaire hitta.se. Je tape le nom de Petter Silvén dans la barre de recherche et me rends compte, pendant le chargement de la page, que mes mains tremblent. Le manque de sommeil, sans doute.

Quand le résultat s'affiche, j'ai la chair de poule. L'homme en question habite à quelques minutes d'ici, dans la rue des maisons mitoyennes près du magasin. Ça ne peut pas être une coïncidence. Jennifer a dit à ses copains qu'elle rentrait à la maison. En réalité, elle avait certainement rendez-vous avec ce Silvén. Leur conversation s'est terminée brusquement sur Messenger mais elle a pu se poursuivre par SMS ou sur Snapchat.

Je clique sur le nom et apprends que Petter Silvén aura trente-deux ans le 3 avril. Si je le souhaite, je peux lui envoyer des fleurs par Interflora. Il habite à la même adresse qu'une certaine Sandra Larsson, mais ça me fait une belle jambe. Le fait qu'il soit en couple ne l'empêche absolument pas, ni elle d'ailleurs, de commettre un crime.

Un quart d'heure plus tard, je suis devant la maison de Petter Silvén et tente de voir au travers des murs de briques orange. Mon cœur bat la chamade. Ma petite Jennifer est-elle là-dedans ? Est-ce là qu'on la retient prisonnière ? J'ai envie de tambouriner à la porte, de hurler à pleins poumons, de réveiller ce salaud et de le traîner dans la rue.

Mais je me contente de rester plantée là. De fixer les fenêtres noires qui semblent me fixer en retour. Il n'y a aucune lumière, aucun signe de vie. Vu l'heure, ce n'est pas étonnant.

Garée devant l'entrée du garage, une voiture familiale classique de type break. À côté de la porte d'entrée, on a placé un grand pot gris pour y planter un sapin trop petit pour lui. Le bout de terrain devant la maison mitoyenne est divisé en trois rectangles étroits : la pelouse, les pavés et l'asphalte. C'est propre, mais tristement banal.

Une lampe s'allume dans la maison. Vite, je me cache derrière la haie, dans un angle mort. Une femme au visage dissimulé sous la capuche de sa longue doudoune noire, ça peut éveiller les soupçons. Surtout quand elle reste plantée devant la maison d'un inconnu à 5 heures du matin. Je ferais mieux de me déplacer avant qu'un voisin n'appelle la police.

Après un bref aller et retour dans la rue calme, me revoilà devant chez Silvén. À ce moment précis, une lampe en forme d'étoile s'allume derrière l'une des fenêtres. Mince, je n'ai nulle part où me cacher. Mon téléphone me servira d'alibi. Je fais semblant de regarder l'écran tout en jetant de brefs coups d'œil à la fenêtre.

Toute la pièce est à présent éclairée. La cuisine est entièrement blanche, depuis les murs jusqu'aux portes de placard, ça pique les yeux. Une femme blonde avec un bébé dans les bras se déplace. Sandra Larsson et Petter Silvén sont jeunes parents.

Quel cliché, ça me dégoûte. Le jeune papa sexuellement frustré qui cherche à tirer son coup sur le Net.

Putain. J'ai presque envie de frapper à la fenêtre pour avertir Sandra Larsson de ce que fait son pervers de mec pendant qu'elle nourrit et change les couches de son bébé.

Une autre lumière s'allume à l'étage, je tourne les talons et file en vitesse.

39

Nina

— Tu n'étais pas obligée de venir.

Smilla et moi marchons sur Östra Tullgatan. Il est à peine 9 heures du matin et le pâle soleil hivernal parvient tout juste à se frayer un chemin entre les hauteurs des bâtiments.

— Non, mais j'y tenais, insisté-je. Et puis, je voulais m'assurer que tu ne te perdrais pas.

Ma fille pousse un soupir.

— Je n'ai plus cinq ans. Au pire, j'aurais demandé mon chemin.

Une fine pellicule de glace recouvre le canal. Nous traversons le pont et longeons l'étendue d'eau sur Exercisgatan. Une mouette solitaire passe au-dessus de nos têtes et se pose sur la glace. L'herbe qui descend jusqu'à la berge est coiffée de givre, on dirait qu'elle a été saupoudrée de sucre glace.

— Viens, soufflé-je en attirant Smilla de l'autre côté de la rue où nous toise l'immense complexe de bâtiments. Dépêchons-nous.

La façade sur notre droite est ornée d'armoiries héraldiques. En chef de blason, je reconnais les armes de la police, mais les symboles comme les clés et les haches donnent une idée des autres activités du lieu. Du moins, j'imagine.

Des lettres métalliques brillantes nous indiquent que nous sommes au centre judiciaire. Je pousse la porte. Aussitôt, ma présence n'importune plus ma fille. Peut-être que, finalement, ce n'est pas si mal d'avoir sa maman avec soi.

— Vous êtes Smilla Andersson ? demande la femme derrière la vitre de la réception. (Elle glisse par l'ouverture étroite un badge visiteur.) Vous pouvez vous asseoir.

Elle désigne les bancs derrière nous.

Je m'apprête à demander si je suis autorisée à assister à l'interrogatoire quand mon téléphone sonne dans mon sac. Adressant à la femme un sourire désolé, je me décale sur le côté et prends l'appel.

C'est ma mère. Je vois d'ailleurs à l'écran qu'elle m'a envoyé un message rempli de lettres capitales et de points d'exclamation. J'en déduis qu'elle a manqué l'encart d'hier dans le *Sydsvenskan* et qu'elle vient de voir l'article paru aujourd'hui en première page.

Merci, Claudia.

Smilla s'assied sur un banc pendant que je m'éloigne de la réception.

— Bonjour, maman. Excuse-moi, je n'avais pas vu ton message…

— Je viens d'apprendre pour Jennifer, m'interrompt-elle. Mon Dieu, Nina ! Nous avons failli recracher notre café au petit déjeuner. Pourquoi tu n'as rien dit ? C'est terrible. Absolument terrible.

— Je sais, c'est affreux. Je…

— Qu'est-ce qui s'est passé ? m'interrompt encore ma mère. Elle n'est quand même pas… Et Smilla, comment va-t-elle ?

— Smilla va bien. Elle est là. On est au commissariat.

— Au commissariat ?! Mais pourquoi ? Ils ne la soupçonnent quand même pas…

— Maman, calme-toi. Laisse-moi parler deux secondes…

— Pardon, Nina, je…

— Je comprends que tu sois choquée. J'ai voulu t'appeler hier, mais tout est allé très vite.

Je marque une pause, essaie de me rappeler sa question pour y répondre.

— Non, personne n'accuse Smilla de quoi que ce soit. La police veut seulement lui parler parce qu'elle fait partie des dernières personnes à avoir vu Jennifer avant sa disparition.

— Il s'est passé quelque chose à la soirée ? Est-ce qu'il y a une raison pour qu'elle soit partie et qu'on ne l'ait plus revue ?

Je me retourne pour regarder ma fille, mais le banc qu'elle occupait tout à l'heure est vide.

— Nina ? s'inquiète ma mère. Tu es toujours là ?

Je balaie d'un regard la réception, chacun des bancs et toute la rangée de fenêtres jusqu'aux parois de verre de l'entrée. Smilla n'est plus là.

— Je te rappelle tout à l'heure.

Serrant fort mon téléphone dans ma main, je me précipite vers la femme de garde.

— Excusez-moi. (Elle lève les yeux de son ordinateur.) Auriez-vous vu Smilla ? Quelqu'un est venu chercher ma fille ? J'étais au téléphone, j'ai dû rater…

Elle sourit.

— L'inspectrice est passée il y a moins d'une minute. Votre fille est entre de bonnes mains.

Ouf! Je commence à suer dans ma doudoune et ouvre la fermeture Éclair. Puis je dénoue mon écharpe.

— Dites, par hasard… est-ce que je peux assister à l'interrogatoire ? Les mineurs ne sont pas censés être accompagnés ?

— Non, ce n'est pas obligatoire. Vous voulez que j'appelle quelqu'un ?

Je secoue la tête, la remercie et me dirige vers la sortie.

Un flux régulier de visiteurs se déverse par les portes vitrées, dans un sens comme dans l'autre. Je sors en emboîtant le pas à un jeune couple. Ils ont l'air à peine plus âgés que Smilla et Jennifer mais ont les traits beaucoup plus marqués. Que venaient-ils faire ici ?

Aussitôt, mon imagination s'emballe et leur taille un portrait cliché : rapports familiaux compliqués, dépendance et criminalité. À peine le couple sort-il dans la rue que la fille dégaine un paquet de clopes écrasé de la poche de sa veste, ce qui, bizarrement, confirme mes a priori. Elle en allume une et tire dessus comme si sa vie en dépendait.

Je me poste à côté de l'entrée du centre judiciaire. Ma doudoune est restée ouverte et je savoure l'air frais qui s'engouffre dans ma chemise. Est-ce normal, ces bouffées de chaleur alors que je n'ai pas encore cinquante ans ? Je devrais peut-être me renseigner. Et, même si c'est normal, c'est quand même terriblement gênant. Peut-être qu'il existe un traitement.

La haute bâtisse sombre se découpe sur fond de ciel d'hiver. Mon regard glisse sur la façade. Smilla est-elle derrière l'une de ces fenêtres ? De savoir qu'elle subit un interrogatoire sans moi, ça me travaille, mais, en même temps, c'est peut-être mieux comme ça. Le fait que je n'y sois pas l'aidera peut-être à donner une version plus complète de ce qu'il s'est passé le soir du réveillon. Elle sait ce que je pense de cette foutue soirée, après tout.

Franchement, Fredrik aurait pu se lever ce matin pour accompagner Smilla. C'est lui qui m'a convaincue de laisser les filles organiser leur fête chez nous. Il devrait en assumer les conséquences. Au réveil, il n'a pas voulu sortir du lit, prétextant n'avoir pas dormi de la nuit. Je ne pense pas qu'il mente, mais il aurait pu faire un effort. Pour notre fille.

Pour être franche, je suis presque plus inquiète pour la santé de Fredrik que pour la disparition de Jennifer. Chose que je me garde bien de dire tout haut. C'est comme ça, je n'y peux rien. Jennifer est la fille de nos amis, une gamine avec qui le courant n'est jamais passé. Fredrik, c'est mon mari. Le père de mes trois enfants. Même s'il est difficile en ce moment d'entretenir la flamme, je l'aime depuis de longues années.

Notre petite conversation d'hier soir a été un véritable fiasco. Naïve comme je le suis, je pensais qu'il s'ouvrirait à moi, mais, dès qu'on s'est installés sur le canapé, il a semblé avoir la tête ailleurs. Nous n'avons rien dit de plus, avons siroté notre tisane en se chuchotant des banalités. Puis il a fallu couper court, le sommeil m'a prise au dépourvu et j'ai dû aller me coucher.

Avant de sortir en ville avec Smilla, j'ai suggéré à Fredrik d'appeler le médecin pour prendre rendez-vous au plus tôt : aujourd'hui, ou du moins avant le week-end, histoire de vérifier sa tension artérielle et sa fréquence cardiaque, car il a clairement un problème. Ce n'est plus le même depuis le jour de l'an et sa nausée d'hier ne fait que m'inquiéter davantage. Bien sûr, ça peut être dû au stress, mais il vaut mieux écarter les pistes physiologiques avant de considérer un problème psychologique.

Le manque de sommeil ne doit rien arranger. Il pourrait peut-être se faire prescrire des somnifères légers. Ou essayer les miens, ils marchent plutôt bien.

Je croise sur le trottoir une femme âgée qui me fait penser à ma mère. Je sors mon téléphone de ma poche.

— Comment ça se passe ? s'enquit aussitôt ma mère. L'interrogatoire est terminé ?

Les températures négatives commencent à se faire sentir. Avec ma main libre, je sors mon écharpe de mon sac et l'enroule comme je peux autour de mon cou.

— Non, elle y est encore.

— Sans toi ? s'exclame ma mère d'une voix aiguë. Ils interrogent une mineure sans un parent ?

Je pousse un soupir.

— Smilla va avoir dix-huit ans, elle ne voulait pas que je l'accompagne.

— C'est légal, au moins ?

Une nouvelle bouffée de chaleur me fait desserrer mon écharpe.

— Je suppose que oui. C'est la police suédoise, pas une organisation terroriste.

Si ma mère est énervée, elle parvient assez bien à le cacher.

— Bon, vous venez toujours samedi ?

— Oui, c'est prévu. Mais pour Fredrik, je ne sais pas encore…

— Pourquoi, il est malade ?

Merci pour ça aussi, Claudia.

Je ne raconte pas tout, et ma mère n'est toujours pas rassurée. Ce n'est pas étonnant. L'inquiétude maladive, c'est dans les gênes. Nous convenons de nous rappeler plus tard.

Je range mon téléphone dans ma poche et vois Smilla sortir du bâtiment. Une jeune femme, bientôt adulte, prête à mener sa propre vie. Un malaise profond me coupe le souffle, je sens le sol se dérober sous mes pieds.

Jennifer a disparu. Pour de vrai. Et ça aurait pu être Smilla.

40

Lollo

Mon cœur s'affole, une voix hurle dans ma tête. J'ouvre les yeux, regarde autour de moi. La table basse, le tapis, le tableau accroché au mur d'en face, tout m'est familier, une déco choisie par mes soins. Mon rythme cardiaque s'apaise, retour à la réalité. Une réalité bien pire que le cauchemar dont je viens de me réveiller.

J'ai rêvé de Jennifer. Elle était assise sur le canapé de notre résidence secondaire, à Falsterbo. J'essayais de lui parler mais elle ne répondait pas, comme si une paroi de verre nous séparait. Je la voyais aussi claire qu'une photo haute définition, avec une netteté parfaite. Pourtant, elle ne m'entendait pas.

Comme mes rêves sont généralement plutôt vagues et décousus, celui-ci serait-il un signe ? Mon subconscient cherche-t-il à me dire quelque chose d'important ? En général, je ne crois pas en l'interprétation des rêves, aux cartes de tarot et autres sorcelleries. Je crois aux faits, point barre. Mais ma fille a disparu et je suis prête à embaucher le premier médium ou la première diseuse de bonne aventure qui passerait, n'importe qui. Si quelqu'un m'appelait pour m'informer que Jennifer est sur la Lune, je prendrais la première fusée pour l'espace.

Chanel se dandine vers moi et s'arrête devant le canapé. Je la soulève et enfouis mon visage dans sa fourrure douce. Est-ce que Jennifer est à Falsterbo ? Ce serait aussi simple que ça ?

Les policiers qui sont passés nous voir le premier de l'an nous ont demandé s'il y avait un endroit où Jennifer, pour une raison qui nous échappe, aurait pu se réfugier. Comme nous avons évoqué notre résidence secondaire, peut-être que la police a fouillé les lieux mardi soir. Mais ils n'y sont certainement pas retournés depuis, elle a pu s'y rendre plus tard.

Je rejette la couverture, me redresse sur le canapé et prends mon téléphone. Pourquoi la police ne donne-t-elle aucune nouvelle ? Ils ne sont toujours pas là, à Klagshamn, avec les chiens ? Peut-être sont-ils passés mais n'ont trouvé aucun indice ? Ou aucun *corps* ? Je déglutis.

Finalement, c'est peut-être bon signe. S'il n'y a aucune trace de Jennifer dans le coin, ça ne peut vouloir dire qu'une chose : elle est ailleurs.

Il va être 10 heures. En revenant de mon excursion devant chez Petter Silvén, j'ai réussi par miracle à trouver le sommeil. Max m'a réveillée quand il s'est levé mais j'ai fait semblant de dormir jusqu'à entendre la porte d'entrée se refermer derrière lui. Puis j'ai dû me rendormir.

Comment peut-il aller bosser ? S'en fout-il complètement, que sa fille ait disparu ? Ou est-ce *moi* qu'il cherche à éviter ? Dans une situation pareille, on devrait se serrer les coudes.

Une pensée insidieuse me surprend. J'ai le palpitant et la bouche sèche. Je tâtonne pour prendre le verre d'eau posé sur la table devant moi et cherche à chasser cette pensée, mais elle reste bien ancrée. Elle s'est enracinée sous ma peau, me gratte et m'irrite comme une épine vénéneuse.

Qu'est-ce qui me prouve que Max va vraiment au travail ? Il se comporte bizarrement depuis que Jennifer a disparu. Il n'est presque pas rentré à la maison. Et quand il est là, son esprit est ailleurs. Il est comme anesthésié.

Mais s'il n'est pas au travail, où est-il ?

Le poison de cette pensée se répand. Je lève le nez de la fourrure de Chanel et bois une gorgée d'eau. Repose le verre, le regard dans le vide, et évalue les différentes options.

Non, s'indigne une voix forte au fond de moi. Mon mari a beaucoup de défauts mais il n'aurait jamais fait de mal à Jennifer. Jamais.

D'un autre côté, sa fille ne lui a jamais inspiré qu'un intérêt mitigé. C'est moi qui assiste à toutes les réunions parents-professeurs et autres entretiens d'évaluation. Je peux compter sur les doigts d'une main le nombre de matchs auxquels Max a assisté, alors que Jennifer joue au foot depuis près de neuf ans. Certes, je ne gagnerai jamais le prix Nobel de la patience, mais celle de Max envers Jennifer frôle le zéro, et ce depuis toujours. Parfois, elle le rend complètement fou.

Pour le commun des mortels, il y a un gouffre entre s'énerver à cause de quelqu'un et s'en prendre physiquement à lui. Je n'ai jamais vu Max en venir aux mains. Attendez, si. Il a tabassé un type qui avait accidentellement renversé sa bière sur moi. Mais c'était il y a des années, quand on venait juste de se rencontrer. Il était jeune, il avait le sang chaud.

Et s'il avait fait du mal à Jennifer accidentellement ? Par erreur ? Jennifer l'a peut-être provoqué ou lui a mal parlé. Mais quand cela serait-il arrivé ? On passait la soirée ici et Max est resté soit collé à l'ordinateur pour sélectionner les chansons, soit occupé à servir les boissons.

Mon corps tressaille comme pour rejeter ces pensées parasites. Elles sont absurdes, complètement insensées. Suis-je en train de devenir folle ?

J'ai besoin d'entendre Max, j'ai besoin qu'il me promette que Jennifer reviendra, que tout va s'arranger.

Mon téléphone m'a glissé des mains. Je le reprends, allume l'écran et le cherche dans mes contacts.

Une sonnerie.

Je stresse, allez savoir pourquoi. Nom d'un chien, j'essaie juste d'appeler mon mari.

Deux sonneries.

Mon cœur bat si fort que c'en est douloureux.

Trois sonneries.

Le répondeur se déclenche.

C'est décidé.

Je me lève. Chanel, qui était restée sur mes genoux, culbute sur mes jambes et atterrit par terre avec un jappement indigné. Je lui marmonne « pardon » et me rue dans la chambre.

Le lit est défait et les volets sont fermés, mon pyjama est jeté sur la chaise en osier. J'enfile le pantalon par-dessus ma nuisette, tant pis pour la bosse de tissu autour de ma taille. La fermeture Éclair du sweat à capuche reste coincée, soit, je la laisse ouverte. Un élastique traîne sur ma coiffeuse. Je noue mes cheveux gras en queue-de-cheval basse en évitant soigneusement de croiser mon reflet dans le miroir. À quand remonte ma dernière douche ?

Mon sac est resté là où je l'ai laissé en me préparant pour aller à la boutique hier matin. D'ailleurs, je marque une pause en pensant à *Lollos Design*. Devrais-je aller mettre un mot sur la porte ?

La réponse est simple : non. Ma seule préoccupation, c'est de chercher Jennifer.

Chanel, qui semble s'être remise de son vol plané, accourt en sautillant quand elle entend la porte d'entrée. Évidemment, elle pense que je vais à la boutique et espère pouvoir m'accompagner. Son regard déçu me suit dehors.

Je descends l'allée d'un bon pas en sortant la clé de voiture de mon sac, j'ouvre la portière et m'installe derrière le volant. Cette Mini Cooper rouge, c'est la prunelle de mes yeux, mais aujourd'hui, ça n'est qu'un moyen de transport. Une machine qui me porte d'un point A à un point B.

De Klagshamn à Falsterbo.

41

Fredrik

Une fissure traverse en biais le plafond de notre chambre. Elle était déjà là quand on a emménagé et s'est agrandie au fil des années. Au début, Nina me harcelait pour faire venir un artisan et la cacher derrière un faux plafond. On ne l'a jamais fait. Il y avait toujours d'autres choses plus urgentes à réparer dans la maison.

Je fixe cette strie noire dentelée au-dessus de ma tête et me concentre pour ne penser à rien d'autre.

La fissure. Ne pense qu'à la fissure, Fredrik.

Si on avait eu plus d'argent, j'aurais probablement embauché toute une armée d'artisans pour faire toutes les réparations d'un coup : la salle de bains du haut, la cuisine, tout le tintouin. Mais un artisan, ça se paie. Or, la rénovation d'une cuisine ou d'une salle de bains, ce n'est pas donné. Je ne suis pas bricoleur, malheureusement. S'il y a une qualité de mon père dont j'aurais aimé hériter, c'est bien son côté manuel. Il a gardé ce gène pour lui.

Je ne crois pas l'avoir déjà vu aussi déçu que le jour où je lui ai annoncé que je quittais mon poste d'ingénieur pour entamer des études dans l'enseignement. C'est comme si je lui avais retiré sa raison de vivre.

Tandis que, pour moi, ce changement de cap a été un profond soulagement. Rester assis derrière un bureau à calculer des propriétés de matériaux toute la journée, c'était abrutissant, ça ne m'épanouissait pas du tout. Former des jeunes, les accompagner et les voir évoluer, ça me procure un sentiment mille fois plus gratifiant.

Le mot-clé étant « sentiment ».

Mon regard longe la fissure et s'arrête sur le plafonnier où se tisse une toile d'araignée aux mailles fines. Une araignée pâle au petit corps et aux longues pattes fines travaille sa toile, qui ressemble plus à de la charpie qu'à autre chose.

J'en viens à penser à Max Wiksell. Ce mec peut dépenser sans compter. Et il n'y a jamais rien à réparer dans sa maison. Au lieu de se contenter, comme nous, d'une maison mitoyenne quand les enfants sont arrivés, il s'est offert une villa avec piscine à quelques kilomètres de la mer. Je ne suis pas du tout jaloux de sa maison, trop m'as-tu-vu pour moi, mais ce serait sympa d'avoir un peu plus d'argent en fin de mois.

Quand je pense que je gagnerais deux fois plus, si j'avais gardé mon poste d'ingénieur. Non. Le prix aurait été trop cher payé.

Je ferme les yeux. Comment puis-je penser à des travaux alors que je n'en verrai probablement jamais la couleur ? Nina arriverait-elle à vivre dans cette maison avec son seul salaire ? Existe-t-il une assurance pour la famille, quand l'un des membres se retrouve derrière les barreaux ?

Et comment réagira l'entourage quand la vérité éclatera ?

Le pire, c'est l'idée de faire honte à mes proches. Trahir mes enfants, c'est encore pire que de trahir Nina. C'est une adulte, j'espère qu'elle pourra s'en remettre et tourner la page. Mais les enfants sont tellement fragiles. Quand on vit de grosses épreuves dans l'enfance, ça laisse des traces.

Comme pour Jennifer.

Pense à la fissure.

Non, ça ne m'aide pas. J'ouvre les yeux, fixe l'araignée au-dessus de ma tête et me demande pour la énième fois comment j'ai pu me retrouver dans cette galère.

Je frappe la couverture avec mes poings, frénétique et brutal. Mais ça n'aide pas non plus. Le matelas cède trop facilement, sans la moindre résistance. J'aimerais me faire mal, frapper jusqu'au sang.

La fissure !

Simon s'est ouvert les veines dans son bain. C'est maman qui l'a trouvé en rentrant du travail. Je me suis souvent demandé depuis combien de temps il était là, à quoi il pensait avant de mourir. Combien de temps reste-t-il pour réfléchir ? Combien de temps ça prend, de mourir comme ça ?

Parfois, il m'arrive de rêver que Simon change d'avis, qu'il hurle pour appeler à l'aide. En général, je rêve ensuite que j'accours comme un fou sans jamais arriver jusqu'à lui.

Ça y est, l'envie de pleurer. J'aimerais me vider la tête, mais il n'y a rien à faire. La veste noire est au fond d'une benne dans le quartier d'Elisedal. Pourtant, elle continue de planer dans mon esprit comme un nuage menaçant.

Je ne comprends pas ce qui m'est passé par la tête. Pourquoi l'ai-je récupérée ? Pourquoi ne l'ai-je pas laissée là ? Si quelqu'un la retrouve, c'est terminé.

Putain. *Merde, merde, merde !*

J'essuie mes larmes avec la couverture et me fais assaillir par une foule de voix familières dans ma tête.

Tu n'as rien fait, Fredrik.

Tu as seulement discuté avec Jennifer.

Et tu es rentré chez toi en voiture.

La porte d'entrée claque à nouveau ; retour brutal à la réalité. Dans ce monde où les gens posent des questions, exigent des réponses et vous obligent à sortir du lit.

Tout l'après-midi, je suis resté emmitouflé sous la couette comme une chrysalide dans son cocon protecteur, à demi somnolent, cherchant à passer le temps et à garder le contrôle de mes pensées. Les garçons ne m'ont pas dérangé une seule fois. Mon bonhomme de six ans me sidère, c'est fou le silence et le calme dont il peut faire preuve quand on le laisse se planter devant un écran sans limite de temps.

Des pas frappent le sol du talon avec détermination.

La fissure, Fredrik. La fissure.

— Comment tu te sens ?

Nina s'assied au bord du lit, apportant une odeur d'air frais. Quand elle me caresse les cheveux, je résiste à l'envie de chasser sa main. Son contact me met mal à l'aise.

— Bof, réponds-je. Et Smilla, ça s'est bien passé ?

Elle hausse les épaules.

— Très bien, je crois. Elle a dit qu'on lui avait reposé les mêmes questions que les flics qui sont venus ici avant-hier.

— On devrait réparer le plafond.

— C'est toi qu'il faut réparer en priorité.

Nina sourit et j'essaie d'en faire autant. Sans succès, me semble-t-il.

— Tu viens avec nous chez mes parents, ce week-end ? poursuit-elle.

Mon regard revient sur la fissure.

— Je ne crois pas. J'ai besoin de me reposer encore quelques jours.

— C'est si grave que ça ? (Un soupir.) Tu devrais prendre un congé maladie, non ? Tu as appelé le médecin ?

— Je dormais.

Elle soupire encore.

— Fredrik, appelle-le, s'il te plaît. Fais-le pour moi. Je m'inquiète vraiment, tu sais. Et si ça empirait ?

Puis elle se tait, et caresse pensivement la couverture comme pour lisser des plis invisibles sur le tissu fleuri. Puis elle lève les yeux vers moi.

— Apparemment, la police a aussi posé un tas de questions sur nous. Je n'ai pas tout compris, mais Smilla a eu l'air de dire qu'ils voulaient connaître nos rapports avec Jennifer.

Je me redresse pour m'asseoir.

— Qu'est-ce que c'est que ces conneries ? Et ils croient qu'ils vont la retrouver comme ça ? En posant des questions sur nous ?

Les larmes lui montent aux yeux. Elle enfouit son visage dans ses mains et se met à sangloter.

— Oh, Fredrik ! Je m'en veux tellement !

— Hein, mais pourquoi ?

Elle se frotte les yeux, puis laisse retomber ses mains pour me regarder fixement.

— Déjà, pour cette foutue soirée. C'est chez nous que Jennifer a bu. C'est là qu'elle s'est disputée avec Smilla et qu'on l'a vue pour la dernière fois.

J'essaie pitoyablement de protester, mais elle poursuit.

— Ensuite, et c'est ce qui me fait le plus mal, j'ai toujours traité Jennifer comme de la merde.

Ne peut-elle pas la boucler, bon sang ?

— Comment ça ?

— Tu sais bien que j'ai toujours eu du mal avec cette gamine. J'étais dégoûtée quand Smilla s'est mise à traîner tout le temps avec elle pendant une période. Jennifer se retrouve toujours dans de drôles de situations. Des situations franchement douteuses. Pourtant, je ne me suis jamais inquiétée pour elle. Je me contentais d'être agacée, de la trouver pénible. Et maintenant… (Elle renifle.) Et s'il lui était arrivé quelque chose de grave parce que tout le monde se fiche d'elle ?

— Elle a des parents pour ça. Si Jennifer a des soucis, ce n'est pas ton problème.

Son regard se charge de reproches.

— Un adulte qui constate qu'un enfant va mal se doit de faire quelque chose, c'est humain. Un peu d'empathie, Fredrik.

Je me mords la joue jusqu'au sang.

— Laisse tomber, Nina. Tu ne sais pas ce qui se passe dans la tête de Jennifer. Peut-être qu'elle voulait juste tester ses limites.

Son nez coule encore.

— Mais… et si elle… Et si elle était morte ?

Je lui tapote le bras.

— Jennifer va finir par rentrer.

Nina secoue la tête avec un regard méfiant.

— C'est ce que je croyais au début, mais ça fait plusieurs jours. Où est-ce qu'elle peut bien dormir ?

Reste calme, Fredrik.

— Elle peut dormir partout. Chez un copain ou une copine… N'importe où.

Elle se lève.

— Moi, je crois qu'il lui est arrivé quelque chose. Jennifer est spéciale, mais elle n'est pas cruelle au point de faire souffrir Max et Lollo comme ça. Une journée, d'accord, elle en serait capable. Pour se faire remarquer. Mais là…

Elle s'essuie le visage avec la manche de sa chemise et s'éloigne vers la porte, puis se retourne une dernière fois.

— Tu vas manger quelque chose, ce soir ?

L'idée d'avaler quoi que ce soit me donne la nausée, pourtant, il va falloir. Mon corps a besoin de carburant pour fonctionner. J'ai déjà eu des hallucinations une fois ; si ça se reproduit, Nina appellera les urgences. Ou m'emmènera directement à l'asile.

— Je vais prendre un petit déjeuner.

Elle me lance un regard.

— Tu ne l'as pas encore pris ?

— Non, je… je viens de me réveiller.

Elle tourne les talons sans un mot, puis les fait claquer dans le couloir avant de monter l'escalier.

42

Nina

Surtout, ne pas m'énerver après Fredrik. Il est malade. Accablé par le stress. Peut-être même par un burn-out. Je dois me montrer patiente, ne pas lui demander de sauter du lit après seulement deux jours de repos.

Pourtant, je tape un peu des pieds en sortant de la chambre. C'est puéril, je sais, mais je suis en pétard, c'est comme ça. Ce n'est pas parce qu'il est malade et qu'il a besoin de calme qu'il doit ignorer ses enfants. Et si Vilgot s'était mis en tête de sortir? Fredrik aurait au moins pu s'allonger dans le canapé du salon, avec un œil sur la porte d'entrée.

Je monte l'escalier d'un pas encore lourd. Pour marquer le coup. Ou peut-être pour évacuer le trop-plein de colère. Je ne veux pas que ma mauvaise humeur déteigne sur les enfants. Ils n'ont rien demandé, pour le coup, et n'y sont pour rien.

Colère ou inquiétude? J'ai du mal à les différencier, elles se nourrissent l'une l'autre. Pour l'instant, je suis surtout déçue. Et j'ai honte, bon sang, tellement honte. Honte que ma déception soit avant tout une histoire d'égoïsme pur et simple.

Je suis déçue que nos vacances de Noël ne se passent pas comme prévu. Déçue que ce début d'année ne soit pas à la hauteur de ce que j'attendais pour recommencer de zéro.

Oui, malgré le brouillard dû au champagne, je me rappelle ce moment précis au nouvel an : sur le balcon de Lollo, j'espérais qu'on réussirait à se retrouver, Fredrik et moi. Qu'on se parlerait à nouveau, qu'on se confierait et qu'on ferait l'amour.

Il s'est passé exactement l'inverse. Et Fredrik n'y peut rien, bien sûr. On ne fait pas exprès de tomber malade. Mais ça m'énerve qu'il ne consulte pas un médecin, qu'il reste simplement couché là, à ne rien faire.

Certes, son coup de fatigue est sûrement la cause de sa léthargie ; quand une personne croule sous le stress, elle n'a pas toujours la force de se reprendre en main et voit le monde tout en noir. Mais, dans ce cas, pourquoi refuse-t-il mon aide ? Est-ce vraiment une bonne idée de végéter dans la chambre tout le week-end en regardant le plafond ?

Après la mort de Simon, Leif a refusé de se faire aider par une personne extérieure. Pour mon beau-père, les psys et les thérapeutes étaient tous des bobos gauchistes, et il considérait que le suicide de Simon était une affaire de famille. Que ça ne regardait personne d'autre. Fredrik ne partageait quand même pas cet avis, si ? Dans mon souvenir, il a même encouragé son père à participer à des groupes de parole.

Pirjo, en revanche, a suivi une thérapie pendant plusieurs années, mais ça n'a pas l'air d'avoir arrangé les choses. Mes beaux-parents ne communiquent plus entre eux. Et je les soupçonne de se rejeter la faute de ce qu'il s'est passé.

Je frappe à la porte d'Anton et ouvre sans attendre de réponse. L'air est lourd dans la chambre, ça sent la mauvaise haleine sur fond de chips à l'aneth.

— Anton, dis-je en secouant doucement l'épaule de mon fils. Il est presque 11 h 30. C'est l'heure de se réveiller.

Il ouvre un œil.

Je relève les stores en faisant volontairement du bruit et entrebâille la fenêtre. Comment peut-il dormir dans cette puanteur ?

Il grogne sous sa couette.

— Allez, debout ! lancé-je d'un ton faussement enjoué, lui promettant dans la foulée que des crêpes l'attendront dans la cuisine dans une demi-heure.

Dans la chambre voisine, mon fils de six ans est assis dans son lit avec un iPad sur les genoux. Il a les yeux écarquillés et le dos voûté. Je m'assieds sur le bord du lit et passe la main dans ses boucles, mais Vilgot reste absorbé par son écran comme si je n'étais pas là.

— Dis, murmuré-je en m'asseyant finalement plus près de lui. Et si tu éteignais ton jeu et que tu venais avec moi préparer des crêpes ?

— Je dois finir mon niveau, dit-il.

— Tu en as pour longtemps ?

— Maman, tu me *décontrences* !

Je m'efforce de conserver un masque jovial.

— Excuse-moi. Dès que tu as fini ton niveau, tu éteins. D'accord ?

Je me lève et ramasse trois chaussettes dépareillées éparpillées sur le tapis aux motifs de circuit urbain.

Étrange époque. La ville imprimée sur ce tapis est une ville fantôme. Plus personne ne joue aux petites voitures sur ces routes grises, personne ne se gare devant le magasin ni ne fait surgir des voitures de police toutes sirènes dehors. Les enfants délaissent les jouets pour les jeux vidéo.

Ça y est, je culpabilise à nouveau. Il faut vraiment qu'on limite le temps qu'il passe devant les écrans. Pour Smilla, c'est déjà trop tard. Et Anton arrive à un stade où l'on ne pourra peut-être plus rectifier le tir non plus. Mais pour Vilgot, il est encore temps de le sauver.

En descendant l'escalier, je me dis pour la énième fois depuis la naissance de mon petit dernier que, à partir de maintenant, ça va changer. On va jouer avec lui, lire et aller au parc, et tiens, on va même tenir bon quand il se plaindra qu'il s'ennuie. C'est souvent après avoir geint un bon coup que les enfants trouvent un nouveau jeu à faire.

Quand Smilla était encore fille unique, nous étions des parents exemplaires. J'étais une institutrice de maternelle fraîchement diplômée, armée de tout ce que je venais d'apprendre sur la pédagogie et le développement de l'enfant. Fredrik était un père enthousiaste, toujours prêt à s'amuser et à faire l'imbécile.

Et puis, le suicide de Simon était encore frais dans nos mémoires. Nous avions vu les conséquences que pouvait avoir une vie recluse. Non pas que tous les geeks finissent forcément par déprimer et se couper du monde, mais nous voulions que notre fille joue avec des copains de son âge et prenne l'air dehors.

À la naissance d'Anton, on était plus fatigués, évidemment, mais on gardait les mêmes principes. On partait en balade, on allait à la patinoire de Folkets Park, on bricolait et on lisait des histoires.

Puis Vilgot est arrivé et tous nos principes se sont envolés. Nous n'étions que deux pour consoler, aider aux devoirs, conduire à l'entraînement de foot et préparer à manger. Les enfants, eux, étaient trois. Chaque fois que je cédais à l'un de leurs caprices et les laissais jouer aux jeux vidéo, je me disais que c'était juste pour cette fois, qu'on était fatigués et stressés ce jour-là. Mais ça s'est reproduit, encore et encore. L'ordinateur et l'iPad sont devenus le troisième parent.

—Maman, tu peux venir ?

Smilla apparaît derrière moi et me fait signe de la suivre dans la chambre. Je suppose qu'elle va me montrer sur Internet une chose qu'elle aimerait que j'achète. Mais non. Elle referme la porte derrière nous et reste debout au milieu de la pièce avec un regard impénétrable.

—Il y a un problème ?

—On peut dire ça, oui.

Ça y est, j'imagine tous les scénarios possibles. Des histoires de drogue, des infos sur Jennifer ou un incident fâcheux qui se serait produit à cette funeste soirée. Quelqu'un s'est fait violer ? Smilla ?

—Mais encore ? dis-je en essayant de dissimuler la peur qui titille mes terminaisons nerveuses.

Ce n'est pas parce que Smilla veut me parler, pour une fois, qu'il s'est forcément produit un drame.

—Max a tabassé Ali hier soir, murmure ma fille. Il a dit qu'il allait le tuer.

Je traite laborieusement l'information. Max. Ali. Tuer.

— Ah oui, le petit ami potentiel de Jennifer ? Son camarade de classe ?

Elle opine.

— Tu dis que Max l'a *tabassé* ?

— Ouais.

— Qui t'a raconté ça ? Qu'est-ce qui prouve que ce n'est pas une rumeur ?

Je conçois assez facilement que Max ait envie de frapper ce garçon, mais de là à le faire vraiment, ça me surprend.

— Je le sais par Ali lui-même, répond-elle en désignant son téléphone. Il a posté ça sur Snap. Son œil a triplé de volume, ce n'est pas beau à voir, et son père a porté plainte. En plus, Max aurait dit un tas de trucs racistes. Et ça, ce ne serait pas la première fois, ajoute-t-elle d'un air entendu.

Je vois que ça n'a pas échappé à ma fille.

En même temps, Smilla a grandi dans les quartiers est de Malmö. Ses amis sont originaires des quatre coins du monde et elle est extrêmement sensible aux propos qui laisseraient entendre que les gens ne sont pas tous égaux.

— C'est un truc de fou, dis-je, tout de même soulagée d'en conclure que Smilla va bien. Mais essaie de ne pas prendre cette histoire pour argent comptant. En attendant d'en savoir plus. Max a peut-être une autre version des faits.

Elle prend un air grave.

— J'ai confiance en Ali. Il ne mentirait jamais sur un truc comme ça, en cachant des choses ou en déformant la réalité. Cette histoire l'a complètement chamboulé, maman. Max l'accusait de trucs horribles, comme d'avoir kidnappé Jennifer. Il a dit qu'il le tuerait s'il ne lui disait pas où elle est. Je te jure, il a un gros souci. Il faut qu'on arrête de voir ce mec.

Je ne sais plus quoi penser. Les rumeurs se propagent tellement vite aujourd'hui, trop vite même. On se souvient tous de ce jeu, quand on était petits et qu'il fallait chuchoter quelque chose à l'oreille de son voisin qui le chuchotait à son tour à un autre. Une fois passée par vingt-cinq bouches et autant d'oreilles, la phrase n'avait plus rien à voir avec celle de départ.

— Smilla, dis-je. Évite de jeter de l'huile sur le feu tant que je n'ai pas parlé à Lollo.

— Comment ça ?

— Eh ben… j'aimerais que tu ne répandes pas cette rumeur.

— Tu plaisantes ? grogne-t-elle. Sur les réseaux, tout le monde en parle.

Je lève les mains au ciel.

— Bon, OK. Mais je vais quand même appeler Lollo. Il faut toujours avoir les deux versions d'une histoire avant de juger.

— Comme tu veux, marmonne ma fille en s'emparant de son téléphone posé sur le bureau. Au fait, Personnes disparues a organisé une battue à Klagshamn aujourd'hui pour chercher Jennifer. Je vais y faire un saut.

Non ! est ma première réaction.

— Tu t'en sens capable ? dis-je plutôt.

Elle hausse nonchalamment les épaules.

— Oui. Moi, je vais bien. Et puis, ça fait du bien de se sentir utile.

— Je comprends, mais tu n'as pas peur de…

De tomber sur Jennifer ? Crois-moi, il ne faudrait pas que tu la retrouves toi-même. Parce que, si elle est à Klagshamn, elle n'est pas vivante.

Évidemment, je ne peux pas le dire comme ça.

— Peur de quoi ?

J'ai une sueur froide et tout le mal du monde à trouver les bons mots.

— Non, rien, c'est juste… Pourquoi la battue se fait-elle à Klagshamn ?

— Parce que Jennifer a dit qu'elle rentrait chez elle, je suppose, dit Smilla.

La porte s'ouvre, Vilgot passe la tête par l'embrasure.

— Tu as dit que tu ferais des crêpes, me rappelle-t-il d'un air très sérieux.

Je le prends par la main.

— Oui, c'est vrai. Viens, on y va. (En sortant, je me tourne vers ma fille.) Fais comme tu le sens, ma chérie. Mais habille-toi, si tu y vas. Il fait un froid de canard. Tu veux qu'on t'accompagne, ton père ou moi ?

Elle secoue la tête.

— Je rejoins des copains de Jennifer, on y va ensemble.

Vilgot sautille dans l'escalier en parlant de confiture de fraises et de boules de glace. Moi, je pense à ce que Smilla vient de m'apprendre sur Max.

Je ne peux pas y croire. Je ne *veux* pas y croire. Je vois les gros titres d'ici : « Un agent immobilier prospère accusé d'agression. » Ou bien : « Un agent immobilier de Malmö s'en prend à un enfant. » Et on l'accusera d'islamophobie, en plus du reste.

Mon Dieu. Il faut que j'appelle Lollo.

Tout en cassant des œufs avec mon fils, mesurant la quantité de lait et fouettant le tout, je laisse mes pensées vagabonder. L'organisation Personnes disparues me laisse perplexe. Bien sûr, il existe des gens sincèrement motivés par l'envie de participer à rendre le monde meilleur. Mais je suis sûre que ce genre d'association brasse autant de curieux poussés par un appétit malsain, par l'envie d'avoir les derniers potins et de pouvoir se délecter du malheur des autres.

Enfin bon, je peux comprendre aussi que les proches d'une personne disparue se raccrochent à toutes les chimères, qu'ils acceptent toute l'aide qu'on peut leur apporter.

Si j'étais à la place de Lollo, j'accueillerais probablement le soutien de Personnes disparues à bras ouverts.

43

Lollo

Je fonce sur l'autoroute. Je roule trop vite, me colle à toute berzingue à la voie de gauche jusqu'à la sortie et maintiens mon allure sur la nationale 100 menant à la péninsule. On me klaxonne au rond-point de Ica Toppen, mais je ne ralentis pas pour autant.

Le paysage défile. Une femme emmitouflée dans son manteau brave le froid mordant pour promener son chien, seule à emprunter la promenade au bord de l'eau. J'accélère encore, puis dois freiner brutalement quand le feu passe au rouge juste avant le canal de Falsterbo.

Je pianote sur le volant et fixe ce feu rouge avec rage, comme si ça allait le décider à changer de couleur. Quand il repasse enfin au vert, j'appuie sur le champignon et fais crisser les pneus sur le pont.

De l'autre côté du canal, l'eau à perte de vue cède la place aux villas et aux arbres, dont je vois du coin de l'œil les branches nues scintillant comme la pellicule décolorée d'un vieux film. Je garde le regard braqué sur la route et avale la distance à vive allure.

Ce n'est qu'en arrivant à Ljungen que je commence à m'inquiéter. Qu'est-ce qui m'attend dans notre résidence secondaire ? Au fond, je ne peux pas croire que Max ait quoi que ce soit à voir avec la disparition de Jennifer. Mais, maintenant que l'idée a germé dans mon esprit, j'ai besoin d'aller vérifier. D'être sûre à cent pour cent.

J'ai le cœur qui s'emballe quand je tourne en direction de notre quartier. C'est limité à quarante, ici ? Tant pis. J'ai l'impression d'avoir la mort aux trousses.

Or, je dois arriver la première.

Quand la voiture cahote sur les touffes d'herbe haute dans l'impasse de notre paradis d'été, j'ai comme un poids qui me comprime la poitrine. Le moteur à peine éteint, j'ouvre la portière et prends une profonde inspiration, respirant un fond d'effluve marin en attendant de retrouver mon calme.

Je scrute la maison. Elle paraît bien morose sans ses pots de fleurs et son salon de jardin qui, d'habitude, passent tout l'été sur la terrasse en bois. Les branches des pins tressaillent par saccades sous la bise capricieuse.

Il n'y a pas d'autre voiture, Max n'est donc pas ici. Je me détends un peu.

En revanche, ça n'empêche pas que Jennifer peut se cacher dans la maison. Elle a pu venir en transports. Les bus sont aussi réguliers en hiver qu'en été, car nombreux sont les habitants permanents de la péninsule à travailler à Malmö ou à Lund.

Oui, je sens que j'approche d'une bonne piste. Si Jennifer n'allait pas bien, si elle avait besoin d'être un peu seule, elle viendrait certainement ici.

Elle a toujours aimé notre maison de Falsterbo. Nous y passons tous nos étés depuis qu'elle est née, y fêtons tous ses anniversaires et toutes les Midsommar. Jennifer est née en septembre, une période toujours très agréable où l'air est doux et le soleil chaud. En général, on peut manger le gâteau dehors. L'an dernier, on s'est même baignés.

Pourquoi n'y ai-je pas pensé plus tôt ? À la maison, je tournais en rond dans un état de torpeur, incapable de penser rationnellement. Mais, maintenant que mon cerveau reprend du service, ça m'apparaît comme une évidence : c'est ici qu'elle se trouve. Elle est là depuis le début.

Je jette un regard aux baies vitrées et l'aperçois dans le canapé. La tête penchée sur son téléphone, ses cheveux brillants tombant comme un rideau devant ses yeux.

Jennifer.

Je titube sur la pelouse, grimpe les marches quatre à quatre et agrippe la poignée de la porte. À ma grande surprise, c'est fermé à clé. Je me décale sur le côté pour regarder par la fenêtre, pressant mon nez contre la vitre.

Jennifer n'est pas sur le canapé. Il est vide. Pourtant, j'aurais juré l'avoir vue il y a une seconde.

Retour à la porte. Je frappe fort.

— Jennifer ?

Silence.

— Jennifer !

Pas un bruit.

— Tu es là ?

Mon cœur se serre.

— Jennifer, répété-je d'une voix à présent faible, plaintive. Ma chérie, c'est maman. S'il te plaît, ouvre la porte, tout va s'arranger.

J'abandonne. Je fais le tour de la maison en courant pour rejoindre la remise, promène avec précaution ma main le long de la gouttière et pêche le double de clé. Ce n'est pas parce qu'il est toujours là que Jennifer n'est pas dans la maison. Elle a peut-être pris le jeu de clés resté dans l'entrée, chez nous. Pourquoi n'a-t-on pas vérifié s'il y était toujours ? Ou peut-être qu'on l'a fait. Je ne sais plus.

Les doigts tremblants, je glisse la clé dans la serrure et la tourne. Puis pousse la porte et reste un instant sur le paillasson bleu marine.

Ici, le temps semble s'être arrêté. À côté de la pile de coussins pour les chaises de jardin, le cabas rayé est posé par terre. La ficelle de l'un des maillots de bain de ma fille pend sur le bord du sac. Comme si elle était sur le point de partir à la plage et avait posé le sac là, le temps de remplir une bouteille d'eau.

— Jennifer ?

Je cours d'une pièce à l'autre mais ne trouve aucun signe manifestant que la maison est occupée. Tout est tel que nous l'avons laissé quand nous avons tout fermé pour l'hiver, début octobre dernier. Les couvre-lits sont proprement déployés, les coussins du canapé sont bien alignés et il n'y a rien dans le frigo, que deux bocaux d'olives.

En ressortant de la dernière pièce, je m'effondre par terre dans l'entrée, à bout de forces.

— Jennifer !

Son prénom me déclenche un torrent de larmes.

Je ne sais pas combien de temps je reste là, mais je finis par sortir mon téléphone de la poche de mon pantalon et appelle le seul numéro qui me paraisse logique à cet instant précis.

— Lollo ! Alors ? J'ai essayé de t'appeler. Jennifer est rentrée à la maison ?

— Papa, sangloté-je. Viens vite.

44

Fredrik

J'ai pris une douche et enfilé une tenue propre. Un jean et un pull. C'est ce que les gens sont censés faire tous les jours, se doucher et s'habiller. C'est normal. Je joue au mec normal.

— Tu veux un café ?

Quand j'entre dans la cuisine, Nina me montre une tasse.

— Volontiers.

Je fouille parmi les paquets et les bocaux. Ça aussi, c'est normal. De chercher des petits gâteaux pour accompagner son café. Ça nous arrive à tous. Les gens normaux ne se demandent pas ce qui se passe quand le camion-poubelle vient débarrasser les décombres d'un chantier de travaux. Ils ne se demandent pas si, quand on vide la benne, on peut en apercevoir le contenu. Si une veste noire se remarquerait au milieu des gravats. Si ça ferait réagir quelqu'un.

Un paquet de sablés Ballerina vide révèle que ce placard contenait autrefois des petits gâteaux. Il ne reste pas grand-chose non plus dans la boîte de chocolats Aladdin, mais les enfants ont quand même laissé trois pralinés à leurs parents. Les « pas bons », fourrés à la liqueur – les préférés de Nina.

Je m'installe à la table et regarde par la fenêtre. Tiens, on dirait que les voisins font la fête. Ou, du moins, ils ont invité du monde. Je ne reconnais pas les trois voitures garées dans la rue devant chez eux.

— C'est l'anniversaire de Lykke aujourd'hui, dit Nina en jetant un coup d'œil vers la maison voisine. On devrait peut-être lui apporter un bouquet de fleurs.

— Ça lui fait quel âge ?

— Soixante.

Et elle retourne vers la cafetière en sifflant l'air du refrain de *When I'm Sixty-Four* des Beatles. Un massacre.

C'est probablement ce qui me manquera le plus quand je serai en prison. Que Nina prépare mon café tout en sifflant faux, et que les enfants dépouillent la maison de toutes ses sucreries.

Ma femme repose deux tasses sur la table. Elle sort une brique de lait du frigo et s'assied en face de moi. Un praliné noir disparaît dans sa bouche pendant que je verse une goutte de lait dans mon café.

— Tu as pris ton petit déjeuner ?

Je réponds par l'affirmative et précise :

— Un brunch. Je me suis fait des œufs et des tartines.

Une vérité légèrement altérée. Enfin non, un mensonge pur et simple : j'ai à peine réussi à avaler une demi-tartine grillée avant que mon estomac ne dise stop.

— Ça n'a pas l'air d'être un problème digestif, en conclut Nina. Sinon, tu n'aurais rien pu manger aujourd'hui.

— Les enfants, ça va ? demandé-je pour changer de sujet.

— Les garçons sont en haut. Je suppose qu'Anton joue aux jeux vidéo. (Elle lève les yeux au ciel.) J'ai essayé de les décrocher de leurs écrans. Vilgot n'était pas content mais il a fini par lâcher son iPad. Anton, en revanche, il m'a piqué une crise quand je lui ai dit qu'il ne jouerait pas après manger. Et je n'ai pas la force de me battre pour ça aujourd'hui. La période est trop… compliquée.

— Qu'est-ce qui est compliqué ?

Elle esquisse un geste évasif et las.

— Tu sais bien, cette histoire avec Jennifer… Je n'arrive pas à me l'enlever de la tête, ça me travaille toute la journée. Et comme toi, tu ne… (Sourire crispé.) Comme tu ne vas pas bien, je ne me sens pas le courage d'affronter Anton pour l'instant. Pas seule, en tout cas. Ce serait plus facile si on était deux.

J'ai l'estomac noué à l'idée que Nina se retrouvera probablement seule pour affronter tous les combats à venir.

Elle me regarde.

— Qu'est-ce que tu en penses ?

— De quoi ?

— Des jeux vidéo. (Elle souffle.) Tu m'écoutes, au moins ?

— Oui, je t'écoute. Ça m'a fait penser à autre chose, c'est tout.

Elle se penche sur la boîte de chocolats.

— Miam. Comment tu fais pour ne pas aimer ceux au rhum-raisin ? C'est tellement bon !

Oui, c'est officiel, ça va me manquer de ne plus voir ma femme manger du chocolat. Tous les aspects quotidiens de ma vie rangée vont me manquer. De m'allonger à côté de Vilgot le soir et de l'écouter respirer, d'être en retard pour emmener Anton à l'entraînement de foot. Je suis sûr que je pourrais même regretter les piques acerbes de notre fille.

— Smilla est dans sa chambre ?

Nina secoue la tête.

— Non, elle vient de prendre le bus pour Klagshamn.

Je me fige.

— Klagshamn ?

— Oui, Personnes disparues organise une battue cet après-midi. Elle a voulu y aller pour les aider. Pour être parfaitement honnête, je ne sais pas si c'est une bonne idée. Imagine un peu, si c'était Smilla qui retrouvait Jennifer. Elle ne pourrait pas…

Mon regard se perd dans le vide, je ne veux pas en entendre plus. Une remontée acide me brûle la gorge, mélange de café et de bile. Je déglutis. Et déglutis encore.

— Fredrik ? s'inquiète ma femme. Ça ne va pas ?

Toute la cuisine tournoie.

Respire, Fredrik. Respire profondément.

— Tu es tout pâle.

Sa voix résonne, distante.

— Je…

Respire, putain !

— Ça doit être le café. Il faut peut-être que j'évite d'en boire, j'ai l'estomac…

Je me lève d'un bond et me rue dans la salle de bains. J'ai tout juste le temps de soulever la lunette des toilettes avant que mon corps ne rejette le peu qu'il a ingurgité.

Un peu de café. Un peu de bile.

— Fredrik ! s'écrie Nina derrière la porte, la voix perçante. Tu as besoin d'aide ? Je peux entrer ?

Je m'allonge par terre, la joue contre le tapis de bain poussiéreux.

— Non. Ça va mieux.

45

LOLLO

— Il y a quelqu'un ?

Papa s'arrête net, choqué de me trouver par terre dans le couloir. Il se précipite pour s'accroupir près de moi et me prend par l'épaule.

— Ma puce ! Qu'est-ce qui t'arrive ? Est-ce que… Jennifer… Elle est rentrée à la maison ?

Je secoue la tête.

— Qu'est-ce que tu fais ici, alors ?

J'éclate en sanglots, articulant avec peine.

— Je… Je sais pas.

Mes larmes brouillent les tapis, les murs et les meubles. Tout se confond dans le brouillard.

— Viens, dit papa.

Il se relève avec difficulté et me tend les mains. Ces grandes mains chaudes qui m'ont portée et réconfortée. La peau est plus lâche et les taches de vieillesse plus nombreuses, mais sa chaleur reste intacte.

Je me lève et découvre Agneta sur le pas de la porte. Ma belle-mère accourt pour me prendre dans ses bras.

— C'est tellement affreux, susurre-t-elle. (Elle s'écarte pour me regarder dans les yeux.) Assieds-toi dans le canapé, Lollo, on va essayer de trouver du café.

Papa reste là, basculant son poids d'un pied sur l'autre.

— Lennart, l'interpelle sa femme. Tu t'en occupes ?

Tandis qu'il opine, Agneta le pousse doucement vers la cuisine.

— Il a toujours adoré Jennifer, chuchote-t-elle quand il s'est suffisamment éloigné. Il le vit très mal.

Je lui lance un regard embué de larmes.

— Ne parle pas comme ça. Jennifer n'est pas morte !

Elle serre mon bras un peu plus fort en me guidant jusqu'au canapé.

— Non, bien sûr. Ce que je veux dire, c'est qu'il s'inquiète de ce qui a pu lui arriver. Comme nous tous, ajoute-t-elle.

Quand Agneta, un instant plus tard, s'éclipse en cuisine où mon père fouille tous les tiroirs, je m'enfonce un peu plus dans les coussins de style Nouvelle-Angleterre. J'avais eu un mal de chien à trouver le bon thème déco qui s'associerait aussi bien à l'extérieur qu'à l'intérieur de la maison. Murs blancs et sol gris clair. Détails rouges et bleus. Motifs nœuds et ancres. Des meubles en bois peint en blanc et laiton. La grande table à manger en bois flotté. Où ai-je puisé toute cette énergie ?

Mes doigts s'enfoncent dans le coussin du canapé. Je plante mes ongles dans la toile rugueuse et la griffe à m'en faire mal. Entre les coussins, je sens quelque chose. Un bout de papier ? Les doigts en pince, je repêche un petit papier froissé. Un ticket de caisse du *Burger King* du centre commercial *Mobilia*. Étrangement, je m'intéresse à la date. « 02-JAN-2019 01:25:43. »

J'ai la gorge nouée. Qui s'est assis là pour manger deux hamburgers hier soir ? Max ? Max et Jennifer ? Qui d'autre ?

Hier soir, Max affirmait être parti à la recherche de notre fille. Si ce n'est pas lui, qui est venu ici ? C'est vrai que la clé n'est pas très bien cachée, mais…

— Tiens. Un petit café, ça te fera du bien.

Agneta pose le plateau sur la table. C'est le plateau en bois blanc avec une grande étoile bleue en son centre. D'un chic minable. Elle me tend une tasse que j'accepte docilement et, de ma main libre, je glisse le ticket de caisse dans la poche de mon pantalon de pyjama.

Nous observons un silence en sirotant notre café, comme si nous avions besoin de rassembler nos forces avant de poursuivre. Papa regarde par la baie vitrée d'un air triste.

— Tu veux en parler ? finit par demander ma belle-mère. Tout ce qu'on sait, c'est ce qu'en disait le journal.

Je repose ma tasse sur la table et prends une profonde inspiration. Puis je leur révèle tout sur la soirée des filles, leur dispute, ce que la police en a dit et sur les battues d'aujourd'hui. En revanche, ils ne sauront pas ce que j'ai découvert dans l'ordinateur de ma fille. Jenny Belle ne ferait que les décevoir et les chagriner davantage. Et puis, ils pourraient m'accuser d'être une mauvaise mère qui n'a pas su protéger son enfant pour qu'elle en arrive là.

Je finis sur le rêve, celui où j'ai vu Jennifer assise ici, dans le canapé. Je garde pour moi le fait que ce rêve m'a poussée à douter de Max. Le ticket me brûle dans ma poche.

— J'ai perdu la tête. C'est comme si j'étais… en transe. Oui, voilà, en transe. Comme si quelqu'un m'avait jeté un sort, pour me faire venir ici. Quand j'ai vu que Jennifer n'était pas là… Eh bien, le charme a été rompu. Je sais que ça paraît dingue, mais… c'est comme ça que je l'ai vécu.

J'essaie de lire dans leur regard s'ils ont l'intention de m'emmener à l'asile.

Papa se racle la gorge mais ne fait aucun commentaire. Agneta pose sa main sur la mienne.

— On était tellement inquiets. Lennart a essayé de t'appeler. Il t'a envoyé des messages, mais…

— Je sais, l'interromps-je. Je les ai vus. Seulement, je n'avais pas la force.

Elle relâche ma main.

— On comprend, Lollo. Ne t'inquiète pas. Et puis, tu n'es pas seule, Dieu merci. Tu as Max. S'il n'avait pas été là, ça fait bien longtemps qu'on serait venus frapper à ta porte.

Mon père lève les yeux de sa tasse de café.

— Où est-il, d'ailleurs ? Max ?

— Euh… Au travail.

Il a l'air stupéfait.

— Au travail ? Alors que…

— Il n'avait pas le choix, il devait s'occuper d'un truc, m'empressé-je de préciser. Il est sûrement rentré, à l'heure qu'il est.

— Bon, c'est bien, sourit ma belle-mère. On te ramène chez toi ? Tu ne devrais pas conduire dans ton état. Viens dans ma voiture, Lennart prendra la Mini Cooper. (Elle lui lance un regard.) Pas vrai ? Tu es d'accord ?

— Oui, bien sûr. Pas de problème.

Agneta a toujours eu la main sur mon père.

— Et tu pourrais t'arrêter faire quelques courses, lui suggère-t-elle encore. Pour que je nous prépare le repas en arrivant. (Elle se retourne vers moi.) Il faut que tu manges quelque chose. Et puis, je pense vraiment que tu ne devrais pas participer à la battue, Lollo. Ce serait trop difficile pour toi.

Avec les années, on a connu des hauts et des bas, Agneta et moi. Quand j'étais ado, évidemment, on se disputait sur tous les sujets classiques : mon argent de poche, mon comportement, le couvre-feu, etc. Parfois, ça chauffait à la maison.

Et puis, on a eu de belles engueulades quand Jennifer était petite. Je trouvais qu'elle et papa passaient trop de temps sur Internet ou à jouer au golf, je leur reprochais de ne pas voir leur petite-fille assez souvent.

Au fond, j'avais surtout besoin de leur confier Jennifer pour faire des pauses. Et je suppose qu'eux aussi trouvaient épuisant de se coltiner cette petite des journées entières.

Je lis une inquiétude sincère dans le regard de ma belle-mère. Elle veut vraiment m'aider. Et, pour la première fois depuis très longtemps, j'accepte de laisser quelqu'un d'autre tenir la barre.

Moi, je n'en ai plus la force.

46

Nina

Je m'assieds sur le bord du lit et touche le bras de Fredrik.

Il tressaille, comme si mon contact lui faisait mal.

— Tu sais, commencé-je. Je ne suis pas sûre d'avoir envie de te laisser tout seul.

Il tourne la tête.

— Pourquoi ?

Mes yeux commencent à piquer.

— Eh bien… Je m'inquiète tellement pour toi. Tu ne vas pas bien. Imagine un peu, si tu vomissais dans le lit et que tu t'étouffais avec…

— Nina, arrête, dit-il d'un ton sec qui me surprend. Je ne suis pas un bébé. Ni un alcoolique sous coke. Ce n'est rien de grave, je te l'ai déjà dit. Si tu me laissais un peu tranquille, ça irait mieux.

— Tu as dit la même chose hier.

— Oui, et je vais mieux.

Son regard est dur. Glacial.

Je me lève, m'éloigne d'un pas et reste un instant là, à chercher mes mots. Qui est cet homme allongé dans notre lit ? Dois-je appeler le service psychiatrique ? Redeviendra-t-il un jour comme avant ou restera-t-il comme ça pour toujours ?

Aucun mot ne me vient. Alors je sors pour aller dans la cuisine, jette mon café froid et m'en sers un chaud. La tasse de Fredrik atterrit bruyamment au fond de l'évier.

Je reviens m'asseoir à la table. Même tasse, nouveau café. Cette fois, sans compagnie. *Même chose, tout pareil, mais différemment.*

Je ne sais plus comment me conduire avec Fredrik. Un jour, ma collègue Cecilia m'a dit que les maladies liées au stress frappaient presque autant les proches que le malade lui-même. Je n'étais pas tout à fait d'accord à l'époque, mais je commence à mieux comprendre ce qu'elle voulait dire. C'est dur de ne pas pouvoir compter sur son conjoint ou sa conjointe, de ne pas savoir ce qu'on peut se permettre de lui demander.

L'idée que l'état actuel de Fredrik puisse s'étaler sur plusieurs mois me fait froid dans le dos. Et encore, ça fait seulement quelques jours.

La thèse de l'infidélité plane toujours dans un coin de mon esprit, mais je ne vois pas le rapport avec son comportement. Et puis, il avait l'air sincère quand je lui ai posé la question. Fredrik n'a jamais été doué pour jouer la comédie, c'est pourquoi ça me titille. Il me cache autre chose. Une chose qui n'a rien à voir avec son travail. Mais quoi ?

Est-ce une histoire d'argent ? Est-ce qu'il a peur qu'on ne s'en sorte pas ?

Nos finances ont toujours été limites, et avec deux ados à la maison, c'est encore pire. Il a peut-être découvert que j'avais pioché dans notre épargne pour acheter la doudoune que Smilla voulait pour Noël. À moins qu'il ne s'inquiète pour la facture de la fibre, qu'il faudra payer avant le 1er février. Mais, dans ce cas, pourquoi ne m'en parle-t-il pas ?

Je me dis alors que l'état de Fredrik s'est dégradé à peu près quand Jennifer a disparu. Un frisson me secoue. Est-ce que c'est lié ?

Non, impossible. Le seul rapport qu'il peut y avoir, c'est qu'il s'inquiète pour Jennifer.

La nuit s'abat sur Malmö et la fête bat toujours son plein de l'autre côté de la rue. À mon avis, elle va durer longtemps. J'ai rarement connu plus festif que la famille danoise de Lykke.

J'envoie un message à Smilla.

Comment ça se passe ? Bisou

N'ayant aucune réponse dans la foulée, je prends le journal. Un article évoque une arrestation pour coups et blessures. Ça me fait penser à Max. J'aimerais appeler Lollo, mais j'attends que la battue soit terminée. Est-ce qu'elle y participe ? Et moi, à sa place, y serais-je allée ?

Je me dis que oui, j'y aurais certainement participé, au risque de découvrir une chose abominable. À peine cette pensée me traverse-t-elle l'esprit que j'essaie de la chasser. Comment puis-je avoir des idées aussi noires ? Pourquoi suis-je aussi pessimiste ?

Il faut que cette histoire se termine de façon heureuse. Il le faut.

Vilgot entre dans la cuisine. Il regarde la table comme s'il cherchait quelque chose à manger. Je tends les bras et m'octroie un câlin. Il se défile en voyant la boîte de chocolats.

— Tu as mangé des sucreries.

— Les chocolats que tu n'aimes pas, lui réponds-je. Tiens, prends plutôt un fruit. On a des clémentines.

Vilgot se dirige vers le saladier de fruits et choisit une clémentine qu'il laisse tomber devant moi.

— Épluche.

Je le corrige :

— Maman, tu peux éplucher ma clémentine, s'il te plaît ?

Il sourit, révélant le grand trou entre ses dents du haut, et mon cœur enfle d'amour. Je suis frappée par la chance extraordinaire que j'ai d'avoir mes trois enfants en bonne santé et à mes côtés. Nous avons un toit au-dessus de nos têtes, un travail et le frigo plein tous les jours. Fredrik ne rentre pas vraiment dans les clous en ce moment, mais on finira par trouver une solution pour qu'il aille mieux. *Une mauvaise passe*, me dis-je en donnant la clémentine épluchée à mon fils.

— De quoi ? demande Vilgot.

Une petite ride se creuse entre ses sourcils.

— Hein, j'ai parlé ?

Il hoche la tête. Je lui caresse doucement les cheveux en disant :

— Je parlais toute seule.

Mon téléphone se met à sonner et Vilgot remonte dans sa chambre.

En prenant le portable, je vois le nom de Smilla apparaître à l'écran. J'ai aussitôt le ventre noué. Pourquoi appelle-t-elle ? Smilla téléphone très rarement, elle préfère envoyer des messages.

Je décroche et porte le téléphone à mon oreille.

— Coucou, tu es en route ?

Ce n'est pas une question, plus une injonction.

— Maman ! s'écrie ma fille dans le haut-parleur.

Derrière elle, un brouhaha de voix.

— Ma chérie, qu'est-ce qui se passe ? Où es-tu ?

— À Klag… Klagshamn. Maman, il faut que tu viennes tout de suite !

Smilla est en larmes et la ligne est troublée par des grattements. Elle n'a pas besoin d'en dire plus. Je crois comprendre ce qui lui arrive et ne suis pas certaine de pouvoir gérer cette situation.

Pourtant, il le faut. Pour Smilla.

— Tu peux aller jusqu'à l'arrêt de bus ? demandé-je aussi calmement que possible. Va là-bas et restes-y. J'arrive dans… une vingtaine de minutes. D'accord ?

Aucune réponse, seulement du bruit.

— Tu m'entends, Smilla ? Je te retrouve à l'arrêt de bus !

— Je… J'y vais, sanglote-t-elle.

Je cours entre le couloir et la cuisine pour récupérer mes clés de voiture, mon téléphone et mon manteau. *Mince, Fredrik, je devrais le prévenir.*

— Tu es réveillé ?

Je pousse la porte de la chambre et m'avance dans le noir. Fredrik marmonne un « oui ». Il est tourné vers la fenêtre et ne fait pas l'effort de se retourner vers moi.

—Je vais chercher Smilla. Tu peux garder un œil sur Vilgot pendant ce temps ?

Il grogne et s'assied dans le lit.

—Il y a un problème ?

—Je ne sais pas. Mais elle était dans tous ses états. Je crois que… Enfin, ça n'avait pas l'air d'aller.

—Oh, mon Dieu ! expire mon mari d'un air purement affolé. Oh, non !

47

Fredrik

Dès que j'entends claquer la porte d'entrée, je fouille la chambre du regard à la recherche de mon ordinateur. Il est sur le bureau. Je me lève et, les jambes flageolantes, avance pour me laisser choir lourdement dans le fauteuil.

L'écran ne s'allume pas, j'ai dû me tromper dans le mot de passe. Mon pouls bat contre mes tempes. Les trous de mémoire sont-ils les prémices de la folie ? Ou est-ce la dernière étape ? Peut-être que j'ai déjà viré barjo depuis longtemps.

Je recommence, tape mon mot de passe plus lentement, avec l'index droit et… ça y est. À la troisième tentative, l'écran s'éveille. J'ouvre une page Google et remarque pour la première fois les deux possibilités sous la barre : « Recherche Google » et « J'ai de la chance ». La seconde m'interpelle. *Si seulement.*

Bref, retour à la réalité. Je tape : « Jennifer Wiksell ». Une recherche parfaitement naturelle. Mais, dans tout ce qui apparaît à l'écran, rien de neuf sous le soleil. J'ai beau faire défiler les pages, je ne trouve que des articles et commentaires datant de plusieurs jours. J'essaie différentes combinaisons de mots : « fille disparue », « ado de dix-sept ans retrouvée », « disparition résolue », « trouvée à Klagshamn », mais je ne vois rien de nouveau. Tous les liens sont marqués comme ayant déjà été consultés.

Merde ! Les mots à l'écran commencent à se troubler. Les doigts tremblants, j'essaie autre chose : « Personnes disparues ».

L'attente ne dure que quelques secondes, mais elle me semble interminable.

Sur la première page, une photo de Jennifer apparaît, seulement accompagnée des horaires de la battue qui devrait être à présent terminée. Ils n'ont pas encore mis la page à jour.

Jennifer me sourit depuis sa photo. Je ferme les yeux.

— Papa ?

Je sursaute à presque tomber de mon fauteuil. Me retournant vers la voix, je découvre Vilgot sur le pas de la porte.

— On joue au Uno ? (Il se rapproche et pointe l'écran du doigt.) Eh, regarde ! C'est Jennifer !

Je referme d'un coup l'écran de l'ordinateur portable. Le bruit sec fait sursauter mon fils, qui me regarde d'un drôle d'air et demande :

— Pourquoi t'as fait ça ?

Mon esprit se vide, tout tourne autour de moi. J'ai envie de vomir.

— Papa ? insiste mon fils en tirant sur ma chemise. Pourquoi t'as enlevé Jennifer ? Je veux la revoir !

— Vilgot, dis-je d'une voix étrangère qui a l'air d'avoir remplacé définitivement la mienne. Je n'ai pas envie de jouer au Uno. Plus tard, peut-être. J'ai besoin de me reposer.

Il fait la moue.

— Tu t'es reposé toute la journée, marmonne-t-il.

— Je sais, mais je suis fatigué. Maman et Smilla ne vont pas tarder.

— Elles viennent avec Jennifer ?

Ça bourdonne dans ma tête. Une sueur froide coule dans mon dos.

— Non, murmuré-je. Je ne pense pas.

Les poings sur les hanches, mon petit bonhomme se fait intransigeant.

— On joue quand, alors ? Dans combien de minutes ?

Je me lève doucement du fauteuil et titube jusqu'au lit.

— Je ne sais pas, Vilgot. Mais, si tu me laisses dormir un peu, je te rejoins vite. D'accord ?

Il paraît dubitatif.

— En attendant, tu peux jouer sur l'iPad, si tu veux.

— J'ai le droit ? Mais maman…

— Vas-y, dis-je en le poussant vers la sortie. J'en parlerai à maman.

Il ne se fait pas prier et file dans l'escalier.

Je m'allonge sur le lit.

Mon corps tremble si fort que je prends peur. J'ai l'impression qu'on a refermé un cercle métallique autour de mon crâne et qu'on le resserre. De plus en plus fort.

Je fais un AVC ? Ou un infarctus ? Est-ce que je vais mourir ?

48

Nina

Il neige. Les températures ont chuté à zéro et de puissantes rafales giflent la voiture quand j'atteins l'autoroute. Mon regard est braqué droit devant moi mais je vois à peine où je vais, toute mon attention est ailleurs.

Et si Jennifer était morte ?

Non !

Non, non et non.

Je serre convulsivement le volant et m'implore d'arrêter de penser à ça.

Pitié, faites que Jennifer soit vivante.

Je cherche un signe dans le ciel noir, une preuve que ma prière a été entendue. Mais tout ce qui se détache des nuages menaçants, ce sont les flocons qui viennent s'écraser contre mon pare-brise.

Mon instinct me souffle que le pire est arrivé. Smilla avait l'air affolée au téléphone. Si l'on avait retrouvé Jennifer vivante, elle aurait été soulagée, pas hystérique.

Comment réagit-on, en tant que parent, quand on nous apprend que notre enfant est mort ? Si Jennifer n'est plus là, comment Lollo et Max pourront-ils le supporter ?

Et Smilla ? Elles se connaissent depuis la naissance et ont parfois été très proches, comme deux sœurs. Il faut que Smilla comprenne qu'elle n'a rien à se reprocher. Jennifer a quitté la soirée de son propre gré, personne ne l'a chassée.

Si cette petite est morte, je vais avoir besoin de quelqu'un à qui parler, sur qui compter. Certes, Fredrik est toujours là, mais j'ai l'impression d'être une mère célibataire avec quatre enfants. En ce moment, je n'arrive pas à lui parler. Et quand je lui ai dit que Smilla m'avait appelée en panique, il a paru presque… *trop* bouleversé. C'en était dérangeant.

Il ne va pas bien, c'est sans doute pour ça. Fredrik est à cran en ce moment. Et puis, il fait partie des rares adultes sur qui Jennifer a toujours pu compter. Pour ça, il mérite une médaille. Il n'a jamais pesté contre Jennifer, ne lui a jamais remonté les bretelles. Il l'écoutait et prenait le temps de lui expliquer les choses. Pendant une période, il s'est même rendu tous les après-midi chez les Wiksell pour l'aider en mathématiques.

Je suppose que c'est pour ça que mon mari a du succès auprès de ses élèves. Il a de la considération pour chacun d'entre eux, là où d'autres professeurs auraient tendance à ne pas gratter pour voir au-delà des apparences. J'espère qu'il redeviendra cet homme-là quand cette mauvaise passe sera derrière lui.

Je suis tombée de haut le soir où Fredrik m'a annoncé sans préambule qu'il souhaitait prendre un congé sabbatique pour se reconvertir dans l'enseignement. De mon point de vue, il n'aurait pas pu choisir pire moment. Smilla était encore bébé et nous prévoyions de faire d'autres enfants. Nous parlions même de déménager dans une plus grande maison. Mais je l'ai soutenu, évidemment. Son précédent travail ne l'épanouissait plus, il disait que Leif l'avait plus ou moins obligé à faire des études d'ingénieur.

Certes, mon beau-père a un caractère bien trempé et des opinions arrêtées, mais je l'imagine mal forcer son fils à devenir ingénieur. Fredrik était majeur quand il s'est lancé dans ce cursus, c'était son choix. À mes yeux, c'est plutôt le destin funeste de Simon qui a poussé son frère à changer de voie. On n'a qu'une vie, Fredrik a compris qu'il devait suivre son cœur.

J'ai failli manquer la sortie pour Västra Klagstorp. Sur un freinage dangereux, je quitte l'autoroute de justesse et poursuis en direction du sud-ouest. La neige voltige par-dessus les champs et forme des tourbillons épais, mais elle fond au contact de la route, heureusement. Les balais d'essuie-glace bataillent pour dégager le pare-brise.

Si Jennifer est morte, que se passera-t-il ?

Il y aura un enterrement, évidemment. Je déglutis. Jusqu'à présent, j'ai eu la chance de me rendre à très peu de cérémonies funéraires. Ces rares occasions concernaient toujours des personnes âgées, de vieux parents qui avaient vécu une vie longue et bien remplie. Jennifer a – ou plutôt, avait – encore toute la vie devant elle.

Je grimace. Mais quelles pensées macabres ! Comment puis-je songer à son enterrement alors que rien n'est encore joué ? C'est quand même fou de dériver aussi loin !

Il est 16 heures tapantes, j'allume la radio. Les nouvelles régionales n'ont aucun lien avec Jennifer. Je change de fréquence, un flash info national ne fait pas non plus mention d'une jeune fille de dix-sept ans disparue.

Une sonde spatiale chinoise s'est posée sur la Lune, les fraudes à la carte bancaire ont augmenté en Suède, et juste après la météo commence une émission consacrée aux astuces pour se remettre en forme après les repas de fin d'année.

J'éteins la radio et m'engage sur le rond-point de Nygårdsvägen.

Smilla se tient sous un réverbère, mais son visage est dissimulé sous la capuche de sa doudoune. Elle n'est pas seule, deux autres ados sont à l'arrêt de bus. Ils sont proches, réunis dans une sorte de câlin de groupe improvisé. La neige étincelle dans la lumière artificielle, les flocons paraissent ainsi plus gros et plus nombreux que dans l'obscurité qui entoure la scène.

Je me gare, bondis hors de la voiture et crie le nom de ma fille.

Elle se retourne et s'élance vers moi.

— Oh, maman ! s'écrie-t-elle en se jetant dans mes bras. Ils ont retrouvé Jennifer. Elle est… m-m-morte.

Son petit corps frêle est secoué de chagrin. Je la serre fort dans mes bras, m'efforçant de réprimer ma propre panique, et lui caresse doucement le dos en murmurant à son oreille :

— Ch-ch-chut, ça va aller ma chérie.

Quand ses sanglots s'apaisent, elle s'écarte pour se retourner vers ses amis dont les yeux rouges et gonflés trahissent le chagrin.

— Tindra et Ali sont dans la classe de Jennifer… On peut les déposer en ville ?

Qu'il est bon de se sentir utile, de se concentrer sur une tâche concrète dont on se sent capable.

— Oui, bien sûr. Montez, il fait chaud dans la voiture.

Une remarque absurde. Ces pauvres gosses viennent d'apprendre la mort de leur copine, ils se fichent de savoir s'il fait chaud ou froid dans ma voiture.

Tindra et Ali montent à l'arrière et Smilla se recroqueville sur le siège passager. Avant de faire demi-tour, je jette un coup d'œil sur ma droite et découvre une foule de gens rassemblée dans la ruelle, près du carrefour donnant sur l'allée des Wiksell. Ils sont nombreux à porter des gilets jaunes et certains se prennent dans les bras. Derrière eux, entre les branches d'arbres nus, se profilent des gyrophares bleus. On dirait qu'une… non, plusieurs voitures de police sont garées sur Badvägen.

Comment une telle chose a-t-elle pu arriver ? Jennifer était-elle ivre au point de descendre au terminus pour s'endormir à quelques mètres de chez elle jusqu'à mourir de froid ?

Une pensée me glace. Elle ne peut pas avoir été tuée, si ? Qui aurait voulu sa peau ? Elle ne trempait pourtant pas dans les bas-fonds de Malmö. Enfin, pas que je sache… Avait-elle un petit copain aux fréquentations douteuses ? Ou s'est-elle retrouvée par erreur au milieu d'une fusillade ?

Est-ce un vol à l'arraché qui a mal fini ? A-t-elle été violée ? L'agresseur l'aurait-il suivie, agressée puis tuée pour qu'elle ne le dénonce pas ?

Mon imagination macabre tourne à plein régime, c'est plus fort que moi. J'ai mille questions en tête. Où a-t-elle été retrouvée ? Et par qui ? La police a-t-elle déjà des pistes sur la cause du décès ? Pour ne pas mettre la pression aux jeunes, je garde mes questions pour moi et me concentre plutôt sur la route, histoire de nous faire traverser cette tempête de neige en un seul morceau.

Quand nous atteignons Borrebackevägen, je lance un regard dans le rétroviseur aux jeunes assis à l'arrière. Chacun est tourné vers sa vitre, son attention noyée dans l'obscurité.

Des larmes silencieuses strient les joues du garçon. Ali. Est-ce vraiment lui qui, d'après la rumeur, s'est fait tabasser par Max hier ? Force est de constater que oui : il a un œil au beurre noir. Quelqu'un lui a mis une droite.

La vue de ce garçon qui pleure avec son coquart est à vous briser le cœur. Si Max est vraiment l'auteur de ce coup-là, j'espère qu'il en paiera le prix. Personnellement, je lui mettrais bien mon poing dans la figure.

— Elle était à Kalkan, dit soudain Smilla.

Je serre le volant.

— La carrière de calcaire ?

— C'est horrible ! sanglote ma fille. Quand je pense qu'elle était là depuis le début ! Si je l'avais accompagnée, et si je...

Elle ne peut pas finir sa phrase, c'est trop dur. Les larmes l'emportent. Je pose brièvement une main sur sa cuisse avant de la remettre sur le volant. Par ce temps, on ne conduit pas d'une seule main.

— Écoute-moi bien, Smilla. Tu n'es pour rien du tout dans cette histoire. Jennifer a préféré quitter la soirée, alors que tu lui as demandé de rester, pas vrai ? Tu as fait ce que tu as pu.

C'est le gros chagrin, Smilla est dans tous ses états. Je ne l'avais jamais entendue pleurer comme ça. Ce son me déchire, c'en est presque insoutenable.

— Moi aussi, j'aurais dû la suivre, murmure Ali à l'arrière. Je l'ai entendue quand elle a dit qu'elle partait. Mais je… je n'ai pas essayé de l'en dissuader.

Ma fille se calme, reprend son souffle.

— Écoutez, leur dis-je à tous les trois. Il faut arrêter de vous flageller comme ça. Je comprends que vous ayez l'impression d'avoir joué un rôle, mais, si j'ai bien compris, elle a *voulu* partir. Ça arrive à tout le monde de quitter une soirée avant les autres. Vous ne pouviez pas deviner ce qui allait se passer.

Personne ne répond, mais ils ont l'air d'y réfléchir. Je cherche leur regard dans le rétroviseur.

— Si je vous ramène chez vous, il y aura un adulte à la maison ?

Tindra et Ali hochent tous les deux la tête.

49

Lollo

— À table ! appelle papa en bas des escaliers.

J'ai pris une douche et enfilé des vêtements propres avant de m'installer dans le canapé de la salle télé. En bas, dans la cuisine, j'entends Agneta s'affairer avec les assiettes et les casseroles. Je regarde la télévision sans la voir. Mes pensées sont ailleurs. Personne n'a donné de nouvelles depuis la battue, ce qui devrait être bon signe. Pourtant, mon instinct me dit l'inverse.

Pour me distraire, je forme une sorte de puzzle dans ma tête avec toutes les pièces que je connais de ma fille : son âge, son apparence, sa pointure, son niveau en classe et ses matières préférées, tout ça c'est facile. Ils forment les quatre coins stables du puzzle. Mais quel métier veut-elle faire plus tard ? Comment va-t-elle ? Quelles sont ses fréquentations ? Et pourquoi a-t-elle créé ce profil Facebook ?

Impossible de compléter l'image, les pièces qui me manquent sont plus nombreuses que celles que j'ai en main. Nous vivons sous le même toit depuis dix-sept ans et je ne sais presque rien d'elle. Ma propre fille.

Je sens les larmes monter.

— Lollo ?

La voix me surprend, je me tourne vers l'homme qui monte les marches.

Mon père. Je suis frappée de constater combien il a vieilli. Ses cheveux gris, d'habitude si épais, semblent clairsemés, et sa chemise bâille alors qu'elle se tendait toujours sur son ventre. L'inquiétude a marqué ses traits, à lui aussi.

Ça a dû être difficile pour lui, de se retrouver seul avec une fille de huit ans quand il en avait trente-cinq. Je n'étais pas une petite fille facile. J'étais têtue. Et très accaparante. Tous les moyens étaient bons pour attirer l'attention de mon père. Et à l'adolescence, ça ne s'est pas arrangé.

Dès que j'ai quitté la maison, notre relation s'est améliorée. Ainsi que mes rapports avec Agneta. Avec du recul, j'ai pris conscience qu'elle faisait du bien à mon père. Il avait retrouvé le sourire depuis qu'elle était entrée dans sa vie.

Parfois, je m'agace de le voir aussi passif, laissant Agneta tout gérer comme elle l'entend. Mais il a l'air d'aimer son côté autoritaire, ça l'arrange de ne pas avoir à prendre d'initiatives. Elle apporte les idées, et lui, les moyens pour les réaliser. C'est plutôt pratique.

Quoi qu'il en soit, il m'a toujours défendue. Il a fait de son mieux, toujours prêt à intervenir quand j'en avais besoin.

Et puis, il aime Jennifer.

— On commence à manger, dit-il d'une voix douce. Tu nous rejoins ?

L'ambiance n'est pas joyeuse autour de la table, et c'est normal. Max est arrivé au moment où l'on rentrait de Falsterbo. Il n'a pas demandé d'où nous venions et je ne lui ai pas demandé pourquoi il rentrait si tôt du travail. Peut-être que ses collègues lui ont fait remarquer que ça ne se faisait pas, d'aller travailler l'air de rien alors que sa fille a disparu.

Si tant est qu'il soit allé au travail. Le ticket du *Burger King* est toujours dans ma poche et j'ai bien l'intention de le questionner à ce sujet – mais pas devant mon père et Agneta.

L'air est lourd. Seuls résonnent le cliquetis des couverts dans les assiettes et la trotteuse de l'horloge. « Tic, tac. » Le temps s'égrène, malgré tout.

Chanel trottine vers nous dans l'espoir qu'on aura fait tomber quelque chose par terre. Papa n'arrive jamais à s'empêcher de lui glisser un morceau, et aujourd'hui ne fait pas exception. D'habitude, je le lui reproche, mais pas cette fois. Le régime alimentaire de Chanel est le cadet de mes soucis.

En fait, plus rien ne m'importe.

À part Jennifer.

On entend un sifflement dans la hotte où s'engouffre une bourrasque. Nous avons roulé dans une tempête de neige typiquement scanienne en quittant Falsterbo, et, depuis, le vent n'a pas cessé d'enfler. Une fine pellicule de neige recouvre le paysage, mais elle ne tiendra pas.

— Combien de temps ça va encore souffler ? demande Agneta en regardant par la fenêtre.

— Ils ont dit que ça se calmerait demain matin, répond Max. La neige devrait s'arrêter vers minuit. J'ai vérifié avant de quitter le bureau.

C'est donc pour ça qu'il est rentré si tôt. Pour ne pas être coincé au travail par la neige – au travail ou ailleurs. Je lui lance un bref regard. Mon mari a reposé son couteau et engloutit son riz. Mon regard suit sa main qui parcourt mécaniquement le trajet entre l'assiette et sa bouche. Monte, descend. Monte, descend. Il a de gros pansements au niveau des articulations.

— Qu'est-ce qui t'est arrivé ? m'enquis-je en montrant ses doigts.

Il agite sa fourchette et répond :

— Ben, je me suis pincé les doigts en voulant réparer un truc sur la voiture. (Il s'adresse ensuite à mon père et Agneta.) Vous restez dormir dans la chambre d'amis ? Ce serait bête de reprendre la route par un temps pareil.

Mon père semble hésiter. Je sais qu'il préfère dormir chez lui. Mais Agneta approuve.

— Bonne idée, répond-elle. Évitons de passer la moitié de la nuit coincés dans une congère.

Papa s'apprête à réagir, mais on sonne à la porte.

Un froid glacial me pétrifie le cœur. Je retiens mon souffle. Agneta et mon père échangent un regard. Ils pensent la même chose que moi. Personne n'a dit un seul mot sur la battue depuis que nous avons quitté Falsterbo, mais il semblerait que nous ayons chassé les mêmes craintes tout l'après-midi.

Max se lève pour aller ouvrir. Chanel bondit gaiement de la cuisine à l'entrée en aboyant et en remuant la queue.

Ma respiration laborieuse n'a pas échappé à Agneta, qui se lève pour poser les mains sur mes épaules et me masse doucement.

— Respire, chuchote-t-elle. Il ne faut pas forcément s'attendre au pire.

J'entends des voix dans l'entrée. Celle de Max, évidemment. Puis deux autres ; je reconnais celle de Lina Torrero.

Non.

Oh, non.

Je veux disparaître.

— C'est la police, dit Max.

Il se tient à l'entrée de la cuisine, mais ce n'est pas lui. Il a le visage d'un autre homme. Cet homme-là, sur le seuil, me rappelle quelqu'un, mais qui ?

Je sais. Papa. Il a trente-cinq ans et les yeux rouges, il est debout sur le tapis rose de ma chambre. Je sais ce qu'il va me dire et je n'ai pas envie de l'entendre.

— On va au salon ?

La voix de Max est faible, chevrotante.

Je ne suis plus là. Mon corps n'est qu'une enveloppe vide, or une enveloppe, ça ne parle pas. Lollo est ailleurs. Là où personne ne la forcera à écouter, à penser et à ressentir.

— Lollo ? insiste-t-il.

— Oui, on arrive, répond Agneta en parvenant tant bien que mal à déplacer mon corps vers le salon.

— Lina Torrero, se présente une femme qui ne correspond en rien à l'image que je m'en faisais, et qui me tend la main. Je vous ai eue au téléphone l'autre jour.

J'avais imaginé une femme d'âge mûr, or Lina Torrero n'a même pas trente ans. Elle a des cheveux courts d'un noir corbeau, noués en queue-de-cheval serrée, et semble avoir des origines sud-américaines. Je lui serre la main et m'étonne de sa chaleur. La mienne est glacée.

— Marko Stojkovic, dit un homme grand à la barbe bien taillée en me présentant sa grande patte.

Je le reconnais. C'est lui qui est venu le premier de l'an.

Nous nous installons autour de la table. Je prends de profondes inspirations, essaie de me préparer au pire.

Mais je n'y arrive pas.

Je ne veux pas.

Agneta garde son bras autour de mes épaules, le temps se fige et, à la fois, file à vive allure.

Lina Torrero se tourne vers Max, puis vers moi, et ouvre la bouche.

— J'ai le regret de vous annoncer que Jennifer est morte.

Un cri sourd se coince dans ma gorge. J'ai la langue pâteuse et les lèvres comme piquées par un millier d'aiguilles.

Mon mari laisse échapper un gémissement. Un son plaintif qui semble venir de très loin au fond de lui. Il enfouit son visage dans ses mains, son corps est secoué de tressauts.

Lina Torrero observe un silence, ne reprend que lorsqu'il relève la tête.

— Comme vous le savez, Personnes disparues a lancé une battue à Klagshamn cet après-midi. Ils avaient un chien de pistage.

Elle marque une pause. Personne ne dit rien. Mon regard se perd par la fenêtre, parmi les flocons que je vois voltiger dans la douce lumière de la rue.

— On nous a contactés vers 15 h 30, poursuit Torrero. Le chien a trouvé quelque chose dans la carrière de calcaire derrière chez vous.

— Mais pourquoi n'aviez-vous pas fouillé cette zone plus tôt ? demande Agneta. Jennifer a disparu depuis le nouvel an et, apparemment, elle aurait dit à tout le monde qu'elle rentrait chez elle.

Torrero opine.

— Nous avons commencé par le quartier de la fête à laquelle elle se trouvait ce soir-là. Pour faire court, disons que rien ne prouvait que Jennifer était rentrée chez elle. Elle n'a pas été filmée par les caméras des transports publics ni par celles des taxis. Hier soir, nous avons retrouvé le chauffeur de bus de service ce soir-là et il a reconnu Jennifer. Malheureusement, nous n'avions pas de maître-chien disponible à ce moment-là. Nous en avons envoyé un ce matin dans le quartier, mais ça n'a rien donné. Les chiens ne sont pas plus infaillibles que nous.

Elle parle d'une voix grave, mais douce et mélodieuse. À partir de là, je n'attrape plus que des bribes de phrases, des mots comme « médecin légiste » et « enquête préliminaire », mais ne réagis plus. Ce n'est qu'à l'évocation d'une autopsie que mon cri se libère enfin.

Je hurle à m'en faire tourner la tête. Ma gorge me brûle. Agneta susurre tendrement des « chut » à mon oreille en enfonçant les doigts dans mon épaule. Je croyais qu'elle me réconfortait, mais maintenant, peut-être nous consolons-nous mutuellement.

Papa se balance sur sa chaise, les yeux grands ouverts et le regard vitreux. De le voir dans cet état, c'est comme si j'observais ma propre douleur. Je suffoque, j'ai des vertiges.

Mon cri se tarit.

— Je veux la voir, finis-je par murmurer. Je veux voir ma fille.

— Bien sûr, dit Torrero. Mais il vaudrait mieux attendre que le légiste l'ait examinée.

Elle demande à son collègue :

— Tu peux l'appeler pour voir où il en est ?

Il se lève et s'isole dans la cuisine. Torrero reprend :

— À ce nouveau stade de l'enquête, nous allons avoir besoin de vous poser quelques questions. (C'est adressé à Max et moi.) Je comprends que vous n'en ayez pas la force ce soir, mais il faudrait organiser cela pour demain matin au plus tard.

Max essuie ses larmes avec ses paumes et s'éclaircit la voix.

— Autant faire ça tout de suite. Tu t'en sens capable, Lollo ?

Je hoche la tête par pur réflexe, sans avoir la moindre idée de ce pour quoi j'opine. Une phrase tourne en boucle dans ma tête, et j'ai beau essayer de la faire taire, c'est impossible.

Jennifer est morte.

50

Fredrik

Les murs de la chambre se referment sur moi, ils se rapprochent tandis que l'oxygène commence à manquer. J'ai du mal à respirer, chaque nouveau souffle est une torture pulmonaire.

Il faut que je sorte. Et vite. De préférence avant le retour de Nina et Smilla.

Une seule chose peut expliquer le coup de fil de notre fille et je n'ai aucune envie d'affronter son désespoir. Comment suis-je censé gérer son deuil ? Que suis-je censé dire ? Comment pourrais-je la regarder en face ? Après ça, comment pourrais-je regarder n'importe qui dans les yeux, putain ?

À la mort de Simon, c'est moi qui ai dû gérer les détails pratiques. C'est moi qui ai parlé à la police, qui ai pris contact avec les pompes funèbres et ai annoncé son décès aux proches. Papa et maman étaient dans un état second. À peine avais-je passé le pas de leur porte qu'ils m'avaient confié la gestion de toute la situation.

C'est sans doute grâce à ces responsabilités pragmatiques que j'ai réussi à tenir les premières semaines. J'avais dressé une liste dont je traitais chaque point l'un après l'autre. À l'encre bleue sur des feuilles à carreaux. Maman a toujours un petit bloc-notes à spirale sur l'étagère de la cuisine. Elle y écrit généralement ses listes de courses. Je m'en souviens comme si c'était hier, un début de liste était griffonné et je devais chercher la feuille vierge suivante.

Ma mère avait écrit « Coca-Cola ». La potion magique du petit dernier. Mes parents ne buvaient jamais de soda, c'était pour lui qu'ils remplissaient le cellier de Coca tous les week-ends.

Simon et moi n'avons vécu ensemble que cinq ans. Nous ne nous connaissions pas très bien, mais je l'aimais beaucoup. Et puis, c'était mon petit frère. Quand je rendais visite à nos parents, je prenais toujours le temps de discuter seul à seul avec lui. C'était un petit gars discret, il était facile de l'oublier au milieu de l'agitation de Pâques ou de Noël. J'aurais dû l'appeler plus souvent, lui demander comment il allait, créer des liens.

Bordel. Comment ai-je pu être aussi égoïste ? Toujours au travail, à chercher la promotion, l'augmentation, alors que je n'aimais même pas ce que je faisais. Si j'avais continué dans cette voie, j'aurais fini avec un vrai burn-out, cette fois.

Je crois que Nina commence sérieusement à douter de mon histoire bidon de stress au boulot. Elle n'est plus seulement inquiète, elle commence à s'agacer.

Il faut que je me reprenne en main. Le problème, c'est que j'ai perdu le contrôle de mon corps. Il ne répond plus, c'est une sensation désagréable. Et puis, je n'ai pas l'habitude. Mon corps a toujours été mon meilleur ami. Il est efficace, sain et fort, et fait partie intégrante de mon identité professionnelle. En tant que prof de sport, il faut donner l'exemple.

Qui va me remplacer ? Un jeune diplômé encore frais et motivé ? Les élèves l'adopteront tout de suite, c'est certain. Je me tire du lit, sors dans le couloir et enfile ma veste. Mince, mon téléphone est resté dans la chambre, je retourne le chercher.

Il était en silencieux, or j'ai plusieurs notifications. Le premier message est de Dennis, mon collègue de boulot et partenaire de tennis. Merde, on est quel jour ? Mercredi ? Jeudi ? On se retrouve généralement tous les jeudis soir et avions prévu un match avant la fin des vacances. Je lui écris un bref message et range le téléphone dans ma poche.

Au même moment, une lumière vive transperce la vitre de la porte d'entrée. Un bruit sourd de moteur enfle, puis se tait. Des portières claquent.

Dans ma tête, c'est le court-circuit, je reste planté dans le couloir. Quand Nina et Smilla entrent dans la maison, je suis toujours là, en veste et bonnet mais sans chaussures aux pieds.

Smilla se rue dans l'escalier sans même retirer sa doudoune. Nina hésite à la suivre, mais se jette finalement dans mes bras.

—Oh, Fredrik! (La tête contre mon torse, elle sanglote.) C'est affreux! Jennifer est morte. On l'a retrouvée dans la carrière de calcaire.

Je dissimule un vertige en m'agrippant à mon épouse en larmes.

—Oh non, comment... Ils savent ce qui s'est passé?

Elle recule, les yeux mouillés.

—Aucune idée. Tout ce que je sais, c'est qu'elle a été retrouvée par un chien de pistage. C'est ce que Smilla a entendu.

Je veux faire un commentaire sur le fait qu'elle devait être sacrément bourrée pour finir dans une carrière, mais me ravise.

« Tout ce que vous direz pourra être retenu contre vous. »

—Comment va Smilla? préféré-je demander.

Elle se dégage de mon étreinte et s'essuie le visage avec sa mitaine.

—Je n'en ai pas la moindre idée. Je crois qu'elle est sous le choc, toutes les émotions y passent. J'espère que... j'espère qu'on arrivera à l'accompagner. Sinon, il faudra qu'elle voie quelqu'un.

J'ai à nouveau la tête qui tourne et de la bile dans la bouche. Nina remarque ma veste et fronce les sourcils.

—Tu allais sortir?

D'un geste machinal, j'enfonce un peu plus mon bonnet sur mes oreilles.

—Je voulais faire un petit tour.

—Par ce temps? Dehors, c'est la tempête. Et Smilla... (Elle désigne brièvement l'étage.) Je me disais qu'un peu d'aide ne serait pas de refus.

— Je ne serai pas long. Je fais le tour du quartier et je reviens.

— Tu te sens mieux, alors ?

Dans sa voix, une pointe d'agacement.

— Un peu, dis-je en enfilant mes bottes fourrées que je n'ai pas utilisées de toute la saison et dont je serre fermement les lacets. Et puis, l'air frais me fera du bien.

Sur un soupir, elle ramasse le sac à main laissé par terre.

— Au fait, dit-elle en y cherchant quelque chose. Une inspectrice a appelé tout à l'heure.

Mon cœur manque un battement, puis s'emballe. La veste noire. Oh non, quelqu'un l'a trouvée.

— C'est à toi qu'elle voulait parler. Apparemment, elle a essayé de t'appeler plusieurs fois. (Son regard se fait insistant.) Tu as éteint ton téléphone ?

J'ai le cœur qui bat si fort que j'ai du mal à entendre ce qu'elle dit. Elle lit un petit bout de papier froissé.

— Elle s'appelle Lina Torrero.

— Qu'est-ce qu'elle me veut ?

Nina entame l'escalier, puis se retourne pour me répondre :

— Je ne sais pas, je ne lui ai pas posé la question. Mais ça doit avoir un rapport avec Jennifer. Je lui ai promis que tu la rappellerais.

51

Nina

Le salon est plongé dans une obscurité apaisante. Seules les bougies de l'avent sur la table basse, devant moi, projettent leur lumière tamisée. Mon regard reste braqué sur les flammes dont l'éclat vacillant se reflète dans mon vin rouge et lui donne un ton plus chaud.

Je lève le verre, le porte à mes lèvres et bois une longue gorgée. La chaleur se répand dans tout mon corps. Mes épaules se décrispent. Après deux autres gorgées, mes pensées abandonnent leur compétition féroce pour attendre sagement leur tour. Je comprends qu'on puisse facilement tomber dans l'alcool.

Anton nous a souhaité bonne nuit mais, quand j'y pense, ça m'étonnerait qu'il dorme. S'il s'écoutait, il jouerait à sa console jusqu'au petit matin. Il faudra que je monte vérifier tout à l'heure.

Smilla et Vilgot dorment dans notre lit. La crise de notre fille a été contagieuse, on s'est retrouvés en fin de soirée avec deux enfants au bout du rouleau. Le seul moyen de les calmer a été de les coucher au même endroit pour que chacun s'endorme en me tenant la main.

Smilla continue de s'en vouloir. Elle pense que Jennifer s'est tuée à cause de leur dispute. Moi, j'ai du mal à croire à la thèse du suicide. Jennifer a toujours été si solide et sûre d'elle, du moins en apparence. Mais j'ai tout autant de mal à imaginer un viol ou un vol à l'arraché qui aurait mal tourné.

En tout cas, j'ai passé la soirée à tenter de convaincre ma fille qu'une simple dispute ne suffit pas à pousser quelqu'un à commettre l'irréparable. J'ai dû lui dire cent fois que « si Jennifer s'est ôté la vie, c'était pour d'autres raisons, des raisons qu'on ne connaît pas encore ». Mais Smilla ne voulait rien entendre. Elle pleurait et hurlait, et pendant quelques minutes je l'ai complètement perdue.

C'est là que j'ai composé le numéro des urgences. Puis j'ai eu un doute pendant que ça sonnait. Comment leur expliquer la situation ? Non, j'ai préféré raccrocher. Smilla a fini par se calmer, toujours affolée mais plus à l'écoute.

Comme je m'y attendais, Fredrik ne m'a été d'aucun soutien, il dort dans le lit de Smilla à l'heure qu'il est. À peine rentré de sa promenade, il a dit « bonne nuit » et est monté se coucher. L'idée d'avoir une chambre pour lui tout seul n'avait pas l'air de le déranger. Son comportement est de plus en plus étrange. Après plusieurs jours passés alité, voilà que lui vient l'envie d'aller se promener… en pleine tempête de neige.

Je repose mon verre sur la table et me cale au fond du canapé en bâillant à m'en décrocher la mâchoire. Cette journée m'a semblé interminable, je n'arrive pas à croire que c'est seulement ce matin que Smilla a été interrogée au commissariat. Et tiens, en parlant de police, pourquoi Lina Torrero voudrait-elle parler à Fredrik ? Je n'ai pas eu le temps de lui demander s'il l'avait rappelée.

Elle voulait sans doute savoir comment allait Jennifer ces temps-ci. Fredrik s'entendait bien avec elle. J'ai presque l'impression qu'il la connaissait mieux que ses propres parents. Au risque d'être cruelle, j'ai parfois eu l'impression que leur fille ne les intéressait pas beaucoup, qu'elle faisait seulement partie du décor, servait d'accessoire à la vie parfaitement Instagramable de Lollo.

Je repense aux événements d'aujourd'hui et l'horreur me frappe.

Jennifer est morte.

Elle n'est plus là.

Il y a quelques jours à peine, elle était dans notre cuisine et portait une tenue à me hérisser le poil. Et maintenant, elle a disparu et nous ne la reverrons plus jamais.

C'est impensable. Irréel.

Cette nouvelle année a commencé par une gueule de bois monumentale, et ça n'a fait qu'empirer depuis. Comparés aux soucis de Lollo, les miens me paraissent anodins.

Je n'imagine pas le silence mortel qui doit régner chez les Wiksell à l'heure qu'il est. Ils doivent avoir du mal à trouver le sommeil, eux aussi. Existe-t-il des services spécialement conçus pour ce genre de situation ? Doit-on chercher de l'aide par soi-même ou est-on pris en charge automatiquement dès lors qu'un décès est enregistré dans la famille ?

Et Max, comment prend-il la nouvelle ? Macho Max. Monsieur Wiksell, incapable de prendre un sujet au sérieux, qui rit toujours de tout. Sur ce coup-là, il doit rire jaune. Voilà un sujet sur lequel il ne blaguera pas.

Et Lollo ? Ma pauvre Lollo. Bien sûr, son mari est autant à plaindre qu'elle, mais j'ai plus de peine pour elle. Elle a perdu sa mère quand elle était petite. Elle en parle rarement, mais ça reste un traumatisme, évidemment.

Ce que la vie peut être vache.

Je reprends le verre et sirote mon vin. Faut-il que je l'appelle ? Que je lui envoie un message ou des fleurs ? Que fait-on quand l'enfant de quelqu'un meurt ? Envoyer un bouquet, ça paraît idiot. Qui est d'humeur à sentir le parfum des fleurs quand sa vie vire à l'enfer ?

Le fil d'actualité de Lollo sur Facebook doit être inondé de condoléances, de cœurs et de smileys en pleurs. Moi, je n'ai pas besoin de m'épancher sur ses réseaux. Lollo et moi nous connaissons depuis trop longtemps pour que je lui apporte mon soutien via le Net. Mais par téléphone… Non, ce serait comme si je piétinais leur carrelage sur mesure avec des bottes pleines de boue. Ils viennent d'apprendre la nouvelle, c'est trop tôt.

Je repose mon verre et prends mon téléphone.

Chère Lollo,

C'est la panne. Qu'est-ce que je peux bien lui dire ? Si j'étais à sa place, quels mots me feraient du bien ? Argh, je ne veux même pas y penser.

J'ai appris ce qui s'est passé et je suis profondément désolée, nous sommes tous dévastés. On aimait Jennifer

Non.

Nous avons tellement de bons souvenirs de

Non.

Je jette le téléphone à côté de moi sur le canapé, reprends une gorgée de vin et regarde par la fenêtre. Il neige toujours, mais la tempête s'est calmée. Une vague de mélancolie s'abat sur moi. Pourquoi n'ai-je personne à qui parler ? Vais-je devoir traverser ça toute seule ?

Je cherche mon téléphone à tâtons et écris à Malena sur Messenger.

Tu es réveillée ? On peut s'appeler ?

Le point vert sous sa photo de profil indique qu'elle est connectée. Je fixe la fenêtre de discussion avec insistance, comme pour la forcer à répondre plus vite. Ça a l'air de marcher, un mot apparaît à l'écran :

Absolument.

— Tu as appris la nouvelle ? demandé-je d'abord.

— Oui, j'ai vu ça sur Internet.

Sa voix rend la chose étrangement concrète, l'air me manque.

— Smilla… Smilla était à la battue, finis-je par articuler.

Malena a le souffle coupé, elle aussi.

— Quoi ? Elle y était ?

— Oui, elle y tenait vraiment, impossible de l'en empêcher. Heureusement, ce n'est pas elle qui a retrouvé Jennifer mais quelqu'un de chez Personnes disparues, avec un chien de pistage. C'est bizarre que les policiers n'aient rien trouvé. J'ai croisé un maître-chien à Klagshamn hier matin.

Un bref silence, puis Malena répond :

— C'est complètement dingue. On croit que ça n'arrive qu'aux autres et, d'un coup, c'est sur Jennifer que ça tombe.

— Oui, je me suis dit la même chose, soupiré-je. Et nous qui lui cassions du sucre sur le dos l'autre jour. Ça fait bizarre…

— Et alors ? Tu ne vas quand même pas croire que c'est ta faute ?

Je ne peux pas m'empêcher de sourire.

— J'ai passé des heures à essayer de convaincre Smilla qu'elle n'était pour rien dans tout ça… Et voilà que je me sens coupable, moi aussi.

— Arrête ça, Nina. Comment tu peux croire ça ?

Elle a presque l'air en colère.

— Tu sais bien… À cause de leur soirée, tout ça. On les a laissées faire la fête ici et c'est parti en sucette.

— Oublie leur soirée, répond fermement mon amie. Jennifer s'est peut-être suicidée, ou bien…

— Tu crois vraiment ça ? l'interromps-je.

— Aucune idée. Qu'est-ce que ça peut être, sinon ?

— Je ne sais pas. Mais j'imagine mal Jennifer en arriver là. Ce n'était pas son genre.

— Personne n'est « du genre » suicidaire, me fait-elle remarquer.

— Non, je sais bien, mais c'est juste que… (Je marque une pause.) Lollo n'a jamais parlé de difficulté avec Jennifer. Elle avait l'air d'aller bien.

— Peut-être que Lollo n'en savait rien du tout.

Après une quinte de toux, Malena reprend le fil de sa pensée.

— Tout le monde ne parle pas forcément de ses problèmes. On est nombreux à vivre des épreuves sans le dire à personne. Crois-moi, j'en croise beaucoup.

Les flammes commencent à lécher la mousse au pied des bougies, je les éteins par précaution.

— Justement, on aurait dû la soutenir au lieu de médire comme des commères.

L'image du visage pâle de Fredrik s'imprime sur ma rétine et je dois cligner des yeux pour la faire disparaître. Je concentre plutôt mon regard sur le verre de vin à moitié vide devant moi.

— Je picole du vin toute seule, admets-je. J'avais besoin de décompresser.

— Tu m'étonnes. Moi aussi, j'aurais bien besoin d'un petit remontant.

Avec son approbation, j'ai moins de scrupules à reprendre une gorgée.

— Tu as parlé à Lollo ?

— Non, soupire encore mon amie. J'aurais dû prendre des nouvelles en début de semaine. Plus j'attends, plus ça devient gênant. Et puis… je ne sais pas quoi lui dire.

— Moi non plus. J'ai essayé de lui écrire un message mais il n'y a pas de mots. (Une idée me vient.) Dis, et si on papotait autour d'un café demain ? Ça nous ferait du bien.

Je l'entends se déplacer dans son appartement.

— Hum, demain ? Attends, je vérifie un truc. (Des bruissements crépitent au bout du fil pendant un long moment.) Oui, ça peut le faire. Tu es dispo l'après-midi ?

Dieu merci, j'ai Malena dans ma vie. Elle connaissait Jennifer et c'est une amie de Lollo. Et, surtout, elle se comporte normalement malgré le chaos ambiant.

— Oui, c'est parfait, déclaré-je avant de me rappeler la situation. Enfin, à condition que Smilla aille mieux. Je ne sais pas si je pourrais la laisser seule dans cet état.

— Fredrik n'est pas à la maison ?

— Si, mais… (Ma gorge se serre, j'ai du mal à déglutir.) On en parlera demain.

— Pas de problème. (Elle hésite.) Nina, tout va bien ?

— Non. (Ça me brûle de plus en plus.) Non, ça ne va pas du tout, mais… (Je prends une profonde inspiration.) Excuse-moi…

— Tu n'as pas à t'excuser, ma belle. Ça ne doit pas être facile pour toi, en ce moment, entre Smilla et Jennifer, tout ça.

— Il n'y a pas que ça. Il y a Fredrik aussi. Il…

J'ai mal à en serrer les mâchoires, mes yeux brûlent sous la pression des larmes.

— Il a vraiment un comportement bizarre, reprends-je. Il se dit stressé à cause du boulot, mais… je ne sais pas. Au début, je croyais qu'il me trompait.

Je finis par céder et pleure. Impossible de parler. C'est comme si j'avais accumulé des milliers de larmes et ne trouvais plus la place de les stocker. Ce sont les grandes eaux, un filet humide coule le long de mon bras tenant le téléphone pour mouiller la manche de ma chemise.

Malena attend patiemment que je me calme.

— Tu veux en parler ?

— Si je commence maintenant, tu ne pourras plus m'arrêter, on en aura pour la nuit, dis-je entre rire et larmes, reniflant dans le combiné. Il vaut mieux qu'on garde ça pour demain.

Nous nous donnons rendez-vous à l'*Espresso House*, au centre commercial *Hansa*, à 15 heures, avant de raccrocher.

Nouveau message. J'écris :

Ma chère Lollo, j'ai appris pour Jennifer. C'est terrible, nous sommes tous profondément désolés de ce qui est arrivé. Comment t'exprimer mon chagrin alors que les mots me paraissent creux et pathétiques ? Sache toutefois que nous pensons très fort à vous et partageons votre tristesse.

J'espère que vous avez du monde pour vous aider à tenir.
Promets-moi que tu appelleras si l'on peut faire quoi que ce soit.

Tendres pensées,

Nina, Fredrik et les enfants

4 janvier 2019

Vendredi

52

Lollo

Je retrouve Jennifer dans une sorte de rêve éveillé. C'est un petit nouveau-né allongé sur ma poitrine, avec un bonnet en coton blanc autour de sa tête miniature. Elle est si petite que même ce bonnet minuscule paraît trop grand. Je regarde cette créature froissée avec autant d'amour que de terreur. Cette vie si fragile. Sous *ma* responsabilité.

Et puis, elle a un an, le pas chancelant, ses petits poings potelés agrippant la poignée de son trotteur. Sa couche est un coussin pour amortir les chutes.

La voilà à cinq ans, les couettes attachées de traviole. Je l'ai habillée en jupe et chemise à manches bouffantes pour la fête de ses copains de classe. À peine sort-on de la maison qu'elle retire ses collants. Je la gronde en la retenant fermement par le bras. L'élastique claque autour de son ventre.

Bond dans le temps, elle a onze ans. Longue comme une asperge, cette jeune footballeuse a les joues roses, le front suintant et un grand sourire fier. Elle a marqué un but. Ou réussi un tacle glissé.

Les contours de Jennifer adolescente sont plus flous. Elle se tient d'abord dans l'entrée, prête à partir au lycée en blouse décolletée et trop maquillée. Plus tard, je la vois assise sur son lit, démaquillée et en pyjama. Elle a son ordinateur sur les genoux et révise son contrôle. En histoire. Ou en éducation civique.

Son image se dissipe, je ferme les yeux très fort pour la garder avec moi. Je tâtonne dans le vide. Je crie, je prie et supplie.

Ne veux pas abandonner ma fille chérie.

Veux pas.

Veux pas.

Quand je rouvre les yeux, la lumière du jour perce timidement les contours des volets. J'ai le visage trempé. Ai-je pleuré dans mon sommeil ? Il semblerait que oui. Comment est-ce possible ? Comment ai-je pu dormir alors que Jennifer est morte ?

Jennifer est morte.

Chaque fois que ces mots me reviennent, ma douleur est physique. C'est un coup de couteau dans mon ventre. Ou plutôt, dans la poitrine.

Ça fait un putain de mal.

Mon téléphone est posé sur la table de chevet. C'est moi qui l'ai mis là ? Je ne me souviens pas de m'être couchée hier soir, ne garde qu'un vague souvenir de nous assis au salon avec cette inspectrice, Lina Torrerro, et son collègue. Papa et Agneta étaient là aussi. Sont-ils partis ? Je tends l'oreille mais n'entends aucun bruit, la maison est plongée dans le silence. Un calme étrange.

Par pur réflexe, j'attrape mon téléphone, le déverrouille et me surprends à espérer un texto de ma fille. Un sanglot se coince dans ma gorge. Je n'aurai plus *jamais* de message de Jennifer. Plus jamais de texto envoyé dans le bus le soir, disant « Je rentre » ou « J'arrive dans 5 min » avec des cœurs en fin de phrase.

C'est fini.

J'ai reçu d'autres messages. Beaucoup. J'en lis quelques-uns, dont celui de Nina, mais repose vite mon téléphone. Tout ce que les gens écrivent n'a aucun sens. Ça ne ramènera pas ma fille.

Certains demandent s'ils peuvent faire quelque chose. Que veulent-ils que je leur dise ? Personne ne peut rien y faire.

Jennifer est morte.

On frappe à la porte, la tête de mon père apparaît dans l'embrasure. Il entre et reste à distance du lit.

— Comment tu te sens ?

Ma tête menace d'imploser, ma souffrance se coince dans ma gorge et comprime mes poumons. Je ne peux émettre aucun son, seulement secouer la tête.

Papa s'assied au bord du lit, chasse une mèche de mon visage et me caresse tendrement la tête.

— Pleure, murmure-t-il. Laisse-toi aller.

C'est comme l'écho d'un autre temps.

Reste-t-il assis là deux minutes, dix minutes ou une heure ? Je perds la notion du temps. Enfin, mes réserves de larmes se tarissent.

— Où est Max ?

J'ai la voix éraillée.

— Il est dans la cuisine avec Agneta, dit-il en ajustant la couverture, me bordant comme quand j'étais petite. On pensait rester le temps que la police revienne vous interroger.

À cet instant, Agneta entre à son tour dans la chambre. Elle s'approche du lit et serre ma main dans les siennes.

— Ça va ?

Sans attendre de réponse, elle s'approche de la fenêtre et entrouvre les volets, juste assez pour me laisser voir une bande de ciel gris de janvier.

Papa me serre doucement le bras puis, avec un petit effort, il se relève.

— Le prêtre qui a célébré la confirmation de Jennifer vient d'appeler, dit Agneta en revenant vers le lit. Max l'a eu au téléphone.

— Anders Edwall ? m'étonné-je. Qu'est-ce qu'il voulait ?

— Je suppose qu'il voulait exprimer son soutien et… enfin, tu sais, proposer son aide. Max a pris son numéro, au cas où tu voudrais le contacter.

— Je ne crois pas en Dieu, marmonné-je, sentant à nouveau un sanglot menacer.

— Il voulait certainement juste t'apporter un soutien par téléphone, nuance Agneta depuis le pas de la porte. Que dirais-tu d'un café et de tartines ? La police devrait arriver vers 10 heures.

Ils veulent vraiment que je me lève pour parler de ma fille décédée à de parfaits inconnus ? C'est complètement absurde. Je me rappelle alors qu'ils viennent pour une bonne raison. Ils veulent comprendre ce qui s'est passé. Et retrouver le coupable.

Si ce Tom Souilleur a tué ma petite fille, je lui souhaite de finir sa vie derrière les barreaux. Mieux, d'aller pourrir en enfer. Même chose pour Petter Silvén, évidemment. Ça vaut pour le coupable, quel qu'il soit.

Bon, il est temps de se reprendre. Je dois faire tout ce qui est en mon pouvoir pour dénicher ce bâtard.

— Qu'est-ce qu'ils ont dit ?

Je me redresse, m'assieds sur le bord du lit. Papa et Agneta paraissent surpris par ma question, ils ne s'attendaient pas à ce regain d'énergie.

— Qui a dit quoi ? demande Agneta.

— Eh bien, la police. À propos de Jennifer. Est-ce qu'ils savent ce qui s'est passé ? Comment elle a fini dans la carrière ?

— Ils n'ont rien dit de plus, se désole papa. Ils ont seulement posé des questions.

Je le regarde longuement.

— Ils vous ont interrogés, vous aussi ?

Il opine.

— Oui, très brièvement. Après avoir parlé à Max.

Je ne comprends plus rien, et me lève.

— Mais pourquoi ? Qu'est-ce que vous pouviez leur dire de plus ? Vous n'avez pas vu Jennifer depuis Noël.

— Pas au sujet de sa disparition en elle-même, répond ma belle-mère. Ils voulaient simplement un topo de la situation… familiale. Une description de son entourage.

Le sol semble se dérober sous mes pieds. J'essaie de décrypter ce qu'elle essaie de me dire. Et c'est glaçant. Je prends Agneta par le bras.

— Attends, tu veux dire qu'ils pensent… Ils ne croient quand même pas au suicide ? Qu'elle aurait… Qu'on n'aurait pas su…

— Lollo, m'interrompt-elle doucement en recouvrant ma main de la sienne. Ils n'ont rien dit du tout sur leur enquête. À mon avis, ils ne diront rien tant qu'ils ne seront pas sûrs d'eux.

— Je reviens tout de suite, marmonné-je. Je vais prendre une douche.

L'eau ruisselle sur mon corps nu, je ferme les yeux et essaie d'ignorer les pensées qui m'assaillent. Sans succès.

Jennifer était-elle malheureuse au point d'en arriver là ?

Nous a-t-elle envoyé des signes qu'on n'a pas su lire ?

Aurait-on dû le voir venir ?

L'un des poèmes trouvés dans l'ordinateur de ma fille me revient en tête.

Je t'aime.
Je te déteste.
Mais surtout, c'est moi que je hais le plus.

Mes larmes se mêlent à l'eau de la douche et disparaissent à mes pieds sous le bouchon chromé.

53

Fredrik

Malmö se pare de nuances brun-gris. Notre quartier porte encore les stigmates de la tempête d'hier, les pelouses orientées au nord sont constellées de neige et la déneigeuse a oublié de fines bandes blanches de part et d'autre de Sallerupsvägen. Mais plus je m'approche du centre-ville, plus ça brunit.

Deux jours à peine se sont écoulés depuis que j'ai roulé jusqu'à Klagshamn, pourtant j'ai l'impression de ne pas avoir pris le volant depuis des lustres, comme si ma mémoire musculaire l'avait oublié. Au croisement de Drottninggatan, j'oublie d'enfoncer la pédale d'embrayage, la boîte de vitesses grince et le moteur cale.

Il y a peu de monde sur la route à cette heure matinale, pourtant j'ai du mal à trouver où me garer. Visiblement, les gens sont en congé pendant les fêtes, des voitures occupent toutes les petites rues derrière le commissariat. Je finis par trouver une place libre et un panneau listant les applications de stationnement compatibles dans le quartier.

Je redoute ce moment depuis le soir du réveillon, et pourtant, c'est avec un calme étonnant que je franchis les portes vitrées de la grande bâtisse. Sans doute parce que je prends conscience que j'ai dramatisé pour rien. Ou parce que je sens venir le moment critique où il faudra impérativement garder la tête froide.

Et il arrive, ce moment critique.

Je serai sûrement interrogé par un flic formé pour capter la nervosité ou l'hésitation. Ce sera le moment d'être calme et détendu. C'est ma dernière chance. S'ils me soupçonnent sans disposer de preuve concrète, il est encore temps de leur échapper, pourvu que j'arrive à m'expliquer sans craquer.

Tu n'as rien fait, Fredrik.

Tu as seulement discuté avec Jennifer.

Et tu n'as absolument pas caché de veste noire dans une benne à ordures du quartier Elisedal.

Tu n'es jamais allé là-bas, tu ne sais même pas où c'est.

Je me présente à la femme de la réception. Sous sa vitre, elle me fait passer un badge visiteur et m'invite à m'asseoir pour patienter. Les bancs sont durs, pas confortables pour un sou. Mais les gens ne viennent pas là pour prendre le thé. Je regarde autour de moi. Un jeune homme assis là fait rebondir nerveusement sa jambe, le regard perdu dans le vide. Est-il accusé de quelque chose ? Ou vient-il témoigner ? Dans les deux cas, ça le rend nerveux.

— Fredrik Andersson ?

Je me lève d'un bond et tombe nez à nez avec le policier qui est venu à la maison l'autre jour. Mon cœur s'affole. Ce type me met mal à l'aise. À cause de son regard perçant, peut-être. Ou de son flegme perturbant. Une sorte de calme trompeur, comme celui qui précède la tempête.

— Dites donc, vous êtes dans les starting-blocks.

Intérieurement, je grogne. Expression idiote, qui peut s'expliquer par mon métier, mais que je n'ai pourtant jamais utilisée.

— Marko Stojkovic, se présente l'homme à la stature imposante en m'offrant une poignée de main. On s'est vus mardi dernier.

Je lui serre la main en espérant réussir à grimacer un sourire.

— Veuillez me suivre.

Je lui emboîte le pas dans un couloir triste et désert. Il n'y a pas un chat, seulement une longue série de portes fermées. C'est un combat que de maintenir le sentiment de calme qui m'habitait tout à l'heure.

Il faut régler cette histoire, et vite. Pas le choix.

J'ai comme un flash, l'image de Nina telle qu'elle était le soir du réveillon, avant que tout parte en vrille. Sa coiffure, ses boucles qui cascadaient dans son cou, sa robe verte et son grand sourire.

Ma Nina chérie.

— Entrez, je vous prie.

Stojkovic s'est arrêté devant l'une des portes, grande ouverte. Il me fait signe d'entrer. La pièce est minuscule. Le sol est gris, les murs blancs et le mobilier réduit à une table et quatre chaises. Ça correspond parfaitement à l'image que je me fais des salles d'interrogatoire. Froides et impersonnelles.

Nous prenons place autour de la table, moi d'un côté, Stojkovic de l'autre.

— L'inspectrice ne va pas tarder, précise-t-il.

J'acquiesce et regarde par la fenêtre, d'où on aperçoit seulement un bout de ciel gris acier, alors je reporte mon regard sur Stojkovic en m'efforçant de ne pas me montrer fuyant. Ça fait certainement partie de l'épreuve, ils me font attendre seul avec lui pour voir comment je me comporte.

Très vite, une petite femme d'une trentaine d'années fait son entrée. Ses longs cheveux noirs sont relevés en queue-de-cheval haute et elle est habillée en civil, comme son collègue.

Je m'apprête à me lever, mais elle s'approche pour me tendre la main.

— Restez assis, dit-elle avec une poigne surprenante. Excusez-moi pour le retard. Lina Torrero, inspectrice.

— Fredrik Andersson, dis-je inutilement, car elle sait parfaitement qui je suis.

Lina Torrero lâche ma main et s'installe à côté de son collègue, qui allume un ordinateur portable.

— Bien, dit Torrero en feuilletant un dossier. Vous avez des questions, avant qu'on en vienne directement aux faits ? demande-t-elle en levant les yeux.

Je fais signe que non tandis que mon cerveau s'active. Suis-je censé avoir des questions ? Devrais-je m'insurger d'avoir été convoqué, leur dire que je n'ai rien à faire ici ? Un homme innocent ferait-il une scène parce qu'on le dérange pendant les vacances ?

Elle allume un dictaphone qu'elle pose au milieu de la table, annonce les personnes présentes et donne la date et l'heure de la séance. Comme dans les films.

— Comment allez-vous ? demande-t-elle.

Question déstabilisante. Je répète :

— Comment je vais ?

Elle laisse passer un silence.

— Votre femme nous a fait comprendre que vous n'étiez pas dans votre assiette ces temps-ci.

— Non, enfin oui, c'est vrai.

Le regard de Stojkovic me transperce le crâne. Je poursuis malgré tout :

— J'ai été très stressé au travail. Et puis, cette histoire avec Jennifer Wiksell n'arrange rien. Mon petit frère s'est suicidé. Il avait quelques années de moins que Jennifer, mais… C'est difficile de ne pas… Ça reste un souvenir douloureux.

Elle opine.

— Vous êtes enseignant, c'est bien ça ?

— Oui, au lycée. Sports et mathématiques.

Torrero jette un coup d'œil à la première feuille de son dossier et revient sur moi.

— Avez-vous une idée de la raison pour laquelle nous vous avons convoqué ?

— Pas pour parler de ma santé, en tout cas, réponds-je pour faire de l'humour.

Ce qui n'arrache un sourire ni à l'un ni à l'autre. Alors j'enchaîne.

— C'est au sujet de Jennifer, je suppose. Mais, honnêtement, je ne vois pas en quoi je peux vous aider. Vous avez déjà interrogé ma fille. Smilla et Jennifer se préparaient à fêter le nouvel an chez nous quand ma femme et moi sommes partis chez les parents de Jennifer. J'ai à peine adressé la parole aux filles avant de partir.

Stojkovic pianote sur son clavier. Qu'écrit-il ? Ce que je viens de dire, ça mérite d'être noté ?

Torrero s'éclaircit la voix.

— Pourriez-vous nous décrire la relation que vous entreteniez avec Jennifer ?

— Quelle relation ? On n'entretenait rien du tout.

Une indignation sincère que je n'ai pas à feindre.

— Il semblerait pourtant que vous ayez été proches tous les deux, insiste calmement Lina Torrero. Elle vous aimait bien.

Je soupire.

— Oui, on s'entendait bien. Elle n'avait pas toujours une vie facile et…

— Vous pouvez préciser ?

— Préciser quoi ?

— En quoi n'avait-elle pas une vie « facile » ?

Je fais semblant de réfléchir, puis sers la réponse que j'élabore depuis plusieurs jours.

— Eh bien, les parents de Jennifer ont toujours été très exigeants avec elle. Et en même temps, ils avaient peu de temps à lui consacrer. Je suis probablement l'un des rares adultes à avoir pris la peine de l'écouter. Bon, quand elle était petite, c'était une teigne, à toujours vouloir accaparer l'attention. Mais, la pauvre, elle cherchait seulement l'approbation de ses parents, sans jamais l'obtenir. Ado, il suffisait de prendre le temps de la connaître pour voir qu'elle était comme les autres. (Je m'appuie contre le dossier dur.) Au lycée, je le constate tous les jours : la plupart des élèves sont adorables, pourvu qu'on les traite avec respect.

— Quand voyiez-vous Jennifer ?

— On ne se voyait pas. Enfin, à part quand nos familles se retrouvaient, qu'on dînait entre amis, ce qui arrivait plus souvent quand les filles étaient petites. Maintenant, on se voit seulement pour la Midsommar et le nouvel an. Ces dernières années, Smilla et Jennifer restaient le temps du repas. Après, elles sortaient ailleurs le soir.

— Vous ne vous êtes donc jamais retrouvé seul avec Jennifer ?

— Si, dis-je en recouvrant un semblant de calme. Quand elle était au collège, je l'ai aidée en maths. C'est arrivé deux ou trois fois, j'allais chez les Wiksell pour lui donner des cours de soutien. Un de ces soirs-là, il me semble que Max et Lollo étaient absents.

— En dehors du soutien scolaire, vous n'étiez jamais seuls tous les deux, toujours en présence des familles ?

— C'est ça.

Je soutiens le regard du policier, Stojkovic.

Lina Torrero marque un silence pour parcourir son dossier. Hormis le froissement des feuilles, je n'entends que le sifflement d'une aération au plafond.

Je jette un coup d'œil au ciel par la fenêtre. Et s'ils ne me laissaient plus jamais sortir d'ici ? Et si l'on m'enfermait dans cet espace clos avec une seule fenêtre à barreaux ouverte sur le monde ?

— Lui arrivait-il de vous téléphoner ? demande-t-elle soudain.

— Rarement. Peut-être pour me poser des questions sur les maths.

Elle hoche la tête d'un air pensif avant d'ajouter :

— Quand Jennifer vous a appelé le soir du réveillon, j'imagine que ce n'était pas pour parler de Pythagore.

La conversation prend exactement la tournure que j'attendais, c'est parfait.

— Pardon ? Je ne l'ai pas eue au téléphone ce soir-là.

Lina Torrero brandit un papier qu'elle me fourre sous le nez.

— D'après l'historique de ses appels, Jennifer vous a téléphoné un peu après minuit.

Je secoue la tête.

— Il y a forcément une erreur. Je n'ai jamais reçu cet appel. La dernière fois que je lui ai parlé, c'était dans notre cuisine, pour lui souhaiter une bonne soirée.

— Ces documents fournis par les opérateurs sont rarement erronés, fait-elle remarquer, mordante, en pressant l'index sur la feuille de papier posée entre nous. Et la conversation aurait duré plusieurs minutes.

Je hausse les épaules.

— Dans ce cas, mon téléphone a décroché dans ma poche sans que je m'en rende compte. Ça arrive parfois, d'appeler ou de décrocher par erreur. Je vous le jure, je n'ai pas parlé à Jennifer le soir du réveillon.

Mon regard alterne entre les deux policiers qui n'ont pas l'air convaincus.

— Ça suffit, dit-elle en haussant le ton. Vous n'êtes pas le premier à nous servir la thèse du téléphone dans la poche. Dites-nous la vérité, on perdra moins de temps.

Ce changement de ton me prend de court, une bouffée de panique me saisit. *Reste calme, Fredrik,* me grondé-je intérieurement. *Ils veulent te faire perdre ton sang-froid. Ne leur fais pas ce cadeau, ne leur donne rien.*

Je me redresse sur ma chaise et regarde l'inspectrice droit dans les yeux.

— La vérité, je viens de vous la dire. Vous croyez que je vous mentirais en face ?

Les policiers échangent un regard. Peut-être ont-ils communiqué par un langage codé, car Torrero se cale soudain au fond de son siège.

— Très bien, admettons, lâche-t-elle sans masquer son irritation. Mais, d'après vous, qu'est-ce que Jennifer vous voulait ?

— Qu'est-ce que j'en sais ?

— Faites marcher votre imagination.

Je soupire devant sa froideur, mais, au fond de moi, je suis soulagé qu'on reprenne le fil de la discussion. Je prends mon temps.

— Hum… Elle voulait peut-être me parler de leur soirée. Pour m'avertir que ça avait dérapé, histoire qu'on rentre plus tôt et qu'on surprenne Smilla avant qu'elle n'ait le temps de tout nettoyer.

Torrero fronce les sourcils.

— Pourquoi Jennifer aurait-elle fait ça ?

— Je vous rappelle qu'elles se sont disputées. Elle voulait peut-être se venger de ma fille.

Les doigts de Stojkovic dansent sur le clavier et Torrero se penche au-dessus de la table.

— Pourriez-vous nous faire un bref récapitulatif de votre réveillon du nouvel an, à partir de 19 heures et jusqu'à la fin de la soirée ?

— J'étais chez les Wiksell.

— Et vous n'avez quitté leur domicile à aucun moment ?

— Non, je suis resté jusqu'à ce qu'on rentre chez nous. Vers 2 h 30. Mais tout ça, je vous l'ai déjà dit.

L'inspectrice opine et range ses feuilles en une pile bien nette.

— Je vous remercie, Fredrik, ainsi que pour votre disponibilité au pied levé.

Elle regarde l'horloge, annonce l'heure à voix haute et éteint le dictaphone. Nous nous levons et échangeons une poignée de main.

— Désolé, je ne vous ai pas appris grand-chose de plus, dis-je en prenant la direction de la sortie.

— Au contraire, nous avons bien avancé, affirme Torrero en soutenant mon regard. Ça ne vous dérange pas si l'on vous rappelle pour d'autres questions, au besoin ?

— Non, bien sûr. Je suis toujours joignable.

Un rire se coince dans ma gorge, j'arrive de justesse à le réprimer en simple sourire pour ajouter :

— Sauf quand je suis en silencieux, évidemment.

Stojkovic ouvre la marche dans le couloir et me laisse à la réception.

Sur le chemin de ma liberté, je repense au commentaire de Torrero. *« Nous avons bien avancé. »* Que voulait-elle dire par là, au juste ? Et Stojkovic n'a-t-il pas hoché la tête à ce moment-là ?

Je retrouve cette bonne vieille nausée et une sueur froide me glace tandis que je longe le commissariat pour regagner la petite rue perpendiculaire.

Je me laisse choir lourdement sur le siège conducteur et repose mon front sur le volant en attendant que les vertiges s'estompent.

54

Nina

Fredrik est au commissariat. Il n'a pas dit un seul mot avant de partir, il avait juste l'air nerveux et de mauvais poil.

J'ai voulu faire de l'humour en disant « pourvu qu'ils te laissent repartir », mais ça ne l'a pas fait rire. Il a simplement grogné en agitant la main comme pour chasser une mouche pénible.

Mon ordinateur est posé devant moi sur la table de la cuisine, la machine à café crépite en fond sonore. Vilgot regarde la télé tandis qu'Anton et Smilla dorment encore. On croirait presque un matin de vacances ordinaire. Personne ne devinerait que la fille de nos amis a été retrouvée morte dans une carrière. Rien ne laisse paraître que j'ai une ado au bord de la crise de nerfs et un mari que je ne reconnais plus.

J'écume le Net à la recherche d'infos sur les maladies liées au stress. C'est un problème très courant, apparemment, des dizaines de blogs, forums et autres sites médicaux y sont dédiés. La page de la Sécurité sociale propose une description claire et nuancée du syndrome de la fatigue chronique, contrairement à d'autres sites. J'entame ma lecture.

« La fatigue chronique se traduit par un manque cruel d'énergie. Malgré un long repos, l'épuisement persévère. »

Bingo.

« Le sujet paraît irritable, tendu et déprimé. »

J'accélère ma lecture.

« La maladie peut s'étendre à certains organes, notamment l'estomac et les intestins. »

Je suis tellement soulagée que j'ai envie de pleurer. Le paragraphe entier correspond à ce que traverse Fredrik en ce moment. Si son problème a un nom, alors il existe forcément une solution.

Enfin une bonne nouvelle.

Je me lève et m'approche de la machine à café. Ça y est, je sais enfin ce que je dois faire : puisque Fredrik, d'après ce qu'il me dit, a des difficultés à accomplir les tâches les plus basiques, c'est à moi de m'assurer qu'il prenne rendez-vous avec son médecin traitant. On téléphonera tout à l'heure, dès qu'il sera rentré. Il a besoin de moi.

Je sors une tasse que je remplis de café et me tourne vers la fenêtre. Mon regard se pose aussitôt sur l'amaryllis fanée. À croire que cette fleur n'a d'autre but que de me donner mauvaise conscience. Je m'empare du pot sur le rebord de la fenêtre et le renverse dans l'évier. Voilà, Noël peut officiellement débarrasser le plancher.

D'après l'article de la Sécurité sociale, la convalescence peut prendre du temps après une fatigue chronique. Elle « peut » prendre du temps, toute la nuance est là. Fredrik est vigoureux, en bonne santé physique, il s'en remettra vite. Pour son bien comme pour le mien, car, moi, je ne sais pas si je supporterais longtemps de le voir dans cet état.

Smilla apparaît sur le seuil de la cuisine. Elle porte le pyjama à carreaux qu'elle a reçu à Noël, elle a de petits yeux et les cheveux en bataille.

Je repose prestement ma tasse et vais la serrer dans mes bras.

— Bonjour, ma chérie. Comment tu te sens, ce matin ?

Elle s'écarte et grommelle :

— Je suis au bout de ma vie.

Sa réponse me redonne espoir, elle a cette pointe aiguë dans la voix, typique de son humeur massacrante habituelle. Hier, je n'entendais que du désespoir.

— Je comprends. Qu'est-ce que tu veux pour le petit déjeuner ?

Elle hausse les épaules.

— Il reste du muesli au chocolat ?

— Si Anton t'en a laissé, oui, réponds-je en lui tirant une chaise. Assieds-toi, je m'en occupe.

Ma fille s'installe et prend le journal encore intact, posé sur la table. Mon réflexe serait de le lui prendre des mains. J'ai été tellement accaparée par mes recherches que je ne l'ai pas encore lu. Ils ont forcément consacré un article à Jennifer et à la carrière de calcaire.

Suis-je bête. Si les médias ont relaté l'info, Smilla a certainement déjà tout lu sur son téléphone. Je ne peux pas la protéger, la réalité finira toujours par la rattraper.

Elle feuillette le journal pendant que je sors le pain, le fromage et le beurre.

— C'est bizarre…, finit-elle par dire.

Je me retourne.

— Qu'est-ce qui est bizarre ?

Désignant vaguement un article, elle lit à haute voix :

— « Le corps de l'adolescente de dix-sept ans, Jennifer Wiksell, portée disparue mardi matin après avoir célébré la nouvelle année à Malmö, a été retrouvé hier après-midi non loin de son domicile. » (Elle lève les yeux vers moi, sa voix se met à chevroter.) J'ai du mal à croire qu'ils parlent de Jennifer. De *ma* Jennifer. Ces horreurs-là, on les entend partout, des filles disparues, assassinées, violées, ça paraît toujours loin, comme dans les films. Alors que là, c'est quelqu'un qu'on connaît… enfin, connaissait… Et du coup, ça me fait *vraiment* peur. Je n'arrive pas à croire que Jennifer est morte.

Accablée, elle plonge son visage dans ses bras croisés sur la table. Je vais vite m'accroupir auprès d'elle et la prendre dans mes bras.

— Je sais, ma puce, je sais.

Nous restons un long moment comme ça. Smilla sur la chaise, la tête au creux de mon épaule, et moi accroupie, les bras autour de ma fille chérie et bien vivante. Tant pis pour les fourmis dans les jambes, je m'en fiche. Elle est ici, avec moi, c'est tout ce qui importe.

Une fois calmée, elle se lasse du câlin et reprend le journal.

—Au fait, ils disaient un truc à propos de… (Ses yeux parcourent rapidement le texte.) Là. Regarde.

Je lis la phrase au-dessus de son doigt.

« La police n'exclut pas la thèse de l'homicide. »

—Ça veut dire que ce n'était pas un suicide ?

Son regard m'implore.

—Il faut croire que non, lui concédé-je.

C'est comme si je retirais un énorme poids de ses épaules.

Je survole le reste de l'article et apprends que les déclarations de nouveaux témoins pourraient, d'après le journaliste de Sydsvenskan, jeter un nouvel éclairage sur l'affaire. Notamment ce Danois qui aurait fêté le nouvel an à Klagshamn avant de rentrer chez lui en voiture. Il viendrait tout juste d'apprendre le fait divers et se serait manifesté tout récemment pour témoigner.

—Tu as raison, reprends-je. On dirait qu'ils ont d'autres pistes.

Smilla se lève pour aller près de l'évier sécher ses larmes avec de l'essuie-tout, puis se mouche.

—Je parie qu'elle a été tuée par un vieux dégueulasse, jure-t-elle en jetant le mouchoir dans la poubelle. Si la police ne retrouve pas le connard qui a fait ça, je le retrouverai moi-même. Et je le tuerai.

Je hoche la tête. La colère peut lui faire du bien, c'est une catharsis comme une autre.

—En tout cas, je suis sûre que la police fait ce qu'elle peut, ma puce. Tu l'as bien aidée en lui disant tout ce que tu savais.

—Tu parles, je n'avais pas grand-chose à…

Smilla se tait quand la porte d'entrée claque. Fredrik traverse le couloir, la tête rentrée dans les épaules. Il a l'air au fond du trou. Sa démarche rappelle celle d'un vieil homme faible. Ou d'un homme qui a tout perdu.

—Coucou !

Ma joie sonne faux. J'avais espoir que ce tour au commissariat lui ferait du bien, que le fait de prendre l'air et de voir d'autres visages lui rendrait sa bonne humeur. Ma déception est énorme, j'ai du mal à la cacher.

— Eh, j'ai dit « coucou ».

Le visage blême, il me lance un regard hagard au travers du treillis.

— J'ai entendu.

— Alors n'hésite pas à répondre, surtout, rétorqué-je en haussant le ton. Que je ne parle pas dans le vide.

Fredrik se tient fermement à la balustrade pour monter la marche menant à la cuisine, comme s'il risquait de s'effondrer à tout moment. Je regrette aussitôt mon sarcasme et ma colère se change en amertume. Je m'en veux terriblement.

Ressaisis-toi, Nina. Tu viens juste de lire un article sur la fatigue chronique. Fredrik ne le fait pas exprès. Essaie de l'aider, au lieu de l'enfoncer encore davantage.

Smilla lève les yeux du journal et observe son père.

— Punaise, t'as vraiment une sale tête.

Un petit sourire crispé aux lèvres, Fredrik lui ébouriffe tendrement les cheveux.

— Je me sens un peu débordé. Mais ça va aller.

Je m'efforce de retrouver mon calme et ma confiance.

— À ce propos, j'ai fait des recherches sur le syndrome de la fatigue chronique et…

Fredrik ressort déjà de la cuisine et le peu de patience que j'avais réussi à rassembler vole en éclats. Je me lève de ma chaise.

— Tu m'écoutes quand je te parle ?

Il se retourne brusquement.

— J'ai le droit d'aller pisser ou tu veux que je me fasse dessus ?

Notre fille lève les yeux au ciel. Je fais un pas vers mon mari.

— Je ne pouvais pas deviner. Pourquoi tu ne le dis pas ?

Quand son regard se plante dans le mien, c'est le grand retour de la raideur glaciale qu'il arbore ces derniers temps.

— Je ne savais pas que je devais te prévenir dès que je bougeais le petit doigt, gronde-t-il en contenant sa colère. C'est bon, je peux y aller, tu m'y autorises ?

Intérieurement, je bous. Je lève les bras au ciel.

— Ce n'est pas une question d'autorisation, putain ! C'est juste que… tu t'en vas alors que je te parle.

Fredrik tourne les talons sans un mot, ouvre la porte de la salle de bains et la fait claquer derrière lui. Je reste plantée là, les yeux sur la porte fermée.

Est-ce vraiment mon mari ? Quand est-il devenu aussi con ? Je dois me mordre la langue pour ne pas hurler. Si Smilla n'avait pas été là, je ne me serais pas gênée.

Fait chier ! Je n'en peux plus de cette maison. Je craque, il faut que je me tire.

— Smilla, dis-je en rangeant ma tasse dans le lave-vaisselle. Prépare ta trousse de toilette et prends des vêtements de rechange.

— Hein ? On va où ?

— Chez papi et mamie.

En rangeant le beurre dans le frigo, je me rappelle que Claudia est là-bas avec sa famille. Mon hésitation est brève, je prends vite conscience que je m'en fous. Je me fiche de mettre le bordel dans le planning bien ficelé de maman qui aura prévu tous les repas, je me fiche de m'attirer des milliers de questions.

Il faut que je parte d'ici.

J'écrirai à Malena pour reporter notre session café. Elle comprendra.

— Aujourd'hui ? dit Smilla en fronçant les sourcils. Je croyais qu'on ne partait que demain.

— J'ai changé d'avis. Et puis, papi et mamie seront très contents de nous accueillir plus longtemps.

Midsommar 2018

Fredrik

Je la vois remonter la rue jusqu'à la maison. Elle est pieds nus, ses chaussures à la main, et marche dans la bande herbeuse qui a poussé entre les traces creusées par le passage des voitures. Un petit sac blanc rebondit contre sa cuisse, suspendu à une chaîne dorée en travers de sa poitrine. Comme une ceinture de sécurité de luxe. Il doit être à peine plus de minuit, peut-être minuit et demi. Elle rentre déjà ?

Je me redresse dans le fauteuil en osier dans lequel je me suis affalé. Le monde vacille tout autour de moi. Putain, je suis bourré.

Jennifer n'est qu'à quelques mètres quand elle lève la tête. D'abord surprise, ou peut-être désarmée, elle esquisse bien vite un grand sourire et grimpe sur la terrasse.

— Où sont les autres ?

— Au lit. Ch'est… (Mince, j'ai du mal à articuler. Je me reprends.) C'est terminé, la soirée.

Elle s'assied en face de moi et jette ses chaussures sur le plancher.

— Et toi, tu ne dors pas ?

— Non, je… Il faut que je dessoûle. J'ai un peu abusé ce soir.

Je tousse, ravale un renvoi acide.

— Tu devrais te baigner ! s'exclame-t-elle gaiement en tapant dans ses mains. Ça remet les idées en place direct. Allez, viens.

Elle se lève et me tire par les poignets.

J'aimerais protester, mais mes réserves d'énergie sont à sec et je me retrouve à trébucher sur la pelouse comme une vulgaire poupée de chiffon, ce qui fait glousser Jennifer.

— Eh ben ! T'as bu tant que ça ?

Ça sent fort la résine de pin et la mer, et un mélange épicé, comme un fond de parfum. Ça me donne le vertige et la nausée. Mes pieds disparaissent dans du sable doux et humide. Une pomme de pin s'enfonce dans la plante de mon pied gauche, je pousse un juron.

À force d'efforts, elle réussit à me tracter à travers les dunes.

Nous voilà enfin sur la plage. L'étendue d'eau noire se déroule face à nous, calme. L'air est doux, il n'y a presque pas de vent.

— Ça fait du bien, pas vrai ?

Son sourire est radieux.

Je contemple la mer Baltique, inspire l'humidité de l'air nocturne à pleins poumons et perçois déjà les contours du paysage avec plus de netteté.

Qu'est-ce que je fous là ? Je regarde Jennifer.

— Non, attends... C'est pas une bonne idée.

L'étincelle dans ses yeux s'éteint, mais elle garde son sourire.

— Détends-toi, y a pas mort d'homme.

Elle retire son sac à main, qu'elle lâche dans le sable, quitte rapidement sa robe et son soutien-gorge et reste là, devant moi.

— On va juste nager un peu, dit-elle. Un bain de minuit, ça n'a jamais tué personne, si ?

Je détourne le regard et cherche à tâtons le bouton de mon pantalon.

— Bon, d'accord, marmonné-je. Mais vite fait, alors.

Nous approchons du bord, marchons dans l'eau. Elle n'est pas profonde, il faut aller plus loin pour s'immerger enfin jusqu'à la taille. Je plonge, me laisse envelopper par l'onde fraîche. Remonté à la surface, je constate que Jennifer m'a imité. Sa tête dépasse juste à côté de moi.

— Tu avais raison, dois-je reconnaître en clignant des yeux pour les sécher. Ça revigore.

Tout sourires, elle promène librement son regard mutin sur mon torse. Est-ce qu'elle me bouffe du regard ? Je replonge, fais quelques brasses vers l'horizon. Me retourne sur le dos et barbote un instant.

Jennifer reste là où l'eau lui arrive à la taille. Derrière elle, le décor offre une toile de fond spectaculaire, plage déserte sous ciel nocturne. Un magnifique tableau. Elle tend les bras, fend paresseusement la surface et me rejoint.

— C'est le pied, hein ?

De grosses gouttes quittent sa chevelure et tracent un sillon dans son cou avant de suivre la courbure de ses seins.

Que je fuis du regard.

— C'est bon, j'ai eu ma dose de sport, dis-je, essoufflé par ma courte brasse. Je ne suis pas en état.

Jennifer attrape mon bras et se laisse porter jusqu'à moi, ses pieds un peu trop près des miens.

— Si jamais tu te noies, je te promets de te sauver.

Revoilà ce regard. Affamé. Ses iris ont pris la couleur sombre de la mer. Mais qu'est-ce qu'elle a en tête ?

Sans prévenir, elle me prend par le cou et enroule sa jambe autour de mes cuisses, pressant sa poitrine contre mon torse nu.

— Qu'est-ce que tu fous ?

J'essaie de m'écarter, mais elle resserre sa jambe comme un étau, refusant de lâcher prise.

Mon corps ne se fait pas prier, il s'éveille. Malgré toute ma bonne volonté, impossible de le réprimer. Il n'y a que le tissu de mon caleçon pour séparer son ventre nu de mon sexe rigide.

— Et merde !

Je la repousse violemment. Elle manque de trébucher sous la surface, mais se rattrape de justesse.

À grandes enjambées, je repars en direction de la rive ; j'aimerais plutôt courir mais je dois garder mon sang-froid.

Mes méninges s'activent. Suis-je censé m'excuser ? Ce n'est pas à moi de m'en vouloir, si ? C'est elle qui m'a sauté dessus. Et puis pourquoi, d'ailleurs ? Est-ce qu'elle me testait ? Ou cherchait-elle quelque chose à utiliser ensuite contre moi ? Mais *pourquoi* ?

Derrière moi, je l'entends se frayer un chemin dans l'eau. Ça palpite contre mes tempes, la gueule de bois arrive déjà. Il faudra que je boive de l'eau avant d'aller me coucher.

Nos vêtements sont là où on les a laissés. Je me retourne, retire mon caleçon mouillé et enfile vite mon pantalon. Jennifer remet sa robe et fourre sa culotte avec son soutien-gorge dans son sac à main.

— Où est Smilla ? demandé-je en tirant sur le bas de mon jean, qui se colle à mes jambes humides. Elle est restée à la fête ?

Jennifer hausse les épaules.

— Je suppose.

Elle a l'air contrariée, mais je n'ai aucune envie de parler de ce qui vient de se passer. Mon attention dérive vers les pins, j'ai l'image du lit de la chambre d'amis qui m'attend. Je m'y vois déjà, sous la couette auprès de Nina.

— On rentre ?

— Pas encore, répond Jennifer en me prenant par la main. Viens.

Je me dégage.

— Attends. Tu veux aller où ?

— Là-bas.

Le sourire espiègle, elle désigne la cabine de bain la plus proche. C'est la dernière d'une rangée irrégulière de petites cabanes enfoncées dans le sable et encerclées de buissons de seigle de mer.

Je secoue la tête.

— Il vaut mieux rentrer.

Elle fait la moue.

— T'es obligé de jouer à l'adulte, comme ça ? Détends-toi, pour une fois.

Je ferme un bouton de ma chemise et me penche pour ramasser mon caleçon, mouillé et couvert de sable.

— Je *suis* adulte.

— Ouais, c'est ça, sourit-elle. C'est pas une raison pour être relou. Allez, viens. Ce n'est pas la Midsommar tous les jours.

Au fond de moi, je sais pertinemment que c'est une mauvaise idée. Allez savoir comment, elle parvient à m'amadouer. C'est peut-être l'alcool qui m'embrouille les idées. Ou la politesse. Ou encore, la peur de devenir vieux et chiant.

— D'accord. Mais après, on rentre.

Jennifer s'installe au pied du mur et tapote le sable à côté d'elle.

— Tiens, y a une petite place.

Une fois que je l'ai rejointe, elle fouille dans son sac et sort une cigarette roulée qu'elle agite sous mon nez.

— Tu fumes ? m'étonné-je.

— Pas des clopes classiques.

— Alors… C'est quoi, ça ? Ne me dis pas que tu te défonces.

— Juste un petit joint pour les grandes occasions, rit-elle.

Voyant que je reste de marbre, elle s'empresse d'ajouter :

— Pas plus, je te le jure. Et toi, t'as jamais fumé ?

Elle me donne un petit coup de coude.

— Ben…

Suspicieuse, elle plisse les yeux.

— Oui ou non ? Soit t'as déjà fumé, soit pas.

Devant moi, ce n'est plus la mer Baltique mais l'océan Pacifique. Des souvenirs affluent de fêtes sur la plage, de bière blonde et de léger vent tiède. Bon Jovi chante *Runaway* dans l'énorme radiocassette.

— En 1988, soupiré-je, traçant des formes dans le sable frais. J'ai fait une année d'études aux États-Unis. La belle époque. Là-bas, la beuh était beaucoup plus courante… Autant que l'alcool. Alors ouais, j'ai déjà testé. Mais jamais en Suède, et je n'y ai plus touché depuis.

— Alors il est grand temps de t'y remettre.

Elle sort un briquet, tire une longue latte et recrache lentement la fumée.

— À ton tour.

J'observe le joint entre ses longs doigts bronzés.

— Non merci. Franchement, j'aurais l'air de quoi ? Je suis prof, en plus.

— On s'en fout, il n'y a personne pour te juger. Détends-toi.

Une seconde d'hésitation. Puis je prends le joint, le porte à mes lèvres, aspire et me mets à tousser.

Ça la fait sourire.

— T'es un peu rouillé ?

J'opine et reprends une bouffée. Retenant plus longtemps la fumée, je ferme les yeux et expire.

Ainsi adossés à la cabine de bain, nous nous faisons passer le joint face à une mer d'un calme contagieux. Mon corps se détend. Je laisse mes pensées courir librement.

Jennifer se tourne vers moi.

— Tu ne trouves pas que les cabines de bain ressemblent à de gros nichoirs ?

Puis elle éclate de rire. Je me sens pris d'une envie de glousser, moi aussi. J'aimerais me retenir, mais c'est plus fort que moi. Plus j'y pense, plus j'ai envie de rire. Nous finissons tous les deux couchés dans le sable, pliés en deux à nous marrer.

Au retour du calme, nous restons allongés sur le dos, le temps de reprendre notre souffle. Un banc de nuages dérive dans le ciel bleu-gris.

Je me redresse sur un coude pour regarder Jennifer.

— T'es plutôt marrante, comme nana. Tu le sais, ça ?

Elle sourit.

— Et toi, t'es putain de sexy.

Je pose l'index en travers de mes lèvres et murmure :

— Chut.

Jennifer se met à genoux, se penche pour chasser mon doigt et, sans détour, pose sa bouche sur la mienne. Je ne m'y attendais pas du tout, perds l'équilibre et bascule en arrière. Elle en profite pour monter à califourchon sur moi et se frotte contre mon entrejambe.

Sur le coup, je suis tétanisé. Mon cerveau patauge dans la semoule, je n'arrive pas à réfléchir. Emprisonné sous son poids, je suis une proie prise au piège.

C'est lorsqu'elle chuchote « je t'aime » à mon oreille que je me réveille.

— Mais putain, à quoi tu joues ?

Comme je la repousse et me redresse, elle se lève d'un bond et rougit.

— *Moi*, à quoi je joue ? C'est toi qui veux ça ! Tu crois que je n'ai pas remarqué ?

Mon cœur bat frénétiquement, je regarde autour de nous.

— Je ne veux rien du tout ! Comment tu peux…

On dirait soudain qu'elle a envie de pleurer.

— Mais on s'aime !

Bon Dieu, qu'est-ce qu'elle raconte ? Je fais un pas vers elle et prends doucement son visage dans mes mains. Ses yeux s'emplissent de larmes que je sèche aussitôt.

— Jennifer, écoute-moi. Je te connais depuis que tu es née. Je t'aime comme ma propre fille. Mais ce n'est pas… Ça a dérapé, c'est tout. Je suis complètement bourré, j'ai fumé. Toi aussi, t'es défoncée. Ça ne veut rien dire, d'accord ? On n'aurait pas dû. Ça ne se reproduira plus. D'ailleurs, on devrait faire comme si cette soirée n'avait jamais existé.

Jennifer fait volte-face et court vers la maison.

55

Lollo

— Je vous remercie, Lollo, dit Lina Torrero. Ce doit être terriblement difficile pour vous.

L'inspectrice et son collègue, dont j'ai oublié le nom, sont sur le départ.

— Je n'ai pas le choix, il faut que je prenne sur moi. Je le fais pour Jennifer. (Plantant mon regard dans celui de la policière, je réprime les chevrotements de ma voix.) Jurez-moi que vous retrouverez celui qui l'a tuée.

Tout en refermant sa veste, elle me dit :

— Comme je vous le disais, nous n'avons pas encore la certitude qu'il y ait un coupable, mais je vous promets de tout faire pour comprendre ce qui s'est passé.

Ses yeux marron sont chargés de compassion et sa poignée de main est ferme. J'ai confiance en cette femme.

Quand la porte se referme derrière eux, on entend dans la cuisine le raclement d'une chaise sur le sol et un bruit de vaisselle.

Agneta apparaît dans le hall.

— Comment ça s'est passé ?

Je hausse les épaules.

— Aucune idée.

Elle pose une main sur mon bras.

— Je suis sûre que tu t'en es bien sortie. Écoute, Lennart et moi allons rentrer à la maison.

Mon père nous rejoint et renchérit :

— Si tu veux, on peut prendre Chanel avec nous. Si ça peut te faciliter...

— Ce serait adorable, merci.

J'aime ma chienne, mais, en ce moment, je ne suis pas dans mon état normal, je ne me fais pas assez confiance pour m'occuper d'un être vivant. Mes bribes floues de souvenirs d'hier soir prouvent que j'ai de quoi avoir peur.

Quand mon père me serre dans ses bras, j'ai les jambes qui flageolent.

— J'ai besoin de m'allonger un peu. Je vous laisse vous débrouiller ?

Papa m'accompagne jusqu'au canapé du salon et semble devoir lutter pour retenir ses larmes.

— N'hésite pas à nous appeler si tu as besoin qu'on revienne, d'accord ? Et on peut rester plus longtemps, si tu veux.

— Prenez Chanel et rentrez à la maison. J'ai Max avec moi. Et puis, on viendra bientôt à Lund.

Je suis catégorique, alors que je n'ai aucune idée de ce que je veux vraiment.

— Lollo, j'aimerais tellement..., bafouille-t-il en me prenant la main. J'aimerais pouvoir faire revenir Jennifer.

Les larmes qui roulent sur ses joues parcheminées me renvoient à ma chambre rose, à la maison où nous vivions dans les années 1980. Je suis assise à mon bureau blanc et dessine avec mes nouveaux feutres. J'en ai beaucoup, ils sont tous bien alignés, un arc-en-ciel de couleurs dans leur boîte en fer. Papa se tient sur le pas de la porte. Il dit quelque chose, puis se détourne. Il faisait souvent ça : me tourner soudain le dos pour laisser les sanglots secouer ses épaules.

Je m'allonge sur le canapé et ferme les yeux. Je me sens vidée, faible comme après une intoxication alimentaire. Les questions de la police ont été plus éprouvantes que je ne le pensais.

C'était un combat intérieur, je devais me battre pour rester concentrée, pour empêcher mes pensées de vagabonder en tous sens. Ma gorge est restée serrée tout au long de l'interrogatoire. Évidemment, on a le droit de pleurer quand on vit un drame pareil. Mais j'avais peur de perdre le contrôle, de ne plus pouvoir m'arrêter.

J'entends mon père parler à Chanel comme à un bébé pendant qu'Agneta prend la laisse et les croquettes. Est-ce que Max se montre utile dans l'immédiat ? Je n'en ai aucune idée et ai franchement autre chose à penser.

Cet entretien avec Torrero et son collègue n'a rien clarifié du tout. Au contraire. Il m'a semblé qu'ils restaient bloqués sur la thèse de l'accident. Et ils n'écartaient pas non plus la piste du suicide. Le collègue a justifié leurs doutes par le fait qu'ils n'aient pas encore reçu le rapport d'autopsie.

— Les films vous font croire qu'on travaille jour et nuit, mais c'est faux, a-t-il expliqué en souriant.

Comme si c'était amusant. Je connais le métier de médecin légiste, merci bien, pas besoin de me le rappeler. Du reste, aucune blague au monde ne pourra me faire rire.

J'ai définitivement perdu le sourire.

Nous allons voir Jennifer aujourd'hui. C'est sûrement le signe que l'autopsie est terminée. Torrero nous a donné rendez-vous directement à la chapelle.

Comment je vais faire ? Je n'arriverai jamais à quitter ce canapé pour monter en voiture. Et, en même temps, je n'ai que cette idée en tête. Voir ma fille.

L'obscur compte Facebook de Jennifer n'a eu l'air d'intéresser ni Torrero ni son collègue. Leurs questions tournaient principalement autour de ses fréquentations. Ils voulaient savoir avec qui elle passait son temps libre et se sont intéressés à ses rapports avec nos propres amis.

— Connaissez-vous une personne de votre entourage susceptible de vouloir lui faire du mal ?

Cette question-là, je dois reconnaître qu'elle était comique. Comme si Lisen ou Fredrik pouvaient avoir le moindre rapport avec cette histoire.

Je ne comprends pas. Si j'étais de la police, je concentrerais toutes mes recherches sur les contacts de Jenny Belle sur Facebook. En particulier sur ce Tom Souilleur. Étant donné leur conversation sur Messenger juste avant la disparition de ma fille, cette piste me paraît franchement prioritaire. J'ai mentionné plusieurs fois Tom Souilleur et Petter Silvén, mais le message n'a pas eu l'air de passer. Peut-être qu'ils les ont déjà interrogés ?

Les deux policiers restaient aussi vagues sur la direction à prendre pour la suite que sur leurs recherches en cours. Ça m'énerve ! En tant que parents, on devrait être tenus informés de l'avancée de l'enquête. C'est notre droit.

Lina Torrero est notre contact officiel au sein de la police et, en ce sens, elle se doit de nous inclure davantage. On a seulement été gratifiés du numéro de sa ligne directe et de l'assurance qu'on peut l'appeler à n'importe quelle heure. Mais en quoi ça nous avance, si elle refuse de nous révéler où en est l'enquête ?

— On y va, Lollo.

J'ouvre les yeux et vois Agneta emmitouflée dans son manteau, son bonnet vissé sur la tête. Mon père est penché derrière elle avec Chanel dans les bras. Il me salue d'un geste timide et sa compagne m'envoie un baiser.

L'autoroute E22 scinde en deux le paysage plat. Max prend la sortie de Lund, à gauche au rond-point et direction le centre-ville. Cette partie de la ville abrite des souvenirs de l'époque où Nina et Malena faisaient leurs études ici. Toutes les soirées folles auxquelles elles m'invitaient clandestinement, le carnaval de Lund et les fêtes de fin avril.

Mais aujourd'hui, cette ville ne m'inspire aucune nostalgie. Je me sens mal, c'est tout, et perds mon regard droit devant moi.

J'essaie de me vider la tête. Pourtant, elles restent solidement ancrées. Mes foutues pensées.

Max et moi, on ne s'est pas adressé la parole de tout le trajet. Il n'y a rien à dire.

La voix du GPS nous informe que notre destination est sur notre droite. Nous nous garons devant la grande bâtisse de briques rouges et sortons de la voiture. Un vent glacial se faufile entre les bâtiments et vient s'engouffrer sous nos vestes et pantalons.

Tout mon corps tremble, je m'agrippe à Max pour ne pas tomber. Comment fait-il pour rester aussi droit ? Pour ne pas s'effondrer ?

Je ne remarque la présence de Lina Torrero que lorsque sa voix force le passage jusqu'à ma conscience.

— Bonjour, j'espère que vous avez trouvé facilement.

Elle ouvre une porte et nous invite à nous entasser dans ce qui ressemble à la salle d'attente d'un cabinet dentaire. Il y a un portemanteau, quelques chaises et une porte fermée donnant sur des toilettes.

La salle d'attente de la mort.

Nous accrochons nos manteaux. Une femme aux cheveux gris argenté bouclés portant des lunettes apparaît pour nous serrer la main. Elle se présente sous le nom d'Eva-Lena, aumônière de l'hôpital.

Elle dit avoir vu Jennifer, nous informe qu'elle est jolie et que nous pouvons la toucher si nous le souhaitons.

Jolie, après une autopsie ? Je retiens mon commentaire, de crainte de vomir si j'ouvre la bouche, et laisse plutôt parler Eva-Lena.

— Je suis là pour vous aider, poursuit-elle. Si vous le souhaitez, je peux lire un poème. Nous pouvons prier ou chanter ensemble. C'est comme vous voulez. Et si vous préférez être seuls dans la chapelle, n'hésitez pas à le dire, je vous attendrai ici.

Qu'est-ce qu'on préfère ? Je n'en sais rien, moi. La conversation continue mais je n'ai plus la force d'écouter. J'ai des vertiges, comme si le vent glacial m'avait poursuivie jusqu'ici. Je fixe un point à gauche de la porte des toilettes et essaie de me préparer à ce qui m'attend.

À chaque seconde qui passe, on s'approche un peu plus de la fin.

— Et si vous vous étiez trompés ?

Ma voix est un murmure, mais Torrero m'a bien entendue.

— Sur son identité ? (Elle me serre doucement le bras.) Je suis navrée, Lollo, mais c'est bien elle.

— Bien, dit l'aumônière en portant son regard sur Max, puis sur moi. On y va ?

Elle pousse les portes battantes et nous entrons.

Max et moi restons figés. Je balaie du regard les murs de brique, les bougies allumées et les draperies aux nuances de bleu. Voilà, j'ai tout regardé, sauf ce que je suis venue voir.

Torrero et l'aumônière restent en retrait pendant que mon mari et moi nous avançons lentement vers le brancard.

Je ferme les yeux et prie. *Faites que ce soit une erreur. Faites que ce ne soit pas elle.* Mais, quand j'ouvre les yeux, Jennifer est allongée là, et je dois me mordre le poing pour ne pas hurler.

Elle a l'air endormie. On a tiré une couverture sous son menton et ses cheveux s'étalent sur l'oreiller. Le blanc de sa peau brille sous ses taches de rousseur et ses lèvres ont un léger reflet bleuté, mais c'est bien elle.

Côte à côte, Max et moi contemplons en silence notre enfant morte. Notre si jolie fille.

Je serre convulsivement le bras de mon mari et sens le chagrin agiter son corps par vagues silencieuses.

Moi, je suis partagée entre le besoin de hurler ma peine et l'envie de mourir sur-le-champ.

Ce n'est pas normal, une mère ne devrait jamais avoir à dire adieu à son enfant.

56

Fredrik

— Nina, je t'en prie, bafouillé-je en prenant peur devant la fureur qui fait flamboyer ses yeux charbon. Pardonne-moi, ce n'était pas…

— Tais-toi ! rugit-elle en levant la main. Il vaut mieux que je parte, sinon je vais dire des choses que je regretterai. Ce n'est pas plus mal que tu restes seul quelques jours. (Soupir.) Ce sera l'occasion de te décider à appeler ou non ton médecin traitant.

— Pourquoi papa vient pas avec nous ?

Vilgot attend dans l'entrée, prêt à partir. Il tient son sac Ninjago à la main et pose la question à sa mère alors que je suis là, juste devant lui.

Je ne suis pas encore condamné, mais, aux yeux de mon fils, je ne suis déjà plus là. L'espace d'un instant, j'ai l'atroce sensation que je le vois pour la dernière fois. *Non, tu ne dois pas fondre en larmes.*

— Papa ne va pas bien, lui répond Nina en fouillant nerveusement les tiroirs du meuble de l'entrée. Il doit rester à la maison pour se reposer. Mais où est-ce que je les ai mis… Fredrik, tu n'aurais pas vu mes gants ?

Des gants ?

— Anton ! appelle-t-elle en montant les premières marches, avant de s'arrêter au milieu de l'escalier pour crier encore. Tu te dépêches, oui ? Smilla nous attend dans la voiture !

Anton descend en trombe, son sac de sport béant dans une main et son téléphone dans l'autre, martelant les marches avec ses baskets. Je m'attends à ce que sa mère le somme de mettre des bottes, mais elle laisse passer pour cette fois et pousse les enfants vers la voiture.

— Bisou, papa ! me lance Vilgot.

Anton me gratifie d'un bref coup d'œil et un signe de tête avant de disparaître dehors.

Nina s'attarde. Son regard n'est plus aussi noir, seulement triste. Je suis prêt à l'entendre parler divorce, me dire qu'elle a bien réfléchi et qu'il vaut mieux que nos routes se séparent.

Je me sens vidé.

Léthargique.

Amorphe.

Comme si un épais brouillard enveloppait mon cerveau. Je n'arrive pas à réfléchir et vois mon existence entière comme au prisme d'une lunette floue.

Dans un sens, c'est mieux qu'ils s'en aillent. En ce moment, je ne vaux rien, ni en tant que mari ni en tant que père.

D'un autre côté, je me retrouve précisément dans la situation que je voulais éviter. Pendant six mois, j'ai vécu dans l'angoisse que Jennifer invente un bobard qui ficherait toute ma vie en l'air. Puis il y a eu le nouvel an, et depuis, je sombre en enfer.

La police n'aura pas eu besoin de venir me chercher. Ma famille m'a déjà abandonné. Autant me livrer.

— À plus tard, Fredrik.

Nina approche pour me faire un câlin. Dans une bouffée d'*Acqua di Giò*, je suis étourdi par une vague d'émotions si puissante que l'air me manque.

Mon cœur brûle. J'aimerais lui dire combien je l'aime, lui demander pardon d'avoir tout foutu en l'air et la supplier de rester avec moi quoi qu'il arrive. Mais les mots restent coincés dans ma gorge, le feu est déjà réduit en cendres et je reste muré dans le mutisme.

Elle s'écarte, ramasse son sac.

— J'espère que tu iras mieux dimanche. On discutera à ce moment-là. Renseigne-toi sur le syndrome de la fatigue chronique, sur le site de la Sécu. Enfin, si tu en as la force.

Et ils s'en vont.

57

Lollo

Je ne sais pas depuis combien de temps je suis couchée sur le canapé quand Max se laisse choir à mes pieds.

— Comment tu te sens ?

Il caresse doucement la manche de mon chemisier. On ne s'est presque plus touchés depuis la disparition de Jennifer. Comme si tout ça nous avait éloignés, alors qu'on devrait au contraire se soutenir.

Qu'est-ce qui ne va pas chez nous ? Hormis le fait qu'on n'ait pas su prendre soin de notre unique enfant ?

Les ténèbres gagnent mon cœur, écrasent mes poumons et contractent douloureusement ma trachée. J'arrive à peine à respirer, encore moins à parler.

— Question idiote, ajoute-t-il. Tu n'es pas obligée de répondre.

Je détaille un instant son visage. Il a les yeux rouges et gonflés, ses cheveux pendent par mèches irrégulières. Il a l'air épuisé, ravagé. Pourtant, je n'arrive pas à le plaindre.

— On a échoué, finis-je par répondre. On a été des parents merdiques.

La surprise et la tourmente se lisent dans ses yeux meurtris.

— Ne dis pas ça, Lollo.

Je chasse sa main et me redresse pour m'asseoir à l'autre bout du canapé.

— Pourtant, c'est la vérité ! On ne connaissait même pas notre propre fille. On ne pensait qu'à notre gueule.

— Arrête, tu es injuste envers toi-même. Et envers moi.

— Injuste ? bredouillé-je sous un torrent de larmes. C'est envers Jennifer qu'on a été injustes. On n'a eu aucune patience avec elle. On l'a… On l'a tuée.

Il plante son regard dans le mien.

— Tu ne le penses pas. C'est le choc. Je…

Je le pointe du doigt.

— Et toi, alors ? T'étais où quand Jennifer a disparu ? Quand j'avais le plus besoin de toi ? Tu prétendais aller bosser – et même si c'était vrai, c'est aberrant ! Mais le pire, c'est qu'en fait, tu allais à Lindängen tabasser un pauvre gamin innocent. Tout ça parce qu'il était musulman.

Ma révélation le terrasse.

— Comment tu sais ça ?

Je hausse le ton :

— Internet. Tu croyais vraiment que ça allait m'échapper ? Mais qu'est-ce qui t'a pris, putain ? Tu n'as plus de cervelle, ma parole ! Toi qui es tellement amoureux de ton boulot. Qu'est-ce qu'ils en pensent, tes clients, quand ils apprennent dans le journal que tu commets des violences racistes ? Tu crois peut-être que c'est bon pour les affaires ?

Il aimerait se défendre, mais je ne lui en laisse pas le temps.

— Et d'ailleurs, est-ce que tu allais vraiment « au boulot » ?

Je me lève et me dirige vers l'entrée.

— Lollo, où est-ce que tu veux en venir ? s'insurge Max en me suivant. C'est quoi, ta vraie question ?

Je prends mon sac laissé par terre et le pose lourdement sur la chaise dans le hall pour y chercher quelque chose.

— Tiens, et ça ? Explique-moi, si tu y arrives.

Il s'empare du ticket de caisse que j'agite sous son nez, le lit et reste interdit.

— Qu'est-ce que c'est ?

— Tu ne sais pas lire ?!

— Calme-toi, Lollo.

— « Calme-toi » ? C'est tout ce que tu trouves à répondre ? postillonné-je, des trémolos plein la voix. Explique-moi plutôt comment ça se fait que quelqu'un bouffait des hamburgers à Falsterbo pendant que tu te baladais prétendument en ville à la recherche de Jennifer.

Max soupire.

— J'ai passé la nuit à la chercher. Ici en ville, mais aussi à Falsterbo.

— Tu ne m'as jamais dit que tu allais là-bas.

— Peut-être, murmure-t-il en posant le ticket sur le chiffonnier. Mais j'y suis allé. Et j'ai eu faim sur la route, alors je me suis arrêté à un fast-food et j'ai mangé à la maison.

— *Deux* repas ?

— Quoi ?

— Tu avais tellement la dalle que tu as englouti deux hamburgers-frites ?

Il hausse les épaules.

— Oui.

— Je ne te crois pas.

— Crois bien ce que tu veux. Moi, je te dis que j'ai cherché Jennifer. À côté de ça, j'ai décroché une grosse vente. Une villa à Bellevue. Tu peux demander à mes collègues, si tu veux.

— Je m'en fous, de ta vente. Tu es allé bosser pendant que Jennifer était portée disparue. Ça prouve bien à quel point tu t'intéressais à elle.

Max lève les bras, excédé.

— Tu peux parler, toi ! Tu étais peut-être plus souvent à la maison, mais tu passais plus de temps sur ton téléphone ou ton foutu blog qu'avec notre fille !

Il marque un point et ça me met encore plus en pétard. Ça fait sauter la goupille qui retenait tout ce que j'ai de plus sombre en moi.

— Excuse-moi, mais qui est allé à toutes les rencontres parents-profs de Jennifer ? Qui a tenu un stand de hot-dogs à ses matchs de foot ? Qui préparait ses casse-croûtes et ses sacs de sport ? Pendant que toi, tu passais *ta vie* au bureau !

Une veine saille sur son front, comme prête à exploser.

— Apparemment, ça n'a pas aidé.

Je ne comprends pas.

— Quoi ?

— De lui préparer ses casse-croûtes, ça n'a pas aidé. Tu l'as dit toi-même, tu as échoué. *On* a échoué. Que je sache, faire la bouffe et préparer des affaires, ça ne remplace pas l'amour d'une mère. Si ?

Il est sérieux ?!

— Tu crois que je ne l'aimais pas ? m'indigné-je, ma voix résonnant dans l'entrée. Ce n'est pas une preuve d'amour de vendre des saucisses, de préparer son sac et de lui faire des petits plats ? C'est ma faute, si Jennifer a creusé le fossé entre nous dès sa puberté ? Si elle claquait les portes et refusait de nous raconter sa vie ?

Mes ténèbres m'engloutissent tout entière. Je m'approche tout près de Max jusqu'à sentir la chaleur de son haleine sur mon front.

— Je t'interdis de me faire la leçon ! Toi, tu as toujours aimé ton boulot plus fort que ta propre gamine !

Je l'ai poussé à bout, sa rage lui fait serrer les poings, puis semble le quitter d'un coup. Soudain comme fatigué, c'est avec une drôle de voix qu'il me répond :

— Jennifer n'était pas ma gamine.

58

Fredrik

Je devrais savourer le fait d'être enfin tranquille, de pouvoir me reposer sans qu'on me dérange. Mais impossible de me détendre. Dès que je ferme les yeux, je vois Marko Stojkovic. J'ai l'impression qu'il va débarquer d'une minute à l'autre avec des menottes, matraque à la main.

Je m'assieds sur le canapé mais me relève aussitôt, déambule dans la maison, me rapproche de plus en plus de l'ordinateur. Que je finis par allumer.

Je m'étais promis de ne plus rien lire sur la disparition de Jennifer, mais c'est comme si quelqu'un d'autre contrôlait mes doigts. Ils pianotent sur le clavier, avides de tout et n'importe quoi, depuis le reportage morbide des grands journaux du soir jusqu'aux sujets de forums obscurs.

Sur le forum de Flashback, un crétin prétend que Jennifer vendait son corps en ligne et que cette « petite pute n'a eu que ce qu'elle méritait ». Une voyante basée dans le Småland pense qu'elle n'est pas morte, qu'elle reviendra de sa petite visite dans l'autre monde. Une camarade de classe, Samira, informe Aftonbladet que Jennifer « aurait pu devenir Première ministre », la jeune fille « n'arrive pas à croire qu'elle ne reviendra pas à la rentrée ».

J'ai un peu la nausée mais c'est plus fort que moi, je continue à lire comme si ma vie en dépendait. Par une sorte de besoin masochiste.

Le temps file, je ne sais pas depuis quand je suis assis devant cet écran quand je tombe sur un nouvel article en page d'accueil de l'*Expressen*. Les gros titres hurlent leur message en lettres capitales.

DES ENFANTS TOMBENT PAR HASARD SUR
LE TÉLÉPHONE DE LA JEUNE FILLE RETROUVÉE MORTE

Je regarde ces mots avec des yeux ronds, comme s'ils étaient écrits en langue étrangère. Ma fréquence cardiaque s'affole tandis que je bouge le curseur d'une main moite. Je rate le lien et dois m'y prendre à plusieurs fois avant de réussir à ouvrir la fenêtre.

Ce vendredi matin, la police de Malmö a reçu un coup de pouce inattendu dans son enquête sur la mort de Jennifer Wiksell, dix-sept ans. La rédaction de l'*Expressen* vous informait précédemment de la disparition de la jeune fille et de la découverte de son corps par Personnes disparues jeudi après-midi dans la carrière de Klagshamn, à une quinzaine de kilomètres au sud du centre-ville de Malmö.

À présent, nous confirmons que ledit coup de pouce prend la forme d'un téléphone portable qui aurait appartenu à la défunte. C'est l'auteure de la découverte elle-même, la petite Belinda Bogdani, six ans, qui a remis sa trouvaille à la police.

« Le téléphone était sous le lit de Belinda quand j'ai rangé sa chambre ce matin », raconte sa mère, Edona Bogdani. Ma fille et ses copains l'ont trouvé mardi, quand ils jouaient dans le bosquet derrière l'arrêt de bus. Ils ont cru qu'on l'avait jeté là parce qu'il ne marchait plus. L'écran était cassé et ils n'ont pas réussi à l'allumer. Belinda a rapporté le téléphone à la maison, puis elle l'a oublié. J'ai tout de suite pensé à la fille disparue et prévenu la police. »

Mon dernier espoir part en fumée. Il existait une infime possibilité que Jennifer n'ait aucune copie du contenu de son portable sur un serveur. Auquel cas la police ne disposait à ce jour que des informations de l'opérateur. Avec le téléphone en main, ils auront accès à beaucoup plus. Les textos, les chats, tout. Et pas seulement les derniers en date.

Je me remets à arpenter les pièces de la maison. Rongé par l'angoisse, je sens le souffle de Marko Stojkovic dans mon cou. Plusieurs fois, je crois entendre sonner mon téléphone, mais quand je vérifie, l'écran est noir.

Que faire ? Puis-je seulement faire quelque chose ?

La réponse est simple : non. Je suis complètement impuissant.

Je peux attendre, c'est tout.

Au bout du cinquième ou sixième tour dans le salon, je me plante devant notre bar. Un doigt de whisky, ça me ferait du bien. Mauvaise idée le ventre vide, mais je n'ai vraiment pas faim. Qui sait, ça pourrait réinitialiser tout mon système digestif. Et m'ouvrir l'appétit.

Je prends la peine de sortir un verre à whisky et fais mon choix parmi ce qui reste de notre bar pillé par les jeunes : le Laphroaig milieu de gamme n'a pas eu l'air de séduire les copains de Smilla.

Je fais tournoyer le liquide ambré au fond du verre, puis en bois une bonne lampée. Le goût n'est pas aussi plaisant que d'habitude mais j'apprécie la sensation de brûlure dans ma gorge.

Après plusieurs gorgées, je retrouve enfin un semblant d'apaisement. Le brouillard se dissipe peu à peu dans ma tête et Stojkovic me lâche enfin la grappe.

Je regarde le salon autour de moi et m'imprègne de chaque élément qui m'entoure comme je ne l'ai jamais fait auparavant. J'étudie chaque meuble, les livres de la bibliothèque, la table basse et les tableaux. J'en arrive à la conclusion que c'est un endroit plutôt agréable. Pas aussi chic que chez Lollo et Max, mais chaleureux quand même.

Sont-ils plus heureux que nous ? Enfin, pas en ce moment, c'est sûr. Loin de là. Mais avant, est-ce qu'ils étaient heureux ?

Tous les deux, ils ont toujours eu l'air très proches. Comme s'ils faisaient bloc ensemble contre le reste du monde. Mais c'était peut-être une façade. Et puis, quand on passe trente ans, on se rend compte que l'argent et les gadgets ne sont pas forcément un gage de bonheur. On peut avoir une grande maison en bord de mer, plusieurs voitures flambant neuves et le dernier barbecue du catalogue Weber, ça n'empêche pas de sombrer dans le malheur.

Je reprends une gorgée et ferme les yeux le temps que la chaleur se propage dans tout mon corps.

Qu'est-ce que le bonheur ? Est-ce qu'il suffit de trouver l'amour ? J'ai lu quelque part que notre culte du grand amour n'était pas si vieux, quelques décennies à peine.

À mon avis, cette croyance selon laquelle la vie à deux résoudrait tous les problèmes ne fait que pousser les gens à la déprime. Tout le monde n'a pas la chance de trouver son âme sœur, quel que soit le temps passé à la chercher. Et nous qui croyons avoir déniché la perle rare, qu'est-ce qui prouve que c'est vraiment « la bonne » ?

Moi, je crois avoir été heureux. À une époque.

59

Lollo

— Tu peux répéter ?

Stupéfaite devant ce que vient de dire mon mari, j'ai le crâne qui palpite et des fourmis dans les doigts. Max bredouille, il a l'air contrit.

— Excuse-moi, Lollo. Mais ce n'était pas… Jennifer n'était pas ma fille.

Je quitte le couloir et, malgré une envie folle de fuir cette maison en courant, je n'arrive pas plus loin que le salon, où je me laisse choir dans le canapé, assaillie par des pensées qui n'ont aucun sens.

— Je ne comprends pas… Comment tu peux dire une chose pareille ?

Max tombe lourdement dans le fauteuil de l'autre côté de la table basse. Il se penche en avant, cache son visage dans ses mains un bref instant, puis se redresse pour me regarder dans les yeux.

— Je suis stérile, Lollo. Je le sais depuis mes quinze ans, quand j'ai eu les oreillons. Le médecin qui m'a ausculté m'a dit que je n'aurais jamais d'enfant.

— Mais…

Il m'interrompt d'un simple geste.

— Attends.

Je me mords très fort la lèvre inférieure. La douleur me rappelle que je suis vivante.

— J'ai voulu t'en parler, poursuit-il. Mais ce n'était jamais le bon moment. Et puis, tu as commencé à te plaindre de ne pas avoir d'enfants. Quand Nina est tombée enceinte de Smilla, tu n'avais plus que ça en tête. (Il soupire.) Je ne voulais pas te décevoir. J'avais peur que tu me quittes si tu apprenais la vérité.

— Mais qui… ?

Je ne finis pas ma phrase et comprends au regard de Max qu'il n'en sait rien. Moi seule peux le savoir.

— Aucune idée, répond-il. Et je n'ai jamais cherché à savoir.

— Mais ça ne t'a pas… Tu n'étais pas…

J'hésite, baisse les yeux, puis les replante finalement dans ceux de mon mari.

— Furieux que tu m'aies trompé ? termine-t-il pour moi avant de se carrer au fond du fauteuil.

Je me contente d'un hochement de tête tout en remontant le temps dans ma mémoire jusqu'avant ma grossesse, je compte les mois. Comment est-ce possible ?

— Non, dit-il avec un petit sourire en coin. En fait, ça m'arrangeait. Comme ça, je n'ai jamais eu besoin de révéler ma stérilité. J'avais honte de ne pas pouvoir te donner ce que tu désirais plus que tout, c'était comme un échec.

Je me sens rougir au souvenir d'une fête déchaînée un soir de nouvel an. Je nous revois chez Malena. Personne n'avait encore d'enfant dans notre vieux gang, mais Nina était enceinte jusqu'aux dents et on sentait tous que c'était le moment ou jamais de vivre un peu follement.

Neuf mois plus tard, Jennifer est née.

— Mais j'ai toujours cru… Enfin, tu ne crois quand même pas que je… Tu es sûr d'être stérile ?

Max opine.

— À cent pour cent.

Je n'ai plus de fourmis dans les doigts mais ma tête est toujours pressée comme dans un étau, je me tiens à l'accoudoir et tente de reprendre le contrôle de mes pensées. En vain.

—Je ne pense pas que tu m'aies trompé une seconde fois, poursuit Max. Bien sûr, rien ne me le prouve, mais je ne m'en suis jamais inquiété. L'année qui a précédé la naissance de Jennifer, on a fait les quatre cents coups, toi et moi. Je n'ai pas toujours été très réglo non plus, tu sais. Quand tu m'as annoncé que tu étais enceinte, je me suis dit qu'on était quittes.

Des souvenirs refoulés remontent à la surface. Des retours de soirées en ville, complètement bourrés, où l'on s'extirpait du taxi au pied de notre appartement, furieux. À peine la porte de chez nous refermée, on se hurlait dessus. Chacun reprochait à l'autre d'avoir été trop proche d'untel, d'avoir trop dansé avec une autre. Généralement, ça se terminait par une partie de jambes en l'air sur le tapis de l'entrée pour se réconcilier. Ça me paraît tellement loin, j'ai l'impression que ce n'était pas nous.

Quant à ce qui s'est passé ce soir-là, il y a dix-huit ans, j'avais réussi à l'oublier. Comme quoi, on se souvient de ce qui nous arrange.

—Je… Je ne sais pas quoi dire. C'est…

Je me mords la lèvre inférieure encore plus fort et sens le goût ferrugineux quand je finis par la percer.

Max se lève pour venir près de moi. Il prend ma main et la serre fort.

—Je comprends, Lollo. Et moi, j'avais décidé de ne jamais t'en parler. À quoi bon, pas vrai ? Aujourd'hui, ça m'a échappé et j'en suis profondément désolé.

Je secoue la tête, essaie de remettre de l'ordre dans toutes ces nouvelles informations. Max ne vient-il pas de m'avouer avoir été infidèle ? Je n'ai même pas la force de m'en indigner.

Mon regard se promène sur le mur à droite du canapé. Tout un pan est recouvert de photos en noir et blanc de ma famille. Je déglutis et me force à rectifier : des photos en noir et blanc de ce qui *fut* ma famille.

Cette exposition de photos est très esthétique et en a ému plus d'un. C'est moi qui ai pris la plupart d'entre elles, puis je les ai encadrées et disposées selon les conseils d'un magazine de déco.

Jennifer qui saute en l'air sur la plage de Falsterbo.

Max qui pose au pied de la tour Eiffel avec ses lunettes de soleil sur le front et le rire au coin des yeux. Il regarde amoureusement la photographe. Moi.

Il y en a une autre de nous trois. Agneta l'a prise le jour des cinquante ans de Max. Lui et moi nous tenons côte à côte, nos bras se croisent dans notre dos, je m'agrippe à lui comme s'il était mon port d'ancrage. Jennifer est debout devant lui, la main de son papa sur son épaule, elle a le visage tourné vers lui et sourit.

Ce mur était le témoin de notre bonheur familial. Aujourd'hui, ça n'est plus qu'un triste mausolée.

Les mots restés trop longtemps sur le bout de ma langue, qui paraissaient impossibles à dire tout haut, trouvent à présent le chemin de la sortie. De toute façon, toutes les limites ont été franchies.

— Puisque tu as frappé un gamin, dis-je tout bas en me tournant lentement vers lui, tu as pu t'en prendre à Jennifer, après tout. Qui me dit que tu n'es pas celui…

Au début, il n'a pas l'air de comprendre, puis soudain ses pupilles se dilatent. Il lâche ma main.

— Tu te fous de moi ? J'hallucine ! Comment tu peux penser un truc pareil, putain ! Je l'aimais, cette gamine.

60

Nina

Ma mère ouvre la porte avant même que je n'aie appuyé sur la sonnette et Vilgot se jette dans ses bras. La scène me touche au cœur, sensation étrange. En reposant mon fils, maman croise mon regard. Je lis son questionnement, mais n'ai pas envie de parler de Fredrik maintenant, pas devant les enfants. Je me contente donc de la serrer brièvement contre moi.

— Merci de nous accueillir un jour plus tôt.

— Vous êtes toujours les bienvenus, Nina. Tu le sais.

Je jette un regard par-dessus son épaule, pour voir si j'aperçois le manteau ivoire dans l'entrée.

— Claudia n'est pas là ?

— Non, elles sont toutes les trois à Lund, répond ma mère en s'écartant, remettant son chemisier en place. Ta sœur voulait rendre visite à une ancienne copine de classe. Darya, ça te dit quelque chose ?

— Bien sûr.

Darya Hosseini était une enfant pourrie gâtée. Son père était une sorte d'avocat et sa mère médecin. Darya portait toujours des marques de la tête aux pieds, avait son propre cheval et ne manquait pas une occasion de raconter ses voyages en famille.

Souvent, Claudia la laissait parler sans réagir de Miami et de séjours de ski dans les Alpes françaises. Moi, j'avais envie de lui faire fermer son clapet, mais nos vacances en caravane à Öland ne faisaient pas le poids.

À croire que Darya avait ce besoin permanent de rabaisser ma sœur. Je n'ai jamais compris comment cette dernière arrivait à le supporter et pourquoi elle continuait à traîner avec elle. Peut-être que, pour ma sœur, c'était l'occasion de se rapprocher d'un niveau de vie auquel elle-même n'aurait jamais eu accès. Après tout, elle pouvait jouer dans une belle maison du quartier Professorsstaden, caresser un cheval et contempler son reflet dans les bottes d'équitation lustrées de Darya.

— Elles mangent là-bas ce soir, précise ma mère.

Je retire ma veste quand j'aperçois mon père dans le salon, assis dans son fauteuil préféré, les talons sur le repose-pieds et le sourire généreux.

— Bonjour, Carolina !

Je suis toujours surprise quand on m'appelle par mon vrai prénom. Ça n'arrive que quand je vais chez le dentiste ou dans des centres administratifs. Dans mon entourage, mon père est le seul à refuser obstinément de m'appeler Nina.

Je le salue, accroche ma veste à une patère libre et me retourne vers ma mère.

— Mince, on vous prive de votre soirée de repos.

— Mais non, ne t'inquiète pas, dit-elle avec un petit sourire crispé. On fera simple, des boulettes de viande et des pommes de terre, tout le monde aime ça.

Smilla et Anton entrent dans la maison.

— Oulà ! s'écrie mon père depuis son fauteuil. Va falloir surveiller ça.

Les jeunes regardent autour d'eux, étonnés.

— Là, insiste papa en montrant les écouteurs blancs enfoncés dans leurs oreilles. Vous avez des trucs qui poussent dans vos esgourdes.

Anton reste imperturbable, mais Smilla sourit en levant les yeux au ciel. Vilgot, lui, éclate de rire en approchant du salon.

— Stop ! appelé-je. Tes chaussures.

Il fait chaud dans ce couloir exigu et, comme d'habitude, j'ai l'impression qu'on dérange. Mes parents mènent une vie tirée au cordeau, tout est programmé et chaque chose a sa place. Il suffit que je vienne avec toute ma tribu pour troubler à grands cris cet ordre sacré.

Mais cette fois, nous ne sommes pas les seuls à provoquer le chaos. La famille de Claudia est arrivée la première. Pauline est une petite fille bien élevée, mais je trouve partout des traces de son passage. Une poupée toute nue est enfoncée tête en bas dans l'une des bottes de mon père et un livre de *Fifi Brindacier* que ma mère n'a pas eu le temps de ramasser traîne par terre, ouvert au milieu de la pièce.

Après un bon repas, deux verres de lait renversés et une belle tache de confiture sur la nappe blanche, papa décide de faire prendre l'air à Vilgot. Smilla et Anton s'éclipsent aussitôt leur assiette rangée dans le lave-vaisselle, mais aujourd'hui, je laisse faire.

Comme le veut la tradition, je me retrouve seule en cuisine avec ma mère. Il m'est arrivé de m'agacer de voir mon père et Fredrik esquiver la zone chaque fois qu'on se retrouvait tous ensemble. Certes, si papa garde ses distances avec la gazinière, c'est à cause de ma mère. Elle considère qu'il n'a rien à faire là, qu'il traîne dans ses pattes, et le chasse de son domaine. Mais chez nous, Fredrik cuisine autant que moi, c'est seulement chez mes parents qu'il prend exemple sur mon père et se conduit comme un vieux macho.

Ma sœur, elle aussi, a toujours réussi à esquiver la vaisselle. Dès qu'il s'agissait de corvée, elle nous glissait entre les doigts comme une anguille. D'abord, elle était « trop petite », et puis… Eh bien, les vieilles habitudes ont la dent dure. J'ose espérer qu'elle a fait des progrès de ce côté-là. Qu'elle ne vient pas avec sa famille pendant plusieurs jours en se croyant à l'hôtel. Nos parents ne sont plus tout jeunes. Et Claudia est adulte, maintenant.

Maman répartit les restes dans des boîtes en plastique et écrit leur contenu au marqueur noir sur des étiquettes qu'elle colle sur les couvercles. « Boules de v. + PdT. 1 pers. » Je lave les casseroles et les plats, puis, quand la place manque sur l'égouttoir, je sèche la vaisselle avec un torchon repassé.

Nous nous affairons en silence. Je me doute que la curiosité la pique, elle doit s'interroger sur la raison de cette arrivée précoce. Je vais lui expliquer, évidemment. La question, c'est de savoir ce que je peux dire ou non.

Il y a quelques heures à peine, j'étais prête à demander le divorce. Mais plus je m'éloignais de Malmö, plus le doute grandissait. Un mal lancinant s'est développé au creux de mon estomac jusqu'à me donner des crampes. J'ai d'ailleurs encore mal au ventre.

Comment pourrais-je abandonner une personne malade? Comment pourrais-je être aussi cruelle envers Fredrik alors qu'il ne va pas bien ?

Et s'il avait des pensées suicidaires ?

Non, ça m'étonnerait. Je l'aurais remarqué. Ça fait longtemps que Fredrik est de mauvais poil, mais il n'est pas déprimé. Je repense alors au discours que tenait Malena l'autre jour quand on parlait de la disparition de Jennifer : personne n'est « du genre » suicidaire. Souvent, les gens cachent leurs problèmes.

Pendant le repas, nous avons effleuré le sujet des récents événements mais, heureusement, mes parents ont eu le bon sens de ne pas entrer dans les détails devant Vilgot. Il sait que Jennifer est morte, mais ça se limite à ça. Smilla ne tient qu'à un fil et, pour ce qui est d'Anton, j'ai à peine eu le temps d'en parler avec lui.

Parfois, je maudis Fredrik. Il a fallu qu'il se cogne une dépression pile au moment où Jennifer a disparu et a été retrouvée morte ! En ce moment, il faut que je sois là pour mes enfants. Pour les accompagner dans leur deuil, pour entendre leurs questions et leur apporter des réponses sensées. Fredrik et ses soucis de santé m'empêchent de faire ce travail comme il faut.

J'essuie un autre plat tout en lançant un regard à ma mère qui cherche d'autres couvercles. Son dos est plus courbé que la dernière fois qu'on s'est vues, et elle a des poches sous les yeux. Enfin, c'est peut-être mon imagination. Peut-être que je projette ma propre fatigue sur elle.

— On s'est disputés, finis-je par admettre.

Elle referme sa boîte sur un « clac » avant de se tourner vers moi.

— À quel sujet ?

— Fredrik n'est pas en forme, comme je le disais la dernière fois…

— Ça a empiré ?

— Pour moi, oui, mais il refuse de l'admettre et de se faire soigner. Ça me rend folle ! On ne peut plus parler.

Après un bref résumé de la situation, ma mère est horrifiée.

— Ça a l'air terrible, Nina. Tu crois vraiment que c'était sage, de le laisser tout seul dans cet état ?

Je fronce les sourcils.

— Il ne voulait pas de mon aide ! Que je sois là ou pas, qu'est-ce que ça change puisqu'il refuse de me parler ?

— Je n'en sais rien, tout ce que je dis c'est que… (Elle hésite une seconde.) Il ne faudrait surtout pas qu'il replonge.

— Il ne pourrait s'en prendre qu'à lui-même.

En refermant sèchement la porte vitrée du placard, j'entends les verres tinter.

— Tu devrais l'appeler ce soir.

— Oui. Ou bien *lui*, il pourrait m'appeler.

Elle hausse les sourcils.

— C'est Fredrik qui va mal, dans l'histoire.

Est-ce à cause de la mort de Jennifer ou de mon inquiétude pour mon mari ? Probablement un peu des deux. Toujours est-il que ma voix se brise sous la puissance d'un sanglot quand je balbutie :

— Et moi, alors ? Personne ne se demande comment je le vis ? Jennifer est morte ! Mes enfants sont bouleversés et mon mari perd la boule. (Je m'effondre sur un tabouret.) J'y arrive plus.

La cuisine plonge dans le calme, un calme lourd, de ceux qui succèdent à une tempête.

Une main chaude se pose sur mon épaule.

— Tout va finir par s'arranger, tu verras.

— Mais comment ?

Ma voix chevrotante me renvoie quarante ans en arrière dans cette même cuisine, avec la même mère et la même fille.

Maman me serre doucement l'épaule.

— On ne peut rien changer à ce qui est arrivé à Jennifer. Mais je suis sûre que tu y verras plus clair après quelques heures de repos.

— Mais Fredrik… Tu as dit que…

— Va te reposer un peu dans notre chambre, m'interrompt-elle en approchant de l'évier. Promis, je ferai en sorte que les enfants ne viennent pas te déranger. Quand tu seras reposée, on boira une tasse de thé. Il reste du gâteau Tosca. Qu'est-ce que tu en dis ?

Elle sourit prudemment. Un goûter ne réglera pas tous mes problèmes, mais j'avoue qu'un peu – beaucoup – de repos ne me ferait pas de mal.

— Merci, maman. C'est une bonne idée.

61

Fredrik

J'ai dû m'endormir, car la musique me fait bondir dans mon fauteuil. Je mets un moment à comprendre d'où elle vient et tourne lentement la tête vers sa source.

Évidemment, c'est mon téléphone. *Pour Some Sugar on Me*, c'est ma sonnerie. Mais ce mystère résolu est loin de me rassurer. Bien au contraire. Le cœur battant à tout rompre, je me penche sur la table pour lire l'écran.

Numéro inconnu, c'est sûrement la police. Ils ont le téléphone de Jennifer. Ils ont dû consulter toutes ses applications et tous ses messages envoyés le soir du réveillon. La connaissant, elle a certainement passé tout le trajet de bus jusqu'à Klagshamn à écrire des saloperies sur moi.

À moins que ce ne soit la veste. Un agent de sécurité m'a peut-être aperçu à Elisedal et a noté le numéro de ma plaque. Quelqu'un a peut-être fouillé dans cette benne et fait le lien entre la veste et l'homme qui errait dans cette zone industrielle en voiture en pleine nuit.

Ça y est, je suis foutu.

La musique reprend du début, le volume monte d'un cran. Je regarde fixement les chiffres inconnus sans oser toucher au téléphone.

Un faible espoir me saisit : si la police me soupçonnait, elle n'appellerait pas, pas vrai ? Elle viendrait directement sonner à ma porte pour me prendre par surprise.

Ça suffit à me décider.

Le téléphone me glisse entre les doigts par deux fois avant que je parvienne à le tourner dans le bon sens.

Je me racle la gorge.

— Allô ? Qui est à l'appareil ?

— Salut, Fredrik. C'est Lollo.

Je déglutis.

— Lollo ?

Elle s'agace :

— Oui, c'est moi. On peut se voir ? J'aimerais te parler de quelque chose. En privé.

Ma main fait trembler le téléphone contre mon oreille. J'ai la gorge râpeuse comme du papier ponce et je garde encore le goût du whisky.

— À propos de quoi ? Pourquoi en privé ?

— Je ne veux pas en parler au téléphone. On peut se retrouver en ville ?

Je ferme les yeux en espérant que la pièce arrêtera de tournoyer, mais ça ne fait qu'empirer. Alors je les rouvre.

— En ville ?

Elle pousse un soupir.

— Oui, ou ailleurs. Je veux juste qu'on discute, Fredrik.

— Hum… Nina est partie avec la voiture. Elle est à Höör. Je ne me sens pas très bien et…

— Les enfants sont avec elle ?

— Oui.

Ma famille m'a abandonné.

— Bon, alors j'arrive.

Non.

Non !

NON.

— Je ne sais pas, Lollo, je…

— Écoute, c'est très important. Je suis déjà dans la voiture, je suis là dans vingt minutes, d'accord ?

Elle a déjà raccroché. Je reste bêtement immobile, mon téléphone dans la main.

Qu'est-ce qu'elle peut avoir de si important à me dire pour venir me voir le lendemain de l'annonce de la mort de sa fille ?

Ça a forcément un lien avec Jennifer. Peut-être qu'elle a trouvé une preuve. Un journal intime. Une lettre jamais envoyée. Elle veut me faire cracher le morceau.

Les doigts tremblants, je parcours l'historique des appels. Je sélectionne le dernier numéro, écoute sonner la tonalité et attends.

Aucune réponse.

Merde.

Mon cœur s'emballe. Je regarde autour de moi, comme si la solution se trouvait là, quelque part. Mais non, rien.

Je me relève précipitamment et vacille. Bon sang, j'ai bu combien de verres de Laphroaig avant de m'effondrer ? Trois ? Ou quatre ?

Un puissant vertige me fait retomber dans le fauteuil.

62

Lollo

Je raccroche et jette le téléphone sur le siège passager avant de me reposer contre l'appuie-tête.

Les dernières nouvelles prennent le pas sur tout le reste. Je sais que c'est temporaire, une excuse pour détourner mes pensées du drame et les concentrer sur une situation plus facilement gérable. Mais je me laisse porter, c'est toujours mieux que de penser à la mort.

Je conduis dans une sorte de transe. Accélération, freinage, clignotant. Vingt minutes plus tard, ma Mini Cooper est garée devant la maison mitoyenne des Andersson. La portière claque derrière moi et je gravis au pas de course les dalles irrégulières qui mènent à la porte d'entrée.

La maison paraît déserte. J'hésite, regarde autour de moi. Il fait nuit à présent et les fenêtres des maisons voisines sont toutes illuminées par les bougies de l'avent. Derrière les rideaux d'une fenêtre, de l'autre côté de la rue, je distingue les silhouettes de deux personnes. Devant une autre maison, deux enfants jouent avec un chien.

Chez les Andersson, il n'y a pas âme qui vive. La cuisine est plongée dans le noir, mais je crois apercevoir au fond une lueur qui doit provenir d'une autre pièce, peut-être le salon.

Quand j'appuie sur la sonnette, un son grinçant retentit de l'autre côté de la porte éraflée. C'est quand même fou qu'ils ne l'aient toujours pas changée. Depuis combien de temps habitent-ils ici ? Dix-huit ans ? Ils auraient au moins pu la repeindre.

Je sonne encore, mais il ne se passe toujours rien et je m'apprête à sortir mon téléphone quand un bruissement approche derrière la porte. Celle-ci finit par s'ouvrir, révélant seulement une étroite bande d'obscurité. J'y passe la tête et retiens mon souffle.

— Fredrik ? Bon sang, ça va ?

Il essaie de sourire.

— Pas tellement, non.

Je ne crois pas l'avoir déjà vu dans un état aussi pitoyable, pas même les lendemains de soirée du bon vieux temps.

— Tu es malade ?

Il secoue la tête.

— Non, seulement un peu débordé...

Il reste là, dans le noir, et se passe la main plusieurs fois dans les cheveux comme si c'était un tic. Son visage pâle est recouvert d'une barbe de trois jours un peu trop longue pour faire joli. Il a les paupières lourdes.

Mon intuition me crie de faire demi-tour et de courir vers la voiture. Mais, maintenant que je suis là, avec l'occasion de parler à Fredrik entre quatre yeux, autant la saisir. Et régler ça une fois pour toutes.

— Je peux entrer ?

Il titube et se rattrape au montant de la porte.

— Lollo, je... je suis fatigué. Vraiment crevé.

Je le regarde longuement.

— Tu n'es pas le seul.

— Excuse-moi, marmonne-t-il en ouvrant davantage pour me laisser passer. Pardon, je... je suis vraiment désolé. Je ne sais pas quoi dire.

— Merci.

J'avance dans le couloir, accroche mon manteau à la patère sous l'étagère à chapeaux et me retourne.

— Il n'y a rien de plus à dire. Tu me sers un café ?

Nous montons les marches menant à la cuisine. Je m'assieds à la table pendant qu'il s'approche du comptoir. Debout, la cafetière à la main, il tangue dangereusement.

— Tu as bu ?

— Juste un peu de whisky. Mais je ne tiens pas très bien l'alcool en ce moment. Je…

Il perd le fil. Je me lève et lui prends la cafetière des mains.

— Assieds-toi.

Docile, il s'installe sur une chaise pendant que j'ouvre le robinet et remplis l'équivalent de quatre tasses d'eau. Je sors un filtre, replie son rabat et l'installe dans le porte-filtre. Dans le placard au-dessus de la cuisinière, il y a une boîte à café Zoégas. Dans cette cuisine, j'ai mes repères comme chez moi, je sais où sont les choses à force de venir boire le café ou organiser des soirées. En revanche, de me retrouver là en tête à tête avec Fredrik, c'est une première.

— Lollo, dit-il avec une soudaine clarté dans la voix. (Je me retourne vers lui.) Pourquoi t'es venue ?

J'allume la cafetière, reviens vers la table pour tirer la chaise en face de lui et m'assieds.

— J'ai quelque chose à te dire.

Face à son regard interrogateur, je sens mon pouls s'affoler.

— Tu te rappelles… le réveillon du nouvel an chez Malena ? Juste avant la naissance de Smilla et Jennifer.

D'abord, il a l'air complètement perdu, comme s'il ne savait plus qui était Malena. Puis ça semble lui revenir et il se repasse nerveusement la main dans les cheveux.

— Tu veux dire quand… toi et moi, on a…

Je hoche la tête et contemple sa stature avachie. Comment ai-je pu être attirée par lui ? L'ai-je seulement trouvé attirant ? Ou était-ce pour faire enrager Max ?

Nous étions nombreux ce soir-là chez Malena, une vingtaine environ. J'étais assise à côté de Fredrik pendant le repas et il n'arrêtait pas de dire combien Nina était devenue pénible avec la grossesse. D'abord, il s'est plaint de la voir toujours fatiguée, puis s'est mis à dire qu'ils ne couchaient plus ensemble. L'instant d'après, il posait sa main sur ma cuisse.

Au début, j'ai été complètement déroutée. Qu'est-ce qu'il fichait ? Ce n'était pas du tout son genre, de tripoter les nanas comme ça, et mon premier réflexe aurait été de lui donner une bonne gifle. Mais j'ai surpris à cet instant Max qui flirtait avec l'une des copines célibataires de Malena et ça m'a décidée.

Plus nos verres se vidaient, plus les avances de Fredrik se faisaient pressantes, et finalement, nous nous sommes retrouvés dans la salle de bains. Je n'ai rien à dire pour ma défense, on a tous les deux déconné. En soi, ni lui ni moi n'avions vraiment l'intention d'aller au bout. Je me souviens que, juste avant de franchir le cap, Fredrik a marmonné que c'était peut-être une mauvaise idée. Mais moi, j'étais décidée.

On a dessoûlé à la seconde où il s'est retiré. J'avais tellement honte, je m'en voulais d'avoir fait une chose aussi stupide. On s'est juré de ne jamais parler à personne de ce qui venait de se passer. Puis on est sortis de la salle de bains, l'un après l'autre à quelques minutes d'intervalle.

À minuit, Max a accepté d'essayer de faire un enfant. Cette soirée nous avait sans doute laissé un goût amer à tous les deux, celui des remords. Dans cette vague sentimentale qui accompagne toujours les douze coups de minuit, il a fini par céder.

On a fait l'amour au petit matin et, quelques semaines plus tard, en découvrant que j'étais enceinte, j'étais convaincue que l'enfant n'était pas de Fredrik parce que, dans mon souvenir, on avait pris nos précautions.

— Fredrik, dis-je. Ce n'est pas du tout le bon moment pour parler de ça, mais j'estime que tu as le droit de savoir…

Avec son air totalement désorienté, il glisse à nouveau les doigts dans ses cheveux.

Je prends une profonde inspiration et me lance :

— Jennifer était ta fille.

63

Fredrik

Mon cerveau mariné à la sauce whisky a du mal à enregistrer ce que me raconte Lollo.

C'est trop gros. Trop improbable. Trop douloureux.

— Tu n'as rien à répondre ?

Son regard m'implore.

Je reste béat, essaie de comprendre. Quoi que je dise, ça paraîtra déplacé.

— Dis quelque chose ! insiste-t-elle.

Incapable de soutenir ce regard, je le fuis en me tournant vers la fenêtre de la cuisine.

Ce que je vois dehors, ce ne sont pas les réverbères, les maisons toutes identiques ni les bougies aux fenêtres des voisins, mais des flashs de cette soirée de la Midsommar : le sourire de Jennifer, ses cheveux qui cachaient la moitié de son visage, ses taches de rousseur, ses seins… qui, soudain, deviennent les seins de Lollo dans une salle de bains il y a très longtemps. La sueur, l'excitation, son corps chaud contre le mien.

Non…

Mon estomac s'enroule sur lui-même comme un gros serpent noir. J'essaie de respirer calmement, de repousser ces pensées macabres. Mais elles s'obstinent à me tourmenter, et même, elles progressent et s'imposent. Elles enflent, prennent de la place et me remplissent la tête.

Le flash suivant date de ce nouvel an. La silhouette chancelante de Jennifer sur le chemin étroit. Le brouillard, la pluie. Je ferme les yeux très fort mais les images défilent, les nouvelles recouvrent les anciennes. La veste trempée, l'eau noire de la carrière de calcaire.

Mon cœur s'emballe. Je me lève d'un bond et bredouille :

— C'est ma faute.

Lollo fronce les sourcils et dit :

— Quoi ?

Comme elle, je ne comprends pas. C'est comme si quelqu'un avait parlé à ma place.

— Tu peux répéter ? insiste-t-elle.

Je sais que je devrais me taire, mais les mots doivent sortir, ils sont irrépressibles. Ils se bousculent dans ma gorge, menacent de m'étouffer.

— J'ai jamais voulu ça.

Ce n'est plus avec curiosité qu'elle me regarde, mais avec méfiance.

— De quoi tu parles ?

Une petite voix me murmure d'arrêter tout de suite, me rappelle que tout n'est pas perdu. Mais cette voix est trop faible face à mon cœur affolé qui finit par l'emporter.

— Pardonne-moi, Lollo. J'aurais dû t'en parler avant, mais…

Je retombe sur ma chaise, plonge mon visage dans mes paumes.

C'est à son tour de se lever.

— Fredrik. Qu'est-ce que tu racontes ?

Comme je reste muré dans le silence, elle frappe du poing sur la table.

— Mais réponds-moi, putain !

Dieu, si tu existes, c'est le moment de le prouver.

— Fredrik ?

Je retire mes mains et regarde Lollo. Louise Wiksell, meilleure amie de ma femme et amie de la famille depuis la moitié de notre vie. Cette femme, d'habitude tirée à quatre épingles, a tellement changé. Elle a les cheveux ternes et les vêtements froissés. Dans ses yeux, un désespoir abyssal.

— J'aurais dû la suivre, marmonné-je. Je n'aurais pas dû la laisser.

En bruit de fond, la cafetière se met à siffler. Je devrais sortir des tasses. Et un peu de lait.

— De qui tu parles ? De Nina ?

— Non, je… Elle m'a appelé le soir du réveillon et j'ai paniqué, je ne voulais pas que…

Lollo avance vers moi.

— Attends, attends, attends. Tu parles de *Jennifer* ?

Une lourde fatigue s'abat sur moi. Il faut que je m'allonge. Que je reste immobile et ne parle plus jamais à personne. Pourtant, un mot de plus m'échappe.

— Oui.

Elle me fixe un moment.

— Mais pourq… pourquoi elle t'a appelé ? Qu'est-ce qu'elle a dit ? Qu…

— Elle voulait qu'on discute. Je l'avais déçue, elle voulait qu'on en parle.

Je vois évoluer la confusion de Lollo, elle essaie de tirer du sens de cet amas de phrases décousues. Son regard vacille, passe de moi à la porte, puis revient sur moi. Soudain, il se pare d'horreur, ses pupilles si grosses que le bleu de ses iris paraît noir.

— C'était toi ? T'as tué Jennifer ?

Non ! ai-je envie de hurler. *Non, je ne l'ai pas tuée.*

Pourtant, je l'ai fait.

J'ai tué ma propre fille.

— Écoute, Lollo. Elle a trébuché, j'ai voulu l'aider à se relever mais…

Elle regarde autour d'elle, trouve son sac à main par terre et le ramasse.

— J'appelle la police, prévient-elle d'une voix stridente en fouillant frénétiquement dans son sac sans me quitter des yeux. Tu m'entends ? J'appelle tout de suite !

Elle recule lentement de la table, comme si elle avait peur que je m'en prenne à elle.

Comme si j'étais un assassin.

— Pas de problème, appelle-les si tu veux, dis-je en m'apercevant que je le pense vraiment. Mais, par pitié, laisse-moi d'abord tout t'expliquer.

— Je ne veux plus entendre un seul mot de ta bouche !

Elle hurle. Brandit le téléphone comme un pistolet braqué sur ma tête.

Et j'aimerais que ce soit vraiment une arme. J'aimerais mourir. Mais, avant que tout le monde raconte sa version, je veux que Lollo entende la mienne.

— Cinq minutes, la supplié-je. Donne-moi cinq minutes.

Elle ne dit rien, se contente de me regarder avec une haine palpable. Alors je me lance, la voix éraillée et les mots hachés.

— Je… Je ne lui voulais pas de mal. Tu… Il faut me croire, Lollo. J'ai eu tort de la laisser. J'aurais dû la traîner jusque chez vous, la forcer… Mais elle ne voulait rien savoir. Qu'est-ce que j'étais censé faire ? Je suis tellement désolé. Tu t'en fiches de ce que je dis, je le sais bien, mais il faut que tu saches que je ne lui ai jamais voulu de mal. Je ne comprends pas comment elle a fini dans la carrière !

Lollo semble reprendre ses esprits. Sa main qui tient le téléphone retombe mollement.

— Mais pourquoi ? Fredrik, *pourquoi* ?

Je soupire.

— C'est compliqué, tout ça, mais…, bafouillé-je sous la menace d'un sanglot. Ça n'aurait jamais dû… J'aimais Jennifer.

Elle se crispe.

— Tu *l'aimais* ? crache-t-elle comme si ce mot amer lui répugnait.

— Non, pas comme ça. On… Enfin, tu sais que Jennifer et moi, on s'entendait bien. J'ai essayé d'être un modèle, j'ai essayé de l'écouter, d'être patient. Mais au nouvel an… on s'est rejoint dans le bosquet et…

— Qu'est-ce que vous *foutiez* dans le bosquet ?

Son regard devient encore plus meurtrier.

— Ce n'est pas ce que tu crois.

Je me lève pour aller vers elle, mais elle recule.

— Reste là ! hurle-t-elle. Ne me touche pas !

— Lollo, écoute-moi, imploré-je, les joues mouillées et la vue troublée par mes larmes. On a seulement discuté, on ne… Ça a commencé à la Midsommar, un bain de minuit. Elle revenait de sa soirée à Falsterbo et voulait qu'on se baigne. Je crois qu'elle s'est mise dans la tête que je… que tous les deux, on…

Je ferais mieux de la fermer, d'arrêter d'aggraver mon cas. Et puis, pourquoi je parle de la Midsommar, en plus du reste ? Il n'y a aucune raison d'évoquer cet incident, mais j'en ai besoin, il faut que ça sorte.

Lollo se déplace soudain vers l'évier et s'empare de l'un de nos couteaux de cuisine.

— Saloperie de pédophile ! Je vais te tuer !

Et elle se jette sur moi.

64

Nina

— Tu as parlé à Lollo depuis qu'on a retrouvé Jennifer ?

La question de ma fille me prend de court. Troublée, je me retourne vers le canapé où elle est assise en tailleur, le nez sur son téléphone.

— Non, réponds-je. J'ai juste envoyé un message.

Elle relève la tête.

— C'est pas, genre, ta meilleure amie ?

La réponse mérite réflexion. La triste vérité, c'est que je n'ai que Lollo et Malena. Et depuis une quinzaine d'années, elles me tapent sur le système. Surtout Lollo.

— Lollo et Malena sont mes plus vieilles copines. Mais de là à les considérer comme mes meilleures amies, je ne sais pas.

Smilla fronce les sourcils.

— Si c'est pas elles, alors c'est qui ?

— Ben… Cecilia, peut-être. Ou Eva.

— C'est qui ?

— Mes collègues.

— Jamais vues. Ça ne peut pas être tes meilleures amies.

— Peut-être pas, admets-je nonchalamment. Mais tu sais… quand on devient adulte, qu'on partage son temps entre le travail et la maison, ça devient difficile de voir d'autres personnes en dehors des collègues et de la famille. Surtout quand on a des enfants en bas âge.

— Tu devrais appeler Lollo.

Ma fille a raison. Seulement, je n'ose pas. J'ai peur de me retrouver impliquée dans ses problèmes, peur de devoir traîner ses casseroles. Et puis, comment pourrais-je être une béquille pour elle alors que je dois déjà empêcher Fredrik de s'écrouler ?

— Je sais, ma puce. Je sais.

J'attire Smilla contre moi, passe un bras autour de ses épaules et observe dans la cuisine ma mère qui prépare la tisane du soir. Elle jette justement un coup d'œil vers nous, nos regards se croisent. Elle esquisse un sourire satisfait et retourne à sa tâche.

On pourra dire ce qu'on veut sur ma mère, mais elle me connaît par cœur. Ma petite heure de sieste a fait des merveilles, je suis de meilleure humeur et arrive à réfléchir plus posément.

— Tu peux tout me dire, murmuré-je, le nez enfoui dans les cheveux de Smilla. À n'importe quel sujet. Souviens-toi toujours de ça.

Elle lève les yeux vers moi.

— Tu crois que Jennifer s'est suicidée ?

— Je ne sais pas, dis-je en m'adossant. La police a l'air de suivre plusieurs pistes. Jennifer a peut-être traversé une mauvaise passe… Elle ne t'en a pas parlé ? Du fait que ça n'allait pas en ce moment ?

— Nan. Mais on ne s'est presque pas parlé de tout l'automne.

— Si elle déprimait, on peut comprendre qu'elle ait pris ses distances. Il paraît que les difficultés psychologiques sont de plus en plus courantes chez les jeunes…

Smilla opine.

— Je n'ai pas une seule copine qui ne déprime pas. À des degrés différents, évidemment.

Je la serre plus fort contre moi.

— Ce n'est pas normal. Et toi, comment ça va ?

Quelle hypocrite. Comment puis-je accuser Lollo de ne pas s'être assez souciée de Jennifer alors que je fais exactement la même chose ? Que sais-je de ma fille et du monde qui l'entoure ? J'ai soudain honte, une honte bouillante qui me secoue tout entière et me donne si chaud que je chasse une perle de sueur sur ma lèvre.

Ma fille s'installe plus confortablement contre moi.

— À part tout ce qui se passe autour de Jennifer… ça va plutôt bien.

Un frisson la fait frémir.

— Excuse-moi, soupiré-je en la relâchant un peu. C'était une question bête.

— Je crois que je n'ai pas encore réalisé. Que Jennifer n'est plus là, je veux dire.

Un ange passe. Je regarde ma mère poser le plateau chargé d'assiettes et de tasses de thé. Toujours ce plateau moche en pin verni que Claudia a fabriqué en cours d'arts plastiques au collège.

— Des rumeurs couraient sur Jennifer, ajoute ma fille.

Elle se penche pour reposer son téléphone sur la table basse et revient se lover contre ma poitrine.

— Quel genre de rumeurs ?

— Genre, des histoires de drogue.

J'essaie de dissimuler ma consternation, mais, dans cette position, elle doit sentir battre mon cœur.

— Ah bon ? Tu crois que c'est vrai ? Qu'elle se droguait ?

Elle pousse un soupir.

— Au début, je le croyais pas. Ou, en tout cas, je ne voulais pas le croire. Aujourd'hui, je me pose la question. Si elle déprimait, tu sais…

J'essaie de suivre le fil de ses pensées, mais les miennes rebondissent comme autant de balles de flipper.

— Tu veux dire qu'elle avait peut-être des problèmes psychologiques qu'elle réglait en se droguant ? Qu'elle était peut-être défoncée et qu'elle a trébuché par accident dans la carrière de calcaire ?

Elle cherche sa position sur le canapé, hésite avant de lever les yeux.

— Nan, je crois plutôt que… Dans le journal, ils disent que la police n'écarte pas la thèse du meurtre.

Comme je hoche la tête, elle poursuit :

— Imagine, si elle n'a pas payé son dealer et qu'il s'en est pris à elle… Enfin, je ne sais pas trop comment ça marche, tout ça.

Elle baisse les yeux sur ses mains, retourne son bracelet pour cacher le fermoir sous son poignet.

J'ai l'impression de voir Jennifer. Toutes les deux, elles se ressemblaient comme deux gouttes d'eau. À une époque, quand elles avaient dix ans, elles se faisaient passer pour des jumelles. C'était leur jeu. Même coupe de cheveux, mêmes vêtements et un fou rire dès qu'elles arrivaient à tromper les gens. Il y a une photo de cette époque où elles se tiennent par la main à Falsterbo. Heureuses, avec leurs taches de rousseur.

Jennifer a-t-elle vraiment pu prendre de la drogue ?

D'un côté, ça paraît complètement dingue. D'un autre, ce ne serait pas surprenant. Si c'était une histoire de drogue, ça confirmerait ce qui m'a toujours fait peur chez cette fille. L'absence de limites. Le sentiment qu'il pouvait se passer n'importe quoi dès que Jennifer était dans les parages. Mais si elle filait vraiment un mauvais coton, Lollo et Max s'en seraient rendu compte, non ? Quand quelqu'un se drogue, ça finit par marquer les traits du visage. Or elle avait l'air fraîche le soir du réveillon.

Je m'écarte un peu pour regarder ma fille.

— Tu ne te drogues pas, j'espère ?

Elle écarquille les yeux.

— Moi ! Tu me prends pour qui ?

— Je suis ta mère, je dois te poser la question.

Désormais, c'est décidé, j'aurai toujours une longueur d'avance. Je ne me laisserai pas dépasser par les rumeurs.

Smilla se renfrogne et me lance un regard accusateur.

— Tu ne me crois pas ?

— Bien sûr que si, assuré-je en lui caressant la joue. Mais de quel genre de drogue on parle ? Celle qu'aurait prise Jennifer, je veux dire.

— Aucune idée. Comme je t'ai dit, c'est des rumeurs. Elle a peut-être juste essayé une fois. Ça suffit pour te tailler une réputation.

Elle reprend son téléphone. Le message est clair : la conversation est terminée, je crois que je l'ai vexée. Ça ne me freinera pas. Pour avoir des réponses, il faut savoir poser des questions. Tant pis si ça vexe les ados. Quand ils seront adultes, ils comprendront qu'on s'inquiétait pour eux.

Il faut que je parle de ces histoires de drogue à Fredrik pour savoir s'il a remarqué – ou entendu – quelque chose.

En parlant de lui. Et de soucis psychologiques. Ai-je été trop dure avec lui ?

Toujours cette crampe à l'estomac. S'il lui arrivait quelque chose maintenant, je ne me le pardonnerais jamais. S'il se blessait volontairement ou…

Je me lève du canapé.

— Tu n'aurais pas vu mon téléphone ?

— Il était sur le meuble de l'entrée avant le repas, répond ma fille sans quitter le sien des yeux. Tu vas appeler Lollo ?

— Oui. Mais d'abord, j'appelle ton père.

65

Lollo

Je serre le poing autour du manche en plastique noir. La pointe du couteau braquée vers Fredrik, je vois palpiter les veines de son front. Ses yeux luisent de terreur.

Ce malade, ce lâche, pitoyable connard !

— Depuis combien de temps ça dure ? crié-je. Tu te la tapais déjà quand elle était petite ?

Les images défilent, comme un film en accéléré.

Jennifer à trois ans, assise sur les genoux de Fredrik avec un album pour enfant.

Jennifer à six ans, un Fredrik tout sourires la prend par la main et lui propose de l'aider à jouer au croquet.

Jennifer à quatorze ans. Elle est assise à la table de la cuisine devant des cahiers de maths ouverts, Fredrik à ses côtés.

Qui sait où il promenait ses mains quand personne ne les regardait ?

— Lollo, je t'en supplie, bredouille Fredrik sans rien bouger d'autre que ses lèvres pour chuchoter. Je n'ai jamais…

— Je te déteste. Je vais te tuer, je vais…, haleté-je en retrouvant un semblant de calme, mais sans baisser la garde, agitant toujours le couteau sous son nez. Ou non, tiens. Je vais plutôt te couper la bite. Te tuer, ce serait trop sympa. Je veux te voir souffrir le martyre !

Ma rage me fait tenir. Elle me maintient debout et en vie, sans quoi j'aurais envie de disparaître pour toujours.

Mais avant d'abandonner cette vie, je veux voir Fredrik mourir. D'une mort bien lente, bien douloureuse.

J'allais ordonner à cette lâcheté de raclure de baisser son pantalon quand une guitare hard-rock se met à jouer ses accords derrière nous. Ma concentration est troublée à peine une milliseconde, assez pour que Fredrik saisisse l'occasion. Il s'empare de mon poignet, le retourne et le pousse en arrière de sorte à faire pointer la lame du couteau vers moi. Je fais un pas en arrière, résiste de toutes mes forces. Une douleur vive remonte mon poignet. C'est fou, la force que rassemble Fredrik alors qu'il a l'air d'une épave.

— Enfoiré, murmuré-je. Je te déteste. Je te déteste.

— Lollo, je… je ne veux pas te faire de mal, halète-t-il. Tu ne veux pas lâcher ce couteau ? Pour qu'on discute calmement ?

— On n'a rien à se dire. Rien. Tu piges ?

Le volume de la sonnerie augmente. D'où ça vient ?

— Putain, putain, putaiiiiin ! hurlé-je sur fond de musique assourdissante, postillonnant au visage de Fredrik.

Quand une goutte lui fait fermer l'œil, j'en profite, me jette sur lui, le faisant basculer de tout mon poids. Il tangue en arrière et heurte le réfrigérateur avec son épaule. Un mouvement brusque qui me fait perdre l'équilibre.

La suite est l'affaire d'un très court instant. Pourtant, j'ai le temps de deviner ce qui va se passer. Je le vois s'effondrer par terre avec un bruit sourd, puis je me vois moi, entraînée dans sa chute, la lame du couteau qui disparaît dans sa peau fine, juste sous sa clavicule.

Une sensation de paralysie se répand dans mon corps, je ne peux plus bouger. J'ai le regard braqué sur le couteau dont seul le manche reste visible.

Fredrik me regarde, le visage pâle. Il bouge les lèvres, mais aucun son ne sort de sa bouche. Je sais que je dois agir, et vite, mais je ne peux que penser aux vieux films muets en noir et blanc.

C'est quand la musique se tait enfin que je me redresse et cherche mon téléphone. Après deux essais infructueux, mon doigt tremblant parvient à composer le numéro des urgences suédoises. *1. 1. 2.*

Le téléphone collé à l'oreille, je me précipite vers Fredrik. Tombe à genoux près de lui et reste impuissante.

Je dois le manipuler ? Le coucher en PLS ? Ne surtout pas le toucher ?

— Ici les urgences, que vous arrive-t-il ? dit une voix austère.

— Un couteau, pantelé-je. Vous devez venir ! Vite !

— Que s'est-il passé ?

— Un accident. Avec un couteau. On a trébuché et…

— Où êtes-vous ?

Le calme de l'opératrice est une insulte à ma panique. L'intérieur de ma boîte crânienne est vide. Comment s'appelle leur rue, déjà ? Mon cœur s'affole.

— Je ne sais pas ! Je ne me souviens plus !

Je lui hurle qu'elle n'a qu'à se démerder pour localiser mon téléphone, mais je crois qu'il faut avoir une application pour ça. Fredrik ouvre alors la bouche et cite une adresse d'une voix faible et monocorde.

Je la répète au téléphone.

— La personne respire encore ?

— Oui. Oui, il respire. Je peux retirer le couteau ?

— Non, répond sèchement la femme, moins détendue. Ne le touchez pas. Attendez l'arrivée des secours. On vient vous aider.

Quelques questions plus tard, elle semble considérer la situation sous contrôle mais préfère me garder en ligne.

J'active le haut-parleur, m'assieds à côté de Fredrik et pose le téléphone par terre entre nous.

— Je suis désolée, pardon, chuchoté-je en m'adossant au réfrigérateur.

Immobile sur le sol, il garde les yeux fermés et semble vivre un calvaire à chaque inspiration.

Je comprends qu'il pourrait mourir. J'aurais alors tué le mari de Nina.

Et le père de Jennifer.

Ça tambourine dans mon crâne. Je ferme les yeux en rêvant d'être ailleurs, très loin, en écoutant son souffle laborieux.

— Jennifer, c'était… (Il tousse.) C'était vraiment ma fille ?

J'opine sans ouvrir les yeux et sens les larmes rouler sur mes joues.

— Elle… Elle était vivante, poursuit-il avant de marquer une pause pour se remettre de l'effort. Elle marchait… sur la route. Elle titubait, mais… elle marchait. Je l'ai cherchée… J'y suis retourné. Je ne l'ai pas trouvée. Pardonne-moi.

Et il ne parle plus.

La cafetière émet un clic.

Au loin, j'entends les sirènes se rapprocher.

66

Nina

— Vous êtes bien Carolina Gonzales Andersson ?

C'est la deuxième fois aujourd'hui qu'on m'appelle Carolina. Sauf que cette voix-là n'a pas la chaleur de celle de mon père. Au contraire, elle est même très formelle. Je me lève du canapé et gagne vite le couloir pour échapper au bruit du salon. Vilgot joue aux petits chevaux avec son grand-père et, le moins qu'on puisse dire, c'est qu'ils sont à fond dans leur partie.

— Oui, c'est moi.

Froissement de papier au bout du fil, comme si l'on retournait une feuille.

— Vous êtes mariée à Fredrik Andersson ?

À cet instant, la cadence de ma fréquence cardiaque se déchaîne. Le sang n'irrigue plus mon cerveau et j'ai des picotements dans les doigts.

— Oui…

— Contente de vous avoir. Je suis Helga Gunnarsdottir, médecin, je vous appelle depuis le CHU.

Le pas chancelant, j'atteins le tabouret à côté du meuble d'entrée, et colle mon dos au mur pour m'asseoir lourdement.

— C'est au sujet de votre mari, dit-elle encore.

Je cherche mes mots, mais ils s'emmêlent dans un fourbi décousu et aucun ne sort. Alors elle poursuit :

— Ne vous inquiétez pas. La situation est critique mais ses jours ne sont pas en danger.

Je parviens à me lever et cherche mon manteau parmi les vêtements accrochés.

— Que s'est-il passé ? Où est-il ? Je ne suis pas chez moi, je… je suis à Höör. Chez mes parents. Mais je peux être à Malmö dans une heure.

Ma mère et Smilla m'ont rejointe dans l'entrée. Côte à côte, elles me regardent d'un air affolé.

— On lui a administré des calmants, il s'est endormi, m'informe Helga Gunnarsdottir avec un petit accent islandais chantant. Inutile d'accourir, il est en soins intensifs, les visites sont interdites pour le moment. Nous espérons pouvoir le transférer au service de pneumologie dès demain. Vous pourrez alors venir le voir.

J'interromps ma fouille, le bras au milieu des manteaux.

— Pneumologie ? Qu'est-ce qu'il va faire là-bas ?

— Votre mari a subi un pneumothorax. (Brève pause.) Une perforation du poumon.

— Quoi ? Mais… Mais comment ?

— Par un coup de couteau. Mais, encore une fois, son état s'est stabilisé, Fredrik se porte relativement bien. Il devrait pouvoir téléphoner demain matin.

Il faut que je me rassoie.

— Un coup de couteau ? Mais… il était à la maison. Il s'est fait poignarder chez nous ?

Ma mère et Smilla sont toujours là, ma mère porte les mains à sa bouche et ma fille pâlit à vue d'œil.

— Malheureusement, je ne peux pas vous en dire plus, se désole Helga Gunnarsdottir.

Ma voix se brise.

— Mais je suis sa femme. Je… J'ai le droit de savoir ce qu'il s'est passé.

Le médecin paraît soudain gêné.

— Hum, oui, seulement… Fredrik nous a expressément demandé de ne donner aucun détail. Pas même à vous.

Comme le téléphone va me glisser des doigts, je le serre dans mon poing.

Alors finalement, Fredrik aurait bel et bien été infidèle ? A-t-il été poignardé par une ancienne maîtresse ou par celle du moment ?

La thèse du cambriolage me paraît improbable. Nous ne possédons ni objet d'art ni antiquité de valeur. Ce sont peut-être les consoles d'Anton qui ont fait des envieux. Non, j'ai beau essayer de l'envisager, ça me paraît grotesque. Et puis, Fredrik ne chercherait pas à résister. Il donnerait tout ce que réclameraient les voleurs, quitte à les aider à charger le barda dans leur voiture.

Le médecin se racle la gorge et me ramène à la réalité. Où en étions-nous ? J'ai perdu le fil.

— Il est fortement probable que votre mari se rétablira très bien. Évidemment, nous vous tiendrons informée de l'évolution de la situation. (Un bref silence.) Est-ce que ça va aller ?

Non, ça ne va pas aller. Mais alors, pas du tout.

— Oui, réponds-je. Merci d'avoir appelé.

Je raccroche et fixe l'écran.

— C'était qui ? veut savoir ma mère en se précipitant vers moi. Nina, que s'est-il passé ?

Je lève les yeux.

— C'était l'hôpital. Il y a eu… Fredrik a reçu un coup de couteau.

Smilla est prise d'un vertige. Je me lève pour la prendre dans mes bras.

— Il n'est plus en danger, ma chérie. Papa va bien, le médecin m'a dit qu'il s'en remettrait.

Serrant ma fille contre moi, je combats le sentiment que le monde s'effondre autour de moi.

67

Lollo

Il n'y a pas un chat dans le hall d'entrée du commissariat, outre la gardienne derrière sa vitre, saluant les deux policiers en uniforme qui m'escortent. On me remet un badge de visiteur et nous nous engageons dans le long couloir.

— Par ici, me conduit la femme rousse qui s'est présentée tout à l'heure sous le nom de Sally.

Elle pousse une porte ouvrant sur une petite pièce sobrement meublée.

— Asseyez-vous. Lina Torrero ne va pas tarder.

Je m'installe sur l'une des quatre chaises, heureuse d'apprendre que l'inspectrice va arriver.

Sally et son collègue se sont présentés à l'hôpital à peine quelques minutes après l'arrivée de l'ambulance devant les portes des urgences. Sitôt ont-ils appris que Lina Torrero était le contact de la famille pour une enquête en cours qu'ils l'ont appelée.

— Je vous sers quelque chose à boire ? me propose le policier, qui doit avoir le même âge que moi mais arbore une imposante barbe de hipster. Du café, du thé, de l'eau ?

— Je veux bien un verre d'eau, merci.

Il hoche brièvement la tête et disparaît dans le couloir.

Je m'appuie contre le dossier dur, ferme les yeux et m'efforce de trouver une respiration apaisante, comme on m'a appris à le faire dans les situations critiques, pendant toutes mes heures de yoga. Qui aurait cru que ces cours me seraient utiles ici, dans une salle d'interrogatoire ? Il n'empêche qu'après quelques profondes inspirations, la pression exercée sur ma poitrine m'oppresse déjà moins. Elle n'a pas totalement disparu, mais presque.

On tourne une clé dans la serrure. Le barbu reparaît, accompagné de Lina Torrero, avec qui j'échange une poignée de main pour la troisième fois aujourd'hui. L'homme pose un verre d'eau sur la table devant moi et quitte la pièce, laissant les deux femmes s'asseoir en face de moi.

Sally se met à taper à l'ordinateur. Torrero pose sur la table un dossier rangé dans une fine chemise en carton et ouvre son ordinateur portable. Elle sort un téléphone de la poche arrière de son pantalon et le place près du dossier.

— Comment vous sentez-vous ?

Si la question m'avait été posée par n'importe qui d'autre, je me serais indignée. Mais j'aime bien Lina Torrero. J'ai l'impression qu'elle pose la question sincèrement, et pas par convention.

— Pas terrible, admets-je.

Elle scinde sa queue-de-cheval en deux pour tirer sur chaque moitié et resserrer l'élastique.

— Désolée de vous avoir convoquée ici, mais c'est un peu trop chaotique à l'hôpital pour discuter au calme.

Elle lâche ses cheveux. Comme j'opine d'un signe de tête, elle poursuit :

— Tout d'abord, nous aimerions comprendre ce qui est arrivé ce soir, vous vous en doutez.

Je rougis et peine à la regarder dans les yeux.

— Je n'ai pas voulu lui faire de mal. C'était un accident, je...

— Attendez.

Torrero enclenche l'enregistreur de son téléphone et le pose au milieu de la table. Elle annonce la date, l'heure et les personnes présentes dans la salle.

— Vous pouvez y aller, dit-elle ensuite. Racontez-nous ce qui s'est passé chez les Andersson.

Je prends le verre d'eau d'une main tremblante.

— Je… Je me suis disputée avec Max et… j'avais besoin de parler à quelqu'un. De tout ce qu'il s'est passé.

Je bois, en renverse la moitié à côté et m'essuie le menton avec le dos de la main.

— Nina n'était pas chez elle, mais Fredrik m'a quand même proposé d'entrer. Il a préparé du café et… il s'est mis à raconter qu'il avait vu Jennifer le soir du réveillon et je…

Je repose le verre et lève les yeux vers les deux femmes. Puis reprends :

— Ça m'a fait vriller. Je n'ai pas réfléchi !

Torrero réclame des détails et Sally prend des notes.

Quand j'ai terminé, l'inspectrice résume :

— Si j'ai bien compris, Fredrik ne veut pas porter plainte contre vous.

Je confirme d'un signe de tête. Elle me précise qu'ils devront tout de même établir un rapport pour blessures involontaires.

— Il ne devrait pas y avoir d'autres retombées, à moins que Fredrik ne change d'avis, ajoute Torrero.

— Et Fredrik et Jennifer, alors ? insisté-je. Il vient d'avouer qu'il l'avait vue le soir du réveillon. Vous allez enquêter là-dessus, j'espère !

— Bien entendu, nous lui poserons des questions dès qu'il sera en état d'y répondre. Mais, d'après lui, Jennifer était encore vivante quand il est parti et l'a laissée seule sur Gadsväg.

Je m'indigne.

— C'est ce qu'il dit, mais vous le croyez vraiment, vous ?

Elle regarde son ordinateur, puis revient sur moi.

— J'ai essayé de prendre contact avec vous et votre mari après notre entrevue à Lund. (Elle esquisse un sourire en coin.) Maintenant, je comprends mieux pourquoi vous ne répondiez pas. Avez-vous la moindre idée de l'endroit où peut se trouver Max ?

J'ai l'estomac noué. Qu'est-ce qu'il fout, encore ?

— Non. J'ai pris la voiture et je suis partie. Depuis, je n'ai pas de nouvelles de lui.

Lina Torrero cherche quelque chose dans mon regard.

— Je comprends. Si je cherchais à vous joindre, l'un ou l'autre, c'est parce que nous avons de nouveaux éléments dans l'affaire concernant Jennifer qui laissent penser qu'il ne s'agissait pas d'un accident.

Je m'apprête à répondre, mais elle ne m'en laisse pas le temps.

— À partir de maintenant, nous enquêtons officiellement sur un homicide, annonce-t-elle sans me lâcher du regard. Et je tiens à préciser que ces nouveaux éléments n'incriminent pas Fredrik Andersson. Nous le soupçonnions d'avoir été en contact avec Jennifer le soir de sa disparition et nous en avons trouvé la confirmation. Mais nous ne le soupçonnons pas de meurtre pour autant.

Je la regarde, confuse, et essaie de comprendre ce qu'elle me dit.

Un homicide.

Jennifer a été *assassinée* ?

— On pourrait considérer que Fredrik a fait une erreur, poursuit Torrero. Qu'il aurait dû la convaincre de rentrer chez elle. Mais le fait qu'il soit retourné à la soirée sans elle ne constitue pas un crime en soi.

Mon regard interloqué alterne entre les deux policières.

— Mais alors… qu'est-ce qui s'est passé ? Vous voulez dire qu'elle est tombée sur quelqu'un d'autre ? C'est Tom Souilleur, c'est ça ? L'un des hommes qui la suivaient sur Facebook ? Petter Silvén ? Vous avez vérifié son alibi ? Il habite juste à côté, il…

Je me tais en prenant conscience que je bafouille, et les yeux bruns et bienveillants de Torrero me poussent brutalement au bord des larmes.

— Malheureusement, nous ne pouvons pas communiquer sur les suspects de notre enquête, dit-elle calmement. Pas plus que sur nos recherches en cours. Mais nous tenions à vous informer que l'affaire était désormais classée en meurtre. C'est pourquoi nous aurions d'autres questions à vous poser.

Quelque chose change dans son expression. Elle marque une pause avant d'ajouter :

— Nous avons reçu le rapport d'autopsie.

Une image se forme dans mon esprit. Celle du corps immobile d'une jeune fille sur une table froide en inox. Un point me compresse l'estomac. Je regarde autour de moi, cherche un contenant pour vomir, mais parviens finalement à me retenir.

— Ça va aller ? s'inquiète Sally. Vous vous sentez bien ?

J'opine, bois un peu d'eau. Cherche dans ma mémoire d'autres images d'elle, de Jennifer bien vivante, le regard pétillant et le sourire généreux. Mais je ne vois qu'un visage blême, des lèvres closes et des yeux fermés.

Torrero cherche à nouveau mon regard.

— Et donc… d'après le rapport, Jennifer avait du cannabis et du Tramadol dans le sang.

— C'est impossible, murmuré-je. Il y a forcément une erreur.

L'inspectrice regarde son écran d'ordinateur.

— J'ai bien peur que non. Les quantités n'étaient pas faramineuses, mais, combinées à l'alcool…

— On l'a droguée de force, décidé-je avec un regain d'assurance. Ma fille ne prenait pas ces choses-là ! On s'en serait rendu compte.

Tandis que mes mots rebondissent sur les murs austères, le doute s'installe. Comment puis-je affirmer que Jennifer ne se droguait pas ? Je ne savais rien de ses activités en ligne.

— C'est forcément quelqu'un de la fête, on l'a manipulée. C'était… la seule fois.

Ma voix trahit mon incertitude.

Lina Torrero feuillette son dossier.

— Bon… Avez-vous entendu parler du téléphone que nous avons retrouvé et qui aurait appartenu à Jennifer ?

Elle pose une photo sur la table et la retourne vers moi. On y voit un petit portable démodé. Il est bleu et ressemble à mon premier téléphone, celui que m'avait offert Max au début des années 2000 pour mon anniversaire.

— Ce n'est pas le téléphone de Jennifer, dis-je en détaillant la photo. Elle avait un iPhone. Le dernier modèle.

L'inspectrice reprend la photo.

— Elle avait deux téléphones. Nous n'avons pas retrouvé son iPhone mais avons pu consulter son historique. Quant à celui-ci… Il n'avait pas d'abonnement, c'était un prépayé.

Je lance un regard perplexe à la femme brune.

— Mais… à quoi il servait ? Vous savez qui elle appelait avec ça ?

L'enquêtrice range la photo dans le dossier.

— Il s'agissait principalement de SMS. C'était un téléphone secret, elle l'utilisait pour contacter ses dealers ou ses clients. Et, oui, nous avons pu retracer certains de ses contacts. Mais pour le moment, je ne peux pas vous en dire plus.

Je m'effondre sur la table, le visage dans mes bras, et laisse les larmes couler.

Homicide. Drogue. Tom Souilleur. Fredrik. Max. Devrais-je appeler Max ? En ai-je seulement envie ? Se pourrait-il vraiment qu'il trempe dans cette affaire ? Devrais-je en parler à Torrero ?

Je suis tellement fatiguée. Je n'en peux plus.

Quand je relève enfin la tête, une boîte de mouchoirs est posée à côté du verre d'eau. Je me sers, me mouche et m'essuie les yeux.

— Vous devez me prendre pour une mauvaise mère, la pire du monde.

La réponse de Lina Torrero met un peu trop de temps à venir.

— Ne croyez pas ça. Ça aurait pu arriver à n'importe qui. À toutes sortes de personnes, à toutes les classes sociales. On a beau tout faire pour nos enfants, ça n'en empêche pas certains de mal tourner. Croyez-moi, personne n'est épargné.

Soir de l'Épiphanie 2019

Samedi

68

Fredrik

Lina Torrero me regarde droit dans les yeux.

— Vous êtes certain de ne pas vouloir porter plainte contre Louise Wiksell ?

— Oui, réponds-je. C'était un accident. Lollo était bouleversée, et moi… j'avais beaucoup bu.

L'enquêtrice s'appuie contre le dossier de sa chaise, croise les jambes et affiche une expression impénétrable.

— Dans votre malheur, on peut dire que vous avez eu du bol, s'amuse-t-elle en regardant le tube qui entre dans mon poumon droit. Ça aurait pu être bien pire.

L'oxygénateur répond par un long soupir las auquel je n'ai rien à ajouter. Hier, j'étais convaincu de vivre mes derniers instants. La douleur était indescriptible. La moindre inspiration me brûlait les poumons et je commençais à voir toute ma vie défiler devant moi. Je n'aurais jamais cru ressentir une telle panique. Moi qui me croyais prêt à mourir, résigné à l'idée que c'était ma seule issue. Mais à ce moment-là, avec un couteau dans le poumon, allongé sur le carrelage de la cuisine, j'ai su.

J'ai su que je ne voulais pas mourir.

Je voulais vivre.

Lina Torrero se lève. Sa collègue, une rousse dont j'ai oublié le nom, referme son calepin et range les chaises contre le mur. Bref hochement de tête, puis elle enfile sa veste et disparaît dans le couloir.

Torrero, elle, s'arrête à la porte.

— Nous reviendrons, d'une façon ou d'une autre. En tout cas, vous ne risquez pas de nous filer entre les doigts, dit-elle en désignant vaguement les tubes.

Au retour du calme, je ferme les yeux et cherche à mettre de l'ordre dans l'afflux d'informations dans lequel on vient de me noyer. Mais c'est impossible. Peut-être à cause de la nature même de ces infos. Ou à cause des médicaments, de tous ces calmants que les machines sont en train d'injecter dans mon corps en ce moment même.

Torrero m'a annoncé que Jennifer avait été tuée.

Tuée.

Et qu'ils avaient la preuve qu'elle se droguait. Avec du Tramadol. Et du cannabis. Peut-être d'autres choses aussi.

J'ai aussitôt reconnu avoir fumé de l'herbe avec elle l'été dernier, il fallait bien justifier pourquoi j'avais caché à tout le monde mon entrevue avec Jennifer le soir du réveillon. Mais j'ai juré ne l'avoir jamais entendue parler d'autres drogues, jamais.

Apparemment, elle revendait à des jeunes du quartier. Ce n'était pas un gros business, mais quand même.

Putain, Jennifer. Comment t'as pu dériver à ce point-là ?

Ma tête retombe sur les oreillers. Je prends une profonde inspiration, comprends trop tard mon erreur et gémis de douleur.

Une infirmière qui passait dans le couloir jette un coup d'œil dans ma chambre et s'enquiert :

— Vous avez mal ?

Je fais signe que non.

— N'hésitez pas à sonner s'il y a quoi que ce soit, dit-elle avant de s'éclipser.

Je réfléchis à ma conversation avec Torrero, essaie de me rappeler les détails.

Si j'ai bien compris, je ne suis pas soupçonné du meurtre. On dirait qu'on ne m'accuse de rien, si ce n'est de ne pas avoir été très malin.

L'inspectrice a fait de la rétention d'informations, mais elle a quand même laissé entendre que l'enquête n'était pas loin d'être résolue. Qu'elle espérait pouvoir boucler l'affaire d'ici à la fin du week-end. On est samedi. Ça veut forcément dire qu'ils tiennent le coupable.

Jennifer a été assassinée.

C'est absurde. Qu'est-ce qu'elle a bien pu faire pour pousser quelqu'un à la tuer ?

C'était juste une gamine.

Ma gamine. Ma fille.

Mes pensées repartent sur la plage, avec Jennifer, un soir bleuté de la Midsommar. Je ne veux pas y repenser. Ne veux pas me rappeler qu'on a frisé la cata. Même si ce n'est pas *moi* qui ai répondu à ses avances. C'est mon cerveau reptilien.

Je tends le bras, tâtonne sur la table de chevet et parviens à attraper le téléphone sans bouger le haut du corps. J'ai un nouveau message.

J'arrive. N.

Il a été envoyé il y a moins d'une heure. Je laisse le téléphone tomber sur la couverture jaune et fixe le plafond. Celui-ci n'a pas de fissure, seulement une grille parfaitement symétrique de carreaux blancs.

Nina.

Qu'est-ce que je vais lui dire, bon sang ?

On s'est parlé rapidement au téléphone ce matin, juste après mon transfert dans ce service. Évidemment, elle était dans tous ses états et n'avait pas fermé l'œil de la nuit.

Je lui ai dit que je ne voulais pas discuter au téléphone et lui ai demandé de venir le plus vite possible. J'ai peur de la réaction de ma femme.

Si j'avais réussi à garder mon sang-froid, peut-être que tout ce qui nous concernait, Jennifer et moi, aurait pu rester entre la police et moi. Mais maintenant…

Lollo sait que je me suis baigné avec Jennifer à la Midsommar. Que je l'ai vue le soir de sa disparition. Et il paraît assez évident que j'aurais pu éviter la suite tragique des événements en forçant Jennifer à rentrer chez les Wiksell après notre échange dans le bosquet. Ou, en tout cas, le drame ne se serait pas produit ce soir-là.

Si c'est bien à ce moment-là qu'elle a été tuée.

Lollo ne me le pardonnera jamais, et elle n'a clairement pas l'intention de se taire.

En somme, je n'ai pas le choix. Nina doit connaître *ma* vérité.

69

Nina

— Mais je ne comprends pas ! Pourquoi Lollo est-elle venue à la maison ?

Je suis plantée au milieu de la chambre, mon cœur bat à tout rompre, mes larmes et mon nez coulent. J'ai l'impression que je vais me liquéfier sur ce lino gris rutilant.

— Explique-moi…

Ma voix se meurt quand résonne un bourdonnement d'angoisse dans ma tête. Des petits points blancs dansent sur ma rétine, j'attrape une chaise et me laisse tomber sur son assise dure. Penchée la tête dans mes mains, j'attends que se taise ce foutu bruit dans ma tête avant de lever les yeux.

La moitié du lit est redressée et Fredrik est enfoncé dans ses oreillers. Son visage est de la même couleur que les taies. À côté du lit, il y a une perche à perfusion. Un tuyau est enfoncé dans son flanc, des tubes sont accrochés à ses poignets et ses bras. Un écran affiche deux valeurs différentes, dont l'une est certainement son rythme cardiaque.

— Pourquoi ? finis-je par murmurer. Pourquoi elle était à la maison ?

— Aucune idée. Elle a dit… (Il hésite avant de déglutir avec peine, et de poursuivre d'une voix tendue.) Elle a dit qu'ils s'étaient disputés. Avec Max. Alors elle a pris la voiture et elle est partie. Pour s'éloigner de chez elle. Et elle s'est retrouvée devant chez nous.

Je sors mon téléphone de mon sac à main, cligne des yeux pour en chasser les larmes et parcours mon historique d'appels.

— Elle ne m'a pas appelée avant de venir.

Fredrik se redresse et pousse un grognement.

— Je viens de te dire… aïe… que ce n'était pas prévu.

Je referme les yeux, me frotte les tempes et essaie d'assimiler tout ça. Les bains de minuit. Les mensonges. La culpabilité et la honte.

J'ouvre les yeux.

— Si j'ai bien compris, tu as menti à propos du nouvel an pour ne pas avoir à révéler ce que vous avez fait à la Midsommar ?

Fredrik opine et s'empresse d'ajouter :

— Mais on n'a rien fait du tout. Tu dois me croire, Nina. On a fumé de l'herbe, c'est tout, je te le jure. Mais tu sais comment elle est… Enfin, *était*. Elle aurait pu inventer des bobards. Après #metoo et tout ça… (Il prend un air de chien battu.) Qui m'aurait cru ? Personne. Je serais passé pour un vieux pervers. Tout le monde aurait pris la défense de Jennifer. Déçue et furieuse comme elle l'était, elle aurait pu me faire virer, retourner tous mes amis et ma famille contre moi, elle aurait…

Il se tait, regarde le plafond.

Je ne sais pas quoi lui répondre. Depuis le début, je sentais qu'un truc clochait, son histoire de burn-out professionnel ne tenait pas debout. L'idée m'avait même effleurée que Fredrik pouvait avoir un lien avec la disparition de Jennifer. Mais je n'aurais jamais osé imaginer tout ça. Ça dépasse l'entendement.

Il reprend une inspiration saccadée et grimace de douleur avant de poursuivre :

— Je comprends que tu aies du mal à me faire confiance dans ces circonstances, mais je te promets…

— Tu veux dire que Lollo t'a poignardé parce qu'elle croyait que tu avais tué Jennifer ?

Il opine à nouveau.

— Moi-même, j'ai cru que je l'avais tuée. Pas directement, évidemment, mais je croyais qu'elle était morte par ma faute et que je finirais en prison pour ça. Elle a été blessée à la tête, ça saignait, j'ai eu peur qu'elle ait une commotion cérébrale. Au début, j'ai cru qu'elle était morte de froid. Et puis, quand ils l'ont retrouvée, j'étais convaincu qu'elle avait chuté dans la carrière à cause de sa blessure à la tête, que ça l'avait étourdie. La non-assistance à personne en danger est un délit. Donc, quand on abandonne une personne potentiellement en danger…

— Tais-toi !

J'ai le même réflexe que Vilgot quand il se retrouve dans une situation oppressante : je me bouche les oreilles et ferme les yeux très fort. Tout est noir, je n'entends que mon pouls qui bat contre mes tempes.

Mes pensées tourbillonnent, impossibles à saisir ou à calmer. Quand je rouvre les yeux, j'observe l'homme dans le lit en face de moi. Mon regard glisse sur ses cheveux gras, sa barbe poivre et sel et ses joues creuses. Qui sont mouillées de larmes.

Qui est cet homme ? Qu'est-ce qu'il a fait ? Est-ce que je peux croire tout ce qu'il dit ?

— J'y vais. J'ai besoin de réfléchir.

En me relevant, je cogne l'accoudoir de ma chaise contre le lit. Mon manteau et mon écharpe en boule sous le bras, je me dirige vers la sortie.

— Tu reviens demain ? me demande Fredrik d'une petite voix.

Je me retourne à peine.

— Peut-être.

70

Lollo

La gorge serrée, j'observe Chanel pour penser à autre chose. Papa est revenu me la déposer tôt ce matin. Je ne supportais pas le silence de la maison. J'avais besoin d'entendre ses pattes fouler le parquet, de sentir sa fourrure entre mes doigts.

La voilà à présent qui gambade à côté du sentier, le museau enfoui dans les feuilles mortes. Tous les récents événements semblent glisser sur elle comme l'eau sur les plumes d'un canard. Enfin, peut-être que Chanel comprend plus que ce que l'on croit, peut-être souffre-t-elle aussi du manque mais a l'intelligence de se concentrer sur nous qui sommes encore là.

On arrive au bout du chemin, je suis engoncée dans mon écharpe et mon bonnet, cachée derrière mes lunettes de soleil – bien que ce dernier brille par son absence – pour m'épargner de croiser le regard des gens. J'aurais préféré ne pas les croiser du tout, mais j'avais besoin de quitter la maison.

De m'éloigner de Max.

Mon mari m'a menti pendant plus de dix-sept ans. Comment pourrais-je lui faire à nouveau confiance ? Alors qu'il a choisi de me baratiner sur le sujet le plus important de notre vie : notre enfant. *Mon* enfant.

Toutes ces fois où il ne décrochait pas quand je l'appelais. Où il travaillait tard, jouait au golf, partait en voyage d'affaires. Où était le vrai ? Où était le faux ?

Peut-on vraiment croire que c'est lui – et lui seul – qui a englouti deux hamburgers à Falsterbo mardi soir ? Qui me dit qu'il n'était pas avec Jennifer ?

Max m'a juré qu'il ne lui aurait jamais fait de mal. Quand je l'ai soupçonné, il a eu l'air sincèrement meurtri. Et au fond de moi, je refuse de le croire impliqué. Mais le simple fait d'avoir le doute…

Ce matin, j'ai ressorti la photo de classe. Je voulais regarder le garçon qu'il a tabassé, Ali. Il a une bonne tête. Et il doit en avoir dans le crâne pour avoir été admis au lycée Petri. Qu'est-ce qui a pris à Max de s'en prendre à un gamin de dix-sept ans ? C'est tellement lâche ! Lâche, pathétique et puéril.

Puis-je vraiment vivre avec une personne que j'ai crue, ne serait-ce qu'un instant, capable de commettre un meurtre ? Ai-je envie de vivre avec un homme qui sera probablement condamné pour coups et blessures ?

Et puis, j'ai beau n'y être pour rien, la mauvaise réputation de Max finira par me salir, moi aussi. On a le même nom de famille. Il devra peut-être revendre l'agence. Qui voudrait confier à un criminel la vente du patrimoine de toute une vie ? Certainement pas moi.

Au final, on va tout perdre. Notre vie, nos amis. Depuis que l'agression d'Ali a été rendue publique, je n'ai plus aucune nouvelle de Lisen et Ivanka. Aucun journal n'a révélé le nom de « l'agent immobilier prospère de Malmö qui a passé à tabac un garçon sans défense ». Mais les gens ne sont pas idiots. Ils savent qui c'est.

Ce qui est étrange, c'est que Max n'affiche aucun remords. Il prétend que la police est trop laxiste et qu'il aurait laissé Ali tranquille si elle avait pris au sérieux ce qu'il leur a dit sur le garçon. Drôle de raisonnement, quand on sait qu'Ali n'avait finalement rien à se reprocher.

Mon mari me fait peur. Qui est cet homme ? Qui était-il pendant toutes ces années ?

Chanel se laisse guider par son flair, flânant en zigzag sur le sentier. Mes pensées suivent le même schéma et dérivent vers Fredrik. L'homme qui était le père de Jennifer. Et qui l'est toujours, que je sache.

Car moi, je suis toujours sa maman, non ?

Un coup semble me transpercer la poitrine. C'est comme si le couteau qui était planté dans le poumon de Fredrik était à présent fiché dans mon cœur. Comme si quelqu'un le remuait dans la plaie, encore et encore.

Je n'arrive pas à retenir mes larmes, elles jaillissent en torrent derrière mes lunettes et parent le décor d'un voile de brume. Inconsciemment, je presse le pas. Chanel pend comme une marionnette au bout de sa laisse, elle gémit depuis un moment et, n'arrivant pas à suivre le rythme, elle geint plus fort encore.

Je m'arrête, laisse le caniche faire son affaire et reprends ma marche. C'est comme si mes jambes cherchaient à fuir ma tête et toutes les pensées qui l'assaillent.

Je ne pourrai plus jamais regarder Nina en face. Jamais.

Et Fredrik, ce sombre crétin. Peut-on vraiment le croire ? Il a dit que Jennifer était toujours vivante quand il l'a laissée dans le bosquet. Mais peut-il le prouver ?

Torrero m'a assuré que Fredrik était innocent. Mais la police n'est pas à l'abri d'une erreur. À moins qu'elle ait seulement voulu le protéger de moi. De crainte que je le poignarde une seconde fois.

Ça me fait penser à cette histoire qu'il a racontée… Au sujet d'un bain de minuit avec Jennifer le soir de la Midsommar. Qu'est-ce que c'est que cette histoire ? Je n'y comprends plus rien, c'est le bordel !

Chanel aboie. Je lève les yeux et découvre un lapereau plus haut sur le sentier. Il tremblote, comme hypnotisé. Il regarde la mort en face.

Jennifer savait-elle qu'elle allait mourir ? A-t-elle eu peur quand elle a vu son assassin ? A-t-elle appelé à l'aide ? A-t-elle supplié qu'on lui laisse la vie sauve ?

La lame se retourne encore dans ma poitrine et les larmes s'immiscent entre mes lèvres. Mes gémissements font un bruit étrange. Dérangeant. Je ne reconnais pas ma propre voix.

Le petit lapin sort de sa torpeur, bondit et disparaît entre les arbres.

71

Nina

Je fonce d'un couloir à l'autre sans prendre la peine de suivre les panneaux, me laissant guider par mon GPS intérieur jusqu'à la sortie. Vite, sortir de là, retrouver l'air frais et la lumière du jour. Retrouver le calme pour pouvoir réfléchir. Essayer de comprendre. Mais peut-on vraiment comprendre ?

Quel soulagement d'échapper au nuage d'odeurs étouffantes de l'hôpital et aux soupirs de l'appareil respiratoire. Je remplis mes poumons sains de l'air glacial de janvier et me presse sur le trottoir en direction du parking.

Juste avant le passage piéton, je croise un vieil homme qui pousse avec peine un fauteuil roulant. Dans le fauteuil, une femme voûtée tient son sac à main sur ses genoux. La vue de ce vieux couple me donne envie de pleurer. Est-ce que je vieillirai avec Fredrik ? En ai-je envie ?

J'ai l'image de mes beaux-parents apathiques. Le silence, les reproches muets.

— Nina !

Au début, je ne comprends pas qu'on m'appelle. Puis le déclic, je me retourne. Une femme en blouse blanche me rattrape en trottinant. Ce petit bout de femme aux cheveux blonds mi-longs tient un pot de riz au lait dans la main. Elle me rappelle vaguement quelqu'un, mais je n'arrive pas à la remettre.

— Tu ne te souviens pas de moi, pas vrai ?

Elle se tient maintenant devant moi. Des chaussettes violettes dans ses Birkenstock blanches, un grand sourire aux lèvres.

Mon cerveau déjà surchauffé tourne à plein régime.

— Euh… J'ai un doute.

— Victoria. Vicky…

Elle me tend la main, que je serre en m'exclamant.

— Mais bien sûr ! Excuse-moi. Vicky, oui, je vois très bien. Comment tu vas ? Tu travailles ici, maintenant ?

Ma main libre se porte par réflexe à mes yeux certainement cernés de coulures de mascara noir.

En me relâchant, Vicky opine.

— Mieux que ça, je travaille dans le même service que Malena.

Ce qui prouve bien que les années nous ont éloignées, Malena et moi. Dix ans plus tôt, elle m'aurait certainement parlé de Vicky, avec qui l'on traînait souvent pendant nos études. On se retrouvait dans la cuisine de Malena avant de sortir en soirée, on prenait le café à Lundag**ård** ou on révisait ensemble à la BU.

Vicky n'a pas changé, hormis ses quelques kilos en plus, comme moi. Pour une raison qui m'échappe, ça me met du baume au cœur au milieu de la tragédie que constitue ma vie actuelle.

— Tu travailles à Malmö depuis longtemps ? demandé-je.

— Depuis cet été. Je suis restée à Lund pendant pas mal d'années. Puis j'ai travaillé quelque temps à Eslöv dans une clinique. (Nouveau sourire.) Il paraît que vous avez gardé contact, Malena, Lollo et toi.

J'essaie de lui rendre son sourire, mais ma peau se tend comme si elle ne suffisait pas à couvrir la distance.

— Hum… Ce n'est plus comme au bon vieux temps. Mais on se retrouve chaque année pour fêter le nouvel an…

Ma phrase reste en suspens. Vicky se penche vers moi en baissant la voix.

— J'ai appris, pour Jennifer. Quelle horreur. Perdre son enfant, ce doit être la pire chose au monde.

Elle secoue tristement la tête. Pour ma part, je me contente d'un hochement bref en espérant qu'elle va devoir bientôt reprendre son service. Je n'ai pas envie d'ouvrir la porte du chaos qui me tourmente devant quelqu'un que je n'ai pas vu depuis vingt ans.

Mais Vicky n'a pas l'air décidée à partir, au contraire, elle fait encore un pas vers moi. Elle est si proche que je devine où elle vient de passer sa pause : dans l'une de ces cabines en verre où les patients et le personnel se rassemblent pour cloper. Des sortes de couveuses inversées.

— C'est dingue, ce qui se passe, soupire encore Vicky. D'abord Theo, maintenant ça. Franchement, c'est à se demander…

Je recule d'un pas pour la détailler.

— Theo ? Qu'est-ce qu'il a ?

La main contre la bouche, elle prend un air choqué, puis la retire.

— Mince. Je croyais que… Enfin, comme vous êtes proches, je pensais que tu étais au courant…

— Que Theo a eu des soucis et qu'il a changé d'établissement, oui. Mais il paraît que ça va mieux, maintenant.

Vicky semble hésiter.

— C'est-à-dire que… Je ne devrais peut-être pas en parler…

Elle regarde autour d'elle comme si les murs avaient des oreilles.

— Bon, j'en ai déjà trop dit. Tu n'es pas obligée de répéter que c'est moi qui t'en ai parlé.

J'essaie de masquer ma curiosité avide, de peur de la dissuader. Elle jette encore un coup d'œil par-dessus son épaule avant de se lancer :

— C'était à l'automne dernier. Un soir, Theo a été admis aux urgences. Il convulsait, le pauvre.

Je reste interdite.

— Quoi ? Mais pourquoi ? Qu'est-ce qu'il avait ?

— C'était le Tramadol, précise-t-elle en parlant plus bas. Et la beuh.

Mon estomac se noue.

— Theo ? m'écrié-je, d'une voix aiguë. Il fume de la beuh ?

Elle prend un air grave.

— Il aurait pu y rester. Je te jure, il est passé à ça, mime-t-elle avec ses doigts. Il a eu de la chance.

Mon cerveau met du temps à accepter l'information. Je suis à la fois choquée et un peu vexée. Pourquoi ne m'a-t-on rien dit ? Et tous les discours de Malena sur la drogue, ces derniers temps…

— Putain, laissé-je finalement échapper.

— Tu peux le dire, ouais, réplique Vicky. J'étais de service ce soir-là et ce n'était pas beau à voir. Malena et moi, on en a pas mal discuté après coup. C'est pour ça, je ne pensais pas que c'était un secret.

— Ne t'inquiète pas, dis-je en agitant la main. Je ne dirai rien. Malena finira sûrement par en parler, quand elle se sentira prête.

— Oui, c'est sûr, renchérit-elle. En parlant de Malena, elle va mieux ?

— Comment ça ?

Bizarre, cette sensation soudaine de vivre dans un monde parallèle.

Vicky hésite une seconde avant de répondre.

— Eh bien, elle est en congé maladie depuis le 1er janvier.

— Elle ne m'en a pas parlé, mais…, bredouillé-je.

— Vous avez peut-être forcé un peu sur le champagne, sourit-elle avec toutefois un voile d'angoisse dans le regard. Bon, j'y retourne. Sinon, mes collègues vont me tuer. (Elle me serre brièvement dans ses bras.) En tout cas, ça m'a fait plaisir de te revoir, Nina. Prends soin de toi et embrasse Lollo pour moi.

Je reste plantée là, suivant du regard la femme en blouse qui repart sur le trottoir au pas de course.

72

Lollo

— Chanel est rentrée !

Je détache la laisse, pousse la chienne sale dans le hall et ressors dans le froid, assenant un coup de pied à la porte pour qu'elle se referme en claquant.

Dans la voiture, je ressors mon téléphone, parcours la lettre « M » de mon répertoire et sélectionne un nom dans la liste. Puis j'attends.

« Bonjour, vous êtes bien sur le répondeur de Malena Lagergren. Je ne suis pas disponible pour le moment, mais… »

Je jette le téléphone sur le siège passager et sens les larmes brûler mes paupières.

En fait, je devrais me montrer patiente, attendre à la maison qu'elle me rappelle. Mais je me sens parfaitement incapable de rentrer chez moi. La seule idée de me retrouver entre les mêmes murs que Max me tétanise.

Les affaires de Jennifer me font le même effet. Ses chaussures dans l'entrée, sa brosse à dents sur le rebord du lavabo, sa tenue de sport sur l'étendoir, chaque objet semble hurler son nom. J'ai beau fermer les yeux ou regarder ailleurs, ça ne change rien, il y a des traces de Jennifer partout dans la maison. Ce matin, c'est une paire de boucles d'oreilles sur le plan de travail qui m'a fait flancher.

Il faut que je m'en aille. Que je relâche la pression, que je laisse tout sortir. Bref, que j'agisse. Je ne peux pas rester là à pleurer à longueur de journée.

Sinon, je pourrais aller frapper à la porte de Lisen. Ou à celle d'Ivanka. Mais elles n'ont pas l'air d'avoir envie de nous revoir. En plus, on n'a jamais eu ce rapport-là : on fait la fête ensemble, mais on ne se voit pas dans les moments difficiles.

Nina n'étant plus une option, il ne me reste plus que Malena. Elle m'a déjà vue pleurer.

Je recule dans l'allée en me disant qu'elle doit être chez elle. N'a-t-elle pas dit qu'elle prendrait son week-end pour l'Épiphanie ? Elle a simplement dû mettre son téléphone en silencieux. Ou prendre un bain.

L'appartement de Malena est à seulement dix minutes en voiture, en périphérie de Tygelsjö. Je prends la route de Gessie et vois le détroit d'Öresund se déployer derrière les prairies. À Klagshamn, la mer n'est jamais très loin. C'est ce qui nous a poussés à emménager ici. Et, bien sûr, ce qui nous a attirés aussi, c'était de savoir que les riverains étaient des gens de bonne famille et plutôt aisés, du moins à l'époque.

On voulait que Jennifer fréquente une école avec des enfants comme elle, pour éviter les problèmes qu'on pouvait rencontrer dans les établissements du centre-ville. Mais le quartier s'est agrandi et, ces deux dernières années, elle avait des camarades aux origines de plus en plus variées. Ce sont sûrement ces nouveaux arrivants de milieux précaires qui l'ont poussée vers la drogue.

Et merde ! Merde, merde !

En frappant du poing sur le volant, je fais faire un écart à la voiture. Une camionnette arrive en face. Pendant une seconde de torpeur, je perds le contrôle de mon véhicule et vois déjà l'accident arriver. Le conducteur de la camionnette klaxonne, je réagis juste à temps et reviens sur ma voie. Le cœur battant, je prends la sortie en direction de Tygelsjö et essaie de calmer ma respiration saccadée.

Bien que soulagée d'avoir échappé de justesse au choc mortel, je garde un vague sentiment de malaise. Au début, je n'arrive pas vraiment à l'identifier, mais, très vite, tout s'éclaire.

Malena n'a donné aucune nouvelle depuis le nouvel an. Elle n'a pas donné signe de vie depuis qu'elle est rentrée en taxi avec Adde. Aucun message pour me remercier le lendemain de la fête. Elle ne s'est même pas manifestée pour partager notre inquiétude après la disparition de Jennifer ni même pour nous présenter ses condoléances.

Évidemment, je peux me tromper. Au milieu des centaines de commentaires reçus ces derniers jours, j'en ai peut-être manqué un de Malena. Elle a pu m'écrire un texto que je n'ai pas réceptionné faute de réseau ou d'un problème technique. Oui, il existe mille raisons pour expliquer son silence.

Pourtant, le malaise est bien là.

Une place est libre devant chez Malena. Je reste dans la voiture et observe le monde au travers d'un pare-brise sale. Le quartier est relativement récent, avec toutes ces maisons à étage et bardage de bois foncé. L'appartement de Malena fait propret avec son petit jardin, et il n'est pas loin du collège de Theo. Mais j'imagine qu'ils emménageront bientôt chez Adde, à Vellinge. Malena n'a jamais vécu très longtemps au même endroit. Changement de mec, changement d'adresse.

Une femme portant un long chandail sort d'une maison voisine, un peu plus haut dans la rue. Son chandail flotte au vent. Elle descend son chemin pavé d'un bon pas, un sac-poubelle dans la main. Une fois le sac jeté dans la benne, elle rabat les pans de son pull autour de son ventre et rentre vite au chaud.

À l'instant où je pose la main sur la poignée de ma portière, quelque chose attire mon attention dans le rétroviseur. On dirait une voiture de police. Dès que j'en croise une, j'ai automatiquement un frisson d'appréhension, surtout quand je suis au volant. Mais aujourd'hui, ce n'est pas un petit frisson. C'est un coup de poing. En plein dans le plexus solaire.

Je me retourne et découvre avec horreur que c'est bel et bien la police, et que, en plus, elle s'approche de moi. Je lâche la poignée, mon pouls s'emballe. Je regarde la Volvo aux couleurs criardes passer, faire demi-tour et venir se garer de l'autre côté de la rue.

Deux policiers en uniforme remontent le trottoir et s'arrêtent à quelques mètres de la boîte aux lettres de Malena. La policière montre sa maison du doigt et remarque alors ma présence. Elle dit quelque chose à son collègue. Ce dernier traverse la rue vers ma voiture et frappe à ma portière.

J'abaisse ma vitre.

— Bonjour, dit le policier en souriant, me donnant la désagréable impression d'être scrutée. Vous attendez quelqu'un ?

— Non… (J'ai retenu ma respiration si longtemps que je dois reprendre mon souffle avant de poursuivre.) Je me suis trompée de chemin. Je m'arrêtais pour vérifier l'adresse.

— Où allez-vous ? Je peux peut-être vous aider.

Il regarde le siège passager, où mon téléphone est posé face cachée.

— C'est gentil, mais ça va aller. J'ai juste un coup de fil à passer.

Il me souhaite une bonne journée et s'éloigne pour rejoindre sa collègue, qui s'avance à présent vers la porte de Malena.

À peine ai-je repris mon souffle que la porte de l'appartement s'ouvre. Les uniformes bleus me bloquent la vue, je ne peux pas savoir qui leur a ouvert dans l'obscurité du logement.

J'essaie de comprendre la scène qui se déroule sous mes yeux mais c'est le flou total. Autant chercher à comprendre une longue série télévisée en ne regardant que le dernier épisode. Je vois les personnages jouer leurs différents rôles, mais ne comprends rien à ce qu'ils font.

Que vient faire la police ici ? Theo s'est-il attiré des ennuis ? Ou sont-ils venus pour Adde ?

Soudain, les policiers s'engouffrent dans la maison et le visage de Malena apparaît sur le seuil. Elle me voit, marque un temps d'arrêt, puis referme la porte d'un air parfaitement indifférent.

15 avril 2019

Lundi

73

Nina

J'ai froid. Mon pantalon me serre la taille et je n'arrive plus à fermer ma veste. Dans le clair de jour matinal, je remarque que mon écharpe n'a pas la bonne nuance de bleu. Elle jure avec mon tailleur-pantalon. J'aurais pu choisir une tenue plus chaude et confortable.

Les gens attendent le long des murs. Pour la plupart, ils ont l'air plutôt détendus, comme si les procès et les ados morts faisaient partie de leur quotidien.

On dirait que Lollo n'est pas encore arrivée. Au fond de moi, j'espère avoir le temps de m'asseoir dans la salle d'audience avant qu'elle arrive.

Nous avons échangé quelques politesses par Messenger, mais je ne l'ai pas revue depuis l'enterrement. Pour être franche, je crois qu'on n'a pas envie de se voir, ni l'une ni l'autre. Le fait qu'elle ait perdu sa fille était déjà difficile, mais le reste n'a fait que jeter de l'huile sur le feu.

Quand je pense que je remettais notre amitié en question au début de l'année. Le destin a un sacré humour noir. Maintenant, je n'ai plus à me demander ce qu'on fera au prochain réveillon. Et il n'y aura plus d'invitation à fêter la Midsommar à Falsterbo.

Lollo et Max se sont séparés, mais je doute fortement qu'ils finissent par divorcer. Lollo est-elle vraiment prête à sacrifier son argent, sa villa et sa résidence d'été ? Le chagrin peut peser lourd sur un mariage, il n'y a qu'à voir mes beaux-parents pour le constater. Personnellement, j'aurais du mal à pardonner Max d'avoir frappé Ali. Mais, en même temps, Lollo et Max formaient une équipe soudée, ils ont toujours été là l'un pour l'autre.

J'ai besoin d'aller aux toilettes, j'ai mal au ventre depuis ce matin et n'ai rien pu avaler au petit déjeuner. Au mur, l'horloge indique que j'ai cinq minutes avant le début de l'audience. Est-ce que ça suffira ?

La rumeur des conversations se tait brutalement, tous les regards se tournent dans la même direction. Je suis le mouvement et vois entrer Lollo et Max, accompagnés d'une femme en costume ajusté et talons hauts qui salue d'un signe de tête et sourit aux personnes qu'elle reconnaît ici et là dans l'assemblée. Max et Lollo ont le regard baissé et se dirigent d'un pas assuré vers la porte.

J'aimerais fuir, mais c'est trop tard, je dois rester là. Ça paraîtrait bizarre de partir maintenant. Si seulement Fredrik était là, je me cacherais derrière lui.

La porte de la salle d'audience s'ouvre, la foule se met en mouvement. Du coin de l'œil, je surveille Max et Lollo, et redresse le dos.

Lollo lève les yeux. L'espace d'un bref instant, nos regards se croisent et j'ai la chair de poule. C'est comme si je regardais dans un puits sans fond.

Max fait semblant de ne pas m'avoir vue. Il est accusé de coups et blessures, l'affaire a été portée au tribunal il y a quelques semaines. Ni Fredrik ni moi n'avons assisté au procès, mais il paraît qu'il risque soit un mois de prison, soit le bracelet électronique. Je ne sais pas lequel j'espère.

— Bien.

La présidente, une femme aux cheveux gris et courts et aux lunettes à monture rouge pétard se tourne vers Malena. Je reprends le fil.

— Laissons à présent Malena Lagergren raconter sa version de la soirée en question. Allez-y, Malena, ajoute la présidente en l'encourageant d'un signe de tête.

Mon amie doit avoir perdu une dizaine de kilos en détention. Elle a les épaules saillantes, comme si son chemisier noir était suspendu à un cintre trop grand. Se frottant nerveusement les mains, elle baisse les yeux sur la table. Dans le silence qui suit, j'ai l'impression qu'elle va craquer. Finalement, elle parvient à prendre la parole.

— J'ai passé la soirée chez Lollo et Max Wiksell, les parents de Jennifer Wiksell. Avec Lollo, on se connaît depuis longtemps, depuis le lycée.

Elle parle d'une voix faible mais calme.

— Nous avons dîné, puis… Eh bien, je me suis disputée avec mon compagnon. Pour des broutilles, franchement, mais nous avions bu et le ton est monté. Peu après minuit, je suis sortie dans le jardin pour me calmer et je venais juste de franchir la porte quand j'ai aperçu Fredrik Andersson.

Je me fige. À trop avoir été traîné dans la boue, j'ai l'impression que ce nom est devenu sale et moche.

Fredrik Andersson. L'homme que j'ai jadis aimé plus que tout au monde. Celui à qui j'ai promis mon amour dans les bons moments comme dans les pires.

Mais c'est difficile d'aimer dans les pires moments. Parfois, ça paraît même impossible. Pourtant, je sens qu'il faut que l'on arrive à se retrouver, ne serait-ce que pour le bien des enfants. Il faut que j'arrive à croire à l'histoire de Fredrik. Sinon, je deviendrai folle.

La voix de Malena me ramène au présent.

— Il marchait sur le trottoir en contrebas de la maison et avait l'air très pressé. Ça m'a étonnée, alors je l'ai suivi.

Elle se tait, prend le verre d'eau devant elle et boit une gorgée. Sa déglutition résonne dans le micro et l'écho rebondit dans l'épais silence de la salle. Tout le monde retient son souffle.

— Je restais à bonne distance, poursuit Malena. Cachée derrière les arbres. Et j'allais retourner à la fête quand j'ai vu Jennifer sortir du bosquet.

Malena évoque la dispute de Jennifer et Fredrik, soldée par le retour de ce dernier à la soirée pendant que la jeune fille titubait dans la direction opposée.

— Je n'ai pas entendu pourquoi ils se disputaient. Quand Fredrik s'est éloigné, j'ai couru après Jennifer...

Pour la première fois de la matinée, Malena lève les yeux. Elle tourne la tête et regarde Lollo.

— Je voulais...

Sa voix se brise. Elle recommence.

— Je voulais seulement aider Jennifer ! Je ne pouvais pas la laisser seule dans cet état. Mais elle était complètement désespérée. Elle criait qu'elle détestait tout le monde.

Je jette un coup d'œil à Lollo. Elle reste assise, parfaitement droite et immobile, les mains posées sur les genoux. Comment peut-elle rester aussi imperturbable ? Même moi, j'ai des palpitations, des frissons et des sueurs froides.

— J'ai essayé de la convaincre de rentrer chez elle. Je l'ai suivie dans la rue en la suppliant, mais elle continuait d'avancer. C'est à peine si elle tenait debout, mais ça ne l'empêchait pas de marcher. Elle a traversé la route et emprunté le sentier qui menait au plongeoir. C'est là, en arrivant au niveau de la carrière, qu'elle s'est mise à parler de Theo. Mon fils, Theo, précise-t-elle à l'adresse de la présidente.

L'avocate de la défense se penche pour glisser quelque chose à l'oreille de Malena. Cette dernière la chasse d'un geste sec pour se tourner à nouveau vers la présidente.

— Donc, Jennifer s'est retournée pour me regarder dans les yeux et m'a dit que c'était elle qui avait fait plonger Theo dans la beuh et le Tramadol. Elle a même reconnu lui avoir vendu ces merdes. « Parce qu'il avait l'air déprimé. »

Malena hausse le ton et laisse ses larmes couler.

— Ça m'a mise hors de moi. Je lui ai hurlé qu'elle me devait des excuses. Est-ce qu'elle se rendait compte de ce qu'elle avait fait ? Theo aurait pu mourir !

La présidente lui demande plus de précisions et, une fois de plus, l'avocate murmure à l'oreille de sa cliente. Mais Malena s'entête.

— Theo a couvert Jennifer. Pendant tout l'automne, il a refusé de révéler qui lui avait vendu sa came. Et elle, elle se foutait de moi ! Mon fils avait frôlé la mort et elle me riait au visage ! Elle me disait qu'elle n'y était pour rien si mon fils était « une lavette » !

Mon écharpe me serre le cou comme un nœud coulant. Je la desserre et la retire, tant pis si ça met mon décolleté en évidence. Pourvu que l'audience ne dure pas trop longtemps.

Malena sanglote.

— Jennifer ne tenait pas debout, je devais la retenir par le bras. Elle n'arrêtait pas de se débattre, si bien que j'en ai eu marre, j'ai perdu l'envie de l'aider.

Comme Malena se laisse totalement emporter par son récit, son avocate prend un air résigné.

Une ombre passe sur le visage de mon amie quand elle ajoute :

— J'étais dans une colère noire. Et Jennifer qui me répondait. Elle était tellement insolente, tellement malpolie...

Elle se tait, ferme les yeux. Les secondes passent et une gêne secoue la salle, chacun s'agite sur son siège. La présidente s'apprête à intervenir, mais Malena rouvre soudain les yeux pour les poser sur Lollo.

— Je l'ai poussée.

Un murmure parcourt l'assemblée, mais s'éteint quand Malena reprend :

— Elle est tombée dans l'eau. Je ne l'ai même pas poussée très fort ! Et puis, j'étais sûre qu'elle arriverait à remonter. Je ne voulais quand même pas qu'elle meure !

Un gémissement lui échappe, puis elle parvient à se ressaisir et murmure :

— Je suis désolée, Lollo. Je te demande pardon.

Et elle plonge son visage dans ses mains, laissant les sanglots secouer son corps fragile.

74

Fredrik

Nina regarde par la fenêtre.

— D'après toi, elle va prendre combien ?

Elle pose la question sans me regarder. C'est comme ça qu'elle me parle, ces derniers temps. Sans croiser mon regard.

— Aucune idée, réponds-je. Je ne pense pas qu'elle sera condamnée pour meurtre. Elle n'a rien prémédité du tout. Plutôt pour homicide involontaire, à mon avis.

— Pauvre Theo, soupire-t-elle. Je me demande ce qu'il va devenir.

Quoi que Malena ait fait, je sais qu'elle l'a fait pour Theo. Ou pour son bien, en tout cas. Mais je n'en dis rien. Nina ne comprendrait pas.

Elle n'en est jamais arrivée là. Au point de rupture.

Les mains autour de son café brûlant, elle souffle doucement sur la vapeur.

— Et pour Max ? Tu as des nouvelles ?

Je secoue la tête.

— Le verdict ne devrait pas tarder à tomber.

On dirait qu'on discute d'une affaire lue dans le journal, d'un documentaire à la télé ou d'une série sur Netflix. Si seulement. Malheureusement, on parle de meurtres et de verdicts qui concernent nos amis, et ça rend la scène irréelle. C'est bizarre, hors du cadre, hors de la normalité.

— Tout ça, c'est tellement…

Nina pousse un soupir haché.

— Tragique. Tout, de A à Z. Malena… Et Jennifer qui n'est plus là. Je n'arrive pas à le croire. C'est complètement dingue.

Elle repose sa tasse, déboutonne son pantalon et se tait. Je suis son regard vers le soleil, dehors, qui éclaire le trottoir poussiéreux. L'arbuste devant l'allée de Lykke explose de rose et de blanc, les haies de hêtres s'habillent d'un vert franc. La délicatesse de toute cette verdure, ça m'agresse.

— Je suis quand même contente d'y être allée, finit-elle par ajouter. Au tribunal, je veux dire. J'ai l'impression que c'est enfin terminé. En quelque sorte.

Elle m'a raconté ce qu'il s'est passé dans la salle d'audience pendant que j'attendais dehors avant de témoigner. C'est vrai, on avait tous les deux besoin d'entendre la version de Malena. Il le fallait, pour qu'on puisse enfin tourner la page. L'histoire de Malena n'efface pas mon implication dans cette affaire, mais elle éclaire au moins quelques zones d'ombre.

Est-ce le hasard ou le destin qui l'a poussée à me suivre dans la rue ? Elle aurait aussi bien pu retourner à la fête, se rabibocher avec Adde et danser sur les vieux morceaux de Max jusqu'au petit matin. Elle ne serait jamais tombée sur Jennifer.

À quel moment la police a-t-elle compris l'implication de Malena ? Dans le vieux téléphone retrouvé par les enfants dans le bosquet, certains messages devaient concerner Theo. Apparemment, un témoin aurait vu une femme en robe à paillettes se comporter bizarrement près de la carrière le soir du nouvel an.

D'après Nina, Malena aurait paniqué après l'incident, aurait voulu rentrer chez elle à pied, jusqu'à Tygelsjö. Puis elle se serait calmée, aurait pris conscience que c'était trop loin et qu'elle ne pouvait pas laisser Adde et Theo seuls chez les Wiksell. C'est parce qu'elle faisait tout ce trajet à pied que je ne l'ai pas croisée quand je suis revenu chercher Jennifer.

La pièce centrale du dossier d'inculpation était une preuve accablante : l'ADN de Malena sous les ongles de Jennifer.

J'ai beaucoup gambergé quand je suis tombé sur la veste sans trouver la moindre trace de Jennifer. Mais, maintenant, j'y vois plus clair.

Le corps gisait dans un endroit assez difficile d'accès, pas très loin de la zone à ciel ouvert où a été installé un plongeoir de fortune. Si j'ai bien compris, Malena a déclaré à l'audience qu'elle et Jennifer sont passées devant le plongeoir et qu'elles se sont arrêtées plus loin, là où le corps a été retrouvé.

Ma théorie, c'est que Jennifer a glissé non loin du plongeoir, qu'elle a fait une mauvaise chute et est morte sur le coup. Ensuite, je pense que Malena a déplacé le corps à l'abri des regards et que la veste a glissé dans le mouvement, puis a flotté à la surface de l'eau jusqu'à venir se coincer dans l'arbre où je l'ai trouvée.

À moins que Jennifer n'ait retiré sa veste en titubant et que des enfants l'aient jetée à l'eau le lendemain. Quoi qu'il en soit, je n'ai pas prévu de partager mes hypothèses.

— C'est pour ça qu'elle n'arrêtait pas de tousser ensuite, dit soudain Nina.

Elle semble avoir renoncé à ne pas croiser mon regard. Le chagrin fait briller ses iris marron.

— Quand je l'ai eue au téléphone, deux jours après la soirée, je crois. Elle avait une quinte de toux. Elle a dû attraper un rhume en traînant dehors en pleine nuit en collants et en robe.

Cette robe à paillettes a été mon salut. Sans elle, Malena serait probablement passée inaperçue et tous les regards se seraient tournés vers moi. Son ADN n'était certainement pas enregistré dans la base de données de la police. C'est l'association de ce témoignage et des échanges par téléphone entre Jennifer et Theo qui a dû pousser la police dans la bonne direction.

— Mon Dieu, soupire Nina en chassant quelques larmes, rejetant la tête en arrière. Je ne sais plus quoi penser de Malena.

Ça n'aurait pas dû se finir comme ça. Mais quand même, elle aurait dû rester, au moins pour vérifier que Jennifer n'était pas blessée. Comment a-t-elle pu partir comme ça ?

Je lui laisse quelques secondes pour prendre conscience qu'elle pose la question à la mauvaise personne. Elle a l'air de croire que je n'ai plus rien à voir avec cette affaire.

— Quelque part, je peux comprendre Malena, reprend-elle. Que sa colère lui ait fait perdre les pédales. C'est vrai, quoi, après tout ce que Jennifer a dit sur Theo. Mais en même temps… Tu ne trouves pas ça effrayant, qu'elle ait gardé son sang-froid pendant tout ce temps, après coup ? Je l'ai eue au téléphone deux fois, et elle avait l'air parfaitement normale. Enfin, je crois. Peut-être que j'étais trop bouleversée pour remarquer quoi que ce soit. Je trouve ça dingue ; je croyais connaître Malena, savoir comment elle fonctionnait.

Elle repose sa tasse de café sur la table et me demande :

— D'ailleurs, tu as vu dans quel état elle était ? Malena, je veux dire. Je n'osais même pas la regarder. Elle était tellement pâle et maigre…

De toute évidence, Nina est encore troublée par l'audience, elle a besoin d'en parler. Moi aussi, j'ai été secoué, mais pas tant par l'aspect de Malena que par celui de Lollo.

Pendant tout mon témoignage, elle a gardé le regard droit devant elle, sans ciller. Elle présentait une expression dure que je ne lui connaissais pas.

Louise Wiksell ne pardonnera jamais, on peut en être sûr.

Nina se lève et prend la cafetière pour se resservir. En revenant à la table, elle s'arrête près de ma chaise et me caresse lentement la joue.

— Tu crois qu'on va s'en remettre, tous les deux ? me demande-t-elle.

Ça fait quatre mois que je me pose cette question. Au début, je ne demandais que ça, qu'on surmonte cette épreuve. Mais aujourd'hui, je ne sais plus.

Quel prix suis-je prêt à payer pour sauver notre mariage ?

Nina ne sait rien de l'épisode de la salle de bains il y a dix-huit ans. Pourtant, elle aura toujours un avantage sur moi, grâce à cette histoire. Comment le lui reprocher ? Comment pourrait-elle à nouveau me faire confiance ?

Smilla et Anton ont eu droit à une version censurée de la réalité des faits qui se sont déroulés le soir du réveillon. Anton a l'air de s'en être complètement remis, mais le regard que Smilla pose sur moi a changé.

— Peut-être, réponds-je. Je l'espère.

Nina sourit et m'embrasse sur le front.

3 mai 2019

Vendredi

75

Lollo

— Comment te sens-tu aujourd'hui ?

Comme d'habitude, cette question me fait vriller. Je dois prendre sur moi pour ne pas hyperventiler.

— Excusez-moi, je…

— Lollo, dit doucement Anders. Ne t'excuse pas. Tu as le droit d'être triste.

Anders Edwall est le prêtre qui a baptisé, confirmé et enterré Jennifer. C'est l'une des rares personnes en qui j'ai confiance. Devant lui, j'assume toutes les facettes de ma personnalité, même celles qui ne correspondent pas à l'image qu'on se fait d'une mère en deuil.

La première fois que je suis venue lui parler, j'étais en colère. Contre Malena, contre Fredrik, contre Max et toute la vie en général. Le calme du prêtre ne faisait qu'accentuer ma fureur, je voulais qu'il soit fâché autant que moi.

Avec le recul, je comprends mieux l'importance que l'un de nous garde la tête froide. Bien sûr, Anders est bouleversé par tout ce qui s'est passé. Mais c'est aussi un professionnel de l'écoute et du soutien, et apparemment, c'était ce dont j'avais besoin.

Après l'avoir consulté plusieurs fois, j'ai compris que ma colère était aussi dirigée contre moi. Et ça n'a pas été facile à admettre. Ça ne l'est toujours pas, d'ailleurs.

Notre avocate a appelé ce matin. Je n'ai pas très bien compris pourquoi, elle n'avait rien de plus à nous dire. Elle voulait sans doute que l'on ne nourrisse pas de trop grands espoirs sur la peine dont écoperait Malena. Elle ne sera pas à la hauteur du crime commis. Loin de là. Visiblement, elle a beau avoir plaidé coupable, ça ne change rien. Putain, ce n'est pas juste ! Ma fille est morte, tout le monde sait qui l'a tuée, et on ménage la meurtrière.

De toute façon, je doute que Malena Lagergren retrouve une vie normale après tout ça. Ça compensera la modération de sa peine.

La question, c'est de savoir si elle a vraiment dit toute la vérité. Elle ne l'a « pas poussée fort » ? C'est elle qui le dit ! Max me conseille de lâcher prise, de passer à autre chose, mais je ne supporte pas de ne pas savoir. Je ne supporte pas que Malena sache la vérité et qu'il me faille la croire sur parole.

D'ailleurs, je ne la crois pas du tout.

Nous vivons à nouveau ensemble, Max et moi. Je ne supportais pas de vivre chez papa et Agneta. Et puis, j'ai eu le temps de réfléchir. À Max. Et à nous.

Tout ce que je pouvais lui reprocher au sujet de la mort de Jennifer, quand j'y repense, c'était injuste. Max a toujours abusé sur les heures de travail, il a toujours été difficilement joignable au téléphone. Ça ne date pas de la disparition de Jennifer. Et puis, je suppose que le boulot l'a aidé à traverser cette épreuve, comme une échappatoire ; il se concentrait sur ses clients pour se couper du reste du monde.

Il a présenté ses excuses à Ali et toute sa famille. C'était ma condition s'il voulait que je rentre à la maison. Et il me jure qu'il a mangé deux hamburgers tout seul à Falsterbo ; c'était lui et personne d'autre.

Parfois, il ne faut pas insister. Après tout, j'ai couché avec l'un de ses copains. Enfin, un *ancien* copain.

— Et vous savez ce qui est pire ?

Je cherche du regard le prêtre qui secoue lentement la tête. La gorge serrée, je dois déglutir avant de poursuivre :

— C'est que je suis devenue comme ma mère. Elle ne m'a jamais dit qu'elle m'aimait. En tout cas, je ne me souviens pas qu'elle l'ait fait. Et moi non plus, je n'ai jamais dit « je t'aime » à Jennifer. Pas de vive voix, en tout cas. Peut-être que je l'ai écrit... (Je lance un regard noir à mon téléphone posé sur la petite table entre nous.) Avec ce foutu téléphone.

Je me laisse la liberté de pleurer, et tant pis si les larmes m'enlaidissent, je les laisse couler. Anders me tend un paquet de mouchoirs. Quand j'en tire un, ils sortent tous et s'éparpillent sur la table. Je pousse un juron et prends celui du dessus pour me moucher.

— Quand quelqu'un meurt, commence Anders en rassemblant les mouchoirs propres, quand la mort surgit par surprise, c'est souvent le plus difficile pour les proches : on ne pleure pas seulement la perte d'un être cher, on pleure aussi tout ce qui n'a pas été dit.

J'opine d'un signe de tête. Nous avons déjà parlé de tout ça, mais j'ai besoin de ressasser, ça me fait du bien. Anders a l'air de le comprendre, il ne s'est jamais plaint que je radotais.

— Et en même temps, poursuit-il, on ne peut pas vivre chaque jour comme si c'était le dernier. On ne peut pas. Personne n'y arrive. Pour notre apaisement personnel, on a besoin de croire qu'on a la vie devant nous.

Il remonte ses lunettes, qui glissent aussitôt sur le bout de son nez, et ajoute :

— Les paroles c'est bien beau, mais n'oublie pas les actes aussi. On peut *montrer* à quelqu'un qu'on l'aime. Je suis sûr que ta mère a fait beaucoup de belles choses pour toi. Tout comme tu as prouvé ton amour pour ta fille au travers de tes actions.

— Je n'arrive pas à savoir..., bredouillé-je. (Puis je prends une inspiration et expire lentement.) Je n'arrive pas à savoir comment vivre avec ça. Vivre avec tout ce que je n'ai jamais dit, tout ce que je n'ai jamais fait.

Anders se penche pour poser une main chaude et sèche sur la mienne.

— Tu viens de traverser une lourde épreuve, il te faudra du temps pour panser tes blessures.

— Est-ce qu'elles cicatriseront un jour ?

Je m'obstine comme une gamine têtue, mais il m'adresse un doux sourire de prêtre. Un sourire qui m'agaçait au début, et qui maintenant m'apaise.

— Peut-être pas complètement. Mais le temps saura recouvrir d'un voile protecteur tout ce qui te paraît aujourd'hui terriblement douloureux. Est-ce que tu vois toujours ta psy ?

Comme je fais signe que oui, Anders sourit à nouveau.

— Le seul fait de parler, ça fait partie du processus de guérison.

Je ne peux que lui donner raison. Parler, c'est important, ça nettoie le système. Et, plus j'y réfléchis, plus c'est clair dans ma tête. Je sais ce qu'il me reste à faire.

En quittant le bureau du prêtre, je récupère mon téléphone sur la table et compose le numéro.

76

Fredrik

Nina monte les marches jusqu'à l'entrée, les bras chargés de sacs. Vilgot, qui était censé l'aider, a trouvé un ballon et court sur la pelouse. Nina se retourne vers moi.

— Fredrik ? Tu peux attraper ce qu'il y a sur la banquette arrière ?

J'ouvre la portière, prends le repas thaïlandais dans une main et les papiers de la banque dans l'autre.

On est allés voir notre banquier en ville. Ce n'est pas un conseiller qui fait dans l'humain, il correspond plutôt au cliché du commercial véreux. Mais, par d'habiles montages financiers – notamment en me poussant à souscrire une assurance-vie –, il nous a permis d'hypothéquer la maison pour deux cent mille couronnes.

L'heure est venue de s'attaquer à la rénovation, chose que l'on repousse depuis trop d'années. Évidemment, c'était surtout une question d'argent. Enfin, un *manque* d'argent. Mais on manquait aussi de temps et d'énergie.

La semaine dernière, je n'étais pas très emballé quand Nina m'a proposé de contracter un nouveau prêt et de commencer à chercher des artisans. Mais, bizarrement, son enthousiasme est devenu contagieux. Après tout ce qu'on vient de traverser, ça fait du bien de se concentrer sur du concret, qui plus est sur un projet commun. Retaper notre maison, c'est un peu une façon de repartir de zéro.

Des relents de curry et de citronnelle me chatouillent agréablement les narines. Smilla et Anton seront ravis quand ils sauront ce qu'on mange ce soir. Eux qui se plaignent qu'on ne commande pas assez souvent de plats à emporter. « Les autres parents, ils le font tout le temps. »

Le téléphone de Nina sonne à l'instant où j'entre dans la maison. Elle le sort rapidement mais hésite en voyant le nom affiché à l'écran.

Pourvu que le banquier n'ait pas changé d'avis.

Elle me lance un regard lourd de sens et porte le téléphone à son oreille. C'est sûrement ma belle-mère, Inger a le don d'appeler quand on va se mettre à table.

— Salut, Lollo, lance-t-elle d'un air faussement enjoué.

Je perçois la voix de Lollo comme un murmure sourd, mais je sais très bien pourquoi elle appelle.

— Pardon ?

Nina, qui s'apprêtait à suspendre le cartable de Vilgot à une patère, se fige. Puis elle se retourne lentement vers moi.

Et le monde s'écroule autour de moi.

Remerciements

Sans mes amis, leurs amis et les connaissances de leurs amis, toujours volontaires pour parler de tout, depuis les procédures judiciaires jusqu'aux modèles de yachts, ma vie d'écrivaine aurait été autrement plus compliquée. Et certains ont même entièrement lu le manuscrit. Merci infiniment pour tout ça.

Merci à Viveka Smidvall et Martin Eggert qui ont répondu à mes questions sur le travail des policiers ; à Pernilla Qvarfordh qui m'a apporté ses connaissances sur le système des urgences ; à Daniel Krona qui m'a aidée pour toutes les questions médico-légales ; et à Maria Lundberg qui m'a fait part de son expérience sur le thème du deuil et du chagrin. Merci d'avoir si généreusement donné de votre temps et de votre savoir.

Je remercie Lena Sanfridsson pour m'avoir offert une lecture d'une telle acuité qu'elle a donné des ailes à mon histoire. Merci, Lena. Tu es un ange.

Anette Eggert, Mattias Edvardsson et Mårten Melin, merci d'avoir lu le texte plusieurs fois et de m'avoir fait de précieux retours en m'apportant un soutien inébranlable tout au long du projet. Vous êtes des trésors.

Un livre, c'est un travail d'équipe, et derrière *Sa Dernière Nuit*, il y a une équipe de rêve : mon éditrice Helena Ljungström et ma rédactrice en chef Katarina Ehnmark Lundquist, des éditions Albert Bonnier, mon agent Christine Edhäll ainsi que ses collègues de chez Ahlander Agency. Je vous remercie tous du fond du cœur. Travailler avec vous est un privilège.

À mon père et à ma mère, que je remercie d'avoir toujours été là pour me soutenir et m'encourager. Vous êtes pour moi un exemple, et de bien des façons.

À Micke, Lukas et Elvira, merci pour votre patience, votre amour et votre soutien sans faille. Je vous aime.

Achevé d'imprimer en septembre 2023
par Aubin Imprimeur à Ligugé
N° d'impression 2306.0172
Dépôt légal, octobre 2023
Imprimé en France
38122345-1